v + fo

v + fo

gwenno gwilym

bwthyn
GWASG Y BWTHYN

v + fo
Gwenno Gwilym

©℗ Gwenno Gwilym, 2024
©℗ Gwasg y Bwthyn, 2024

ISBN: 978-1-917006-12-5

Ail-agraffiad: Ebrill 2025

Cedwir pob hawl.
Ni chaniateir atgynhyrchu unrhyw ran o'r cyhoeddiad hwn
na'i gadw mewn cyfundrefn adferadwy na'i drosglwyddo
mewn unrhyw ddull na thrwy unrhyw gyfrwng, electronig, electrostatig,
tâp magnetig, mecanyddol, ffotogopïo, recordio, nac fel arall,
heb ganiatâd ymlaen llaw gan y cyhoeddwyr.

Cyhoeddwyd gyda chymorth ariannol
Cyngor Llyfrau Cymru

Dyluniad y clawr: Gruffydd Ywain

Cysodi: Almon

bwthyn
GWASG Y BWTHYN

Cyhoeddwyd gan
Gwasg y Bwthyn,
36 Y Maes, Caernarfon,
Gwynedd LL55 2NN

www.gwasgybwthyn.cymru
post@gwasgybwthyn.co.uk

Diolchiadau

Diolch i Siân Melangell Dafydd am ei chyngor
a'i chefnogaeth o'r cychwyn cyntaf.

Diolch i Gruff am y clawr gwych.

Diolch i Mari o Wasg y Bwthyn am ei ffydd
yn fy ngwaith, a diolch i Fiona am ei brwdfrydedd –
dwi wedi cael fy sbwylio.

Ond mae'r diolch mwyaf i Joe a'r genod –
'dach chi'n werth y byd.

prolog
Wyth mlynedd yn ôl ...

Fedra i'm aros i Rob gyrradd adra. Ers i fi neud y test gynna, dwi'n teimlo'n aflonydd, egseited a nyrfys, gyd run pryd. A sâl. Dwi'n teimlo'n rili sâl. Drw'r adag. Finna'n meddwl ma'r wyau oedd bai. Idiot.

Dwi'n sugno fferen galed arall, ma'n helpu chydig, wedyn dwi'n gorfedd lawr ar y soffa eto a chyrlio rownd Mwsog. Ma'n gynnes braf ac ma'n rhoi'i bawen dros fy llaw i. Cŵn yn dallt bob dim, dydyn? Fel arfer mae o allan ar buarth yn aros am Rob, ond ma di bod dan draed trw dydd, ysgwyd ei gwnffon ac edrych arna i efo'r llgada llwyd del 'na.

Dwi'n teimlo drafft yn dod o gyfeiriad y drws a meddwl eto pa mor neis fydd cal gorffen y tŷ. Ma'i mor oer yn y static yn gaea, hyd yn oed efo'r tân yn rhuo trw dydd a ci dan flanced efo fi. Fedra i'm aros tan fydd gynnan ni fwy o le a bathrwm go iawn. Ma pedair blynedd mewn static yn ages, dio'm bwys faint o hwyl ti'n gal.

Dwi'n edrych ar y cloc eto. 12.34pm.

Dim ond pedair awr arall nes ga i ddeud wrtho fo. Ella na i ffonio fo i weld os fedrith o ddod adra'n gynt.

* * *

I love this road. The mountains, the memories; mainly racing to pick V up from her parents' farm in my little blue

Nova, listening to The Prodigy full blast. How does that song go again ... something total lack of respect for the law something something ... dun dun dun dun. I'm going to listen to that again when I get home.

I check out my new Raybans in the mirror. Can't beat a cool pair of shades. Then I do a quick little drum on the steering wheel, buzzed cos Dad sent us all home before lunch. Even workaholic dictators know better than to make us work til five on Mad Friday, it seems. Whispers of a full-on mutiny were circulating during the morning panad. Christmas has been a long time coming.

Not all bad though. We're on a good job at the moment and Dad finally trusts me to do more than make tea and concrete. Only took ten fucking years. When I finally branch off on my own, I will treat my workers way better.

My phone rings. It's in its little holder on the dash and I see 'WIFE' over a photo of V, naked, diving into the lake. I let it ring for a bit so I can look at it. My wife's so fit. Wife. Still can't get used to that.

"How's it going, cariad?" I shout.

She tells me off for shouting. I turn the radio off. The line is a bit crackly, and I can't quite catch all her words. Signal's always poor up in the mountains. She asks what time I'll be home.

"I'm on my way home now. Finished early," I tell her. "Shall I stop in Tesco bach on the way and get us some cwrw for tomorrow?" I add quickly, in case we get cut off.

She says no as she's still not feeling great and has cancelled my sister coming over. Gutted. We always have a good night on Christmas Eve with Liz. Mum proper told us off last year cos V was too hungover to eat her turkey and Liz had to go lie down before pudding.

I tell her I'll be home in about twenty minutes, and I think she sounds happier, from what I can make out anyway.

Not entirely sure why she called, so I put my foot down. Hammering it down this side of the valley always gives me a bit of kick. New Landy's not quite as nippy as the Nova, but still.

⋆ ⋆ ⋆

Ma Mwsog yn neidio off y soffa fel ma Rob yn cerddad trw drws mewn cwmwl o fwg a llwch lli. Dwi'n edrych arno fo yn ei ddillad gwaith budur. Ma 'na wbath am Rob mewn dillad gwaith, neud i fi wenu tu mewn a thu allan.

"Hey, cariad. Can I get you anything?" ma'n gofyn, fel ma'n plygu lawr i blannu sws ar fy nhalcen i. "Panad?"

Ma'n ista wrth yn ymyl i a rhedeg ei law dros fy dreads i, chwara efo'r beads.

"Can you wash your hands and brush your teeth?" dwi'n gofyn. "The smell of smoke's turning my stomach."

"Wow, you're proper poorly," ac ma'n codi a thorchi'i lewys wrth fynd tuag at y sinc.

"I'm not poorly," dwi'n ateb, "think it might be morning sickness."

Ma'n sefyll yn stond, cyn troi rownd.

"No fucking way?!?"

"Yes way," dwi'n gwenu.

Ma'n sefyll wrth y sinc, jest yn syllu.

"Are you serious?" ma'n gofyn, "shit." Wedyn ma 'na wên ara yn lledu dros ei wyneb o. "Are you serious?" ma'n gofyn eto.

Dwi'n agor yn llgada'n fawr a nodio.

"I did a test earlier. That's why I've been nauseous for bloody ages."

"Not the eggs then?"

"Nope."

Ma'n chwerthin yn kind of nyrfys i gyd, efo'i ddwylo

ar ei focha, wedyn ma'n neidio a gweddi ar dop ei lais, ac ma Mwsog yn cal hartan, bechod, cyn joinio fewn efo egseitment Rob trw ddechra cyfarth a dawnsio ar ei goesa ôl. Ma gweld Rob mor cîn yn neud i fi ymlacio. Mae o mor hapus, a charedig, a cŵl. A fi bia fo i gyd.

"Are you excited, Mos?" ma Rob yn gofyn, wrth rwbio'i gefn o.

Ma Mwsog yn syllu ar Rob fel tasa fo'n Dduw. Mwsog ydi'n babi cynta ni, ac ma di sbwylio'n racs. Ma'n ffyddlon ac ufudd ac ma pawb yn meddwl fod o'n lej, ac ma'r ffaith fod o'n ddwyieithog ac yn ateb i ddau enw'n chwalu penna ffrindia Rob yn llwyr.

"You're going to be a ... big brother? Or uncle? Or cousin? What will Mos be, V?"

"A dog, Rob," dwi'n chwerthin wrth rowlio'n llgada.

"Are you happy, V?" ma'n gofyn, siriys i gyd rŵan mwya sydyn.

Di hyn ddim yn planned exactly. Dio'm yn unplanned chwaith. Dan ni di bod yn osgoi gneud y penderfyniad, dan ni jest di bod yn sort of consciously careless dros y misoedd dwetha. Dwi'n ddau ddeg saith a dan ni di priodi so ma'n hollol logical.

"Shitting myself, but yeah, probably happy. But ..."

Ma'n edrych fymryn yn ansicr.

"Please go away, you still stink and it's making me ... cyfogi," a dwi'n crinclo nhrwyn cyn rhoi'n llaw dros fy ngheg.

Rŵan ma'n edrych di ffwndro.

"Cyfogi. Like I'm going to be sick. Can't remember the English word," dwi'n mymblo mewn i nwylo fel dwi'n gorfedd lawr ar y soffa eto.

* * *

We are having a baby. A BABY. Can't wait to tell my parents, and Liz, and everyone. Mum is going to completely lose her shit. Thank God we got married, V's mum can't spout any of her capel Cymraeg rubbish.

I look at myself in the mirror as I'm brushing my teeth.

I'm going to have to pull my finger out. Finish the house. Quit smoking. Stop swearing. Eat vegetables. Be an adult. All that. Can't wait. V's going to be an amazing mum.

"Times are changing," I mutter to myself, toothpaste splattering onto the mirror. "V, can we give it like a proper proper Welsh name?" I call out of the bathroom, as I'm spitting.

"Well, I'm hardly going to give my kid an English name, am I?" she laughs.

"We can't use the double letters though, yeah?" I reply, wiping my mouth with my sleeve. "And I have to be able to spell it."

And my family have to be able to pronounce it.

"Hang on … what are you going to do about uni?" I ask as I come back out of the tiny bathroom.

"I'll have to defer again."

pennod 1

Ma Rob di bod yma trw dydd ac ma'n hen bryd iddo fo adal. Dan ni di cal diwrnod reit neis rili, diwrnod reit llwyddiannus o co-parenting all in all, ac ma llofft Siw a Becs yn felyn iawn rŵan, as requested gan y plentyn saith oed mwya penderfynol yn y byd. Ond ma hi'n dal yn hen bryd iddo fo adal.

"Are we going together then?" medda fo, fel dan ni'n cerddad ar draws buarth tuag at y Land Rover.

"To where?" medda finna, achos sgen i'm syniad am be ma'n sôn.

Dwi'n tynnu defnydd fy llewys fewn i nwylo a gwasgu'n dynn, dynn cyn dod â nyrna fyny at fy ngheg i drio arbed fy ngwefusa o'r gwynt. Ac i guddio chydig.

"The new year's party?" ma'n gofyn fel ma'n pigo sgwter Beca fyny a'i roi i bwyso'n erbyn y sied.

"Why would we go together?" dwi'n gofyn, achos … wel … pam fysan ni?

Dan ni ddim efo'n gilydd dim mwy, nadan? Dwi'm hyd yn oed yn siŵr os dylan ni fynd i'r un parti, a bod yn onest, ond gogledd Cymru ac overlap hiwj mewn mutual friends doth not many options make. A dwi angen mynd allan. Ma nghorff i angen dawnsio. A no wê dwi'n aros adra iddo fo gal mynd. No wê.

"Because you're dropping the girls off at Mum and Dad's and you might as well just jump in the Landy with me? You said you're going to drink so it doesn't make sense to leave two cars there, does it?"

Damia, ma'n iawn.

"No, suppose not," dwi'n ateb yn swta.

"Sorted. I'll see you next weekend then, V. Can't wait."

Ac wedyn ma'n jest dreifio lawr y trac cyn i fi ateb na chytuno na dim byd, gadal fi'n sefyll fatha lembo wrth y giât di pydru ma di gaddo trwsio ers hydoedd. Dwi'n tynnu drawstring yr hwd i lawr nes bod jest yn llgada i'n golwg, a sefyll yna'n pendroni sut ddiawl dwi di cytuno i fynd allan am y tro cynta ers blynyddoedd efo fy ex.

* * *

I pull my pockets inside out, empty them and throw my fleece into the open washing machine. I empty all seven pockets of my work trousers before I chuck them in too. V would roll her eyes. I know she never checked, just acted all surprised when all the bits from my pockets clogged up the machine. Like it was a mystery.

I am so glad she agreed to go together over the weekend. And she's drinking so she might actually let loose and have a laugh for once. She's so bloody uptight these days. Ready to pounce all the time. And not in a good way.

I put everything on a hot wash and stand in the kitchen in my boxers. This underfloor heating feels so nice on my feet. Much nicer than the quarry tiles at home. That was a bad decision.

I start doing a few reps on the pull up bar, but I can't really be bothered, so I give up and look down at all the stuff from my pockets on the white worktop. Specifically, my keyring with a photo of V and the girls, all three of them on a sit-on kayak on the lake. The girls must have been one and three-ish. Happier times.

Well, not really. Happier than now anyway.

I notice the Strongbow bottle opener and try to remember the last time I used it. When have I needed a bottle opener at short notice? Not in years. Do they make Strongbow still? Even the brand seems like a throwback. V got it for free when she worked at the pub, got loads of branded freebies from the breweries. I still have that Stella beach towel too. Jesus, if that towel could talk!

Urgh, why am I trying to make myself miserable.

I put my keys on the hook, slide my pocketknife and loose change to one side, and sweep all the odd bits into my hand; loose rawl plugs, a couple of pop rivets and an empty roached blue Rizla packet. Must stop smoking, before the girls notice.

I smooth out the scrunched piece of paper left on the worktop and see '*DAVE LOGS*' and a phone number written in my messy scrawl. I should ring him and sort out that log delivery for V. Good seasoned oak, that'll keep them going til spring.

That's a good excuse to text her actually.

I take my time typing, making sure I get all the spelling right. Bit annoying that I have to text her, but she doesn't answer the phone if I ring these days, not unless I've got the kids.

> **Rob:**
> Got wood. Not being rude 😊 Will sort delivery

6.17pm. I imagine V looking at her phone while the girls are eating dinner, sat in their designated chairs in the warm kitchen. She's probably staring out the window, chatting, Mos at her feet. Eating without a plate. Crumbs everywhere.

Two blue ticks.

Seen.

No reply.

I put the phone down and potter over to the fridge to see if I have anything interesting in for dinner.

While I'm standing in the glow of the fridge, picking anchovies and sun-dried tomatoes out of the greasy tubs, my phone vibrates on the worktop.

I smile to myself, glad I still warrant a reply at least, but when I poke the screen with my knuckle, so I don't get my new phone greasy, I feel a stab of disappointment when I see it's from an unknown number.

> **Unknown number:**
> Hi. It's Jess from the builders merchant. Your order arrived – if you want to pick it up, we close at 12 tomorrow.

> **Unknown number:**
> Also, was wondering if you fancied going for a drink sometime? x

H-O-L-Y S-H-I-T. Jess with the tight top just asked me out.

pennod 2

Dwi'n neidio mewn i Land Rover Rob, ar ôl gadal y genod efo'i rieni fo am y noson. Gwyneba bach del nw; nghalon i. Dwi'm yn licio deud ta-ta. Rob yn poeni dim obviously, jest ista'n sêt dreifar yn barod, chwara efo'i ffôn newydd.

Ma'i aftershave o'n hitio fi a dwi'n flasu fo yn gefn fy ngheg. Dwi'n methu penderfynu os dwi isio'n cau ni mewn yn fama, jest y ddau ohonan ni, neu neidio allan a'i heglu hi adra. Hogla sy'n atgoffa fi o teenage sex a festivals, priodasa a babis newydd, disgwl a'r blynyddoedd disastrous 'na wedyn. Dwi'n cal ysfa i gnoi ngwinadd.

"Any music requests?" medda Rob tra dwi'n cau'n seat belt.

Ma di troi i ngwynebu fi hed on rŵan, gwên fawr llawn dannadd. Dwi'n gweld fod o'n gwisgo'i hoff gap John Deere a di torchi'i lewys, er bod hi'n blydi freezing. Literally. Oedd 'na rew ar ffenest fan cynt.

Dwi wastad yn meddwl fod Rob yn edrych yn ddel, hyd yn oed rŵan. Wastad yn edrych yn sgryffi, licio rhoi'r argraff fod gynno fo betha gwell i neud na meddwl am be ma'n wisgo, ond dwi'n gwbo fod o di treulio hydoedd yn dewis cyn dod. Ma'n licio gwisgo dillad drud, ond dio'm isio neb sylwi bo nw'n ddrud. Ridicilys.

Pam fod o'n dal i edrych arna i? Dwi'n awgrymu Primal Scream reit handi, achos fedra i'm meddwl. Ma'n canmol fy newis i mewn ffor patronising, wedyn pwyso play, cyn cychwyn dreifio lawr ffor tarmac ei rieni.

Dwi'n syllu allan trw ffenest ar y coed efo goleuada Dolig bob ochor i ffor. Edrych yn hollol stiwpid, rhy manicured. Dio'm yn siwtio gogledd Cymru o gwbl. Edrych fwy fatha wbath o ryw ffilm American cheesy.

Ma 'Loaded' yn dechra chwara. 'Just what is that you want to do?' Cwestiwn da. Dwi isio bod yn rhydd, bod yn rhydd i neud be bynnag dwi isio neud. Cân mor nostaljig, ddo. Faint o withia dan ni i gyd di gweiddi'r llinella cynta 'ma mewn parti? Neu ar roadtrip? Dewis gwael.

Fel dan ni'n dreifio heibio bynglo Rob, dwi'n rhythu allan i'r twllwch i drio pigo unrhyw gliwia am sut ma'n byw rŵan. Ma'r bynglo, oedd i fod yn holiday let moethus, yn dal i edrych run fath, rhy posh a rhy wyn. Ei rieni fo sy bia fo ond nath Rob symud mewn ryw flwyddyn yn ôl pan oedd o angen rwle i fyw ar fyr-rybudd.

Bai fo.

Dio'm yn licio byw mor agos at ei rieni. Dio'm yn cîn fod be oedd o'n weld fel bach o pitstop di troi'n permanent chwaith. Ond, silver lining i'r llanast 'ma, neis fod 'na rhywun lleol yn byw yna rŵan. Di Rob ddim rili'n poeni am betha fel 'na, achos dio'm rili o fama. Dio'm yn dallt, neu dio'm isio dallt. Whatever.

Acshli, ma hynna'n annheg. Dydi o ddim fatha'i dad. Mae o yn dallt.

Di mond yn cymyd ugain munud-ish i gyrradd y parti ac ma 'na bach o lull, bron sa ti'n gallu'i ddisgrifio fo fel comfortable silence. Bron. Ma'r ddau ohonan ni'n mwynhau'r miwsig, ma bysidd Rob yn tapio ar y steering wheel, bach yn annoying, ond dim bwys.

Wedyn ma'n gofyn, "Ready for a party? Tom's put us on the list, he offered when I did some work for him the other week."

11

"I feel a bit nervous, actually."

Do'n i'm di bwriadu cyfadda hynna.

"Nervous? Why?" ma'n gofyn, llawn syrpréis.

Ma'n troi i edrych arna i eto, ac ma'n tynnu'i law chwith off yr olwyn ac ma hi'n rhyw fath o hofran rhyngthan ni cyn iddo fo sylwi be ma di neud. Wedyn ma'n rhoi hi lawr i'w ben-glin yn lle, a byseddu twll ei jîns efo'i fys pwyntio.

"Well, I haven't been out in years, and I haven't walked into a party for a long time, especially not on my own."

"Don't be silly. You'll know nearly everyone there. And anyway, you're not on your own, are you?"

Dio'm yn meiddio edrych arna i pan ma'n deud hynna. Dwi'n casáu pan ma'n galw fi'n silly, hen air dan din.

"Yeah but ... you know what I mean, alone as in ..." ond dwi'n sdopio pan dwi'n clocio'i wên o'n disgyn braidd, cyn distewi eto.

Ma 'na hen awyrgylch rhyfedd ar ôl yr exchange loaded yna. A dwi'n meddwl eto, pam mod i wastad yn teimlo mai bai fi di hyn i gyd?

★ ★ ★

I'm stoked to be back at the Beudy again. Such a cool venue. We've had some legendary parties here. It's not fancy, it only ever has one shit lager on tap, most of the crowd will be wearing hiking boots, and a large percentage will be sleeping in their vans at the end of the night. It's in the middle of nowhere so people have the space to get up to all sorts; normal rules don't always apply when you're surrounded by empty fields.

V and I have spent a lot of time here, discovering new music, new highs and new people. Thinking about all those early morning walks home through the quarries, stumbling and giggling, makes me smile.

It's nice to be back here together.

Judging by the number of vans with stealth chimneys parked outside, the old party crowd is out in force. This type of party is rare these days. We've all collected kids, jobs and varying levels of responsibilities over the years, so tonight is a big deal. I can't wait to see everyone. V and I haven't been *out* out in years.

"I've got a taxi booked for two thirty, so if you want to share a lift home, let me know, it can ... you know ... drop you off on the way," I say.

"Will do," V replies, getting out.

She's wearing her favourite baggy harem trousers and battered Dunlop trainers. When I notice that she's also wearing my red North Face down jacket, I feel a bit safer, like the world is not quite as fucked up as it's felt recently. Although I notice she's got paint on it. Fuck sake.

Her hair is up in a messy bun and she's wearing the chunky wooden earrings she got at that festival in Barcelona years ago. I like that V doesn't dress up and it always feels good to be the only man in the world who knows what's hidden underneath all those layers. At least I fucking hope so. Urgh, can't think about that now.

"Ready?" I ask. "Don't be nervous."

I have to put my hands in my pockets, just to make sure I don't touch her. I really want to touch her. All the time. I don't know how she is so ... fine. She always seems fine. Like all of this is fine.

Once inside, I turn to ask her what she fancies to drink, but she's already veered off and is talking to my little sister Liz, scary Karen and some others by the fire. As she's chatting, some bloke's laughing and he gives her a hug. He lingers. I don't recognise him. Twat.

As she's taking her coat off, I notice a new tattoo running down from her hairline and disappearing under her collar.

Don't recognise that either. I swallow and bite my bottom lip and manage to make eye contact with Liz. I half smile, like a pathetic loser. She tilts her head and pulls the same face back at me, confirming that she also thinks I'm a pathetic loser.

On my way to the bar at the back of the room, I wonder if coming to the same party was such a good idea. I suddenly miss the kids. I wish I was at home, and I don't mean the fucking bungalow.

I order a pint and a double JD from Tom.

"Where's V?" he asks as he puts the drinks down on the bar, waving my card away as I try to pay.

"Not with me," I reply.

Definitely not with me.

I down the JD and head outside.

★ ★ ★

Nes i sylwi arno fo'n cyrradd y bar ac o'n i'n hanner gobeithio y bysa fo'n dod draw, hanner isio diflannu. Ar ôl talu, ma'n shyfflo draw ata i i ddeud helô ond dwi jest yn syllu arno fo. Do'n i'm yn gwbo fod o nôl adra. Jesus, ma mor good looking dal. Fel model level good looking. Ond dim cweit mor clean cut â model chwaith, gynno fo edge. Cheek bones a stubble. Combination lethal.

"Fi dio, Si!" ma'n gweiddi yn pwyntio ato fo'i hun yn animated i gyd.

Ma'n oedi, cyn ychwanegu, "Si Pritchard?"

Cyflwyno'i hun efo'i enw llawn a bob dim, fel fod o'n meddwl mod i ddim yn ei gofio fo neu wbath.

As if.

Ma'n edrych fel oedolyn. Ma'i wallt a'i stubble tywyll o efo bach o lwyd. Britho. Wow, ma'r gair yna di dod yn bell o'n subconcious i'n rwla. Ma'n gwisgo t-shirt nefi blŵ Patagonia a jîns tywyll slim fit. Dim byd tebyg i'r trackies Adidas a'r Nike Air Maxes oedd o'n wisgo'n teenager. Er, pan dwi'n sbio lawr, dwi'n sylwi fod o'n dal i wisgo Air Maxes. Rhai gwyn glân. Dwi'n syllu ar ei drênyrs o'n meddwl fod o fel fersiwn glân o'r person dwi'n gofio. Pan dwi'n edrych nôl fyny ma jest sefyll yna'n syllu arna i.

Dwi'n gallu deud yn syth fod o'n hedfan, ma'i llgada fo'n sgleinio ac ma'n edrych fel tasa fo di neud o lastig. Dim lot di newid yn fanna, felly. Ond ma'n lyfli jest cal edrych arno fo a dwi'n cychwyn hỳg ocwyrd.

"Dim dreads," medda fo'n pwyntio at fy mhen i efo gwên wirion, cyn gafal yn dynn rownd yn sgwydda i.

Pan ma'n gollwng, dwi'n cymyd sip hir o mheint, jest i fi gal eiliad bach i brosesu'r ffaith mod i'n siarad efo Si Pritchard am y tro cynta ers … ers … bron i ugain mlynedd. Ffycin hel. Ma hynna'n neud i fi deimlo'n hen.

"Tyd i ddawnsio," ma'n deud wrth gyffwr fy mraich i, "ma Jon yma hefyd," ac ma'n gwyro'i ben tuag at y dancefloor cyn diflannu i ganol y cyrff chwyslyd.

Wrth gwrs fod Jon yma. Ma Jon wastad yma. Nôl yn coleg, oedd Jon a Si yn becyn, byth yn gweld un heb y llall. Ma Jon wedi sôn am Si gwpl o withia dros y blynyddoedd, fod o'n byw yn Manchester a fod o'n neud wbath efo cyfrifiaduron. Boy done good, ma'n ddeud bob tro. Nes i wastad roi'r argraff fod gen i'm diddordeb. Acshli, ma siŵr doedd gen i ddim, rhan amla.

Dwi'n edrych o nghwmpas, a gweld fod Liz a Karen wedi symud tu allan i sgwrsio. Dwi'n ymuno efo nw a deud bo hi'n amser dawnsio, cyn llusgo nw i'r ffrynt at y speakers, nes mod i'n gallu gweld Si a Jon yn dawnsio efo'i gilydd. Ma 'na lot o bobol dwi'n hanner nabod o'n cwmpas ni ond ma'r ddau jest yn hollol absorbd yn ei gilydd. Ma acshli'n rili sweet. Ma nw'n amlwg mor egseited i fod yma efo'i gilydd. Hynny a'r ffaith bod y ddau obviously off eu ffycin trolis.

Ma gweld nw mor loved up yn gneud i fi edrych ar Liz a Karen, y bobol bwysicaf yn fy mywyd i. Wel, ar ôl Mam a Tara, ond ma nw fel dodrefn a ddim rili'n cyfri. Ma'n anffodus ar adega fod Liz yn chwaer i Rob, ond ma'r ffaith bo ni wedi syrfifio'r atomic bomb o Rob a fi'n gwahanu'n golygu fod y berthynas di cyrradd cockroach status, indestructible.

Ma Karen yn ... wel, Karen. Ma hi fel machine ym mhob agwedd o'i bywyd. Ma ganddi job bwysig, tri o blant a'r ex mwya caredig yn y byd. Lot o bobol yn deud fod Mike dan y fawd, but he loves it. Ma nw'n hollol solid. Co-parenting ar ei ora.

Ma'r miwsig yn gneud sgwrsio'n amhosib, felly dwi'n ymlacio. Ma Liz a Karen yn nabod Jon a Si ers back in the day hefyd a dan ni'n dawnsio mewn un cylch mawr mewn dim. Dwi'n cal fy nhynnu tuag at Si, ond dwi hefyd yn aros wrth ymyl fy ffrindia. Ma heno amdanyn nw. Wel, rhan fwya eniwê. Dan ni byth yn cal y cyfla i fod allan *allan* efo'n gilydd dim mwy.

"Ma Si yn edrych yn well hot. Blydi cheekbones 'na! Ma o di êjio ... be di êjio'n Gymraeg? Ma di êjio fel ... fel CAWS! Neu Brad Pitt. Brad Pitt wedi ... HENEIDDIO ... dyna dio ... ma Brad Pitt di heneiddio'n dda'n do? Doedd Si ddim mor ffit â hyn yn coleg, nagoedd?!?" ma Karen yn gweiddi yn fy nghlust i, y brawddega'n rhedeg fewn i'w gilydd.

Mi oedd o.

"Get in there, V. Odd o wastad efo thing amdanat ti," ma hi'n ychwanegu.

Oedd o?

"Neu Johnny Knoxville. Mae o di heneiddio'n dda, yn do, V? Dwi di deud wrtho fo bo ti'n single." Ma Karen yn gweiddi eto, off on one, "Si, dim Johnny rŵan. LOLS."

Ma ganddi haen o chwys ar ei gwyneb ac ma'i gwallt hi, sy fel arfer yn hollol berffaith, wedi glynu i'w thalcen hi. Ma hi'n gwasgu'i dannadd hefyd, a rhwng gweiddi yn fy nghlust i ac yfed dŵr o botel blastig, ma hi'n dawnsio fatha wbath gwyllt. Dwi'n rhoi hỳg tyn, tyn iddi. Ma'r gwres a'r egni sy'n dod o'i chorff yn teimlo fel wbath byw, fatha hygio slywan.

Ma Si yn dod tuag ata i, ac ma'n trio deud wbath, llgada fel soseri a breichia'n chwifio'n ddramatig. Does gen i'm syniad be ma'n ddeud so dwi jest gwenu. Ma'n rhoi'i law ar yn ysgwydd i a dod yn nes. Dwi'n troi mhen i edrych ar ei law o'n cyffwr fi. Dwi'n clywad y geiria 'gwych' a 'ffycin amazing', dwi'n ama fod o'n sôn am y miwsig. Ma'i wefusa fo fodfeddi o nghlust i, a dwi'n teimlo'i anadl o'n dod yn sydyn wrth iddo fo ddechra dawnsio eto cyn gorffen siarad. He's on a different level.

Dwi'n cau'n llgada a thrio cyrradd y zone, ond fedra i'm denig allan o nghorff yn gyfan gwbl heno achos dwi'n boenus o ymwybodol o lle ma Si drw'r adag. Ma'n egseiting. Yn enwedig gan fod o i weld yn neud run fath. Dwi'n siŵr fod o'n ffindio'i ffor yn ôl i'n ymyl i drw'r adag. Ma'r teimlad 'na o anticipation a phosibilrwydd yn gneud i mhen i droi. Ar un pwynt, dwi'n ei deimlo fo reit tu ôl i fi, a dwi bron yn siŵr fod o am neud wbath, dwi'm yn siŵr be, ond ma'n gadal reit handi. Dwi'n trio peidio teimlo'n siomedig ac yn canolbwyntio ar y bît diddiwedd efo'n llgada di cau eto.

Pan dwi'n agor nw chydig wedyn, dwi'n edrych o nghwmpas a gweld Rob. Ma'n dawnsio reit agos ata fi. Wel, dim rili dawnsio, mwy o swayio, always been a swayer. Dwi ar fin mynd ato fo i ddeud helô a rhoi hỳg sydyn iddo fo, achos dwi'n ei garu fo rili a dwi'n total lightweight a di cal tri pheint o seidar, pan dwi'n gweld hogan efo gwallt du potel a ffrog flodeuog seicadelic hollol amazing yn dod ato fo. Ma hi'n rhoi'i llaw ar ei ganol o cyn sibrwd wbath yn ei glust o.

Dwi'n gweld ei gwefusa llawn hi'n brwshio'i glust o, a phan ma Rob yn troi i'w gwynebu hi a deud wbath, ma hi'n chwerthin. Mor ffycin amlwg â hynna. Ac ma Rob fatha moth to a blydi flame. Ma jest yn syllu arni.

Siŵr ma Jess di henw hi. Odd un o'i chwiorydd hi run blwyddyn â fi. Dwi'm yn licio gweld pobol o'r ysgol yn y Beudy. Teimlo fel bo nw'n invadio'n safe space i. Nenwedig pan ma nw'n edrych fel 'na ar rywun dwi bia.

Ma'n sgyfaint i'n teimlo'n dynn mwya sydyn, fatha pan ti'n neidio mewn i'r llyn ond ma'n oerach nag o ti'n ddisgwl, so dwi'n mynd tu allan. Dwi'n trio cuddio ac yn pwyso ar y wal, i'r chwith o'r drws, achos dwi ofn gweld Rob yn dod allan. Efo hi, ella. O ffyc. Ma gen i'r hen deimlad 'na yn gefn fy ngwddw, hwnna dwi'n gal pan ma Mufasa'n marw'n *Lion King*. Dwi'n nadlu'n ddyfn i mrest a chodi'n hwd dros y mhen. Dwi'n gneud ymdrech i sylwi ar y gwynt oer, crisp a thrio canolbwyntio ar rythm y miwsig sy'n dod o gyfeiriad y drws. Meddwl am y pum synnwyr. Trio peidio gadal i'r teimlad 'ma fynd allan o control.

Anadlu mewn am bedwar, dal am bedwar, allan am bedwar. Ma Marines yn gneud hyn apparently, i gal bach o clarity mewn sefyllfaoedd stressful.

Dwi'n edrych i gyfeiriad y drws a dwi'n gweld Si yn dod tuag ata i.

O shit.

Hyd yn oed yn y twllwch, ma'i osgo fo'n atgoffa fi o nosweithia mawr yn y Crown, llawn ffêc IDs a shots glas afiach. Be oedd enw'r sdwff 'na? Aftershock! Ych!

"O'n i'n chwilio amdanat ti," ma'n deud, a dwi'n stydio'i wefusa fo, cyn cal fflashbac o neud run fath bron i ugain mlynedd yn ôl.

Ma gynno fo dal ddannadd neis. Cofio'r dant 'na di tsipio.

"Pam?" dwi'n gofyn, ac ma'n dwylo ni'n cyffwr wrth iddo fo basio spliff i fi, heb ofyn os dwi isio fo.

Dwi'n sbio ar y spliff, penderfynu peidio gorfeddwl am unwaith, a chymyd toke. Y cynta ers blynyddoedd. Hollol out of character. Dal am bedwar, allan am bedwar.

"Not gonna spell it out, 'de," ma'n deud, wrth gymyd y spliff yn ôl.

Ffycin hel.

Dan ni'n clwad y cowntdown, ten, nine, eight, seven … three, two, one, yn llifo allan trw'r drws.

"Blwyddyn Newydd Dda," ma'n deud fel ma'n dod gam yn nes eto ac yn rhoi'i freichia rownda fi am hỳg.

Dwi'n tensio heb drio, ac ma'n tynnu'n nôl a deud, "Unless dwi di completely misreadio'r situation?"

Ma'i pupils o'n anferth.

Dwi'n rhoi'n llaw ar ei ganol o i'w atal o rhag cymyd cam arall yn ôl. Dwi'n teimlo fod o'n hollol boiling trw'i d-shirt o.

"Nope. Naddo. Hang on … rho funud i fi," a dwi'n rhoi fy hwd i lawr ac yn nadlu'n ddyfn eto, cyn ychwanegu, "mi fysa sixteen-year-old fi yn lladd fi am beidio cymyd mantais o'r sefyllfa yma."

Ma ngeiria i'n swnio'n bell i ffwr a dwi'n teimlo'n hun yn dechra gwyro tuag ato fo, ond dwi'n cal jaman hiwj run pryd so dwi'n newid fy meddwl hanner ffor ac edrych ar y llawr. Arrggh.

Ma'n oedi a dwi'n teimlo'n hun yn pellhau mymryn eto. O marw. Dwi'n marw. Ma pob dim yn teimlo'n flêr. Dwi deffo ddim yn equipped i ddelio efo'r sefyllfa nyts 'ma. Nenwedig ar ôl fy spliff cynta ers hydoedd.

"Yyyyyy … dwi'm isio gneud dim byd ti'n goro seicio dy hun fyny i neud, V." Ma'n chwerthin. "Not my thing!"

"Argh, na dwi ddim, honestly. Dwi jest methu …" a dwi'n sythu a phwyso'n ôl oddi wrtho fo go iawn tro 'ma, cuddio ngwyneb efo nwylo cyn plethu nw o mlaen fel barrier.

Dwi'm cweit yn siŵr be sy newydd ddigwydd. Sut nes i neud gymaint o lanast o'r peth? Ma fel bo mrên i a nghorff i wedi ffraeo.

"Ahhhh buuuuurn," ma Si'n deud efo gwên anferth, "always kept me hanging, do?"

Dwi'n plygu mlaen ac ma'n dal ddigon agos i fi bwyso fy nhalcen i ar ei ysgwydd o. Ma jest ei hogla fo'n neud i fi ddifaru peidio mynd amdani. Dim hogla llwch lli. Hynny a'r ffaith mod i di treulio oria'n dychmygu cal cyfla fel 'na back in the day. Blydi oria.

Dwi'n teimlo'i anadl o'n cyflymu ac ma'n dechra symud o un droed i'r llall.

"Sori, fedra i'm aros yn llonydd," ma'n chwerthin. "A ti mor lyfli V, paid â poeni, ma'n fine, ma jest mor neis gweld ti. I can handle it."

Dwi'm cweit yn trystio be ma'n ddeud pan ma'n amlwg off ei ben.

"A dwi ddim jest yn deud hynna gan mod i off my face. Ma jest neis gweld ti. Dwi di bod isio gweld ti ers ages. Ma jest ..." ac ma'n anadlu'n ddyfn, trio dal ei wynt, symud o un droed i'r llall.

Dwi jest dal i edrych ar y llawr so ma'n plygu'i benglinia ac yn trio edrych fyny i ngwyneb i, trio dal yn llygad i. Deud fod pob dim yn iawn. Jest yn ailadrodd yr un geiria. Ma'n gofyn os dwi'n ocê, a dwi'm yn siŵr os ydw i'n ocê mwya sydyn, ac ma'r cwestiwn yn neud i fi flincio lot. Pan dwi'n edrych yn iawn arno fo eto, dwi'n gweld ei wynab gorad cyfarwydd o a dwi isio deud wbath, wbath witty a chlyfar, ond does na'm byd yn dod allan.

Ffycin hel. Dwi'n pathetic.

Wedyn, dros ysgwydd Si, dwi'n gweld cefn Rob fel ma'n brasgamu ar draws yr iard, so dwi jest yn mymblo wbath am fod angen diod ac yn cerddad nôl fewn.

Dwi isio mynd adra.

☆ ☆ ☆

I'm outside in the courtyard taking a breather and thinking about what to do next, in life not just tonight, when I see that chav V's been dancing with all night, chatting to Karen and that guy Jon. They keep looking over and I get the feeling they're talking about me. Reminds me of my first day at the new school, when everyone was trying to suss me out.

"Hey brother," Liz says, touching me on the shoulder, out of the blue, making me jump.

I turn to face her properly, leaning sideways against the wall. I've got a pint in one hand and a spliff in the other. I'm trying to hide behind my baseball cap and everything feels a bit sideways. I haven't been this drunk for a long time.

"Sister," I reply with a sigh.

I can't stop thinking about how close they were dancing.

Did I say that out loud?

"Why you standing out here like a lonely lemon?" she asks.

"I'm setting my intentions for next year," I say, mock serious, and take another swig of my lukewarm pint, missing my mouth slightly.

Liz raises her eyebrows and takes the pint off me.

"You always say that you have to say out loud what you want. Say it," I inhale, "and believe it." I exhale. "So this year, I *intend* to move back home," I reply, half rolling my eyes.

Liz's mouth is smiling but her eyes are not.

"Don't fucking pity me, Lizzie. That guy she was dancing with … who is he? He looks like a wanker," I say, glaring at him as he heads back inside in his stupid flashy trainers.

"Who, Si? Yeah, he can be a bit of a wanker, actually. Don't you remember him from back in the day? He was always having digs at me for being English."

She explains that she used to go to college with him and that he also worked at The Crown, a grotty bar where all the underage drinkers used to play pool and drink Stella. Proper local place. Always a lot of fights there. Townies. I remind her that I wasn't around then.

"Oh yeah, I always forget that, private school boy. Look, about your intention …"

"Don't piss on my chips, Liz," I demand. "I can't handle it."

I know I'm being childish but I'm in a fucking mood. Tonight has put me in a mood. This whole year has put me in a mood.

"Yeah, but I don't want you getting your hopes up," she adds kindly.

I think we can all safely say that, after tonight, my hopes are not up, they are most definitely down. Way down.

"It's my fucking house anyway," I slur.

Because it is my bloody house. I bought it. I built it. I want to live in it.

"Also, flirting with girls from the builders' merchants is not the best way to go about it. Girl being the operative word. She's very young, Rob."

That makes me feel like … I dunno … like … bad … so I change the subject and ask her what she intends to do with the next twelve months, other than getting married now that Iestyn's *finally* divorced. He's a walking advert for how not to do it. Not that I intend on getting divorced.

"Cheer up my big brother," she says as she hooks my arm and drags me back inside. "C'mon, I'm taking you home. No good can come of you and V being in the same room with you both in a state."

Is V in a state? I clench my hands in my pockets.

* * *

O'n i'n teimlo mor anghyfforddus, nes i benderfynu, yn fy seidar, if you can't beat em, join em, a rŵan dwi di cyrradd y stêj 'na lle dwi'n teimlo swigod bach yn dod fyny o nhraed i, trw mol i, cyn popio allan o mhen i. Rysh o swigod yn mynd i bob cyfeiriad. Swigod bach hapus. Fatha can o Coke di ysgwyd, dwi'n barod i ffrwydro, felly BOOM, amser dawnsio.

Cyn i fi ddechra meddwl.

Ma Karen yn ei chanol hi'n barod, breichia a choesa'n bob man, felly dwi'n ymuno â hi. Dwi'n teimlo'r miwsig reit ym mêr fy esgyrn, yn meddwl faint dwi di colli nosweithia ysgafn fel hyn, pan ma Liz yn dod a thaflu'i breichia dros sgwydda'r ddwy ohonan ni.

"I'm off home," medda hi. "Iest should be home by now."

Ma Iestyn yn ddoctor yn A&E. Boi da. Hen fatha pechod ddo, ond boi da. Fedra i'm aros tan y briodas. Dan ni di aros digon hir. Ma Iestyn yn enghraifft berffaith o how not to do a divorce. Plant druan.

"Aaa Iestyn, y silver fox, I so would," medda Karen dros bob man.

Ma 'na densiwn rhyfedd rhwng y ddwy yma withia, ma nw'n gallu bod reit gystadleuol efo'i gilydd, felly pan ma Karen yn datgan petha hollol inappropriate, fel y bysa hi yn shagio Iestyn, wel, could go either way.

Ond ma Liz yn chwerthin. Ffiw.

"See you've lost your filter already, Karen. I'm taking Rob home too, he's mangled."

"Www, Rob, na, dim diolch, wouldn't touch him with a barge pole," ma Karen yn gweiddi efo gwg.

Braidd yn annheg, dwi'n teimlo.

"As Rob's sister, I don't think you should cop off with other people when he's here, V. Even when he's not here, actually. Don't do something you'll regret, yeah? And you …" ac ma hi'n tapio Karen ar ei hysgwydd pan ma hi'n deud hynna, "don't encourage her."

Whateeeeeeeever. Dydi hi ddim mewn sefyllfa i ddeud wrth neb sut i fihafio. Dwi'n edrych arni eto. Y gwynab crwn 'na efo'r bob melyn cyrliog. Dwi'n rhoi nwylo ar ei bocha hi ac yn sgwisho'i cheg hi. Ma hi'n ysgwyd ei phen a chodi'i llaw arna i fel ma hi'n gadal. Dwi'n gweld y rhybudd yn ei llgada hi.

Dwi'n caru Liz. A Karen. A phawb sy 'ma. Dwi'n gymaint o cliché. Dwi'n teimlo'r holl gariad 'ma mewn beudy'n ganol nunlle, bron fyswn i'n gallu'i weld o, fel cwmwl o gariad uwch yn penna ni ar y dancefloor. Good vibes. Ma'n neud i fi deimlo'n ysgafn, a phresennol, a hapus. Petha dwi'm di deimlo ers ages. Dwi'n gweld Si'n dod tuag ata i, ei wyneb bach annwyl o'n chwslyd i gyd, a gwên fawr. Ma'n dal wrthi'n dawnsio efo'i freichia melin wynt.

Pan ma'n cyrradd, ma'n gafal yn fy nwylo i ac ma'r ocwyrdnes 'na o gynna gyd di mynd. Dwi'n rhoi mreichia rownd ei wddw fo a'i wasgu fo'n dynn, dynn a dwi'n trio deud sori am gynna ond dio'm yn dallt be dwi'n ddeud, ac ar ôl dipyn dwi'm yn siŵr be dwi'n drio'i ddeud so dwi'n give up. Who cares.

Dan ni'n dawnsio fel 'na am dipyn wedyn, mreichia fi rownd ei wddw o a'i freichia o rownd fy nghanol i. Ma Karen yn codi dau fawd arna i tu ôl i'w gefn o ac ma Jon yn gweiddi, 'WWWWEEEEYYYYYY SI A V' ar dop ei lais a fedra i'm peidio chwerthin. Dan ni'n restio dalcen wrth dalcen, gwenu ar ein gilydd, wedyn BOOM, dawnsio gwyllt eto.

Cyn i fi ddechra meddwl.

Dwi'n teimlo gymaint llacach rŵan mod i'n gwbo fod Rob wedi mynd adra, fel mod i'n gallu bod yn fi'n hun unwaith eto. Dim mod i acshli'n gwbo pwy ydw i dyddia yma. Ma bod hebdda fo'n neud i fi deimlo fel dwi'n dychmygu y bysa ci'n teimlo heb dennyn am y tro cynta. Cofio rhywun yn deud wrtha i unwaith fod o'n "anodd gwbo lle ma Rob yn gorffen a V yn cychwyn". O'n i'n meddwl fod o'n compliment ar y pryd.

Falch mod i'n gwbo fod o di mynd adra efo Liz. Ar ben ei hun. Dwi'n sbio o nghwmpas. Trio ffindio Jess. Dim golwg.

Eniwê, ffyc that, achos heno ma'r holl gyfrifoldeba a'r

holl benderfyniada sy angen eu gneud di diflannu. Ma bod yma'n dawnsio yn gymaint o ryddhad, dwi isio crio. Ac fel dwi'n meddwl hynna, ma Si yn mhigo fi fyny mewn hỳg dynn, dynn a'n spinio fi rownd a rownd a deud, "Ffyyyyyyc, ma mor neis dy weld di, V. Ti mor lyfli."

Dwi'n chwerthin efo mhen yn ôl, achos ma pob dim yn blydi lyfli reit rŵan.

Chydig wedyn, dwi'n neud arwydd diod efo nwylo a gadal y dancefloor. Ma 'na giw mawr wrth y bar ddo, a dwi rhy buzzy i aros, so dwi'n denig tu allan eto. Dim i guddio tro 'ma, ond i drio dal y teimlad yma rwsut i fi gal cofio bora fory, ma fel 'ma dwi isio teimlo drw'r adag.

Ar ôl troi rownd a rownd yn fy unfan gwpl o withia, dwi'n penderfynu ista lawr yn yr iard, nghefn i ar y wal damp, a gwylio'r tân gorad. Ma'r fflama mor mesmerising, y lliwia'n toddi mewn i'w gilydd. Ma 'na siapia mad yn ymddangos fel ma'r fflama'n llyfu'r coed, ac ma hynny'n neud i fi feddwl am Siw a Beca, am ryw reswm, wbath i neud efo'r gwres, ella? Neu ma'n atgoffa fi o'r tân coed yn tŷ. Neu ella'r holl nosweithia dan ni di ista'n rar efo marshmallows a choelcerth. Ma Becs yn caru coelcerth. Ma Rob wastad yn deud fod Beca di bod yn wrach mewn past life. Dwi'n estyn yn ffôn o mhoced ac edrych ar lunia ohonyn nw. Ma 'na un o diwrnod blaen, y ddwy'n gorfedd o flaen tân, Beca mewn coban *Frozen* polyester afiach a Mwsog dan y flanced efo nw. Ma'r llun mor heddychlon a hyfryd, dwi'n cal rysh arall o swigod. Dwi'n codi'n ffôn yn nes at fy ngwyneb i fi gal gweld yn iawn, a gan mod i'n canolbwyntio gymaint ar y llun, dwi'n cal hartan pan ma Si yn landio wrth fy ymyl i'n drwsgl mwya sydyn. Dwi'n cuddio'n ffôn am ryw reswm.

"Iawn dŵd? Ti'n edrych miles away," medda fo, ac ma'n rhoi'i fraich dros yn sgwydda i a rhwbio mraich i, ac er bod o'n rhoi gwspimpls i fi, ma hefyd yn teimlo'n andros o soothing.

Dwi'n gafal yn ei law o. Gafal go iawn, plethu bob bys, dim hen afal rhech. Dwi'n edrych ar ein dwylo ni fel 'na ac ma'n job deud pwy bia pa fys, a dwi'n cal y teimlad trippy 'na eto, sy'n gneud i fi wenu. Dan ni totally ar yr un wavelength rŵan. Mwy o swigod. Ma'n pasio spliff arall i fi.

"Nes di brodi'r Sais private school 'na, do?"

Dwi'm yn siŵr pam fod o'n gofyn, achos ma obviously'n gwbo bo ni di priodi a di gwahanu.

"Do, a cal plant efo fo. Bach o lanast rŵan rili."

Teimlo'n bwysig mod i'n sôn am y plant.

Dim ateb.

"Ers faint ti nôl adra?" dwi'n gofyn.

"Few months," ma'n ateb, fel ma'n nadlu allan, gneud smoke rings.

Oedd o wastad yn arfer gneud hynna.

Dwi ar fin gofyn pam fod o di dod yn ôl adra pan ma pawb yn dechra disgyn allan trw'r drws yn gwisgo'u cotia. Pawb yn gwenu a siarad a hygio. Ma'r miwsig di gorffen. Ma'r noson drosodd. Gyted go iawn.

Ma Jon yn sylwi arnan ni'n swatio'n y gornel ac yn neidio draw atan ni.

"Parti'n tŷ Tom, dan ni gyd am gerddad draw. Dod?"

Ma Si a fi'n deud "na" run pryd, heb hyd yn oed drafod.

Ma Jon yn codi'i aelia, "Dach chi'n edrych fatha dau blentyn bach drwg yn ista'n fanna. Dach chi isio tacsi fi, 'ta? Ma fod yma am ddau."

Ma Karen yn cerddad allan trw'r drws efo potel o ddŵr. Ma hi'n edrych yn hollol, hollol nacyrd.

"Sut dwi'n mynd adra? Fedra i'm dawnsio dim mwy. Dwi angen mynd i gwely. Sgynnan ni dacsi?"

Wedyn ma hi'n edrych arnan ni'n dau, wedyn edrych o'i chwmpas eto, cyn ychwanegu, "Neu acshli, lle ma Jon? Dwi am fynd i ffindio Jon," ac off â hi.

A dyna sut dwi'n landio mewn tacsi hanner awr wedyn efo Si'n gofyn, "Ti am ddod adra efo fi, 'ta?"

Dwi'n nodio. Hollol out of character. Ond dwi'n cofio mod i'm rili'n gwbo be ydi'n character i bellach, so who ffycin cares. A dwi'm isio heno orffen.

"YES!" medda Si'n gwenu. "Amser rhoi'r holl missed opportunities 'na to bed, dydi? Literally."

Pan dan ni'n cyrradd ei dŷ fo, dan ni'n ista ar stepan drws am chydig, sgwydda a choesa'n cyffwr, y ddau ohonan ni'n cal smôc a bach o breather cyn mynd i mewn. Ma'n teimlo fel y calm before y storm.

"Ti isio panad?" ma'n gofyn fel ma'n codi a dechra patio'i bocedi yn chwilio am ei oriad. "Gen i cotton mouth mwya ffwcedig."

Unwaith ma di agor y drws, dwi'n codi a'i ddilyn o i mewn. Ma'n arwain fi'n syth i'r gegin a dwi'n ista wrth y bwr. Ma'n chwara efo'i ffôn tra ma'r tegell yn berwi, a mwya sydyn ma 'na fiwsig yn dod o rwla, llenwi'r stafell. Ma'r riffs agoriadol yn ngharìo fi'n syth nôl i'r Student Lounge a'r meincia yn coleg. Ma'n cymyd dipyn i fi nabod y gân.

System of a Down. 'Chop Suey'.

"O mai god, dwi'm di clwad y gân yma ers ages," dwi'n hanner gweiddi, fel dwi'n codi.

Ma'n gwenu.

"Gân yma *wastad* yn neud i fi feddwl amdanat ti," ma'n deud, yn pwyso'n ôl ar y worktop a sbio arna i. "Ti a dy headphones yn stoned i gyd, dwdlo, constantly'n siarad am fiwsig."

"Ffyyyyc, o'n i di completley anghofio fod y gân yma'n even bodoli," dwi'n deud efo nwylo ar led.

"Tyd," ma'n deud gan afal yn y ddwy banad a phwyntio efo'i ben at y soffas.

Unwaith ma di'u rhoi nw lawr ar y bwr coffi, ma'n gafal yn fy nwylo i a nhynnu fi'n nes. Ma'n plethu'n bysidd ni eto, a thynnu'n breichia ni allan i'r ochor i dynnu'n cyrff ni'n nes.

"Ti oedd y person mwya cŵl yna heno," ma'n deud, a dan ni'n pwyso dalcen wrth dalcen eto. "Ti mor ffycin cŵl," ma'n mwydro fel ma'n gwefusa ni'n cyffwr, "wastad wedi bod."

Ma'i agosrwydd o'n teimlo'n wiyrd, heb y miwsig a'r ceos o'n cwmpas ni. Ma'n blasu fel mwg a cemicals ac ma siâp ei geg o'n teimlo'n rhyfedd, fel trio cau botyma'n gwisgo menyg.

Dwi'n meddwl am Rob.

Paid â meddwl am Rob.

Urgh, head melt.

"Iawn?" ma Si'n gofyn efo'i wefusa'n dal yn cyffwr rhai fi.

Yn lle ateb, cos let's face it, dwi probably ddim yn iawn, dim rili, dwi'n rhoi fy nwylo ym mhocedi ôl ei jîns o, a'i dynnu fo'n nes. Ma'n nadlu fewn, a symud ei wefusa lawr fy ngwddw i a rhoi'i ddwylo ar fy nghefn i, o dan fy nghrys i. Ma'i ddwylo fo'n gynnes ers gafal yn y paneidia poeth, ac yn teimlo'n smŵdd fel ma nw'n symud fyny a lawr. Dim byd tebyg i ddwylo papur tywod Rob.

Ma'r skin on skin contact yn dod â fi allan o mhen ac yn ôl i nghorff. Ma'n cymyd cam arall ymlaen nes ma'n cyrff ni i gyd yn cyffwr. Dim mwy o oedi. Ma'n ngwthio fi'n erbyn y wal a dwi'n cal braw faint dwi'n ymateb. Dwi'n symud fy llaw fyny i'w wallt o.

"Awn ni fyny grisia?" ma'n gofyn, ac yn edrych efo'i llgada tuag at y grisia'r tu ôl i ni.

Dwi'n nodio.

Erbyn i fi gyrradd tua'r pedwerydd gris, ma Si'n troi'n ôl i edrych arna i cyn deud, "Ffyyyyyc, dwi'n methu credu fod hyn acshli'n digwydd. Ma hyn acshli'n digwydd, reit rŵan, dydi? Fedri di ffycin gredu'r peth?"

Dwi'n giglo.

"A dwi mor high," ma'n ychwanegu wedyn fel ma'n hanner baglu, "paid â disgwl Olympic performance, iawn?" Ac ma'r ddau ohonan ni'n chwerthin yn iawn erbyn dan ni di cyrradd ei lofft o.

"Ti'n meddwl bo ti'n high? Dyma tro cynta i fi gymyd dim byd ers tua …", dwi'n meddwl, "bron i wyth mlynedd. Dwi'm even di yfed ers tua tair mlynedd."

"Wel, ti di gneud fyny am hynny heno 'ma do," ma'n deud, ac ma'n dod tuag ata i. "Ga i dynnu hwn?" ma'n gofyn.

Dwi'n nodio eto.

Ma'n tynnu nhop i dros fy mhen i. Ma'n tynnu un fo syth wedyn. Am eiliad, dwi'n cal braw eto fod o'n edrych mor wahanol i Rob, ond wedyn ma'r teimlad o groen ar groen yn eclipsio hynny. Ma'r sensation a'r intimacy'n hollol intoxicating, a dwi'n teimlo mod i'n dod fyny am y tro cynta eto.

"Ma hyn yn mynd i fod yn ffycin amazing, V. Bron i ugain mlynedd o build up, how's that for foreplay?"

pennod 3

I'm just surfacing, finally accepting that I need to get up and find some paracetamols and that Mars milkshake I bought yesterday, glad I've got nothing on this morning, when I hear the key in the front door. I know from the jangling that it's Mum. Fucking hell, does this woman know no boundaries?

"Morning darling. We've brought you a bacon sandwich. Oh dear, you really need to open some windows in here," she declares as I hear the woosh of the kitchen window being flung open.

"It's already gone ten darling, we're all meeting for lunch at one, remember? You really should be up by now."

Fuck off. I have *got* to move out of this bungalow.

"There's a lot of washing in this basket, I'll take some home with me," she calls, and I can hear her moving around in the corridor outside my bedroom, heading for the bathroom.

"I've put some cottage pies in the freezer too," she adds.

Just as I'm about to say something I'll regret, my bedroom door swings open and Siw storms in and jumps on my bed.

"Do you have a pen mawr, Dad?" she asks, giggling.

"I do Siw, I have a big pen mawr, and your grandmother's making it worse. Tell her to go away," I say, my voice thick from all the smoking.

She lies down on top of the duvet next to me and strokes

my bald head. Her little hand feels cool and soothing. Next minute, Beca runs in and dives on the bed to join us.

"You need a cawod, Dad," she says. "You smell like fire." She tries to budge in between me and Siw, always wanting to be the closest.

"Beca, paid, ti'n brifo fi."

"Tro fi ydi o Siw, ti di cal hỳgs yn barod."

"Paaaaaaaaaid."

"C'mon girls, leave Daddy alone now. Come, come."

Jesus, she talks to them like they're pets.

She bustles up to the door and peeps into the bedroom. It looks exactly the same as when I moved in. Flowery curtains and bedding, and a white dressing table with a stupid heart shaped mirror. My mother has truly terrible taste. I see her clock the packet of Golden Virginia, loose Rizlas and errant filter tips all over said dresser. I really hope my grinder isn't on there.

"Daddy really needs to tidy up in here, doesn't he girls?"

"DAD. They call me DAD!" I growl.

She *knows* I hate being called Daddy.

The girls get up and Beca asks me not to be long, before giving Siw a sneaky shove out the door, mumbling something about who's boss.

Mum pops her head back in and says, "I do hope last night went well darling, and that you had a nice evening. You are allowed to have some fun, you know?" She looks at me with such kindness that I feel my throat go a bit funny.

"Now, chop chop, don't be long, and open that window for goodness' sake, it smells like a brewery in here." Just before she closes the door, she pops her head back in again. "And you really do need to stop smoking darling. It ages one's skin terribly."

V would crack up at that last comment.

I suddenly remember her dancing with that chav last night and realise that she didn't leave with me.

I pick up my phone. Seeing her name already there makes me smile.

> **V:**
> HNY. Call me. I want to speak to the girls

No idea what HNY means. Sent at 8.47am. So she must have been at home then at least. She wouldn't be up that early if she'd had a wild night. Although, anything past 6am is late for her. I get up and swing my legs over the side of the bed. I have to hold my head in my hands as I type.

> **Rob:**
> Will do. Lunch @ 1. Hungover to fuck. U?

I want to write more about Mum turning up uninvited and how I should change the locks or something funny, but I can't get the spelling or the order of the words right. It's like someone's taken my batteries out.

I give up and head for a cawod. As I'm standing under the hot water, I make a mental note not to ask V anything about last night. I mustn't quiz her. Liz said the other day that I'm too intense with her.

* * *

Ma cerddad mewn i dŷ gwag jest cyn naw y bora reit rhyfedd. Dwi'n teimlo'n shit pan dwi'n gweld Mwsog druan yn gorfedd wrth drws, bron marw isio mynd allan. Dwi'n berson drwg. Paid â meddwl am faint ma di bod yn ista yna. Jest paid.

Ma bob man rhy ddistaw.

Tra dwi'n tynnu'n sgidia, dwi'n edrych ar y gegin fel taswn i'n gweld y stafell am y tro cynta; y bocs o sgidia bach wrth drws, y cotia lliwgar ar y bacha isel a'r hogla cartrefol 'na; cyfuniad o hogla coginio a thân coed. Dwi'n caru'r tŷ 'ma. Bob tro dwi'n dod trw drws gegin, dwi'n teimlo'n sgwydda i'n dod lawr o nghlustia i.

Ar ôl rhoi tegell i ferwi, dwi'n sefyll yn syllu allan trw ffenest. Fedra i'm peidio gwenu pan dwi'n cofio nithiwr. Dwi'n rhoi System of a Down i chwara a tecstio Rob yn sydyn i ddeud mod isio siarad efo'r genod. Sgwn i sut mae o'n teimlo bora 'ma? Dipyn o ben mawr, dwi'n ama.

Fel dwi'n dyncio'r bag te yn y gwpan, dwi'n sylweddoli mod i di cal one night stand am y tro cynta erioed. Erioed, erioed.

Blydi hel.

Efo Si o coleg, of all people. Ma mor surprsing dwi'n chwerthin i fi'n hun fatha wiyrdo. Si. Si Pritchard, he of myth and legend. Dwi'n dal efo'r teimlad, y teimlad intense 'na o ryddid ges i nithiwr ar ôl i Liz fynd â Rob adra. Ma ngneud i'n twitchy. Ma siŵr ma dyna pam nes i gerddad adra mor fuan. O'n i methu cysgu, cal yr holl train of thoughts nuts 'ma, am Si, am Rob, am y plant, oeddan nw i gyd yn toddi mewn i un peth mawr trippy. Fysa Rob ddim yn hapus mod i di cerddad llwybr chwaral ar ben fy hun yn twllwch, ond o'n i'n ysu i gyrradd adra i fi gal llonydd i drio neud sens o bob dim. Ma'r noson mor fractured. Fel tua deg noson wahanol. Dreifio yna efo Rob. Liz a Karen. Dawnsio. Rob. Tŷ Si. Gwely Si. Cerddad adra. Dwi'n teimlo mrên i'n codi sbid.

Ma ffôn tŷ'n canu. Does 'na mond un person sy'n ffonio ffôn tŷ. Mam. Dwi'm yn y mŵd, ond dwi'n gwbo os na i ddim ateb, neith hi drio eto ac eto ac eto.

Dwi prin di deud helô cyn iddi ddechra holi os es i allan nithiwr.

"Yn y Sgubor?" ma hi'n gofyn.

"Beudy, Mam. Dim sgubor!"

Ma raid mod i ar speaker achos dwi'n clwad Dad yn chwerthin yn rwla.

"Haia Dad," dwi'n gweiddi, a dwi'n cal, "IAWN VEDA?" yn ôl, ac "SGEN TI HANGOFYR?" wedyn.

"Oedd Rob hefo ti?"

"Oedd. Sort of. Na, dim rili. Wel, oedd o yna."

Dwi bron yn gallu clwad brên Mam yn trio meddwl sut i ateb hynna.

"Genod efo'i rieni fo?" ma hi'n gofyn.

Dwi'n ateb efo jest 'mmmm' achos dwi'n gwbo fod Mam isio gweld y genod mwy. Ond ma nw awr i ffwr, ac ma jest yn gneud bob dim mwy cymhleth. A fedra i'm copio efo siom Mam. Ma hi mor gyted am Rob. I'r pwynt lle ma hi'n siarad am y peth bob tro ma hi'n ffonio. Bron marw isio bob dim wedi sortio. Ma'n exhausting ac yn gneud i fi gadw hi hyd braich drw'r adag. Sy'n gneud hi'n waeth. Well gen i approach Dad, anwybyddu'r holl beth. Fel tasa dim di newid.

"Ddo i draw yn fuan," dwi'n trio.

"Mae parti pen-blwydd Taid Cae Mynydd ar y unfed ar ddeg ar hugain, fedrith y pedwar ohonoch chi ddod?"

"Ar y be?!?" dwi'n chwerthin.

"THIRTY FIRST, VEDA," dwi'n clwad Dad yn gweiddi. "NES I ORFOD GOFYN HEFYD."

Dwi'n sbio ar y calendar.

"Parti ar nos Fercher?!?"

"DYNA'N UNION DDUDISH I, VEDA!"

"Rho'r gorau i weiddi, Emyr. Plis dewch," ma Mam yn gofyn eto.

"Ma'r plant efo Rob ar nos Fercher, rhaid i fi ofyn i Rob."

"O Veda," ma Mam yn deud yn y llais ma hi'n iwsio efo Siw a Beca. "Ti isio fi siarad efo fo?"

Mai God nagoes.

"Na sori, syniad gwirion. O Veda bach, be ga i neud i helpu?"

"Dim byd, Mam. Jest peidio siarad am y peth."

"Ti mor annibynnol! Yn union fel dy Nain Veda," ma hi'n cwyno, fel tasa hynny'n beth drwg.

Ac eniwê, fedrith hi ddim bod yn fwy rong, dwi'n hollol ddibynnol ar Rob. Am le i fyw, am bres, am help efo'r plant. Am bob dim. Ffycin dipresing. Jesus Christ, dyma pam dwi'm yn licio siarad efo Mam. Dwi'm isio meddwl am y peth.

Dwi'n edrych ar lun Nain Veda ar silff ffenest, efo'i pherm tyn a smôc rhwng ei gwefusa. Ma hi'n edrych mor cŵl yn ei sbecs mawr a'i lipstic oren. Dwi'n meddwl fysa Nain Veda a fi di bod yn fêts.

"Rhaid i fi fynd Mam, lot i neud cyn i'r genod ddod adra."

"Ti am ddod heibio cyn i'r genod fynd yn ôl i'r ysgol?"

Dwi'n llwyddo i roi'r ffôn lawr heb addo dim byd. So ffiw. Dwi'n pwyso'n ôl ar y wal. Blydi hel, ma siarad efo Mam mor stressful.

Wedyn, dwi'n meddwl am Si eto. Ma hynny'n teimlo'n stressful rŵan hefyd. Oedd o'n dal i gysgu, pan nes i adal. Ddylwn i di ddeffro fo cyn mynd? Dwi'm yn sicr be di'r etiquette efo'r petha 'ma. Nes i adal yn rhif ffôn ar bishyn o bapur yn gegin. Rŵan dwi'n meddwl mod i'n difaru gneud hynny. Braidd yn presumptious, doedd? Dwi'n cal yr hen deimlad poeth 'na ar fy ngwar, fel taswn i di neud wbath rili embarasing. Dwi'n ysgwyd fy mhen ond cwbl ma hynny'n neud ydi tynnu sylw at y ffaith fod gen i gur pen. Ac wedyn dwi'n meddwl am Rob eto. Ac am y plant. A dwi'n edrych rownd y gegin a dwi rili ddim isio bod yma ar ben fy hun.

Dwi'n trio nadlu'n ddyfn.

What goes up must come down.

Cawod. Dwi angen cawod. Cawod boeth, wedyn bwyd, wedyn nap. Shut down a restart, fatha cyfrifiadur.

Ond gynta, ffonio Tara. Ma Tara wastad run fath. Pob dim yn iawn ym myd Tara o hyd.

Ma hi'n ateb efo, "Blwyddyn newydd dda f'annwyl chwaer."

Dwi'n gallu deud fod ganddi fwyd yn ei cheg cyn iddi ychwanegu, "Sori, bwyta tost."

Ma 'na sŵn radio, plant, cŵn a ceos yn y cefndir. Tynnu sylw at y tawelwch llethol yma.

"Ges i one night stand am tro cynta rioed nithiwr," dwi'n deud, strêt in, y frawddeg i gyd yn dod allan fel un gair.

Dwi'n teimlo mod i angen ei ddeud o'n uchel, i weld sut ma'n swnio.

No big deal. No. Big. Deal.

"O ddifri?"

"Cofio Si Pritchard o dre?"

"O mam bach, yr hogyn tal 'na oedd yn arfer gweithio'n y Crown'?"

Fuodd Tara rioed ar gyfyl y Crown. Llawn townies, medda hi.

"Doedd o ddim wbath i neud efo'r criw dwyn ..." ma hi'n dechra, ond dwi'n torri ar ei thraws.

Dwi'm isio iddi ddechra pregethu am hynna eto.

"Dwi rioed di cal secs yn Gymraeg o blaen."

Ma hynna'n gneud iddi chwerthin. A dwi'n teimlo bach gwell. Os fysa fo'n wbath hollol gywilyddus fysa Tara ddim yn chwerthin, na?

"Oedd diffyg treiglo hogyn dre yn turn off?"

Nhro fi i chwerthin.

Dwi isio siarad am bob dim nath o ddeud, bob dim nath o neud, ond dwi'm yn siŵr os neith hi ddallt. Ond hefyd, run pryd, dwi'm yn siŵr os dwi isio meddwl am y peth. Ma'r holl beth yn dechra snowballio yn fy mhen i. No. Big. Deal. Dwi'n atgoffa fy hun. God, dwi'n teimlo fel taswn i di byta gormod o siwgr. Ma 'na lôds o siwgr mewn seidar, does? Wow, ma bob dim dal yn rili ffast.

"Be nathoch chi nithiwr?" dwi'n gofyn, canolbwyntio ar siarad yn normal.

"Dim byd, dal angen godro ar ddiwrnod Calan yn anffodus." Ac wedyn ma hi'n ychwanegu, "dwi mor genfigennus o dy ryddid di."

Rhyddid is not all that.

"Dwi'n teimlo'n euog … am Rob," dwi'n deud, a dydi Tara ddim yn ateb. "Na acshli, dim euog, mwy fel … be di grief yn Gymraeg?"

"Galar."

"Ia, galar. Dwi'n teimlo galar."

"Na, 'ti'n galaru' wyt ti'n ddeud."

Rêl athrawes Gymraeg. Dwi'n rowlio'n llgada pen yma i ffôn.

"O paid Tara. Wyt ti'n gwbo be di thirty first yn Gymraeg?"

"Unfed ar ddeg ar hugain," ma hi'n ateb, heb feddwl am y peth o gwbl.

"Wow! Ma'n nyts bo ni di cal yn magu yn yr un tŷ, dydi?"

Ma hi'n chwerthin a deud dim byd.

"A deud y gwir, dwi'm yn synnu dy fod di'n galaru, dwi'n meddwl dy fod di angen galaru, achos …" ma hi'n dechra mwydro eto.

"Ah whatever, blydi Debbie Downer. Pam bo ti a Mam wastad isio siarad am bob dim?"

"O paid, Veda! A cofia, bydda'n ofalus. Mae Si Pritchard o gefndir gwahanol iawn i ni."

Snob.

"Reit, dwi off am gawod," dwi'n deud. "Paid â sôn wrth Mam iawn?"

Ar ôl nap, dwi'n teimlo'n well. Dwi'n ista yn y gader freichia'n gegin, coesa dan fy mhen-ôl i, yn trio darllen, ond rili dwi jest yn syllu allan trw ffenest. Fel dwi di neud rhan fwya o'r diwrnod. A di Rob dal heb ffonio. Ma gen i lwyth o waith tŷ angen ei neud, ond yn lle hynny, dwi'n wastio'n amser yn dadansoddi nithiwr. Wwww, dadansoddi, gair da. Dwi'm di iwsio hwnna ers talwm. Mi fysa Mam yn impresd.

Eniwê. Nôl i nithiwr. Nes i fihafio fel dau berson hollol wahanol. A fedra i'm ffigro allan pa un oedd y fi go iawn. Y person ocwyrd yn yr hanner cynta, neu'r person hollol bowld yn yr ail hanner.

Mwya sydyn ma Mwsog yn dechra cyfarth, a rhai eiliada wedyn ma'r genod yn rhedeg mewn yn gweiddi, "Maaaaaaam!"

Ma Beca'n neidio ar fy nglin i a gafal rownd fy ngwddw i.

Dwi'n cal all the feels.

"Hei mwddrwgs," medda fi tra'n gwasgu hi'n dynn, dynn.

Ma nw'n hogla fel Granny Pam. Hen hogla glân cemegol. Bet bo hi di sgwrio nw efo sebon cry a shampŵ drud. A golchi'u dillad nw efo fabric softner. Ma hi wastad yn neud comment mod i'n iwsio Ecover a bo'n dillad ni ddim yn wyn. Hygine standards fi ddim cweit mor uchel â rhai hi, but I don't give a shit, Granny Pam. Got bigger fish to fry.

"Nathoch chi fwynhau'n tŷ Granny a Grandad?"

"Do, gathon ni aros lawr grisia tan oedd hi'n hwyr, *rili* hwyr," medda Siw, sy'n sefyll wrth ochor y gader yn rhoi dyrtan i Becs am gymyd y sylw i gyd.

Grêt, fi fydd yn goro delio efo fallout hynna nes ymlaen efo homar o hangofyr. Ond ma'r tŷ'n teimlo gymaint neisiach rŵan efo mwy o egni a sŵn. Ma di cal ei adeiladu ar gyfer teulu. Dio'm yn neud sens heb blant. Dwi'm yn gneud sens heb y plant. O, dwi'n falch bo nw adra.

"Gawn ni watsio *PJ Masks* rŵan? Upstairs?" mae Siw'n ychwanegu'n obeithiol.

"Yyyy … be? Upstairs?!? Be di upstairs yn Gymraeg?" dwi'n gofyn.

"Fyny grisia," ma Beca'n gweiddi.

"A be di watsio?" dwi'n dal arnyn nw.

Y ddwy'n syllu.

"Gwylio. Mi gewch chi wylio PJ Masks fyny grisia," dwi'n ailadrodd mewn llais athrawes.

Dwi'n troi mewn i Mam.

Ma Rob di dilyn nw mewn, ac ma'n sefyll yn drws, ei gorff o'n llenwi'r ffrâm. Ma'n edrych yn llwyd a di blino, bagia'r genod yn edrych mor fach yn ei ddwylo mawr o. Ma jest ei weld o yna'n gneud i fi wenu. Falch mod i di cal cawod.

"Dim teledu unless you take these bags *fyny grisia* first, Mam's not your maid, remember."

Ma nw'n cwyno'n ddistaw ond yn gneud fel ma'n ddeud.

"Dau PJ Masks, dim mwy iawn?" dwi'n galw ar eu hola nw.

Dau episode, ugain munud yr un, deugain munud. Withia dwi'n meddwl mod i'n mesur y mywyd mewn episodes o PJ Masks.

"Why are all their toys on the buarth, V? I nearly drove over one of the scooters."

O MAI GOD. Piss off.

"And they'll rust. Those are good scooters."

Dwi'n cymyd anadl dyfn, dramatig eto a rhoi mhen yn ôl ac edrych ar y to. Rise above. Rise above.

"Sorry. Sorry," ac ma'n gneud llgada llo arna i, cyn ychwanegu, "Mum thought you'd be hungover so she made you a take-away roast and this huge crumble," ac ma'n rhoi dwy blât efo ffoil drostyn nw ar y bwr.

Dwi'n hogla chwys hangofyr arno fo fel ma'n pwyso heibio i fi.

"Ah, she is a legend, a very controlling legend, but a

legend none the less," dwi'n deud wrth i fi godi i nôl cytleri o'r drôr.

"I'm hanging," ma Rob yn ochneidio fel mae o hefyd yn mynd draw at y drôr i nôl llwy.

Ma'n plygu i roi anwes i Mwsog ar y ffor. Ma Mwsog yn aros yn dynn wrth ei sodla fo. Nath o dorri'i galon yn lân pan ath o o 'ma. Ma'n dal yn udo wrth giât rar pan ma Rob yn mynd adra. Withia dwi'n teimlo fel ymuno efo fo.

Fel ma Rob yn agor y drôr, ma'n plygu lawr i eye level ac yn tynnu'r drôr mewn ac allan, mewn ac allan.

"Why is this drawer always so stiff?" ma'n gofyn.

Mwy o agor a cau.

"I never got this one right, it's always annoyed me."

Dwi'n deud wrtho fo i, leave my drawer alone. Ma'n swnio'n wiyrdli flirty.

"I'll bring the planer next time, sort it out," ma'n deud, fel tasa fo'm even di nghlywed i, cyn dod i ista yn ngwynebu fi wrth y bwr a dechra byta crymbl.

"This isn't healthy, is it?" dwi'n cyhoeddi fel dwi'n rhoi llond llwy o grymbl yn fy ngheg.

"Ah it's not so bad, s'got fruit, hasn't it?"

"Not the crumble you idiot, us, this, our relationship … or friendship, whatever," dwi'n deud, a dwi'n pwyntio tuag ata fi, ac wedyn fo, a nôl a mlaen efo'r llwy, a gwasgaru crymbl topping yn bob man.

Ma'i sgwydda fo'n gollwng.

"Seems fine to me. You always get paranoid when you're hungover."

Dwi'm yn ateb. Dwi'n casáu pan ma'n neud sweeping assumptions ac yn trin y presennol fel y gorffennol.

"The girls are happy, aren't they? That's all I care about," ma'n ychwanegu.

Mae o mor blydi smyg withia.

"Yeah … course, me too, but … do our lives need to be

this … intertwined?" a dwi'n chwyrlïo fy llwy fyny i'r awyr i drio illustratio'r intertwined-ness 'ma.

"Yes, our lives *do* need to be this intertwined, V. We have bloody kids. Look, don't worry, it's fine, I won't fix *your* drawer. C'mon, cheer up, we're doing really well, considering where we were a year ago."

Digon teg, am wn i.

"Right, I'm off," ac ma'n rhoi'r llwy yn y dishwasher a mynd tuag at y drws.

Ma'n gweiddi ta-ta trw'r drws, a deud wrthyn nw neith o weld nw dydd Mercher. Dim ateb.

"Just so you know I'm bringing this up next time I see you," dwi'n deud.

Dwi fel mod i'n pigo briw, trio tynnu gwaed.

"Ok then, let's talk about it. Let's talk about the last year, all of it," ac ma'n tynnu'r gader yn ôl ac yn ista gyferbyn â fi eto. "You start."

O shit.

"Well?" ma'n gofyn, yn syllu arna i. "You start?"

Dwi'n rhewi.

"Thought so," ma'n ateb wrth godi, cyn rhoi'i ddwylo dros ei glustia fel ma'n mynd allan trw drws, achos dwi'n gweiddi, "THIS CONVERSATION IS NOT OVER, ROB" ar ei ôl o.

"YOU'RE NOT EVEN MAKING SENSE," ma'n gweiddi'n ôl. "DRINK SOME WATER AND GET SOME SLEEP."

Ma'n mynd rownd y gornel ac fel ma'n pasio ffenest gegin, ma'n chwerthin a gneud motion saethu gwn ar ochor ei ben a mouthio 'pow', cyn rhedeg lawr y llwybr i'w Land Rover. Ac unwaith eto, ma'n dreifio lawr y trac efo'i law allan trw ffenest yn chwifio arna i fel ma'n gadal.

Ma Mwsog yn sefyll wrth y giât ac yn udo cyn dod yn ôl i tŷ. Fel ma'n dod trw'r drws efo'i gwnffon rhwng ei goesa, ma'n ffôn i'n crynu.

Ma 'na neges o gynna gan Tara.

> **Tara:**
> Wedi meddwl am y peth, dydw i erioed wedi cael secs yn Saesneg!!!

Wedyn ...

> **Si:**
> Lle es ti bora ma mor fuan? Dwi'n big fan o'r morning after shag. Repeat performance? xxxx

Dwi'n cal ymateb corfforol i'r tecst, teimlo cefn fy ngwddw i'n gwrido a thynhau mysyls fy pelvic floor heb feddwl. Wedyn dwi'n edrych o nghwmpas i neud yn siŵr fod 'na neb di gweld. Diolch byth am PJ Masks.

> **V:**
> Pam ddim! X

> **Si:**
> Pam nathon ni ddim meddwl am hyn 20 yrs yn ol? xxx

Wel, mi nes i feddwl am y peth acshli Si, nes i feddwl LOT am y peth ...

pennod 4

Bron i ugain mlynedd yn ôl …

> **Missed call from Rob**

> **Rob:**
> Got news xxxxxx

Fedra i'm canolbwyntio ar Rob pan ma Si yn ista yn fama reit drws nesa i fi. Ma mrên i'n fflip-fflopio rhwng y ddau. Dwi'm yn dallt pam fod o'n ffonio o hyd. Be sy'n bod ar decstio?

"Stopia edrych ar ffôn ti V, amser miwsig," medda Si, ac ma'n pasio'r headphone chwith i fi.

Ma'n dwylo ni'n cyffwr a dwi'n trio peidio bod yn bothered. Urgh.

Ma'n pwyso play ac ma 'Fuzzy Logic' gan Super Furries yn dechra chwara, myddaru fi. Gruff yn canu am magic a duw a hamsters a bob dim arall. Dan ni'n ista ar y meincia wrth ochor yr afon achos dydi security ddim yn cerddad mor bell â fama. Dan ni technically off college grounds.

Ar ddydd Iau, Si a fi ydi'r unig rai o'n grŵp bach ni efo gwersi rhydd rhwng dau a phedwar o'r gloch, ma Liz mewn gwers Seicoleg, Duw a ŵyr lle ma Jon, felly dan ni di dechra dod yma i rannu miwsig a chal spliff bach slei cyn dwi'n goro dal y bys adra.

Dal methu credu fod o isio hangio allan efo jest fi, er

nath o ddeud o blaen fod o'n licio, achos ni di'r rhai o'r unig rai sy'n siarad Cymraeg. Withia, pan dan ni efo pawb arall, ma'n gneud comments bach distaw yn Gymraeg, gwbo ma mond fi, Jon a Liz sy'n dallt. Fatha pan ddudodd o bod y boi na'n dawnsio fatha Jeifin Jenkins. Gelan.

Ma'n rhoi'i fraich ar hyd cefn y fainc, ei law o jest tu ôl i ngwddw i, a dechra tapio'i fysidd. Dwi'n trio peidio ymateb, ond dwi'n teimlo bach yn flustered, gwbo'n iawn bo mocha fi'n dechra mynd yn goch. Ma'n edrych arna i a gwenu. Fedra i'm meddwl ac ma'n gwbo hynny'n iawn.

Dwi'n gyted mai dyma ddydd Iau ola tymor, felly dwi hyd yn oed llai cîn i wastio fo'n tecstio Rob, achos ma Si yn gadal am uni leni. Ma'n cau sdopio siarad am y peth. Turns out, mae o di bod yn gweithio'n galed behind the scenes run pryd â bod yn rebal. Dim fel Jon, sy jest di canolbwyntio ar y darn rebal.

Dwi'n meddwl am Rob. Mor wahanol i Si. A dim jest gan fod o'n Sais, ond gan fod o mor straight forward. Dim rumours o ddwyn ceir. Dim gwerthu weed. Dim cadw reiat yn dre bob wicend. A dim hogan wahanol ar ei fraich bob bora Llun.

Ma Si yn pigo mhortffolio i fyny oddi ar y llawr a dechra fflipio drwyddo. Ma'n sdopio ar yr un nes i neud nithiwr.

"Hwn yn newydd," ma'n deud, mwy fel statement na cwestiwn. "Very Gorillaz-esque. Be di enw'r boi sy'n gneud sdwff nw eto?"

Dwi'n CARU fod o wedi pigo fyny ar hynna a dwi'n methu peidio gwenu fatha fangirl.

Ma'n ffôn i'n bîpio. Pam fod o'n tecstio fi eto?

> **Rob:**
> Can I call? xxxxxx

"Pwy sy'n tecstio ti hundred million times? Dydyn nw ddim di rhedeg allan o credit eto?" ma Si yn gofyn.

No wê dwi'n deud wrtho fo am Rob. Ac as if bysa Rob byth yn rhedeg allan o credit.

"Pam ti'n blyshio eto? Gad fi weld." Ac wrth gipio'r Nokia 3310 o'n llaw i ma'n hitio blaen y spliff sy'n gneud i fi neidio fyny a ysgwyd fy nhrwsus cyn i fi gal tylla hot rocks yn bob man.

Ma Mam di bod yn holi am y tylla bach yn barod.

"Pwy ffwc ydi Rob a pam fod o'n rhoi gymaint o swsus i ti?"

Dwi jest yn ista lawr a ddim yn ateb.

"Sgen ti gariad, V?"

Dwi'm yn siŵr iawn be di o i Si os oes gen i neu beidio, ond ar ôl llond y lle o gwestiyna, dwi'n cyfadda ella fod gen i, ac ar ôl *lot* mwy o holi, dwi'n datgelu fod o'n frawd mawr i Liz ac yn arfer mynd i ysgol breifat lawr y coast. Ma'n amlwg mod i'm isio rhannu dim mwy o fanylion a dan ni'n ddistaw am dipyn.

"Dio'n hŷn na fi?" ma Si yn gofyn, randymli, wedyn. "Ti'n dal yn dod i house party Jon wicend, dwyt?"

Dwi'n deud mod i yn, ond dwi'n ama mod i ddim, achos ma Rob di cynnig ticed i fi fynd i gig Supergrass efo fo yn Lerpwl. Perks o gal car gan dy rieni. Mae o a Liz mor blydi spoilt. Lerpwl bach mwy egseiting na dre ddo, dydi?

"Well bo ti V, dwi'n gweithio gweddill yr ha, felly last chance saloon."

Dwi'm yn siŵr be ma'n drio'i ddeud. Fel hyn mae o o hyd, blydi briwsion.

"Ti am ddod dwyt? You better, ocê? Paid â dympio ni am ryw Sais private school, iawn?"

Dwi'n teimlo'i goes o'n symud chydig ac yn cyffwr un fi, ond cyn i fi gal meddwl sut i ymateb, ma'n ffôn i'n canu.

Rob.

★ ★ ★

I decided to call her in the end. I couldn't explain by text, and I don't want to send a message with loads of spelling mistakes.

I'm pulled over in a lay-by, not far from her college. We were working nearby and got to finish early to allow for the drive home. Dad's away on another job so we actually get to work reasonable hours. I was watching Tim work again today, and his skills are off the scale. He's making this amazing staircase. I swear to God it's like a work of art. I learnt more watching him for a couple of hours than I did in all those years at one of the best schools in the country. I'm just not designed for school, and I hate being shit at something. I like being the best at things.

She doesn't answer so I can't offer her a lift home or tell her that Liz has asked if she can bring her with us to the house in France for the summer. Liz knows V and me are messing around, so she checked with me first. I want to give her a heads up, so that she can have some time to think about it. I don't want her to think that I orchestrated it all. Although I had considered asking her myself but decided it might be a bit much. We've only been seeing each other a few weeks. It would be amazing if she came though.

There was me wasting my time with all these posh girls at school, and the coolest one was in my sister's bedroom the whole time. Those dreads, that eyebrow piercing, should've known she was a cut above. She's totally on it. Gets stuck in with everything. I've never had a girlfriend I can go climbing with before. Bet we could have some amazing holidays, like proper adventure stuff. And she has really cool taste in music. And her art. Blows my mind. And she's like proper proper Welsh. I've never had a Welsh girlfriend. She took me to a Welsh gig the other day. It was great, just being there with her makes me legit, like I'm allowed to be here, even with my posh accent and English parents. There's this whole party scene that I've never had access to before; and now I'm in.

I chuck my phone on the passenger seat and start the engine. I can't believe I'm driving. Things have really worked out for me this year. And now I've got a summer of sun, surfing and shagging in front of me. Well, hopefully anyway.

Just as I'm about to indicate, my phone vibrates.

Ah Jesus, lots of words. I turn the ignition off again.

> **V:**
> Hope work went well and Tim let you help. Did you get those Supergrass tickets already? Might not be able to make it. I'll call you when I get home, bus too noisy. Don't drive too fast boy racer xxx

* * *

Pan dwi'n cyrradd y parti, dwi'n gallu deud fod petha di mynd yn rhemp yn barod. Ma 'na hogan mewn miniskirt yn agor drws, ac ma 'na fiwsig uchel yn denig am rai eiliada cyn iddo gau eto. Ma pwy bynnag ydi hi'n ymuno efo'r bobol sy'n rar yn smocio. Ma 'na oleuada bob lliw i'w gweld yn y ffenestri i gyd, a jacedi Adidas a baseball caps yn bob man.

Ma Tara yn edrych ar y golwg trw ffenest car a deud, "Ti'n siŵr fod Mam wedi cytuno i hyn, Veda? Pwy ydi'r bobol 'ma i gyd?"

Townies. Pwy di'r townies 'ma i gyd? Dyna ma Tara'n feddwl go iawn.

Ma Liz a finna'n ddistaw. Dwi'n deud na i ffonio os dan ni isio lifft cyn neidio allan reit handi, rhag ofn i Tara fynd â ni'n syth nôl adra.

Gobeithio fod hyn werth colli gig Supergrass.

Ma Jon yn dod allan trw drws ffrynt yn gweiddi, "Ahhhhh Liz a V, you made it. Ma Karen tu mewn yn barod, yfed 'tha camel."

Be ma'r cymdogion yn feddwl? Dwi rioed di cal cymdogion, felly dwi'm yn siŵr sut ma petha fel 'na'n gweithio. Ma 'na lôds o bobol dwi'm yn nabod. Gwyneba dwi di weld rownd coleg ond rioed di siarad efo nw. Ma Jon yn nabod pawb. Ma 'na hogla skunk cry yn y gegin a disco ball yn y parlwr. Ma 'na bobol yn ista'n bob man ar y grisia, ar y soffas, ar y bwr byta'n gegin.

Dwi'n gweld Si yn y conservatory, wrthi'n rowlio spliff ar ei linia ar CD. Ma ngweld i a gwenu.

"V, ti di dod!" ma'n gweiddi ar draws y stafell.

Ma'i wên o'n contagious a dwi'n brathu ngwefus i drio peidio gwenu'n rhy llydan yn ôl arno fo.

Stay cool.

Dwi'n gweld fod Liz a Jon wrthi'n giglo'n gneud wbath efo'r holl boteli spirits. Withia dwi'n meddwl bysan nw'n neud cwpl da. Jon a Karen di'r dewis amlwg, ond ma Jon reit annwyl rownd Liz.

Dwi'n nôl can o Carlsberg oddi ar y worktop a cherddad at Si.

Stay cool.

Pan dwi'n ista ar fraich ei soffa fo'n swil i gyd tu mewn, ma'n deud, "Oedd Karen yn dechra meddwl bo ti a Liz di jibio."

"Na, jest lift issues. Bach yn bell i gerddad," dwi'n esbonio.

"Dwi wastad yn anghofio bo ti'n byw ganol nunlla," ma'n deud cyn llyfu'r papur a rowlio joint perffaith.

Dwi'n gwylio fo'n rhoi roach i mewn a'i dwtio fo.

"Joint perffaith if you ever saw one, ia?" ma'n deud, wrthi'n ei ddangos o i fi rhwng bys a bawd.

Dwi'n sbio arno fo a deud, "Ma cannwyll dy llgada di'n massive!"

"Ma be fi'n massive?"

"Cannwyll! Pupils."

Ma'n rhyw fath o nodio a deud, "Rioed di clwad hynna o blaen. Cannwyll. Cŵl."

Ma Bob Dylan yn chwara'n y cefndir ac ma 'na hogan efo gitâr yn y gornel. Ma hi'n edrych mor cŵl. Dwi'n edrych lawr ar fy jîns blêr sy wedi'u gorchuddio mewn paent melyn a thrênyrs mwdlyd a difaru mod i'm di gneud mwy o ymdrech. Dal efo'r hen deimlad 'na mod i ddim i fod yng nghanol y bobol cŵl 'ma i gyd.

Ma'n rhaid fod rhywun wedi newid y miwsig drws nesa achos ma 'na sŵn tecno mawr yn dod o rwla.

"Bach mwy chilled yn fama, dydi?" ma Si'n deud, ac ma'n rhoi'i law ar fy mhen-glin i a gwasgu chydig.

Ma 'na ryw foi mewn t-shirt melyn llachar drws nesa i Si'n deud, "Why are you two always speaking Welsh?"

Ma Si'n sbio'n gam arno fo.

"Anwybydda Dewin Dwl yn fama, ia. Tyd," ac ma'n codi a mynd allan i rar gefn. "Nob."

Ma 'na ddodrefn patio posh a swingball, a dwi'n cal visions o Jon yn hogyn bach yn rhedeg rownd yn trio hitio'r bêl.

"Ti isio un?" medda Si, cyn tynnu bag plastig clir llawn tabledi bach gwyn o boced ei gôt.

Dwi'n meddwl am y boi 'na ddoth i'r ysgol a dangos ffilm i ni am Leah Betts.

"Na, dim heno," dwi'n ateb, trio bod yn casual, a chymyd y spliff.

Ma Si fel fod o am ddechra deud wbath, ond yn newid ei feddwl funud ola, a rhoi pilsen yn ei geg.

"Lle ma'r Sais private school then?" ma'n gofyn jest cyn cymyd swig o'i gan.

Ma 'na wbath am ei lais o sy'n wahanol i'r arfer. Mwy hyderus. Mwy no nonsense. Ac ma'r cwestiwn yn swnio'n ddadleuol braidd, so dwi'm yn ateb o.

Ma'n cymyd cam yn nes.

49

"Dach chi'n official?"

Dal ddim yn ateb. Ma'n syllu i'n llgada fi.

Ma'n ddigon agos rŵan i fi allu ogleuo'i aftershave o. Ma'n rhoi'i fawd ar fy ngên i a dwi'n agor fy ngheg chydig heb feddwl.

O mai god. O mai god. O mai god.

Dan ni'n clwad y drws yn agor a lleisia Liz a Jon yn cario, so ma Si yn cymyd cam sydyn yn ôl ac yn ochneidio run pryd. Dan ni'n edrych i gyfeiriad y lleisia a gweld y ddau'n cerddad yn simsan tuag atan ni yn gafal mewn pedwar gwydr plastig rhyngthan, llawn rhyw goctêl coch.

"Yfwch hwn, y stonars," ma Jon yn deud ac yn pasio un i Si.

Dwi'n pasio'r spliff i Liz a chymyd y diod coch. Ma'n afiach a dwi'n tagu, gneud i Liz chwerthin.

"So how long's V been shagging your brother then, Liz? She's being all secretive with me," ac ma Si'n yfed y diod i gyd mewn un go.

Dan ni ddim acshli'n shagio. Dim eto eniwê.

Ma Jon yn edrych arna i'n surprised i gyd, "V! Y ... be di dark horse yn Gymraeg?" ac ma'n rhoi'i fraich dros yn sgwydda i.

"Ceffyl tywyll?" ma Liz yn cynnig.

Dwi'n rili, RILI trio peidio giglo, ma'n ddigon prin clwad Liz yn siarad Cymraeg fel ma hi, heb i fi chwerthin am ei phen hi.

Ma Si dal yn sefyll yna'n amlwg yn disgwyl ateb i'w gwestiwn.

"Not long is it, V?" ma Liz yn ateb. "But long enough to come to the South of France with us for the summer," ac ma hi'n gwenu'n ddi-niw arna i. "He's so chuffed you agreed."

"Oh, second home in the South of France, is it? How the other half live. So typically fucking English," ma Si'n deud yn filain.

Ma Liz yn cymyd cam yn ôl fel tasa fo wedi'i slapio hi.

Dwi'n deud, "Oi-y!" run pryd, ac ma Jon yn codi'i lais a deud, "Woah, mêt. Not cool."

Ma'n swnio run mor surprised â ni, a dwi'n ei weld o'n gafal yn llaw Liz.

Ma Si jest yn cerddad yn ôl mewn i'r parti. Couldn't give a shit.

"What's wrong with him?" ma Liz yn gofyn i Jon.

"Well, I suspect he's had some chemical assistance and is therefore being a twat. I also suspect he was hoping to get in V's knickers tonight." Ma'n edrych arna i fel ma'n deud hynna, "only your brother's put a spanner in the works."

Dwi'n edrych ar y llawr. Dwi'n gwbo fyswn i ddim wedi deud na.

Pan dwi'n mynd nôl fewn i'r conservatory, ma Si wrth ymyl yr hogan 'na efo gitâr, yn pwyso drosti'n dangos ryw gord, a'i ddwylo fo dros ei bysidd hi.

Man-slag. Mae o'n gymaint o blydi man-slag.

Ma'i d-shirt o'n cal ei dynnu fyny fel ma'n gwyro'n nes ati a dwi'n gweld chydig o groen. Dwi'n llusgo'n llaw lawr fy ngwyneb a thrio peidio ypsetio.

"Siriysli, V, fysa fo'n messio ti o gwmpas," ma rywun yn deud tu ôl i fi.

Dwi'n troi rownd a gweld Jon yn gwyro'i ben. Dwi'n gwenu heb ddannadd i drio cuddio'n siom. Ma'n rhoi braich dros yn ysgwydd i eto ac yn arwain fi'n ôl at y concotion coch.

"Let's get wasted," dwi'n deud, a llenwi gwydriad arall.

"Wyt ti newydd ddeud y magic words, V?" ac ma Karen yn ymddangos o rywle, llawn lipstic coch, eyeshadow gliter a llgada marblis yn rowlio i bob man.

Ma gweld Karen yn gneud i fi ymlacio. Os ydi Karen yma, ma pob dim yn iawn. Ma Karen di bod yna ers dwi'n bump oed, a dio'm bwys faint o ffrindia newydd dwi di neud yn coleg, fydda i wastad angen Karen. Dwi'n gyted bo hi di dewis chweched yn lle coleg. Ond ma hi obviously yn mynd i gal tair A, felly dwi'n trio bod yn falch drosti. Mam wastad yn deud dylwn i fod mwy fel Karen. If only she knew!

"Karen, my spirit animal, tyd i ddawnsio efo ni," ac ma Jon yn llusgo ni drwadd i'r parlwr.

Ac eniwê, ma hi'n ffitio mewn yn berffaith efo criw coleg ar wicends.

"Dwi di cyfarfod dy ffrind di, Mike, boi neis ..." dwi'n clwad Karen yn gweiddi i gyfeiriad Jon.

"Ma'r boi'n complete muppet, Karen. Paid ag even ..." ond ma'r miwsig rhy uchel i fi glwad diwedd y comment.

Pan dwi'n dod i nôl diod arall, ma pob dim yn fuzzy a'r ymylon yn feddal. Dwi'n hanner ystyried mynd i chwilio am Si pan ma'n ffôn i'n crynu yn fy mhoced i. Dwi'n cau un llygad i ddarllen.

> **Rob:**
> Hope party is good. Missed u at gig 2nite. Just got home. Call me 2moro xxxx

Hyd yn oed yn y stad yma, ma'n no brainer rili, dydi. Dim gêms. Dim briwsion.

> **V:**
> Fancy coming to pick me up? Xxx

> **Rob:**
> YES xxxx

Dwi hanner ffor lawr grisia ar ôl bod yn toilet, pan dwi'n gweld Si'n dod i fyny tuag ata i.

Ma'n sdopio ar yr un gris a fi a dwi'n gofyn, "Noson dda?"

Ma'n edrych reit hammered. Ma 'na rywun isio pasio felly ma'n cymyd cam yn nes tuag ata i ac yn edrych syth fewn i'n llgada fi eto. Mae o mor intense heno 'ma.

"Dim rili," ma'n ateb, dal i syllu, hollol sbêsd.

Dan ni'n clwad Karen yn gweiddi "Veeeeeeeeee" o rwla.

Dwi'n symud yn nes tuag at Si heb feddwl, achos dim fo di'r unig un sy'n sbêsd. Mae o'n symud fy ngwallt i allan o ngwyneb i. Dwi in the danger zone. Dwi'n gwbo fod pawb jest yn meddwl fod Si yn player ac yn reckless, ond ma gynnan ni ryw ddealltwriaeth. Dwi'n gwbo mod i'n gweld wbath di lleill ddim.

Neu dwi'n deluded?

Mae o ar fin deud wbath, pan ma Liz yn cyffwr fy mraich i a deud, "V, what the fuck? My brother's here," a dwi'n teimlo mod i'n dod fyny i'r wyneb ar ôl bod dan dŵr rhy hir.

Ma Liz yn syllu ar Si'n flin, fatha rhyw ornest feddwol.

"Www dyrtan! Fine! Liz, chill, got the message," ac ma'n rhoi'i ddwylo fyny, mewn pose *I surrender* cyn dal i fynd fyny grisia.

Ma'n sort of gafal yn fy llaw i'n ysgafn a sydyn fel ma'n mynd.

"Don't let him mess with your head, V," ma Liz yn deud ac ma hi'n nhynnu fi lawr grisia. "And don't you mess with my brother's head either."

pennod 5

> **Si:**
> So da ni am drefnu'r repeat performance ma ta be? Rhydd wicend? x

> **V:**
> Nope. Wicend wedyn? X

> **Si:**
> Ffycin hel, treat em mean ia x

> **Si:**
> Tyd draw i ty fi, nai wooio ti'n iawn, neud swpar a bob dim x

* * *

> **Si:**
> Longest 10 days mewn hanes. Cofio lle dwi'n byw? Tyd tua 7 ia? xxxx

> **V:**
> Ydw cofio, 7 yn fine xx

Dwi'n ista yn y fan tu allan yn trio penderfynu os dwi isio mynd i mewn neu beidio. Mewn am bedwar, dal am bedwar, allan am bedwar. Clarity. No. Big. Deal. Er bod o'n teimlo fel hiwj big deal. Ond ma pawb yn gneud hyn. Ma Karen yn gneud hyn o hyd ac ma hi'n fine. Mi fydda inna'n fine. Dwi'n nabod Si. Ma'r boi yn fine. Hollol fine. Sdopia ddeud fine. Mewn am bedwar, dal am bedwar, allan am bedwar. Ma pob dim yn fine. Dwi angen cal hyn allan o'n system. Dwi jest yn gneud hyn un waith. Dim angen meddwl dim pellach na heno 'ma. No big deal.

Ma tŷ Si yn surprisingly posh. Nes i'm sylwi hynna tro dwetha. Semi-detached, stryd ddistaw, lle parcio. Dim be o'n i'n ddisgwl. Be oedd ei job o eto? Wbath efo cyfrifiaduron? Wbath sy ddim angen CRB check, obviously. Neu ydi criminal record yn expirio ar ôl chydig?

Dwi lot mwy freaked out nag o'n i'n ddisgwl. Ma'n un peth i gysgu efo rhywun yn annisgwyl pan ti'n hammered. Different kettle of fish troi fyny am saith y nos yn hollol sobor am swpar, chat ac wedyn shag. Tro dwetha o'n i'n ista tu allan i'w dŷ fo oedd o'n teimlo fel y calm before the storm, rŵan ma'n teimlo fel mod i am fynd mewn i lygad y storm. Dwi'm yn siŵr os dwi isio. Ma bywyd digon stormus yn barod.

Tra dwi'n ista'n hel meddylia, ma Si yn agor drws a gweddi, "Ti'n dod fewn 'ta be? Wicend yn dechra rŵan, V," ac ma'n chwifio'i botel Corona i ddangos i fi.

Ma jest ei weld o eto'n gneud i fi deimlo'n well. Ma'n gwisgo hen grys Oasis. Swear to God, oedd ganddo fo hwnna'n coleg, ac ma 'na lian llestri dros ei ysgwydd o, casual braf. Boi ma'n cŵl as a cucumber. Ma siŵr fod o di hen arfer efo hyn, do? He's a smooth operator. Neu mi oedd o eniwê, back in the day.

Dwi'n cerddad mewn trw drws ac ma'n rhoi potel i fi, a clincio'r ddwy. Wedyn ma'n pasio shot i fi. Dwi'n necio hwnnw'n syth. Hollol out of character.

"Dwi di neud chilli a playlist. Dwi'm yn gwbo pa un dwi

55

mwya nyrfys am," ma'n deud, ar ôl ysgwyd ei ben a nadlu trw'i ddannadd i gal gwared o sioc y shot.

Dwi'n edrych o nghwmpas. Ma'i dŷ fo mor daclus, mor lân, ac mor wyn. Reit minimalist. Boi 'ma'n amlwg yn perfectionist. Un arall. Blydi anodd byw efo perfectionists. Neith o gasáu tŷ ni, llawn sdwff a sŵn. Oedd o'n arfer gyrru Rob yn nyts. Ma 'na lwyth o lunia cŵl wedi fframio ar y walia. Dwi'n syllu ar yr un mawr uwch ben y lle tân.

"Ydi hwnna gan y boi nath neud album covers Blur?" dwi'n gofyn a phwyntio.

"Good spot," ma'n gwenu. "Nath o neud exhibition yn Llundain few years yn ôl. Nes di fynd?"

Dwi'n ysgwyd fy mhen.

"O'n i'n blown away," ma'n deud wedyn. "Dyna'r peth dwi'n golli fwya am ddod yn ôl adra. Exhibitions."

"God, dwi'm di bod mewn exhibition ers ... hydoedd."

"Ma 'na un da yn dod fyny yn Liverpool mis nesa. Na i yrru linc i ti."

Dwi'm yn ateb achos ma jest yn swnio fel wbath ma pobol erill yn neud. Day out i Lerpwl i exhibition. Oedd Rob yn mynd yn hollol bored. Cofio yn Vienna mynd â fo i'r un sixties pop art psychedelic thing amazing 'ma. Oedd o mor annoying. Difetha fo'n llwyr i fi. Nes i'm trio llawer wedyn.

Dwi'n ysgwyd fy mhen a thrio dod yn ôl i'r presennol.

Ma Si yn chwifio'r paced baci arna i a dan ni'n penderfynu mynd allan am smôc cyn bwyd. Ma'n dod â speaker allan efo fo.

"Ah, Super Furries a roll-up efo ti eto, never thought I'd see the day, V," ac ma'n rhoi'i law ar fy nghoes i a gwenu arna i'n chilled i gyd.

Fedra i'm ymlacio, ddo, a dwi'm yn siŵr pam mod i'n smocio. Dwi bron byth yn smocio dyddia yma. Nag yfed rili. Ond o'n i meddwl fysa'r ffaith bo ni di cysgu efo'n gilydd yn barod yn neud petha'n haws, ond alas na, so dwi angen ryw fath o social crutch.

"Lle ma'r plant?"

"Efo'r Sais private school," dwi'n deud efo crechwen.

Nes i esbonio'r sefyllfa efo Rob a'r plant tro dwetha, dwi'n meddwl. At length dwi'n ama; jaman. Ond ella oedd o'n gwbo'r manylion cynt, grapevine gogledd Cymru'n effeithiol iawn. O leia dwi'm yn goro esbonio mod i'n divorced single mum. Wel, dim cweit divorced, separated. Whatever, details.

"So ma nw efo fo bob yn ail wicend?"

"A bob nos Fercher."

Dwi'n nadlu allan yn uchel heb feddwl. Ma jest siarad am y sefyllfa fel 'na'n neud i fi sylwi pa mor bell ma'r holl beth di mynd. Nes i rioed, fel ERIOED, feddwl y bysa Rob a fi'n fama.

O wel. Newid y pwnc.

"Lle ti'n gweithio rŵan?" dwi'n gofyn.

"Council yn dre. IT," ma'n ateb, ac ma'n edrych reit embarasd.

"Mwynhau?"

"Na dim rili. Dio'm yn exactly roc n rôl, nadi?" ac ma'n gorffen ei ddiod.

"Dyna pam ddos di'n ôl adra? Y job?"

"Ia, ges i sort of fy hed hyntio," ma'n cyfadda. "Ond paid â deud hynna wrth neb, iawn?"

"You've changed, Simon Pritchard!" dwi'n chwerthin.

"Aaa, dwi'n dal run fath rili, sdi," ac ma'n fflicio diwedd ei smôc mewn i'w botel gwrw wag.

Ma'n gafal yn fy llaw i wedyn, ei throi hi rownd a rownd fel fod o'n chwilio am wbath. Dwi'n rili ymwybodol o'n modrwy briodas i. Wel, tatŵ ar bys priodas i fod yn precise. Teimlo fatha syniad da ar y pryd. Now, not so much. Plis, plis paid â commentio ar hynna.

"Dim paent?" ma'n gofyn. "Ti'm yn peintio dim mwy?"

Dwi'n edrych ar y llawr cyn ateb, "Nope."

Ma'n dal yn gafal yn fy llaw i.

"Pam ddim?"

Dim ond rhywun heb blant bach fysa'n gofyn hynna.

"Ahhhh ... life," dwi'n ateb efo gwên dawel, ond dwi'n cal braw pa mor sydyn ma'r wên yn disgyn.

"Nes di fynd i uni? Cofio, o ti'n obsesd efo mynd i Glasgow back in the day."

God, o'n i di anghofio'n llwyr am Glasgow.

"Not even close," dwi'n cyfadda. "'Nes i adal o rhy hwyr."

"Never too late, V. Ma 'na uni da lawr ffor, don't you know?" ac ma'n codi'i aelia'n hwyliog wrth ddeud hynna.

Dwi'n gwbo fod o'n trio bod yn neis, ond dwi'n cal yr hen deimlad 'na eto. Fel taswn i'n cal fy ngwasgu.

Awkward silence. Argh.

Ma'n nhynnu fi ar fy nhraed a dan ni'n codi a mynd nôl i tŷ. Ma'n gollwng fy llaw i, rhoi'i law o ar waelod fy nghefn i fel dwi'n cerddad mewn trw drws. Dwi'n teimlo fel teenager eto. Ffaith fod Jimi Hendrix di dod on yn ychwanegu at yr effaith. Dwi'n ei glwad o'n dechra deud wbath am Facebook, mod i ddim arno fo, fod o di chwilio, ond ma'n ffôn i'n canu cyn i fi gal cyfla i fwynhau'r ffaith fod o di chwilio.

Damia. Rob. Déjà vu.

"Ma'n rhaid i fi ateb sori ... achos y plant ..." a dwi'n trio gneud gwyneb sori.

O'r eiliad dwi'n clwad llais Rob dwi'n gwbo fod 'na rwbath mawr o'i le. Ma nghalon i'n neidio, a dwi'n dychmygu pob matha o betha, cyn codi a cherddad yn ôl allan i rar.

★ ★ ★

I'm not sure how to tell her. I keep trying and then losing the thread because I keep looking at him, lying in his basket. Poor boy.

"Just spit it out Rob, what's happened?" she shouts.

I can hear the anxiety in her voice so I tell her as quickly as I can. Tell her that Mos had a fit. He was playing ball and he sat down next to me, and he had some sort of fit. And now he's dead. Mos is dead. He just died right next to me. My voice breaks.

"How are the girls?"

I want to tell her that it went on for ages. That his eyes were open. Frothing at the mouth.

"Beca seems fine, she's out in the garden still, but Siw is distraught. I don't know what to say to her."

She saw it all.

I just want her to come here and sort it. Then she says she's on her way. Thank fuck.

"Mam's on her way Siw, she's coming now."

The two of us visibly relax and the whole house seems instantly calmer. V hangs up without saying goodbye.

"We can't bury him here Dad, the bungalow's not home, it's not anybody's home, and when you come back home, he'll be here all alone," Siw tells me.

There's so much to unpack in that sentence I don't know where to start, only that I agree with all of it.

"No, course not Siw, we'll bury him at home, he'll be able to see the sea and hear you and Beca playing. Next to the Tŷ Bach Twt. He'll like that."

I decide to make us some hot chocolate because I'm not good in a crisis. V always knows what to do, especially with the kids. She always takes the lead in a crisis, and I just do the practical stuff. That's how we operate. That's why we're good together. Wish V'd bloody remember that. We *are* good together.

Siw and me are just sitting down on the corner sofa with our drinks when she pulls up outside in the van. She jumps out and sort of half walks half runs to the door. She's wearing her dungarees and her hair is up in a messy bun again. She looks like she's heading out somewhere.

Was she out when I called her?

Siw runs out the door and Beca has appeared from the garden and the three of them form a little huddle outside, like they're discussing tactics before a big game. I hold on to the worktop behind me, to stop myself from joining them. I used to be a part of that huddle.

Mos was our first baby. He's been with us fourteen years, been through it all with us. The wedding, the adventures, the partying, all those years in the static, the renovations, Siw, Beca, those awful couple of years after. Poor boy, he used to hate it when we shouted. We probably traumatised him.

Not to mention the kids.

* * *

Erbyn ma Siw di dod ati ei hun, ma'r hot chocolates wedi oeri digon i'w hyfed, ac ma'r siwgr i weld yn neud lles i bawb. Ma Rob di rhoi slyg go dda o Baileys yn rhai ni ac ma hynny'n helpu hefyd. Mae o'n trio bod yn easy breezy ond fedra i weld fod o di torri'i galon. Ei gi o oedd Mwsog yn benna. Efo Rob oedd o'n mynd os oedd o'n cal dewis. Dwi isio gafal yn dynn yno fo, rhwbio'i gefn o a neud iddo fo deimlo'n well, fel nes i i Siw, ond dwi'n gwbo mod i'm yn cal dim mwy.

Dwi'n gweld Mwsog yn gorfedd yn ei fasged, ei llgada fo'n gored, ac ma 'na fatha ffilm sydyn o'r holl betha dan ni di neud efo fo'n rhedeg trw mhen i. Gymaint o anturiaetha. Bechod, mi gath o'i anghofio bach ar ôl y genod, dim mwy o gysgu ar y gwely, dim gorfeddian ar sêt fan. Ond oedd o mor glên efo nw, mor ffyddlon. Aelod go iawn o'r teulu. Nghalon i.

Dwi'n edrych o gwmpas y gegin a gweld leftovers lasagne ar y worktop. Bet na Granny Pam nath gwcio hwnna.

"Ti'm yn mynd adra na, Mam?" ma Siw yn gofyn pan dwi'n codi i fynd i toilet.

"Dim rŵan, Siw, paid â phoeni."

Tra dwi'n y bathrwm dwi'n rhyfeddu eto cyn lleiad ma Rob wedi newid yn fama mewn blwyddyn. Ma 'na dal blydi poteli shampŵ bach mewn basged ers oedd o'n dŷ gwylia. Mental. Ma di ychwanegu pull up bar, ddo. God, ma'r boi yn vain.

Yna, mwya sydyn, dwi'n dallt mod i di cal Corona a shot efo Si a rŵan shot massive o Baileys yn yr hot chocolate. Shit. Fedra i'm dreifio.

Neu ella fedra i, dwi'n teimlo'n ocê.

Na, fedra i definitely ddim dreifio, ma hynna fatha tri diod.

Shit, shit, shit.

* * *

She's just told me, before she went in the bedroom to put the girls to bed, that she can't drive as she had a drink before she came here, and then I gave her a massive Baileys. Like it's my fault. I did fucking ask her. That means she was definitely out though; she never has a drink at home. Well, she hardly ever drinks full stop.

It feels really strange having her here so late. I don't think she's been in here for more than a few minutes before. I can hear Beca being a nightmare. It's nearly ten, she's usually asleep just gone seven. Nothing worse than an overtired five-year-old going nuclear.

I'm washing up the hot chocolate cups when I hear her say 'nos da' and then she comes and slumps down on the sofa.

"Urgh, Beca is so high maintenance sometimes."

"She's just tired."

"Yeah, I know that, Rob. I'm just saying she's bloody hard work sometimes."

"I know, I know."

"No, you don't. She doesn't push it quite as far with you."

Her tone makes me clench my hands. I should ignore her.

"That's because I don't give in to her."

Why did I say that?

"Oh, fuck right off, Rob."

There I was thinking how unfamiliar it was to have her here and all of a sudden, it's all too familiar.

"Got any more of that Baileys?"

I give her a big splash with plenty of ice and pour the same for myself. I sit on the sofa with her. She moves away from me.

Jesus, she's such a bitch sometimes. All these little shitty moves. What am I supposed to do? Sit on the fucking floor?

★ ★ ★

Shit, nes i'm meddwl symud oddi wrtho fo jest rŵan. Jest habit. Ond ma'n rili pisio fi off pan ma'n trio deud wrtha i sut i handlo Beca. Hawdd iddo fo, dydi, part-time parent, fi sy'n goro delio efo'r shit i gyd. Fun time Dad yn fama.

Dwi'n sylwi fod Rob wedi rhoi blanced dros Mwsog yn ei fasged.

"Mwsog was such a legend. We'll never have another Mwsog," dwi'n dechra.

Shit.

"Not together, like, if you have a dog, or me ..." dwi'n trio esbonio.

Dwi'n give up.

"It's fine V. I know what you mean," ac ma'n ymlacio a rhoi'i draed fyny ar y bwr coffi.

Dio'm yn gwisgo sana. Ma gweld ei draed o'n teimlo'n rhy agos, rwsut. Ma'n troi i edrych arna i a gneud gwyneb 'wtf' ac ma'r ddau ohonan ni'n hanner chwerthin.

"What a mother of a day," dwi'n deud.

Ma'n trio holi chydig am fy niwrnod i wedyn a dwi'n gwbo mod i'n bod yn cagey, ond fedra i'm deud mod i di bod yn highly strung a distracted trw dydd gan mod i'n gweld Si, a rŵan ma nghi fi di marw, a dwi'n ista'n stafell fyw fy ex yn yfed Baileys ar nos Wener a methu mynd adra.

> **Si:**
> Wel oedd hynna drosodd before it begun. Gobeithio fod pob dim yn ok. Nos da xx

* * *

Hope that's Tara texting her. She was definitely out somewhere. Makes me hold my glass too tight, so I put it down and head out for a smoke. Better be Tara. I know there's something going on. I'm going to call Liz tomorrow.

Outside, I lean against the Landy, see the little light in the girls' room, the orange glow of their Little Mermaid lamp escaping from behind the blinds. They bring it with them every time, as if Ariel can somehow make that room feel like home. They don't like this bungalow any more than I do. Don't blame them, it feels like a holding pen.

I head over to the van and check the front passenger side tyre, run my hand over the inside. I'll have to tell V to replace it when she can. Or maybe I can take it in. She'll just ignore it. I put my face right up close to the van window so I can look inside. It's a bloody state. She is so untidy. Drives me crazy. I've done that van up so nice, least she can do is pick up her rubbish.

By the time I get back inside, V has fallen asleep on the sofa, curled up in a little ball. She's such a lightweight since kids. I get the big woollen blanket, the one we got in Peru, the one Siw used to have in her pram, and put it over her.

"I'll call a taxi in a minute," she mumbles.

As if we live somewhere you can call a taxi.

I tell her not to worry, and switch the lights off, before making my way to the bedroom. I still haven't made the bed. V always refused to get into an unmade bed. She might be the messiest person in the world, but she always makes her bed. Used to make me smile that. I sit on the side of the bed and feel that familiar prickling at the back of my eyes. The one I get when I'm not busy. Just living here, V flinching whenever I'm near her, seeing her dancing with that guy, and now Mos. I blink and swallow.

"Rob? Are you ok?" she asks from the door.

I hadn't heard her get up. How long has she been there?

"I thought you were sleeping."

"What's the matter?" she asks, her voice gentler than usual.

"What's the matter?!? What d'you think's the matter? All of it V, all of it's the fucking matter."

I wipe my eyes with my shirt sleeve. This is not a good look.

"Sorry, it's just Mos, you know, bit of a top hat," I add, a bit calmer.

She doesn't move from the door. She can't even stand being in the same room as me. Not that it's any wonder really.

pennod 6
Blwyddyn yn ôl ...

Dwi di bod yn troi a throsi trw nos. Dwi'n casáu pan di Rob ddim adra. Dwi'n gwylltio'n hun yn tsecio'n ffôn obsessively ac yn gwrando'n astud am y drws. Dydi fi'n poeni'n fama ddim yn mynd i ddod â fo adra dim cynt, nadi? Ac ma Beca acshli'n cysgu felly dyla mod i rili'n gneud y mwya o hynny. Di'm di cysgu ers ei geni. Dwi'm yn gwbo sut ma plentyn pedair oed efo gymaint o egni ar ddim cwsg.

Dwi'n cal ryw hanner awr o gwsg chwslyd bob yn hyn a hyn, ond wedyn dwi'n goro codi i weld os ydi gola gegin di'i ddiffodd, rhag ofn fod o wedi dod adra heb i fi sylwi. Bob tro dwi'n pasio'r gwydr mawr ar dop grisia, dwi'n cal braw gweld yn hun. Dwi'n edrych yn sâl, yn llwyd ac yn dena. Ac wedyn dwi'n cal ias oer yn meddwl am Rob a fi'n gweiddi'n groch ar yn gilydd cyn swpar. Cyn iddo fo fynd allan mewn tempar. Ond dim byd newydd, rili. Er, oedd 'na wbath am y ffrae yma oedd yn teimlo fel unchartered territory, athon ni next level.

3:00am.

Dwi'n gandryll.

Pam mod i mor bothered?

Stwffio fo.

Dwi'n traethu'n ddistaw yn fy mhen a munud wedyn, dwi'n difaru achos be os oes 'na wbath ofnadwy wedi digwydd iddo fo? Be os ydi o di disgyn mewn i ffôs a di rhewi neu wbath? Neu fatha'r boi 'na nath rewi mewn bin glo oedd yn papur. Ma hi'n fis Ionawr ac ma hi'n oer ac ma Rob mor blydi anghyfrifol, duw a ŵyr be fysa'n gallu digwydd. Fatha'r noson 'na ath o ar goll yn Glastonbury a neb yn gwbo lle oedd o. Dydi o'n dal ddim yn gwbo be ddigwyddodd noson yna hyd heddiw. Total ffycin liability. A fynta efo plant.

Dwi'n ista'n gwely, pilws tu ôl i nghefn, sgrolio trw newyddion ar yn ffôn, pan dwi'n clwad sŵn giât a gweld y gola tu allan yn llenwi'r buarth. O'r eiliad dwi'n ei weld o'n cerddad ar draws y buarth, dwi'n gwbo fod o'n hollol, hollol ffycd. Fedra i ddeud jest o'i osgo fo, fod o off ei ben yn llwyr. Volume ei lais o'n dead give-away hefyd. Ma'n pwyso ar ryw hogan efo'i fraich dros ei sgwydda hi. Pwy ffwc ydi hi?

Basdad. Blydi basdad.

Fi adra'n fama trw dydd efo'r plant ac mae o'n cal rhyddid i fynd allan tan oria mân y bora.

Ma 'na bum neu chwe pherson arall efo fo, a dwi'n gweld nw'n mynd tuag at y static.

Pan dwi'n mynd yn ôl i gwely a thrio gorfedd lawr a gadal iddo fo, ma nghalon i'n curo mor gyflym a dwi mor flin dwi bron methu llyncu.

4.17am.

Rhaid i fi godi.

Dwi'n mynd lawr grisia, gafal yn y baby monitor, sdwffio'n nhraed mewn i Crocs Rob, a chychwyn am y static. Dwi mond yn gwisgo t-shirt Nirvana Rob a shorts cotwm, a dwi'n teimlo gwynt main mis Ionawr ar fy nghroen. Dwi'n teimlo fel tasa 'na wbath am neidio allan o'r twllwch a rhoi uffar o fraw i fi. Fedra i'm peidio edrych tu ôl i fi bob dau funud. Dwi byth yn teimlo fel hyn ar buarth gyda'r nos. Fel arfer dwi'n mwynhau sefyll yma yn y twllwch a'r heddwch.

Dwi'n gafal yn dynn yn fy mreichia wrth deimlo'n flin ac yn apologetic run pryd. Pam na fedra i adal iddo fo gal un noson flêr efo'i ffrindia? Pam bod rhaid i fi gadw tabs arno fo drw'r adag? Does 'na'm rhyfedd fod o'n galw fi'n boring.

Ma'r ofn yn curo'r tempar. Ma gen i deimlad fod 'na wbath yn dod i ben. Fod heno yn benllanw wbath sy di bod yn mudferwi ers misoedd. Blynyddoedd ella.

Dwi'n llenwi'n sgyfaint a deud wrtha fi'n hun fod y gwynt oer, ffres yn rhoi egni a chryfder i fi, cyn agor y drws.

Ma'r garafán yn llawn mwg ac ma 'na reggae'n chwara yn rwla. Ma 'na bobol dwi'n hanner nabod ar y soffa, gwyneba dwi'm di gweld ers blynyddoedd, ac ma nw'n sgwrsio a rowlio joints ac yfed. Ma 'na credit card a tennar di rowlio ar y bwr ac ma 'na hogla damp afiach. Ma'r holl beth yn teimlo reit distyrbing, yn enwedig gan mai Tryst ydi'r unig un sy'n edrych arna i. Dwi'm yn licio Tryst. Dyn drwg, sy wastad yn mynd rhy bell. Dihiryn fysa Mam yn ei alw fo. Mam wastad yn swnio fel ei bod hi wedi llyncu nofel T. Llew Jones. Be ddiawl ma Rob yn feddwl ma'n neud yn dod â phobol fel 'na adra? Ma gynnon ni blant yn tŷ. Dwi'n edrych tuag at drws tŷ tu ôl i fi, gneud yn siŵr fod o di cau.

"Lle ma Rob?" dwi'n galw i gyfeiriad Tryst.

Dwi'm yn cofio os dwi'n arfer siarad Cymraeg neu Saesneg efo fo.

"Where's Rob? TRYST, where's Rob?"

Dwi'n gweiddi rŵan. Ma pawb yn edrych arna i ac ma Tryst yn deud, "O, hi, haia ... V," efo gwên half-baked.

Fel ma'n deud hynna ma'n edrych tuag at ddrws y llofft, ac yn ôl yn sydyn, fatha reflex.

Dwi isio chwdu.

Dwi'n cerddad tuag at y llofft, dal yn gafal yn y monitor, ond ma 'na wbath yn gneud i fi sdopio am eiliad. Ella mod i ddim isio agor o. Mi fedra i ddewis peidio agor y drws. Mi fedra i ddewis peidio gweld be dwi'n gwbo sy'n digwydd ochor arall i'r plywood crap 'ma.

Dwi'n gwthio efo blaen fy nhroed yn sydyn ac ma'r drws

yn fflio ar agor. Ma Rob yn topless, ei gefn llydan, cryf o tuag ata i. Y tatŵ o'r dderwen yn symud efo'i gyhyra fo. Dwi'n gweld siâp ei benglog o. Ma hyd yn oed y curves ar gefn ei ben o'n gyfarwydd. Y graith 'na pan nath o ddisgyn off y banister ym mharti priodas Karen. Ma'n troi rownd mewn slow motion. Ma'i jîns o'n gored, ac o dano fo, ma 'na ddynes. Jest mewn bra efo'i sgert hi di'i chodi rownd ei chanol.

Dwi'n gwbo na i *byth* anghofio'r golwg ar wyneb Rob. Ma mor high, hollol ffycd, ac ma jest yn syllu arna i. Ma'i wefusa fo'n sych ac ma'i llgada fo fel tasan nw di diffodd. Ma'n edrych fatha boi aggressive. Dim fel Rob fi o gwbl. Dwi'm even yn gwbo os ydi o'n nabod fi. Ma gan yr hogan ddigon o gywilydd i drio cuddio oddi tano fo. Dwi'n sylwi fod 'na hen staen ar y fatres ac ma'n troi'n stumog i. Dwi'n cyfogi a rhoi'n llaw dros fy ngheg.

Ma'r monitor yn craclo. Dwi'n edrych arno fo yn fy llaw arall. Ma Beca di deffro a dwi'n ei chlwad hi'n gweiddi, 'Mam'. Dwi'n dod yn ôl i'r presennol. Gobeithio neith Siw ddim deffro hefyd. Dwi'n pellhau a gweld fod Rob di troi'n ôl at y ddynes. Back to the job at hand. Dwi'n teimlo mod i mewn ffilm.

Dwi'n rhedeg i tŷ ac yn sprintio fyny grisia, dau ar y tro, tra ma crio Beca'n gwaethygu. Dwi'n neidio mewn i gwely a thrio cysuro fy merch, fy nghalon i'n curo allan o mrest i. Dwi'n teimlo bo mywyd i, as I know it, yn llithro oddi wrtha i tra dwi'n gorfedd yna.

Ma'n cymyd hydoedd i setlo Beca.

Bai fi ydi hyn? Fi sy di gneud i Rob fihafio fel hyn? Mae o'n mynd i fod yn hollol gyted fory. Dim fo oedd hwnna. Dwi wedi wthio fo rhy bell. Pawb yn torri'n diwedd, dydyn.

Pan dwi'n siŵr fod Beca'n cysgu unwaith eto, dwi'n rhedeg lawr grisia i gloi drws, ond does 'na'm angen, dio'm wedi nilyn i. Dwi'n chwydu yn sinc gegin, dros y bowlenni a'r platia plastig Paw Patrol, cyn cropian yn ôl fyny grisia.

Tra dwi'n gorfedd yn gwely, ma pob dim yn mynd rownd a rownd yn fy mhen i. Does gen i ddim pres. Does gen i ddim job. Does gen i ddim opsiyna. Ffyc. Dydi'n enw i ddim even ar y gwaith papur. Cofio Karen yn deud wrtha i fod hynny'n stiwpid pan gath Siw ei geni. Finna'n deud wrthi bod Rob yn foi da. Ac wedyn dwi jest yn meddwl am gefn Rob. Y tatŵ'n symud. Y llgada gwag. Ma'r holl beth mor swreal, dwi'm even yn gallu crio.

* * *

It takes me like three attempts to swallow and it feels like there's no moisture on my eyeballs. I keep rubbing them, but I think it's making it worse.

I can hear music somewhere.

I can't breathe through my nose.

Why do I do this to myself?

How can my mouth feel slimy yet dry at the same time? Why am I in the static? My tongue feels like someone's run a potato peeler over it. Oh fuck, V is going to be so pissed off. Although, nothing new there. Better go in and tell her I'm here.

Urgh, I need a cawod. I can smell sweat. I remember the argument. The next level argument. Even worse than the day she went all Britney and shaved her head.

I shake my head a little. Jesus, it hurts. I'm going to have to close my eyes for a bit longer. The light hurts. I think I'm going to be sick. I just have to stay still here for a bit.

I have a really bad feeling. Like impending doom.

I vomit over the side of the bed, onto the horrible swirly carpet. The carpet that V used to call a seventies monstrosity. My skin's crawling. And my stubble is making me itchy.

I have a really really bad feeling, but I can't quite put my finger on it.

"Rob, mate, you awake?" a male voice calls, before adding, "V came in last night man, you're in big trouble." And whoever it is laughs and then starts coughing.

* * *

Unwaith ma'r genod di deffro, dwi'n stwffio darn o fara menyn i'w dwylo bach nw a'u rhoi nw yn y fan, dal yn eu jams Dolig. Ma Siw ddigon switched on i wbo fod 'na wbath o'i le, dwi'n gweld o yn y ffor ma hi'n edrych arna i. Ma'i dal yn dywyll ond ma 'na fiwsig yn dod o'r static. Fedra i'm edrych.

6.47am.

Ma 'na farrug ar y gwair ond ma'r windsgrin yn clirio digon handi.

Ma fama, y tŷ 'ma, my port in a storm, yn teimlo'n ddiarth mwya sydyn a dwi'n sylwi bo fy nwylo i'n crynu fel dwi'n dreifio lawr y trac. Dwi'm yn siŵr iawn lle dwi'n mynd i ddechra, ond unwaith dwi'n troi tuag at y mynyddoedd, tuag adra, dwi'n gwbo mod i'n mynd at Mam. Dwi isio Mam. Dwi isio mynd adra at Mam.

* * *

> **Missed call from Rob**

> **Missed call from Rob**

> **Rob:**
> Where r u?

> **Missed call from Rob**

> **Missed call from Rob**

> **Rob:**
> Answer pls

> **Rob:**
> Call me back pls

> **Rob:**
> I'm sorry V

> **Missed call from Rob**

> **Rob:**
> When r u home

> **Rob:**
> Sorry xx

* * *

"I'm only back because I have nowhere else to go," she says, as she walks in not looking at me. "And I couldn't face telling my parents."

Her tone is not as angry as I was expecting. The kids are still in their pyjamas. I check the time. 7.12pm.

"I made a pasta bake," I say, knowing that sucking up will get me nowhere with her.

And she hates stir-in sauces.

"We've eaten. I'm taking the kids to bed. Do *not* follow me." And she just keeps going, Beca on her hip and Siw holding her hand.

I give Siw a little wave when she looks at me. It makes me feel hot and I have to bend over and put my head between my knees. I hear them going up the stairs and into the bedroom.

When I feel a bit more level, I get up slowly to make

myself a Horlicks. Mum always used to make us a Horlicks whenever anything bad happened.

I get a text.

> **V:**
> Can you not be here in the morning?

I can't deal with this over text. I can't fucking text at the best of times.

> **Rob:**
> Come down n talk 2 me

When she walks into the kitchen, she's wearing my Nirvana t-shirt and my boxers. I notice how thin her legs are and how grey her face looks. Half her hair is up in a ponytail and it makes her look gaunt. She's carrying my North Face holdall.

"I've packed you a few things." And she puts it down on the table.

She doesn't sound angry at all.

She sits down on the chair at the end of the table and puts her head in her hands. I go over and touch her shoulder.

"Don't FUCKING TOUCH ME," she shouts, getting up.

The noise of the wooden chair legs on the quarry tiles goes right through me.

She turns her back to me and starts to make a panad. She can't look at me. I can't look at me.

"Please can you just go somewhere for a few days," she asks again.

"Just for a few days?" I ask.

She doesn't answer me.

"I don't want to talk about last night, ever. Understand?" she says.

'Yes. Totally. Me neither," I agree, although I don't see how that'll work, not talking is what's got us here in the first place.

"But I want you to leave."

"For a few days?"

She doesn't answer me again. She's shut down.

"I'll go to Mum and Dad's."

"Thank you."

"What about the girls?" I ask.

"We'll sort something."

"But it's only a few days, right?" I ask, pleading now.

She doesn't answer me.

"I need to finish the bathroom bach. I was going to tile it this weekend," I say, because I bought all the bits from the builders' merchant yesterday.

She turns around and her eyes look all pupil and no colour. "I don't give a shit about the bathroom bach, Rob. Get the fuck out this house and don't ever come anywhere fucking near me again. Understand?"

pennod 7

> **V:**
> Sori am wicend. Ti adra? Dwi'n pasio mewn 20mins ish...xxx

> **Si:**
> Bootie call? Ffyc yeh xxx

Ma'n agor drws cyn i fi gnocio.

"Oedd hynna lot mwy na twenty minutes," ma'n deud fel ma'n gafal yn fy llaw i, nhynnu fi i mewn, a chau drws tu ôl i fi.

Dwi'n sefyll efo nghefn at y wal a dydi Si mond chydig fodfeddi o mlaen i. Ma 'na fiwsig yn cefndir. Ma'n hogla fatha'r aftershave oedd o'n ei wisgo New Year. Lot cryfach nag aftershave Rob. Ma'n amlwg newydd gal cawod achos ma'i wallt o'n dal yn wlyb, ac ma 'na fag wrth waelod y grisia efo sgidia pêl-droed budur wrth ei ymyl o.

"Jest tsecio ... bootie call di hon, ia?" ma'n gofyn.

"Yep," achos, ia.

Ges i ysfa i fynd i'r pwll nofio heno 'ma a nes i nofio'n rili calad. Am hydoedd. Ac ar ôl bod yn ganol pobol, do'n i'm isio mynd adra i dŷ gwag. Ma'n waeth fyth heb Mwsog. Oedd y penwsos yn gymaint o let down. Ma'r holl beth mor distracting so dwi di penderfynu fod rhaid i fi gal o allan o'n system, achos fel ma petha rŵan ... wel, it can't go on. Di'r genod rioed wedi cal gymaint o PJ Masks.

Ma'n cymyd cam tuag ata i a dwi'n gwyro mlaen cyn i fi gychwyn meddwl gormod, ac mae o'n tiltio'i ben am snog.

Ma pob dim yn symud yn rili sydyn wedyn. Ma'n dwylo ni mhobman a dwi'n tynnu'i grys o dros ei ben o ac ma'n agor bwtwm yn jîns i, ac ma bob dim yn ffrantic ac egseiting a dwi mor turned on, a dwi'n gwbo bo ni am gal secs yn fama, yn y cyntedd, fyny yn erbyn y wal, pum munud ar ôl i fi gyrradd. Ffycin hel.

Pan dan ni wedi gorffen, ma'r ddau ohonan ni'n sefyll yna yn trio cal ein gwynt atan. Ma'n pwyso'i dalcen ar yn ysgwydd i, ei ddwylo fo'n dal i afal yn dynn am fy nghanol i, a'r ddau ohonan ni'n chwyslyd ac yn sdici.

Ma'n deud, "Sori, oedd o fod i bara chydig hirach na hynna." Wedyn, "A nes i'm even cynnig panad i ti cyn jympio ti," fel afterthought, a dwi'n chwerthin mymryn cyn dechra gwisgo.

Dwi'n edrych arno fo tra ma'n codi'i drwsus. Ma mor lean o'i gymharu â Rob. Ma Rob efo build rhywun sy'n chwara rygbi ac ma Si'n edrych fatha rhywun sy'n rhedeg marathons.

Wrth ei wylio fo'n rhoi'i grys dros ei ben, mysyls yn flexio ar ei stumog o, dwi'n cal bach o out of body experience. Ma hyn mor blydi wiyrd. Dwi'n goro pwyso ar y wal am eiliad.

"Ma rhaid i fi fynd adra sdi, Si."

"Ti'm yn ffycin siriys?"

"Dwi'm di cau'r ieir. Na bwydo'r gath."

Wedyn ma'r hen ôcwyrdnes 'na'n dechra dod yn ôl.

"Tyd yn ôl wedyn?" ma'n gofyn, ond dwi'n gwbo fod o'm rili'n gofyn, jest trio bod yn gwrtais.

"Na, ma'n fine, sdi. Na i tecstio ti, ia?"

Ma'n oedi, cyn deud, "Ocê, fine, jest tecstia fi 'ta. Ond paid ag aros fel wsos cyn gneud."

A dwi'n mynd nôl allan trw drws. Dwi'm di bod yno fwy nag ugain munud. Dwi'n mynd nôl i'r fan, a phan dwi'n cyrradd adra, dwi'n cau'r ieir a bwydo'r gath.

Job done. Out of my system. No. Big. Deal. Ma bob dim yn fine.

Tra dwi'n gorfedd yn gwely wedyn, yn gwely fi a Rob, dwi'n meddwl yn iawn am y peth. Am New Year's Eve. Am Rob a fi. Am Rob a hi. Am y secs yn y cyntedd. A dwi'n dechra teimlo'n rhyfedd. Os fyswn i'n sefyll, mi fysa nghoesa i'n gwegian. Dwi'n dychmygu be fysa Mam yn ddeud am ferched sy'n gneud petha fel 'na. Dwi'n goro cicio'r cwilt off achos dwi mor boeth a chwslyd mwya sydyn. Ydi Si'n meddwl mod i'n gneud petha fel 'na o hyd? Ydi o'n gneud petha fel 'na o hyd? Dwi'n codi ar yn ista ac ysgwyd fy nwylo o mlaen, wrth drio cal y teimlad anniddig 'ma allan o nghorff i, cyn estyn yn ffôn.

> **V:**
> Just for the record de, dwi rioed di gneud dim byd fel na o blaen iawn

> **Si:**
> Dwi'n flattered. Ond cofia gau'r ieir cyn dod tro nesa ddo ia. Blydi josgin xx

pennod 8

Today's been great, just like old times. Well, except that Mos isn't here. I know V's feeling it too, but I'm glad she's here at least. Was really strange without her last year. Suspect her appearance this year has something to do with Mum. That woman will not take no for an answer and Steve's birthday at the lake is tradition blah blah blah and, what with this year being a big one, Mum's been in planning mode for weeks; making sure her golden boy has a day to remember.

Can't believe my big brother is bloody forty. Can't believe he's an actual professor either when he blatantly has zero common sense. Such a chancer.

"So, you on Tinder yet, Rob?"

He knows full well I'm not, so I don't answer him.

"You're obviously going to be back in the marital home before long, so make the most of it. No strings, no hassle, it's a fucking miracle. Literally," he whispers.

I give him a real dirty look and he shrugs his shoulders. I carry on trying to get into my wetsuit.

"Conferences are lonely places, mate," he whispers.

Such a prick.

I ignore him, sit on the bench and watch the kids messing around in the kayak. Siw is really capable now, and confident. Beca has no fear, always in the middle of it all. She is exactly like V. Probably why they clash. I always enjoy watching them with their cousins. We've really got to make the most of it when they're visiting.

I watch Alana. She's always totally out of her comfort zone at the lake. A city gal through and through. I know the kids being on the water in February totally shits her up, but she hides it well. I suspect Alana hides a lot of things well. She's not stupid. Steve really is a prick.

"Still coming for a swim then?" V asks as I stand up to pull my wetsuit over my shoulders. "Liz just jibbed out."

Not surprised. It's bloody freezing. I am not a winter swimmer.

V zips me up without me asking, before walking off towards the pontoon. I follow her, lifting my knees right up and pulling the wetsuit, trying to get it to sit right. I eye her up, wetsuit's the only time I get to see her in something that's not baggy.

"Time's running out, brother," Steve calls out after me.

I turn my back to him and wave my hand in the air aggressively. Fuck off, Steve.

"Your brother's an idiot," V says, as she's putting her goggles on over her wetsuit cap. "How have I not noticed before?"

She wades in and goes under the water before I can answer her.

Got no choice now. I wade in. It's f-f-f-f-f-reeeezing. I exhale quickly a few times, try to control my breathing. V's treading water next to me doing the same. I dunk my head underwater quickly. Definitely should've tried harder to find my hood.

"The way he talks to Alana makes me uncomfortable," she says, then she goes underwater again.

"It's too cold to go across, let's just go to the buoy," she shouts when she pops up again a few feet away.

I launch into front crawl, and we both head off.

V goes swimming all year round and I have to work

hard to keep up. I'm a climber not a swimmer. I've not been swimming since the summer and I'm struggling with the cold, but I eventually find my groove, and enjoy the water on my face. Counting my strokes and breathing makes me feel calm. I can see why V is obsessed. If I'm counting my breathing, I'm not thinking about anything else. We swim side by side, no stopping and no talking. It feels good to be doing something together, just the two of us.

About fifteen minutes later, just as we're approaching the pontoon on the way back, I lag behind and go underwater and grab her foot.

I can hear her scream as I pop up laughing.

"You wanker, you know I'm scared of the fish," she laughs and splashes me. "Gave me a bloody heart attack."

"C'mon Mam, ti'n ennill," Siw shouts from the shore, jumping up on the picnic table to cheer.

"Mam's faster than you, Dad," she calls again.

All the kids are cheering. V and I look at each other, then we both turn round and swim as hard as we can. When we get to the pontoon, I pull her back in as she's climbing out, but she kicks me off and we have a little tussle as we both struggle to climb out.

V's on her feet, arms in the air, shouting "Champ-i-yn, champ-i-yn" before I can get out properly.

The kids love it. She makes a show of giving me her hand to help me out.

"I'm taking all my grandchildren for a chippy tea," Mum says as we rejoin them. "Come over when you've sorted the kayaks. Take your time," she adds, making eyes at me.

She's so obvious it's embarrassing.

She herds all the children away, "come, come, children."

I see V smiling as she heads to the van.

* * *

Rêl mother hen, Granny Pam. Dim chippy tea i fi, diolch yn fawr iawn, dwi di cal digon o'r Hunters am heddiw. Falch mod i wedi dod ddo, bwysig cadw Granny Pam, ruler of the universe, yn hapus. Ma di bod reit neis, acshli. Bach o amser efo Liz, a hefyd y nofio ar y diwedd efo Rob. Bach o banter a bach o laff, dan ni'm di gneud hynna ers talwm.

Ac ma 'na wbath am Rob mewn wetsuit. Dwimbo.

Pan dwi'n cyrradd yn ôl i'r fan i newid, ma gen i ddwy neges.

> **Si:**
> Bob tro dwin meddwl am nos fercher dwetha dwin goro cal wank xxx

Holy shit. Be dwi'n ddeud i hynna? Dwi'n edrych o nghwmpas, falch fod 'na neb wrth ymyl. O mai god. Dwi'n edrych ar y tecst eto. Ffycin hel.

> **Si:**
> Ti'n rhydd wicend? Tyd draw, dim quickie tro ma, nai neud y job yn iawn xxx

Jesus Christ, dwi'm yn gwbo sut i neud hyn. Nath Rob a fi rioed neud hyn. Mae o'n casáu tecstio, a doeddan ni ddim ar wahân digon i fod angen gneud eniwê.

> **V:**
> Dwi siriysli ddim yn gwbo sut i ateb hynna!

Dwi'n difaru gyrru hwnna rŵan. Ddylwn i di cymyd mwy o amser i feddwl. Fysa Karen yn gwbo be i ddeud. Ma hi di hen arfer gyrru llunia a bob dim, medda hi. Ma siŵr fod Si di hen arfer gneud hyn hefyd do, a dwi'n fama fatha hogan fach naïf.

> **Si:**
> Gyrra lun ta

No wê in hell dwi'n gyrru llun, mêt. Dwi'm yn idiot.

> **V:**
> No we Si, no blydi we

> **Si:**
> Tisio llun ohona fi?

> **V:**
> Nagoes!!!

> **V:**
> Actually, oes xxx

> **Si:**
> image

Dwi bron rhy swil i edrych.

> **V:**
> Lost.for.words

> **Si:**
> U love it u dirty bitch xxx

Mai God. Dwi'n teimlo fel mod i newydd gal crash course mewn ... mewn be? Dic pic cynta fi. Dwi'm yn siŵr os dwi'n teimlo chydig yn sâl. Neu egseited? Anxiety ac egseitment yn gneud run fath i'r corff, dydi? Dyna ma Karen wastad yn ddeud. Dwi'n edrych eto.

Ffycin hel.

Dwi'n teimlo mod i angen mynd nôl mewn i'r llyn.

Dwi'n gorfodi fy hun i roi'r ffôn lawr a newid, neu fydda i jest yn sefyll yna fatha idiot yn darllen y negeseuon drosodd a throsodd. Mewn bywyd gwahanol, fyswn i jest yn mynd draw ato fo reit rŵan. Ond ma raid i fi sortio iwnifform, gneud bocsys bwyd, a chant a mil o betha erill, gan gynnwys rhoi conditioner yn gwallt Beca. Ma di dechra dreadio yn y cefn. Ma Granny Pam, she of impossible standards, di gneud comment yn barod. Ma meddwl am hyn run pryd a meddwl am negeseuon Si fatha gweld rhywun annisgwyl pan ti'n siopa'n Tesco. Hollol disorientating. Fel tasa gen i ddau fywyd. Neu mod i'n ddau berson. O dwi'n cal hed ffyc yn fama.

Ar ôl gorffen newid, dwi'n ista ar stepan drws ochor y fan yn cau nghria, pan ma Rob yn dod ata i. Ma wrthi'n rhoi'i dop thermal dros ei ben. Dal yn gneud ei sit-ups, obviously. Dwi'n cael cip ar ei nipple piercing o, atgofion o'r diwrnod pan ath y ddau ohonan ni i gal un a Rob bron â phasio allan a goro mynd i KFC i gal Coke anferthol wedyn. Dwi wedi tynnu un fi rŵan. Nipple piercings a breastfeeding ddim rili'n compatible.

Dwi'n teimlo mor twitchy ar ôl tecsts Si dwi'n goro edrych ar y llawr. Rhag ofn iddo fo weld o ar fy ngwyneb i.

"Do we still have those ratchet straps stashed away in the bottom corner?" ma'n gofyn, a ma'n dod yn nes ata i a phlygu heibio fi, i gyrradd y bocs dan y gwely yng nghefn y fan.

Dwi'n edrych ar ei gefn o. Dwi'n gweld gwaelod y tatŵ o'r dderwen fawr sy'n mynd fyny ei asgwrn cefn o, fel ma'n mestyn. Fi nath y llun. Dwi'n casáu ei weld o rŵan.

Ma'n hogla fel wetsuit, yr hogla mwsog damp 'na, sy'n atgoffa fi o bob gwylia dan ni rioed wedi gal. Dwi'n dal fy ngwynt heb sylwi. Ma'n codi ac edrych arna i'n rhyfedd.

"What's the matter?"

"Nothing."

Ond ma'n llais i'n rhyfedd.

"Seriously, what's up?" ma'n gofyn, ac ma'n dod yn nes tuag ata i a rhoi'i law ar yn ysgwydd i, a gan mod i heb gau nghôt, ma'i fawd o'n cyffwr croen. Dwi'n cal ias oer.

"I'm just tired. Been a long week."

Ateb bland, shit.

"Want me to take the girls for the night?" ma'n gofyn fel dwi'n pasio'r thermos iddo fo.

Dwi'n clwad y gobaith yn ei lais o, ond na, definitely ddim isio bod ar ben yn hun heno, so dwi'n ysgwyd y mhen.

Dwi'n gwylio'i adam's apple o fel ma'n llyncu'r te o'r thermos a stydio'i wyneb o. Ma stubble yn siwtio fo.

"What's this tea?" ma'n gofyn wrth dynnu gwyneb.

Green Tea. Haha. Make your own tea tro nesa, ia.

"You need to pull Steve up on the way he talks to Alana."

"The way he talks to her isn't even the half of it, V. He's a ... dog."

"Must run in the family then."

Ma'n camu oddi wrtha i fel taswn i wedi'i losgi fo.

* * *

What a bitch. WHAT A BITCH. What happened with us is nothing like what Steve is getting up to. If she let us bloody talk about it, she'd know that. Something's up with her big time. She thinks I can't tell. We've had a brilliant day and then she hits me with that. She's so hot and cold. Mostly bloody cold.

"I'm going to tell the girls I'm leaving," she calls from the direction of the toilets. "You can bring them home after the big Hunter love-in."

Before, it was just like she was completely shut off, like an automaton, nothing I did or said had any reaction. But she's been different these last few weeks, like she's woken up a bit. Then she reverts to type, like now.

Maybe I *should* go on Tinder. I notice she's left her phone on the floor of the van. Maybe *she's* on Tinder. I clench my teeth. I pick up her phone and sit down. I think about the last time I did this and where that ended up.

pennod 9

Bron i chwe mlynedd yn ôl …

Dwi'n teimlo fel taswn i tu allan i fi fy hun yn gwylio mywyd o'r awyr. Yn edrych ar y gegin flêr a mywyd ceotic i. Dwi'n gweld y dreadlocks ar y llawr ac wedyn yn teimlo mhen moel i. Ma Siw yn edrych arna i'n gegagored. Ma Beca druan yn cysgu o'r diwedd, ar ôl i fi siglo'r pram am oria. Ma Cwm Rhyd y blydi Rhosyn yn chwara 'Pori Mae yr Asyn' yn y cefndir a dwi bron ag ymuno efo'r gân, ar dop fy llais, ond mi fysa hynna wbath braidd yn mental i neud ar ôl torri ngwallt i gyd off, dwi'n meddwl. Ond dwi'n teimlo'n mental. Dwi'n teimlo mod i'm yn gwbo'n iawn be sy'n digwydd. Jesus, dwi angen cysgu.

Ma 'na dal hogla chwd arna i. Dyna nath yrru fi dros y dibyn, yr hogla chwd llaeth sur 'na'n nilyn i o gwmpas tŷ. Ma Beca'n chwdu drw'r adag. Bwydo. Chwdu. Bwydo, chwdu. Chwdu chwdu chwdu. Dwi ofn bo hi'n dehydrated ac ma hi mor boeth yn tŷ. Afiach. Dan ni di bod yn sdicio i'n gilydd trw dydd. Chwd a chwys.

Ar ôl i fi newid fy nillad am yr ail waith, dyna pryd nes i ddallt ma'n dreadlocks i oedd y culprit. So nes i dorri nw gyd off efo siswrn, yn y gegin, tra o'n i ar ganol cwcio waffles yn y tostyr i Siw. Nath o gymyd blynyddoedd i dyfu'r dreads 'na. Oeddan nw'n highly impractical efo dau o blant dan dair, eniwê.

Dwi isio crio. Eto.

Dwi'n teimlo mod i newydd gal ryw fath o transformation hiwj, fod 'na wbath mwy na thorri gwallt newydd ddigwydd. Dim fod neb am blydi sylwi.

Ma Mwsog yn dod i bwyso ar fy nghoesa i. Dio'm di cal dro heddiw, a hitha mor braf. Typical. Mis Gorffennaf gora ers blynyddoedd a dwi'n sdyc yn tŷ efo dau o blant bach. Dwi'n desperate isio mynd i'r llyn. Dwi'm di hel wyau chwaith. Na golchi llestri. Ma pob dim yn llanast.

*   *   *

Once again, I arrive home to utter carnage.

"Hello, anybody home??"

"Don't shout, just got Beca to sleep."

Welcome home, Rob.

I have no idea how she does that really aggressive whispering. I've not even taken my shoes off before she starts whinging about her day. And she wonders why I work so late. I know it's hard, but it's getting to the point where she just needs to crack on. Other women do it. My Mum did it with three.

If she let me help, that would be one thing. But she's so bloody controlling, whenever I try to do something with the girls, it's wrong. I've put Beca too high in the sling, or I shouldn't have given Siw juice because juice is like coca cola – is it fuck! Or that blanket shouldn't be in the car, they don't wear those shoes in summer. I don't know what the fucking rules are, do I? I don't think she does. She just likes being pissed off. At me usually.

I look up at her properly and I notice her hair. Or her head to be more precise.

"What the hell? What's happened to your hair?"

She doesn't even answer me.

Siw mumbles some gibberish and points at V's head as I pick her up.

"I can see. Silly Mum," I say as Siw melts into my neck.

It was those dreads that made me notice her in the first place.

"I'm MAM not MUM."

Oh, fuck off.

Me and Siw walk through to the living room, chatting rubbish and bouncing.

"It was the vomit. It was all the vomit that made me do it," V calls after me. "Think of it as a manifestation of how frustrated and fucked off I feel in general."

"You need help V, you're acting mental."

She follows me to the living room. Here we go.

"I do Rob, I do need help. Preferably from my husband. And I'll tell you what else I need … SLEEP."

"Well, there isn't a lot I can do about that is there? You're the one who insists on co-sleeping. And it's not like I can breastfeed, is it? I've tried to help and you've made it perfectly clear that my help is not good enough. So, you'll have to suck it up."

Fucking groundhog day.

It's such a beautiful day too. She needs to get out more. Might cheer her up. She's just stewing around the house all day. Can't be good for her. Or the girls.

"I'm taking Mos for a walk, poor boy."

I'll have a sneaky joint at the same time. Everything's easier to ignore after a few tokes.

* * *

Chwarter awr. Dyna faint fuodd o yma. A fydd o'n stoned pan ma'n cyrradd yn ôl. Ma'n meddwl mod i'm yn sylwi. Blydi plentyn. Dwi'n gasáu o. Dwi acshli'n gasáu o.

Ma Beca wedi deffro efo'r holl sŵn, so dwi'n rhoi Siw yn y bath ac ista ar y stôl fach yn gornel bathrwm i'w bwydo hi, gan obeithio neith hi ddim chwdu eto. Dwi'n teimlo'i thalcen hi. Dim gwres. Dwi mor paranoid bo nw'n sâl o hyd.

> **D:**
> Just leave him with the kids and come out! Xxx

Dwi'n dychmygu gadal tŷ ar mhen yn hun. Gadal bob dim a cherddad allan. Mi fysa noson o weithio'n y pyb efo pawb yn cal laff, neb yn crio, neb isio bwyd, neb angen fi, yn nefoedd. Jest nefoedd.

> **V:**
> I wish

> **D:**
> C'mon, he always does it to you xxx

Cal bach o crinj mod i wedi cwyno gormod am y ffaith fod Rob byth adra wrth Dion dros y misoedd dwetha. Fedra i'm sôn wrth Liz, achos ei thad hi sy ar fai fod o byth adra, a dwi'm di cal cyfla i siarad efo Karen achos ma hi yn ei chanol hi efo'i job a thri o blant. Ac ma hi mor capable, ma hi'n gneud i fi deimlo'n pathetic, heb drio, obviously.

> **V:**
> Also can't because I've shaved all my hair off!! 😜

> **D:**
> Whaaaat?!? Bet you look fit tho xxx

> **V:**
> I'm never leaving the house again!!

> **D:**
> When you coming back to work? I'll look forward to seeing your baldy little head xxx

> **V:**
> SOON hopefully

Ma'r rush 'na ar ôl bach o sylw'n diflannu pan ma Siw yn dechra cwyno, a dwi'n rhoi'r ffôn ar silff ffenest, ac estyn llian. Ma'r hen lwmp 'na'n ôl yn fy ngwddw i. Dwi'n trio anadlu'n ddyfn mewn i'n sgyfaint ond dwi'n methu. Dwi'n rhoi Beca'n y sling a rhoi sws fach ar ei phen hi. Hogla chwd eto.

"Amser gwely rŵan, nghalon i. Gwely a stori."

Dwi'n cicio *Green Eggs and Ham* dan gwely, blydi Granny Pam yn prynu llyfra Saesneg iddyn nw, ac estyn y llyfr hwiangerddi ges i gan Mam yn lle.

* * *

Feel much better. Better brush my teeth though, she thinks I quit ages ago.

I see her phone on the shelf, and I take a quick look. She shouldn't leave it lying around. Surprised she has actually, she's always on it. I start scrolling. My stoned brain takes a while to make sense of what I'm reading. I'm staring at it for ages. Who's D? I scroll up and down. Back at work?

It's fucking Dion. The cheeky cunt.

I scroll some more and really concentrate. Takes me ages. There's fucking loads of texts. Flirty texts. That's why she bloody wants to go back to work at the pub. I kept telling her she doesn't have to work for minimum wage, we don't need it. But now I see, she wants to fucking hang out with that flashy twat. With his stupid top knot. Pretty certain he wouldn't say any of that shit to my face. He's half my size for a start.

I put the phone back, face down. Then I push it away from me, I don't want to know. Then I hear giggling coming from the bedroom, and V does a proper belly laugh. It makes me smile, despite just reading all that shit.

I go over to our bedroom. Well, I call it our bedroom still, but I don't sleep there anymore. She's in there with the girls and I'm in the back room. At least one of us is sleeping that way, no point us both being awake. Blah blah blah.

I pop my head round the corner and Siw has a clean nappy on her head, like a chef's hat. She's also doing a little naked dance. It's super cute. Two-year-olds are so much fun.

"Nice dancing skills, kiddo," I say as I walk in.

I join in, doing a silly dance and Siw giggles. V doesn't even turn around to look at me.

"Nos da Siw, ma Dad am dy roi di'n gwely rŵan iawn." And she gets up, and as she passes me on the way out, her aggressive whispering is back.

"You can do amser stori, super fun Dad." And she walks out, handing me the book.

She knows I can't fucking read it.

"Let's not bother with books shall we, I'll tell you a story instead."

I lie back on the bed and pat the duvet next to me and Siw cuddles up close. She's so warm and cuddly. Smells like soap. She's amazing, she really is.

I hope they're not actually having a fucking affair. We really need to sort this out. Just wish she wasn't such a bitch though.

Mos sneaks in and sits at the bottom of the bed. Even the dog avoids her when she's like this.

* * *

Ma'n dod mewn i parlwr tua naw.
"Sorry, fell asleep with Siw."
"What a surprise."

Ma'n chwifio'r clippers sy'n ei law o.

"Want me to sort out your hair? It's a bit ... tufty," ma'n deud efo gwên garedig.

"Yes please," dwi'n ateb, achos does gen i'm egni i fod yn bitchy dim mwy, a fedra i'm gadal tŷ fel hyn.

"Grade four maybe?"

"Yeah, whatever," dwi'n deud yn flin.

Ma'n dal i syllu arna i.

"Well, come to the kitchen then. I'm not doing it on the carpet!"

Swear to God fod y boi 'ma'n gneud ati withia.

Dwi'n ddilyn o i'r gegin heb ddeud dim byd. Unwaith dwi'n ista, ma'n sefyll tu ôl i fi a rhedeg ei ddwylo dros fy mhen i gwpl o withia. Dwi'n cal gwsbymps.

"D'you know, that's the most I've touched you in about a year," ac ma'n dechra'r clippers fel mod i'n methu ateb.

Pan ma di gorffen, dwi'n mynd i edrych yn y drych sy uwch ben tân. Dwi wastad di bod isio shafio ngwallt, ond rŵan dwi'm yn siŵr. Does gen i nunlle i guddio. Ma rownd yn llgada fi'n edrych yn ddu. Dwi'n edrych gymaint hŷn.

Ma Rob yn dod a sefyll tu ôl i fi ac yn deud, "You actually look really cool," a rhoi'i dalcen ar dop fy mhen i, a'i ddwylo rownd fy nghanol i.

Dwi'n cau'n llgada fel mod i'm yn goro edrych ar yn hun, ac ymlacio'n ôl i'w freichia fo. Ma'n teimlo'n hollol solid. Dwi'n troi rownd a chuddio ngwyneb i yn ei grys o. Ma'n teimlo'n gynnes ac yn gartrefol. Ma'n hogla fatha chwys gwaith calad. Fy hoff hogla i. Ma'n gafal yn dynnach. Ma'i law o'n mynd yn is ac yn is, nes fod o'n gafal yn y nhin i.

Dwi'n tensio i gyd. Ffycin hel. Dwi jest isio blydi hỳg. Dwi'm isio cal yn gropio.

"Why don't you like me anymore?" ma'n gofyn mewn llais distaw, wedi symud ei law yn ôl i'n nghanol i.

Dwi'm yn ateb.

"It's like every single thing I do annoys you."

Dwi'n glwad o'n llyncu. Be dwi fod i ddeud? Achos ma pob un dim ma'n neud *yn* pisio fi off. Bob tro ma'n nghyffwr i dwi'n teimlo fel slapio fo. Fedra i'm helpu fo.

"And you never let me touch you, not even like holding your hand or anything."

Ma'i freichia fo'n dechra teimlo'n drwm a'i ên o'n teimlo fel fod o'n fy ngwthio fi lawr i'r llawr. Dwi'n tynnu'n ôl a cherddad at y sinc i olchi llestri.

"I just haven't got the energy, Rob," dwi'n deud, dros sŵn y dŵr yn rhedeg, "and you're always stoned," dwi'n ychwanegu.

"You don't talk to me, you leave the room as soon as I come in," ma'n deud wrth rwbio'i ddwylo dros ei wyneb.

"Are you stoned now?" dwi'n gofyn.

"A little," ma'n cyfadda.

"Well, then there's no point talking about this is there," dwi'n deud, yn rhoi wire wool ar y sosban bîns.

"You've got enough energy to flirt with Dion though, haven't you? Are you having an affair?"

"What?" dwi'n troi i'w wynebu fo, dŵr afiach yn diferu o'r sosban ar y llawr teils.

Dwi'n gweld ei llgada fo'n twllu.

"I said, are you fucking Dion? I've seen the texts. And you're certainly not fucking me."

Dwi'n cochi a chrychu fy nhalcen. Am ffor afiach o ddeud o.

"I'm not *fucking*, as you say, anyone, Rob. Not even you. I gave birth a few months ago. So no, I'm not, you idiot."

"Don't call me an idiot V, I don't like it, especially when you do it in front of the girls."

Ma'n edrych yn rili blin rŵan.

"The girls are too young to notice," dwi'n deud.

91

"NOT the fucking POINT," ma'n gweiddi. "And stop changing the subject. Why are you flirting with Dion?"

Dydi Rob byth yn gweiddi.

"For a bit of bloody attention Rob," dwi'n lluchio'r wire wool yn ôl i'r sinc. "Because he actually talks to me."

Because he's not you, dwi'n feddwl, ond dwi'm yn deud hynny.

"But you don't talk to me," ma'i lais o'n dechra mynd yn high pitched a ma'n blincio lot, sure sign fod o'n stresd.

"We're going round in circles," a dwi'n dechra cerddad allan.

"I just don't know what to do, V. You're obviously struggling. Shall I speak to Mum? She was home alone with three of us at one point so she might be able to help you."

Unbe-fucking-lievable.

"Your Mum had a fucking nanny, Rob."

"Well, we'll get you a nanny, whatever, if that's what you need."

Dwi'n syllu.

"I don't want a nanny, Rob. Are you even serious?!?"

"Well, I don't know, do I? Do you want to do something without the kids? Maybe you could go to uni? Or not even, just paint? We can make that back room into a painting room like we said when we bought the place. I don't think you're doing anything that makes you happy."

Ma hynna'n acshli wbath rili caredig i ddeud a dwi'n teimlo'n hun yn meddalu bach. Ond hefyd yn teimlo'n rili shit ac euog. Ma'r plant fod i neud fi'n hapus. Ma nw yn gneud fi'n hapus. Dydyn? Dwi'm yn siŵr pryd oedd y tro dwetha i fi deimlo'n hapus. Fel hapus go iawn. Dyla mod i'n deud hynna wrtho fo. Bod o'n garedig. A mod i ar goll. A mod i isio gneud wbath ond fod meddwl am beintio jest yn teimlo fel mwy o pressure. Dwi'm yn gallu neud y basics hyd yn oed, heb sôn am ychwanegu mwy at y rhestr.

"You're such a closed book these days. I can't read you at all," ac ma'i freichia fo'n disgyn lawr wrth ei ochor o, ac ma'n edrych yn hollol hoples.

"That's because you can't fucking READ."

Shit, shit, shit. Rhy bell.

Dwi'n i weld o'n brathu'i wefus, cyn troi ar ei sawdl a chau drws efo clec. Dwi'n gweld gola ôl y Land Rover yn mynd lawr y trac rai munuda wedyn. Dwi'n trio'i ffonio fo, ond ma'i ffôn o'n canu ar y bwr. Dydi o byth yn mynd heb ei ffôn.

Dwi'n clwad Beca'n crio'n y pram. Dwi'n ei chodi hi a mynd â hi efo fi i gwely, tra'n sibrwd, "Sori," drosodd a drosodd wrthi.

Dwi'n gwbo does 'na'm pwynt i fi aros iddo fo ddod adra.

Dwi'm yn siŵr am faint hirach fedra i gopio efo hyn.

Fi oedd bai yn fanna, de? Pam mod i mor horibl efo fo?

God, ma'n annoying.

pennod 10

U love it u dirty bitch. Two can play that game, V. I am so fucking angry with her. Sometimes I think I hate her. Sometimes I think I hate the mother of my children. Fucking hell. Something's gone wrong somewhere.

> **Rob:**
> Still up for that drink? x

Is it ok to text at 10pm? After weeks of silence?

> **Jess:**
> Yes, I'm in town. Come join us Xx

Seems so.

Town on a Saturday night is shocking. I haven't been for years. Jess told me she's in Blue Bar. I think that's what The Bridge is called now. I feel a bit nervous walking in. I look around and see Jess waving from a booth in the corner. I head over. There's quite a few of them, and Jess looks amazing. I always picture her in that mad flower dress she was wearing on New Year when I think about her now, but tonight she's wearing this black all in one thing. Like strappy overalls or something, except they're really sexy. Bit skimpy for February though. She comes over and kisses me on the cheek.

"That was a nice surprise," she says, touching my arm.

Once I've been to the bar and got myself a pint, I sit down with everyone. I don't know any of them and Jess doesn't introduce us, so I just smile. There's not much else I can do anyway because you can't hear yourself think in here.

As soon as I've sat down, I realise how tired I am. I feel like I'm sinking into the leather seat. I really need some time off work. The whole reason for being my own boss is so that I don't have to work all hours, like I had to when I was Dad's little whipping boy.

"Fancy a dance?" Jess asks.

I tell her I'm not really a dancer. I don't tell her that the music is too shit to dance to.

"Let's just go back to mine then," she says, and she takes my hand and leads me outside.

Jesus Christ.

We head down the hill to where the taxis line up and once we're inside one she puts her hand on my leg. She has really mad painted nails with patterns on them and her hand looks trippy just resting there.

"Blue Bar's not really your thing, is it?" she says. Before I can answer, she adds, "your text was a nice surprise," and smiles at me.

She leans over and we end up snogging on the back seat. She's definitely not shy. I'm a bit embarrassed with the driver just there but can't help myself. I haven't snogged anyone for years. Not like properly snogging. It feels amazing and kind of scary.

Once we get to hers, she pushes me against the wall as soon as we're in the door and I pull her to me. I'm hard already and I can't help myself. She opens my shirt and runs her hands down my chest. The nails catch my eye again.

V bites her nails.

U love it u dirty bitch.

95

Her hands are cold so I tense up under her touch. She pulls back a little and looks at me.

She runs her hands up and down a little bit more and pushes my t-shirt up and keeps looking. "I have *never* seen a six pack like that in real life before." Before looking back up at me, making direct eye contact.

I feel so absurdly flattered that I feel myself starting to blush, the heat creeping round from the back of my neck. Like a fucking neglected dog that's desperate for approval. Pathetic. I pull her back to me and kiss her, just to get myself out of that horribly revealing moment but I still feel a bit ... not sure. Stay cool, Rob, stay cool. She's into me. It's fine. You're separated.

She goes down on her knees and opens my jeans, and before I know it, it's happening, right here in the living room. She looks up at me through her heavily made up eyes. It feels amazing. I haven't had a blow job for years. Maybe even a decade. I close my eyes, lean my head back on the wall and sigh. I start worrying that it's all going to be over before we even make up it upstairs when someone bursts through the door, scaring the crap out of me.

"Shit," I shout, trying to cover myself up.

"Oh fuck sorry, Jess," a girl giggles, trotting in on her high heels.

Jess just laughs like this is totally normal and leads me upstairs while I'm still trying to do up my trousers.

When we get to the top of the stairs, she opens a door, lets go of my hand and says she's going to the bathroom quickly, and for me to go ahead in. The sudden change of pace makes me check my phone, just for something to do with my hands.

11.21pm. I was at home less than two hours ago. In a shitty bungalow with flowery curtains. What's happening to my life?

Her room is big and airy, and it smells like all those stalls you have to walk through in Debenhams, before you get to the clothes. There are big black and white framed photos on the walls. Loads of them. Even more on the floor, standing up against the walls. They're mostly of the quarries and the mountains. There's one in particular that catches my eye. It's the barracks, I know exactly where, and it has shards of sunlight coming through the clouds. It's beautiful. I notice more photos on the table by the bay window, not framed, and I'm just looking through them when she comes back in. She comes up to me and puts her arms around my waist from behind. She's tall and I can smell mint. I'm flattered that she's brushed her teeth.

"Are you a photographer?" I ask, pointing at the table.

"I take photos," she smiles. "I don't think I'm a photographer."

She takes a bag of white powder out of her pocket and starts racking up on the table.

Explains a lot.

She offers me the rolled-up tenner as she throws her head back and rubs her nose. I want us to be on the same frequency, so I lean over and get involved. It hits the back of my throat. I squeeze my nose between my thumb and forefinger and smile. Been a while. Proper hits the spot.

She pulls me over to the bed by the hand and we're kissing again. I run my hands up her back and then back down over her arse. She takes my t-shirt off and the way she looks at me makes me feel shy.

She takes her top off her shoulders, and it falls clean down to the floor. I do a little whistle through my teeth. She's well hot. But even more of a turn on than that, is the fact that she's obviously really into me. V was just not that into me towards the end.

U love it u dirty bitch.

97

I take my jeans off and get a condom out of my wallet, and lay Jess down on her back.

"You sure?" I ask.

"You are sweet," she says smiling, before she pulls me down on top of her. "And really, really fit!"

She's a bit noisy considering there's other people in the house, but it feels so great to be wanted that it doesn't even bother me after a while.

A few minutes after we've finished, she gets up and puts her dressing gown on and goes to the bathroom again. I lie back on her bed. I think I did alright. That's my first time since V. Well, except … but that wasn't … I shake my head.

When she gets back, I expect her to come back to bed, but she says, "I'm starving, fancy some cheese on toast?"

It's so unexpected after what just happened.

"If you're offering."

"Ok, I'll be right back," and she goes out the door again.

I can hear her laughing with someone downstairs. I have no idea who lives here. This is too weird. I look at the photos on the wall again. I recognise most of the mountains. The Glyders. No, Glyderau. Moel Siabod. Cnicht. We camped there once. Weather was bloody terrible, and V was in a mood because she'd forgotten her sketch book.

Jess comes back with two mugs in one hand and a plate of cheese on toast in the other, and a slice in her mouth. She looks totally different to what she did an hour ago. I sit up as she passes me the mug and I move up so she can sit next me.

"I really like your photos," I say. "I didn't know you were into the mountains."

She has her mouth full so she doesn't say anything, but she looks awkward all of a sudden.

The toast is white bread. Like proper cheap sliced bread.

V doesn't let this stuff into the house. It tastes amazing.

"Do you sell them?"

'No," she says, taking a drink of tea. "But I have my first exhibition at the end of the month. That's why they're all up. I'm trying to work out what goes with what."

An exhibition! V would be so jealous.

"I don't normally surround myself with my own work like some egomaniac," she adds, smiling.

I laugh. She's quite different to what I expected. Not that I'm really sure what I expected.

Why doesn't V paint anymore? She could easily get an exhibition. I think back and realise she hasn't really painted since we moved into the static. How long ago was that? Got to be at least ten years. She used to be sketching and painting every spare minute she had.

When we've finished eating, it gets a bit awkward. There are crumbs in the bed and I don't want to be naked anymore. I look at the clock. It's only just gone midnight and I'm sober.

"You don't have to stay," she says, reading my mind. "I can call a taxi."

"I could ... I don't want to, you know, run off, after ... that."

She laughs.

At me?

"It's fine," she answers, giving me a quick kiss on the lips and reaching for her phone. "I know it's just sex," she adds, raising her eyebrows and smiling, "but you can text again, you know, if you're lonely on a Saturday night."

"Good night, mate?" the driver asks.

I don't answer him.

I look at photos of my girls on my phone. I want them to stay seven and five forever.

pennod 11

> **V:**
> Ti'n effro? Ffansi visitor? x

> **Si:**
> Drws yn gorad xx

> **V:**
> Welai di in 10 x

Dwi'n parcio a mynd fyny grisia dau ris ar y tro tuag at y drws ffrynt. Does 'na'm gola lawr grisia ond dwi'n gweld fod 'na ola'n llofft. Dwi'n agor drws a pipian fewn, cyn tynnu'n sgidia a gadal nw wrth stepan drws. Ma ngwallt i'n disgyn dros fy ngwyneb i fel dwi'n plygu lawr a dwi'n hogla chlorine. Dwi'n tynnu nghôt a chwilio am rwle i'w hongian. Ma 'na fag o betha pêl-droed ar lawr eto. Ma 'na blât, gwydr a control playstation ar y bwr coffi a dwi'n meddwl amdano fo'n fama yn byta swpar ar ben ei hun bob nos yn chwara computer games. Er, dwi'm yn gwbo os ydi o ar ben ei hun chwaith, nadw?

"Llai o ffaffio."

Dwi'n clwad y wên yn ei lais o.

Does 'na ddim landing ac ma'r grisia yn arwain syth i'w lofft o, a dwi'n edrych trw'r banisters a'i weld o'n gorfedd ar ei ochor, lamp ymlaen a llyfr yn ei law. Dwi isio gweld be ma'n ddarllen. Ma'i wallt o'n fflyffi, dim wax, ac ma gynno fo dipyn o stubble. Dwi'n gwbo mod i'n nabod y gân yn y cefndir. Wbath o ers talwm. Dwi'n troi mhen i wrando'n astud.

Ma'n codi ar ei benelin a gwenu arna i.

"Iawn cont?"

"Be ti'n ddarllen?"

"Ffyc all, jest trio edrych yn chilled dwi," ac ma'n taflu'r llyfr ar lawr a symud ar draws y gwely a chodi'r cwilt.

"Hop in!"

Dwi'n tynnu nhrwsus a nghrys dros fy mhen mor gyflym a fedra i a neidio mewn ato fo. Ma'r gwely'n gynnes ac ma'n cau'r cwilt amdanan ni.

Ma'r gân dal yn bygio fi.

"Be di'r gân ma?"

"Belle and Sebastian de, soundtrack to my twenties!"

"Pam ti'n hogla fel Deep Heat?" dwi'n gofyn wedyn.

Dwi'n impresd efo pa mor chilled dwi. Dwi'n bod yn casual. Fel mod i di arfer gneud hyn. Fel mod i'n gallu handlo hyn.

"Achos dwi rhy hen i chwara ffwtbol a ma pob dim yn brifo. Pam ti'n hogla fel pwll nofio?"

"Achos dwi di bod yn y pwll nofio, duh," dwi'n chwerthin., "Ti'm yn meindio fi'n tecstio mor hwyr?"

"Always up for a bootie call, V. Ond fydd rhaid i ti neud y gwaith. Ma hamstrings fi'n lladd."

Ma pob dim lot rafach na'r tro dwetha, a dan ni'n snogio am hir cyn dechra petha erill. Ma'n gneud i fi fynd ar top a dwi'n mynd yn embarasd i gyd pan mae'n edrych arna i. Ma'n rhedeg ei fys ar hyd fy tatŵs i ac yn edrych yn iawn arnyn nw.

"Ti mor secsi, V, ti'n gwbo hynna?"

Marw.

"O mai god, crinj," dwi'n deud wrth mestyn i ddiffodd y lamp.

"Spoilsport."

Pan dan ni di gorffen a di bod yn pendwmpian am bach, dwi'n edrych ar y cloc a gweld fod hi bron yn un o gloch bora. Ma'n ngweld i'n edrych.

"Paid â mynd," ac ma'n rhoi law dros y cloc. "Os di Siôn Blewyn Coch ffansi dy ieir di, fydd o di cal nw i swpar erbyn rŵan."

Dwi'n gwenu, meddwl am wylio Siôn Blewyn Coch efo Mam a Dad a Tara. Ifan Gobl Gobl. Gneud i fi deimlo'n wiyrd meddwl am hynna rŵan, pan dwi'n fama'n noeth efo rhywun sy ddim yn Rob.

Dwi'n codi a switsio'r lamp mlaen achos dwi methu ffindio nillad. Fedra i'm aros yma. Dim trw nos. Be os dwi'n deffro? Fel dwi'n neud adra. Nghalon i'n curo a byr fy ngwynt. Chwysu. Na, dwi'm isio aros.

"Ga i fynd â ti allan yn iawn wicend 'ma?" ma'n gofyn. "Dim jest shagio'n tŷ fel teenagers? Neu ella ga i ddod i weld lle ti'n byw?"

Dwi jest isio mynd adra. Os dwi'n deffro adra dwi'n gallu codi a mynd tu allan. Neu ddarllen. Neu gwylio *About a Boy*. Ma 'na wbath am Hugh Grant yn bod yn hen fastad sy mor comforting.

"Na i tecstio."

Ma'n disgyn yn ôl ar y pilws, rhoi'i freichia tu ôl i'w ben, a ngwylio fi'n newid.

"*Na i tecstio*. Right. Closed book, dwyt?"

Dwi'n goro troi nghefn achos ma jest clwad y geiria 'na eto'n teimlo fatha slap.

pennod 12

Dwi'n teimlo mor anghyfforddus yn sefyll yn fama yn edrych ar yn adlewyrchiad yn y gwydr.

"He knows you're seeing someone," medda Liz fel ma hi'n ffidlan efo'r ffrog.

Dwi'n clwad y judgement yn ei llais hi ac ma hi'n tynnu'r zip fyny mor ffast dwi'n nadlu mewn ac aros am binsh.

"Except I'm not *seeing* someone, it's just casual," dwi'n ateb wrth ddal fy ngwynt.

Dwi'n licio gallu deud hynna. Teimlo fel rhywun ar teledu. Ar *Sex and the City* neu wbath.

Dwi'n trio peidio edrych ar yn hun. Ma'r ffrog yn dynn ac yn sleek, hollol out of my comfort zone, a dwi'n dechra difaru cytuno bod yn forwyn.

"Sori, sori, mor sori bo fi'n hwyr, sorry I'm late," ac ma Karen yn dod mewn i'r siop fel taran. "Nath y cyfarfod cynta redeg yn hwyr ac wedyn o'n i'n chwara catch trw dydd," ma hi'n deud fel ma'i'n cymyd swig fawr o'r complimentary fizz. "Ahh, 'na ni well."

Ma hi'n sdopio ac yn edrych arna i'n iawn.

"V, ti'n edrych yn sdyning," ac ma hi'n ista lawr a tynnu'i high heels a rwbio'i thraed.

Anaml iawn dwi'n gweld Karen yn ei dillad gwaith, power suit a'i briefcase, ond bob tro dwi yn, ma'n gneud i fi deimlo fel mod i'n colli nabod arni. Fel bo hi'n oedolyn a finna dal yn teenager.

"Ti'n edrych mor wahanol yn dy ddillad gwaith," dwi'n deud.

"Ma Mike yn galw fi'n briefcase wanker," ma hi'n ateb, cyn ychwanegu, "Iesu Grist, ma'r sgidia 'na di bod yn lladd trw dydd. Oes 'na fwy o'r fizz rhad shit 'ma? Dwi'm yn dreifio adra heno 'ma," ac ma hi'n mynd i chwilio am yr assistant.

Unwaith ma Liz yn hapus efo ffrogia'r ddwy ohonan ni, dan ni'n croesi ffor a syth mewn i pyb. Ma Karen yn ordro rownd a dwi'n gneud roli i bawb, ac ma'r tair ohonan ni'n mynd i ista ar un o'r byrdda picnic ar y dec sy'n edrych lawr at y traeth.

"Pam bo ti'n mynnu ista tu allan, hyd yn oed yn mis Chwefror, V?" ma Karen yn cwyno. "Ac ers pryd ti'n smocio eto?"

Dwi'n gwenu ar y ddwy ohonyn nw. Dan ni byth yn cal amser jest y tair ohonan ni. Efo Liz yn gweithio shifts a Karen a fi efo pump o blant rhyngthan, does na'm lot o gyfle.

"Eniwê, sut ma'r shagio'n mynd? Ti di dod dros dy ffobia o secstio?" ma Karen yn gofyn wrth chwythu mwg i'r awyr uwch ei phen.

Dwi'm yn ateb, jest gwenu mewn i mheint. Dwi'n clwad Liz yn nadlu allan yn uchel cyn deud, "Don't bloody encourage her, Karen."

"Oh, shush Lizzie! Paid â bod yn swil rŵan, V," ma hi'n tynnu arna i.

"Ma secstio yn Gymraeg jest mor … wiyrd," dwi'n cychwyn ond dwi'm yn deud dim mwy achos ma Liz acshli physically yn troi oddi wrtha i.

Fel ma Karen yn agor ei cheg i ateb, ma'n ffôn i'n crynu ar y bwr a'n distractio ni i gyd. Ma'r ddwy yn gweld ei enw fo cyn i fi gipio'r ffôn o'u golwg.

> **Si:**
> Dwi angen gadal drws yn gorad heno ma?? Xx

Dwi'n trio peidio gwenu wrth ddarllen achos ma'r ddwy'n syllu arna i.

"Are we imposing on your Wednesday night arrangement?" ma Liz yn deud yn swta i gyd. "Actually, don't tell me. I don't want to have to lie to Rob if he asks me again."

"Again?" dwi'n gofyn, wrth roi'r ffôn yn bag heb ateb.

"Wel na, fuck that, spill, pob manylyn," medda Karen.

"Yeah, he was asking me about it at the lake after you left. And he keeps calling me and I can tell he's fishing. He knows you're seeing someone," ma Liz yn esbonio.

"Dwi ddim yn *gweld* Si," dwi'n deud.

"Be wyt ti 'ta? Da chi wrthi ers dipyn rŵan," medda Karen.

"Dan ni ddim yn … ddim byd. Mae o jest yn … ymm … side order bach neis," dwi'n ateb.

"A side order?" medda Liz yn tagu ar yr inhale. "Does Si know he's a salad?"

Ma Karen yn caclo'n uchel a dwinna'n snortio mewn i mheint.

"Dio'm yn salad, ma'n fwy o fel … spring roll neu naan. Ti'n gwbo … un o'r side orders da, y side orders sy'n gneud y main meal yn fwy egseiting," dwi'n esbonio.

"Ac ydi'r *salad* ma efo unrhyw chance o fod yn main meal rwbryd?" medda Karen, siriys i gyd rŵan.

"Na, Siw a Becs di'r main meal de," dwi'n deud wrth gymyd swig arall, "obviously."

"And what's Rob then? As the father of your main meals?" ma Liz yn gofyn wedyn, yn aildanio'i roli tu ôl i'w dwylo.

Jeez, tafod finiog heno 'ma.

"Ymm … leftovers? Dwimbo. Dwi di cyrradd diwedd y metaffor rŵan."

"Leftovers? Megis cychwyn di'r metaffor yma," medda Karen, getting into the swing of it. "Ma pawb yn gwbo fod leftovers yn well pan ti'n mynd yn ôl atyn nw, ma nw'n well diwrnod wedyn, dydyn?"

"Well, seeing, shagging, side orders, whatever, Rob knows there's someone on the scene. So now he's shagging around," ma Liz yn ychwanegu'r darn ola'n ddistaw.

"What??" dwi'n deud, braidd rhy ddramatig a dwi'n rhoi mheint lawr rhy gyflym ac yn colli diod dros y bwr. "Who?"

Bet na Jess di.

"Not sure. I said the same to him, don't tell me so I don't have to lie," ac ma hi'n cymyd swig o'i pheint, cyn ychwanegu, "you're both pretty close to the point of no return, you know? I have a real sense of impending doom. Such a waste. You're both bloody miserable."

"Dim byd gwaeth na pan ti'n mynd yn ôl i ffrij a ma 'na rywun arall di byta dy leftovers di."

Diolch Karen. A tra dwi wrthi, pam fod Liz yn fy nhrin i fel mod i yn y rong o hyd? Rob sy di cychwyn hyn i gyd. Rob sy di creu'r sefyllfa 'ma. Impending doom, my arse. Does 'na'm byd yn impending, ma di ffycin digwydd yn barod do. Dan ni yn y doom ers ages!

"Stop pretending it's not a big deal, V," ma Liz yn snapio.

"Dio'm yn goro bod yn big deal ddo, na?" ma Karen yn dadla.

"Maybe not for you, but I know it is for V," ac ma llais Liz yn dechra codi. "And Rob."

Dwi'n dal yma, dwi isio gweiddi.

Ma Karen yn pwyso'n ôl yn ei set, yn tynnu'i hun nôl yn gorfforol o'r anghytuno.

"Gawn ni siarad am wbath arall, plis?" dwi'n deud, achos dwi di dechra gwasgu a gollwng fy nwylo drosodd a throsodd.

Ma Liz yn wfftio fatha hen ddynes.

"Hen do all sorted."

Karen to the rescue.

"Cottage with hot tub booked, posh supermarket delivery booked, and annual leave booked. Methu blydi aros. Pwy s'isio diod arall?" ma hi'n gofyn wrth godi.

Ma Liz a finna'n ysgwyd yn penna. Ma Karen yn mynd at y bar eniwê.

Unwaith ma Karen di mynd mewn, dwi'n gofyn i Liz os di'n nyrfys am y briodas, unrhyw beth i neud yn siŵr bo ni ddim yn fy nhrafod i eto. Ac i drio dod dros yr ocwyrd silence horibl 'ma. Ma hi'n derbyn y diversion ond yn craffu arna i'n gynta, i neud yn siŵr mod i'n dallt bo hi'n gweld trwydda i.

"I'm worried it's going to be too formal, and all Iestyn's friends will be so much older than my friends, and it will really highlight the age gap," ma hi'n deud wrth chwara efo'r beer mat. "It's so hard to organise something to suit everyone now we're older. Especially because he's done it before."

Dwi'm yn siŵr iawn sut i ateb. Dwi dda i ddim efo petha fel hyn.

"And his family will insist on speaking to me in Welsh."

"Your Welsh is fine Liz, totally fine," dwi'n ateb.

Ma hi'n hollol rhugl, achos gath hi fynd i'r ysgol leol. Ma Rob dal yn flin am hynna. Cwbl ma hi'i angen di bach o hyder.

"No, it isn't, it's proper learner Welsh. I can see his family wincing whenever I make a mistake."

Ma Mam a Tara yn gneud hynna i fi. Ngneud i mor self-conscious. Wedyn dwi'n sylwi ar bob gair dwi'n ddeud sy'n Saesneg a mynd yn flustered. Dim bai fi mod i'n siarad llai o Gymraeg na nw, na?

"And it's not like when you and Rob got married, when we were all kids and just wanted a mad rave."

"And what a rave it was. Ma pawb dal yn siarad am y peth," ma Karen yn deud, fel ma hi'n dod yn ôl efo peint a thri shot o wbath clir ar drê.

107

Shots ar nos Fercher. Ma'r hogan 'ma'n hurt.

"Dad was still hungover a week later," medda Liz dan chwerthin, a dwi'n teimlo'n well a gobeithio bo hi ddim yn flin efo fi rŵan.

"I'll also be hungover a week later if you carry on, Karen," dwi'n deud.

"Does 'na neb yn cal gadal cyn hanner heno, ocê? Iechyd da," medda Karen, ond dydi Liz na finna'n yfed y shots.

"Do you remember that kitchen Rob made?" ma Liz yn gofyn wedyn, "and those log benches round the fire? He's wasted just being a builder. He could be like a proper artist, making sculptures and stuff."

pennod 13

Naw mlynedd yn ôl ...

Having a wedding at home was supposed to be less work but I got really into it today and it's kind of taken on a life of its own. It's going to blow V's mind.

"No more work, Rob you boring bastard. You get more and more like Dad every day. Let's go to the pub," Steve whinges.

He's been here all day with me, setting up the marquee and mowing the grass. Got a new ride-on mower too, it's proper fun. We've been cutting the hedges, setting up the speakers, the fairy lights, the bonfire, the bar, putting up signs V made for the car park. We've made this amazing DJ booth out of the old kitchen I ripped out the house years ago, looks class. Saw something similar at a festival once. I say *we*, but Steve mostly handed me the tools. He's not very practical. He's academic, as he keeps reminding me. He keeps making comments about not being cut out for this kind of work and how if he wanted to do hard labour he wouldn't have gone to uni, thinking he's all superior. Just looking at his clean nails and smooth office hands gives me the ick. Don't understand how people can just sit down for hours, not doing anything with their hands, just staring at a screen. Give me an axe and a pile of logs any day.

"I don't really fancy the pub, mate. I want a cawod and

a few drinks in the garden. I don't want to be hungover tomorrow," I say as we're walking back towards the static.

"Cawod," he laughs. "Proper Welsh now are you?"

Steve's staying with me tonight. He's my best man. V was very pleased with that. She thinks he's less likely to lead me astray than my other mates. Little does she know that he's the worst one of the lot. He wanted me to have my stag in Amsterdam. I refuse to go anywhere near Amsterdam with him. He's not really what I aspire to, especially when it comes to women.

V's over at Karen's house. Liz told me the three of them were going for a swim in the lake and then having a barbeque in the garden. Tara's even joining them for the barbeque part. V's well chuffed, she hasn't seen her much since she got her new teaching job. I think seeing her doing so well reminds V that she still hasn't made it to uni. She always said she was only taking a year out, but now it's been five. Shit, no, seven. Time flies when you're partying hard.

"D'you think you'll have children?" Steve asks me as he hands me a cold bottle of Grolsch.

I should remember to save the empties for V. She likes them for that elderflower stuff she always makes. I stroke Mos as he comes over to greet me and sit down on the wall outside.

"Yeah man, loads."

Steve laughs.

"You'll have to hurry up and finish the house then," he adds.

That's the plan. After the honeymoon, we're going all guns blazing on the house. No more messing around, time to knuckle down. Great excuse to step away from Dad for a bit too. He's doing my head in. Total workaholic. I'm not going to be like that when we have kids. Can't wait to start the kitchen, already got the oak at the workshop. I've also earmarked the timber I want for the staircase and got the slates for the windowsills.

But first, wedding. Then house. Then, babies.

BRING IT ON.

⋆   ⋆   ⋆

Wel am ddiwrnod hyfryd. Gymaint o laff. A pnawn fory – mis mêl. Bring. It. On.

"Thanks for the climbing shoes, husband," dwi'n deud fel dwi'n plygu lawr i agor zip y bell tent a gweld y presant ges i gynno fo bora ma.

Methu aros am Morocco. Ma'r dringo fod yn epic.

"You're very welcome, wife, just hope I can keep up with you on our honeymoon."

Dwi'n wfftian.

"On the climbs, I mean," ma'n chwerthin.

Fel ma'n deud hynna ma nghodi i a nhaflu i ar y gwely dwbl.

"When did you put a real bed in here?" dwi'n giglo.

"I got you something else too," ac ma'n rhoi amlen i fi.

Dwi'n ei agor hi ac ma 'na dicedi awyren i fynd i Ffrainc ym mis Tachwedd.

"Snowboarding for a month, V. A whole fucking month."

"Wow, at your parents' place?"

"Noooo, somewhere where it's just you and me."

Dwi'n meddwl am yr application fform uni sy gen i wrth gwely di hanner llenwi. Fedra i'm mynd am fis os dwi'n cychwyn ym mis Medi. Er, rhaid i fi hel fy nhraed a gorffen y blydi application os dwi isio cychwyn mis Medi yma. Ma hi'n fis Mehefin rŵan. Dwi'm yn gwbo pam fod gen i gymaint o mental block am y peth. Eniwê, now's not the time.

"What about work?"

"I'm going to stop working for Dad, remember? Making the most of being my own boss."

"Not sure I can afford it," dwi'n deud.

"You're a Hunter now, so yeah, you can. What's mine is yours an all that, not that it wasn't before."

Dwi'm yn siŵr iawn sut i ateb hynna so dwi'n gafal yn ei ddwylo fo. Ma nw'n galed ac yn ryff; dwylo gwaith. Dwi'n trio'i dynnu fo ar y gwely.

"I'm too knackered to give you a wedding night to remember, V."

"Wedding morning, Rob, it's 5am, but I don't mind."

Ma pawb di mynd i'w gwlau rŵan. Ma'r rhan fwya di codi tents a pharcio fans yn cae pella. Dan ni'n y berllan ar ben ein hunain. Ma 'na dal fiwsig yn dod o'r marcî o flaen tŷ. Ma Steve di gaddo clirio pob dim. Nes i ddeud wrth Rob y bysa pob dim yn iawn tan dan ni'n ôl o Morocco ond nath o sbio arna i fel mod i'n hurt. Ma di gneud i Steve addo gneud job dda.

"Did you have a good day?" ma'n gofyn tra ma'n stryglo efo botyma'i grys.

Ma di rhigo un o'i lewys.

"It was amazing, Rob, really amazing. You must've worked so hard yesterday. And Tom really pulled it out the bag with the music, didn't he? Did you see Mum's face when he started his set?" dwi'n gofyn.

"Hah, I did. She was horrified. Worked though, didn't it? Sent all the oldies packing."

Mam methu handlo parti. Na hwyl.

"Except Dad. Think he might still be around somewhere," medda Rob wedyn fel ma'n gorfedd ar y gwely efo fi, jest yn ei boxers erbyn hyn.

Dwi'n edrych ar gorff Rob. Dwi'n nabod pob modfedd ohona fo. Ma hoel ei fest o'n glir mewn lliw haul. Dwi methu credu bo ni di priodi.

"Poor man, he'll have to answer to your mother tomorrow," dwi'n deud.

"Zander offered him some mushroom tea earlier," ma'n ychwanegu fel ma'n troi tuag ata i.

"Zander! Still think that's a fucking ridiculous name. Your private school lot are a liability," dwi'n ateb.

"Your joskin friends aren't much better. I had to take the keys out the mini digger because Run kept threatening to do a digger dance."

"Who??"

"Run."

"Do you mean RH-un?"

Ma'r ddau ohonan ni'n crio chwerthin erbyn rŵan.

"Yes, him!" ac ma Rob yn sychu'i llgada. "I never get his name right."

Ma'n rhoi'i fraich o dan fy ngwddw i a'n nhynnu fi ato fo. Dwi'n troi i'w wynebu fo a rhoi nghoes dros ei fol o.

"I love you V, thanks for marrying me."

Ma hynna'n neud i fi guddio ngwyneb yn ei wddw fo. Di Rob byth yn deud petha fel 'na.

"I think we're going to have a great life together, Mrs Hunter."

pennod 14

Dan ni'n ista ar un o'r meincia ymarfer corff 'na yn neuadd fawr yr ysgol. Ma 'na hogla spam a gravy granules a llunia llysia ar y wal. Ma pob dim yn rhedeg yn hwyr obviously, achos ma pob noson rieni'n rhedeg yn hwyr, felly dan ni'n fama drws nesa i'n gilydd ers bron i hanner awr.

"C'mon V, let's go together. We'll be looking after the girls together anyway. I don't want to have to be sitting apart from you three all day. Please, we always have fun at weddings."

Ma Rob mewn hwylia da heddiw, dwi'n gallu deud. Dwi'm isio meddwl pam. Dim ar ôl be ddudodd Liz noson blaen.

"It's going to give your mother fresh ammunition," dwi'n ateb.

Fresh hope dwi'n olygu.

"Oh c'mon, my mother will have other things to obsess about. Her only daughter is getting married, and to a doctor no less. He loses a few points for being a divorced doctor but still ..."

"She's going to be unbearable," dwi'n chwerthin.

"She's so into the whole thing, V, you wouldn't believe."

"I can well believe, Rob!"

"She told me the other day, 'at least I can wear heels to *this* wedding'. She's still bitter about our wedding being so chilled."

Ma'n dynwared hi i'r dim.

"She'll make it such a nice day though, she's so good at things like this," dwi'n ateb, achos credit where credit is due, ma event management skills Granny Pam off the scale.

"Won't be as good as ours though, will it?" ma'n ateb.

"Nope, but it might actually last."

Ma Rob yn chwerthin dros bob man. God, ma mor loud withia. Ma'r rhieni erill yn troi rownd i sbio arnan ni.

"Not divorced quite yet," ma'n sibrwd.

Alarm bells. Ond ma 'na ddarn bach ohona fi sy'n gwenu.

Am lanast.

"C'mon, it's going to be such a long day for the girls, we'll have to split the load. And you hate going to things by yourself, especially when you have to dress up."

Gwir.

"You're not coming in the van with us."

"Well, we're not taking two cars, are we? That's just ridiculous."

Dim mor ridicilys â hynny, dydi'r briodas mond ryw awr a hanner i ffwr.

"Stop pressuring me, Rob," a dwi'n wthio fo oddi wrtha i, ond dwi'n dal i wenu ac ma Rob yn gwbo fod o di ennill.

Mi fydd y plant wrth eu bodda.

"We should stop at your parents on the way, seeing as we're passing."

Dwi'n nadlu allan drwy nhrwyn i ddangos iddo fo be dwi'n feddwl o'r syniad yna.

"Do it for your Mum, V. She's always asking you to visit and you never do!"

"Mr a Mrs Hunter," ma Miss Williams yn galw efo gwên, achub fi o'r bregeth.

Ma'r ddau ohonan ni'n codi ac ma Rob yn rhoi'i law ar waelod fy nghefn i a mhwsio fi gynta. Ma'n dal ofn athrawon,

115

dwi'n siŵr fod ganddo fo PTSD neu wbath, blydi Granny Pam, dyla hi fod di talu sylw'n gynt.

Dan ni'n ista lawr ar draws bwr a dwi'n teimlo fel plentyn bach, er bod Miss Williams mond dwy flynedd yn hŷn na fi, chofio'n iawn yn ysgol. Hogan ddistaw.

"Diolch am aros," meddai. "Reit, ma Siwan wedi cal tymor gwych o ran …"

"Sori, di Rob ddim yn dallt Cymraeg," dwi'n torri ar ei thraws.

Dwi'n teimlo Rob yn suddo'n ei gader drws nesa i fi, felly dwi'n rhoi'n llaw ar ei goes o heb feddwl. Ma'n rhoi'i law o drosti o fewn eiliad.

"Apologies, yes as I was saying, Siwan has had a fantastic year in terms of schoolwork, absolutely no concerns there …" ac ma hi'n oedi chydig a chwara fo'r papura ar y ddesg, "… but I have noticed that she has been a little subdued, just a little more reserved than she was last year."

Dwi'n edrych ar y llawr ac ma Rob yn gwasgu'n llaw i.

"Has anything happened at home? Any changes?" ma hi'n gofyn yn garedig, yn pwyso mlaen yn ei set.

"The dog died recently," medda Rob, yn gwbo'n iawn ma dim dyna'r broblem.

"I'm sorry to hear that," ma Miss Williams yn ateb. "She did mention it actually."

"We've separated," medda finna, ac ma hi'n edrych ar fy llaw i, so dwi'n thynnu hi o 'na reit handi.

Teimlo'n wiyrd siarad Saesneg efo hi.

"Right," meddai, "well that could explain the change."

Dwi'n cal instant reaction i hynna a theimlo dagra'n pigo. Siw bach. Be dan ni'n neud?

"I hope I'm not overstepping here, but being separated myself, I would say that the priority is to avoid any confusion, any mixed messages. Children are so resilient, they can deal with most things, as long as there are clear boundaries," ac ma hi'n gwenu arna i.

Ma Rob yn codi, ei set o'n crafu'r llawr plastig, ac yn gadal heb yngan gair.

Diolch am y gefnogaeth, Rob. Blydi hel. Dwi'n ymddiheuro drosto. Dwi'n licio Miss Williams.

"Dwi mor sori, doedd gen i ddim hawl deud hynna," ac ma llgada Mrs Williams yn edrych yn panici i gyd. "Dwi mor sori," ma hi'n ailadrodd.

"Na dim o gwbl, diolch am sylwi. Withia ma angen rhywun o'r tu allan i ddeud y petha ma does."

* * *

Well, that was shit. Totally overstepped. I hate teachers. So bloody superior. This is only going to make V more skittish. But at least we're going to the wedding together. That'll show this Si whatever his name. I still can't get Liz to tell me anything. Except that she wouldn't exactly call it 'seeing someone', which makes it fucking worse. Because that means it's all about the sex. And that *really* messes with my head because our sex life was non-existent for the last few years. And then this whole thing with Jess. So good. So weird. Not sure. My brain feels a bit fried by it all.

Just as I'm getting to the Landy, Anya's mum comes over. Shit, what's her name again?

"Hi, Rob."

Natasha? Amanda? Shit.

"I was just wondering if Beca's coming to the party?" she says.

I look at her blankly.

"Anya's party at the climbing wall on Saturday?" she explains.

I can't really concentrate.

"Oh yeah ... umm ... not sure. V sorts all that out," I answer.

As soon as I mention V, she sort of tilts her head a bit.

"Must be hard," she says. "But you're both doing great, so lovely to see you both getting on in there."

Is she snooping? I hate it that everyone knows everyone's bloody business in this village.

"You know, when I separated, it was the evenings that I always found to be the hardest."

Jesus Christ, everyone is full of advice this evening. My silence doesn't stop her.

"Dinner for one, nobody to cuddle up to. It's a bit lonely, isn't it?" she carries on.

Shit, she's not snooping, she's ... flirting?

"Yes, the evenings can get lonely," I say, with a half-smile.

What am I doing? I roll my sleeves up and tense a bit. What a loser.

"Well, you know where I am if you ever want some company," she says, touching my arm.

Is it this easy now? Do people just come on to each other outside parents' evenings these days? First Jess and now, Natasha ... or Amanda. Shit, what *is* she called?

"Well, if you give me your number, I might give you a call next time I'm at a loose end." I pass her my phone, embarrassed by the cheese coming out of my mouth.

She won't surely? But she does, and she hands me the phone back before saying her goodbyes and walking off down the pavement.

I have to say, I admire her balls. Outside school and everything. Nice arse too. I look at my phone. TAMMY. That's it, Tammy.

I feel a bit predatory. I think of Steve and his conferences, and V saying it must run in the family.

By the time I get home, I've decided never to text Tammy. She's one hundred percent not my type. Totally mainstream. And because of the wedding. We're going together. It's going to be so nice being a foursome again. Might help Siw too. And it'll be fun to get pissed with V again now that she's back on the booze. As long as she's not in one of her moods. Still flattered though. Got chatted up outside school. I feel like I want to boast to someone.

I chuck my car keys on the work top and open the fridge. Not a lot of choice. Wish I'd taken one of Mum's meals out to defrost.

What does she mean by subdued anyway? What does that even mean? Maybe Siw was tired. Or bored. School is boring.

I hate cooking for myself. Tammy's right, it *is* lonely.

I switch on the little speaker and put some Björk on. It sounds shit. God, I miss my fancy speaker set up from home.

U love it u dirty bitch.

I shake my head. Why did I look at her phone?

Never realised that making dinner takes so much bloody time and brain power. V's such a good cook. Probably should have appreciated that a bit more. I close the fridge.

I'll have to give the van a once over before we go, I think. Replace that tyre and change the oil. I'll try to fix that internal light too. Beca doesn't like complete darkness. I grab my phone.

> **Rob:**
> Van needs a service. Will pick up Weds

> **Rob:**
> Ignore Miss Williams

Two blue ticks. No fucking reply.

> **Jess:**
> What u up 2? xx

Who needs Tinder? I'll grab some chips or something on the way to town I decide, as I get ready to jump in the cawod.

pennod 15

My phone's ringing. Where's my phone?

I look at the bedside clock: 1.37am.

It's V. Same photo of her diving into the lake.

"What's wrong?"

"It's Beca. She can't breathe. We're sat outside on the crocodile bench."

"Can't breathe?" I say sitting up.

"She has this really dry cough," V replies.

Croup. I can hear the fear in V's voice. It always used to be me who went to sit outside with Beca. I'm really good at calming her down.

I sit up on the edge of the bed. Rub my hand over my face. Look around for my boxers. We don't say anything for a while.

"Is it getting better?" I ask.

"Yeah, she's a bit better now," V answers, sounding like she might cry. "Sorry for calling."

"Don't be silly."

Shit. She hates me calling her silly.

"Go inside and run the hot water, cawod and taps, in the bathroom bach like last time. With the door closed."

I look behind me.

It sounds like V's getting up and she must've put the phone on speaker because I can hear Beca's breathing. It sounds scratchy. Poor thing.

"You ok, kiddo?" I ask. "Are there many stars out? Can you see?"

I hear the front door closing. Then I hear the water running.

"She's getting a bit better," V says. "Can you talk to her for a bit? I feel a bit wobbly."

"Beca, did I tell you that I saw a heron the other day?"

"A what?" her voice is hoarse.

I can still hear her inhales.

"A heron."

"I don't know what that is."

"Ask Mam what a heron is in Welsh. It's something glas ... I can't remember."

⋆ ⋆ ⋆

"Crëyr Glas," dwi'n deud fel dwi'n rhoi ffôn i Beca i fi gal gorfedd ar lawr y bathrwm achos dwi'm yn siŵr os dwi am basio allan. "Yr aderyn 'na fo coesa hir."

Ma hi'n edrych yn gam arna i a dwi'n clwad Rob yn deud, "Sort of like a small blue flamingo," sy'n gneud i fi wenu.

Ma teimlo'r llawr oer ar fy moch i'n helpu. Dwi'm yn siŵr os ma codi rhy sydyn neu'r panic sy'n neud i fi deimlo fel hyn. Ar adega fel hyn dwi'n hyper aware ma fi di'r unig oedolyn yn tŷ ac ma'n neud i fi deimlo fel bo mhen i'n cal ei wasgu.

Dwi'n casáu croup. Ma Rob wastad lot gwell na fi am handlo fo. Dwi methu bod yn relaxed am y peth, a di hynny ddim yn helpu neb. Dwi'n edrych arni'n ista efo'i chefn ar y wal, di lapio'n y flanced wlân. Dwi'n clwad Rob yn malu awyr efo hi ar y ffôn. Ma Beca'n gwenu chydig, ond ma hi'n dal yn edrych yn llwyd fel llymru.

Llymru. Lle ddoth hwnna? Dwi'm di clwad y gair yna ers

hydoedd. Llyn Llymru. Fanno oedd Llipryn Llwyd yn byw, de? Efo'i hances.

Train of thought wiyrd.

Erbyn i'r bathrwm lenwi efo stêm ma'r ddwy ohonan ni di dod at yn hunain. Dwi'n codi ar fy ista fel ma Beca'n pasio'r ffôn yn ôl i fi.

"It's me again," dwi'n deud, a dwi'n rhoi'r speaker ffwr a'r ffôn i nghlust.

"She's fine, V, she's fine. It's passing already. Are you ok?"

"Yes."

Clwydda.

"Sure? I can come over if you want?"

"No, no. I'll take her back to bed now, she seems better,"

"Call me when she's asleep, unless you fall asleep too. It's ok, cariad, try to relax."

* * *

I look behind me at Jess. Didn't stir. Sleeping the sleep of the dead. Or the drunk. I use my phone light to find my clothes and get dressed quietly. I look at her again. Did I sleep like that before kids? I can never sleep that deeply now.

I sneak downstairs and close the front door slowly behind me; not that anyone is likely to wake up judging by the state of them all last night. I feel quite rough myself now. Can't handle school night drinking any more. I'll text Jess tomorrow, explain that I had a family emergency. I consider leaving a note, but I wouldn't be able to spell emergency. God bless predictive text.

I start walking into town to where I left the Landy. Check for my keys in my coat pocket. Notice a fag burn on my sleeve. Gutted, this is a three hundred quid fleece. The streets are quiet and there's take-away rubbish everywhere.

I step over a patch of vomit outside one pub, and a broken pint glass.

What am I doing? I'm nearly forty. I'm not a part of this anymore. I don't want to be a part of it. I want to be at home making Becs feel better.

I finally get to the Landy, parked in the old Kwik Save car park. Jess is probably too young to remember Kwiks. As I open the door, I smell wood and oil and it feels like being greeted by an old friend.

2.23am.

Probably shouldn't drive but fuck it. I'm just about to start the engine when my phone rings.

"Hey," I say, turning the radio off.

"She's asleep. Gave her some Calpol. Thanks for earlier."

"Are you ok?"

"I just get so anxious when it happens. I wish I didn't get so anxious, Rob."

"It's natural V, it's scary when it happens."

"It just came out of nowhere. She was fine going to bed," she says. "Might keep her off school tomorrow."

"Do you have anything on?"

"Yeah, I've got the dentist at eleven."

"I'll come over and hang out with her if you want?"

Can't think of anything better than hanging out with Beca at home watching *Moana*. Especially with a hangover.

"Don't you have work?"

"I've got to price up a job near town, can't quite remember what time. I'll check properly when I get home."

Silence.

"Get home?" she asks quietly. "Where are you now then?"

Shit.

"Oh ... just ... I'm not far..."

Hearing her sniff a little makes my stomach twist. But she started it, I remind myself. She bloody started it.

U love it u dirty bitch.

"Right," she exhales. "I'll let you go then, thanks again for earlier." And she hangs up.

> **Jess:**
> It was sweet hearing you on the phone earlier. You're obviously a brilliant Dad. Very sexy! Til next time xxx

The text is so unexpected that I keep re-reading it. That is a very sweet text. Jess is unexpectedly sweet. Why didn't she tell me she was awake? She said she was working tomorrow. Well, today now. Might take her a coffee on my way to see Beca. A coffee and a muffin or something, for her hangover. Although she probably doesn't really suffer with bad hangovers, does she? Not yet. She's got a good few years before the hangovers outweigh the party. Lucky her.

* * *

Ma Rob yn troi fyny jest cyn deg, er mod i di deud hanner awr wedi. Dwi'n sefyll wrth ffenest gegin a'i weld o'n parcio drws nesa i'r fan ac yn cerddad at drws cefn. Ma gynna fo goffi têc awê o Costa yn ei law, sy'n randym, achos dio'm yn foi coffi rili.

"How's Beca?" ma'n gofyn yr eiliad ma'n agor drws.

"She's fine, tired, in the living room. Thanks for this," dwi'n deud, "I still need to get changed," a dwi'n cerddad allan o'r gegin tra ma'n tynnu'i sgidia o flaen drws.

Fel dwi'n newid fy nghrys ma Rob yn cnocio ar drws llofft a rhoi'i ben rownd gornel.

"Rob, what the hell?!?"

"What?" medda fo, shocked i gyd.

"I'm getting changed."

"I know, but I wanted to talk to you."

'Well, wait outside until I'm finished."

"Are you serious?!?"

"What? Of course I'm serious Rob, you can't sit here while I'm getting changed."

"Can't I? Right, ok then."

Boi 'ma'n siriys?

"What d'you want to talk about?" dwi'n gofyn wedyn, er mod i'n gwbo'n iawn.

"Should I shout through the door?"

Mynadd.

"No come in, I'm finished."

Ma'n edrych yn ryff bora 'ma ac mi fedra i ddeud ar ei lais o fod o di smocio lot; llais tew. Lle ma pobol yn mynd ar nos Lun? Dwi'm isio gwbo.

"I have no idea what the rules are any more," ma'n deud, ac ma'n dod i ista ar gwely.

Gwely ni. Gwely fi. Ella na i newid y gwely.

"About last night," ma'n dechra, ond dwi'n torri ar ei draws o, deud mod i'm isio gwbo, fod dim rhaid esbonio.

"I shouldn't have called you," dwi'n deud i drio cau'r sgwrs.

"No," ma'n sefyll wedyn. "No, I want you to call me. Anything to do with the girls, I want you to call me."

"MMMMAAAAAMMMMMM, ga i dost twll?"

Diolch Beca.

"Well, her cough hasn't affected her foghorn voice, has it?" ma Rob yn deud efo gwên. "What does she want? Toast with holes in it?" ac ma'n edrych arna i'n ffwndrus.

"No, crumpets. There's some ham in the fridge too," dwi'n deud tra dwi'n stwffio petha mewn i mag.

"I might try and get to town early seeing as you're here. Siw needs a new swimming costume."

"No probs," ma'n ateb fel ma'n mynd allan trw drws llofft.

Dwi'n disgyn yn ôl ar fy nghefn ar y gwely, rwbio ngwyneb a meddwl, I don't know what the rules are either, Rob. Dwi'n casáu fod o'n amlwg mewn hwylia mor dda, pan ma'n blatantly hungover, a doedd o ddim adra am bron i dri'n bora. Ella fod o byth adra. Sut fyswn i'n gwbo? Er, dwi'n licio meddwl y bysa Liz yn deud wrtha i. Os di hi even yn gwbo. This way madness lies.

Ma'n ffôn i'n crynu drws nesa i fi ar y bwr bach. Dwi'n mestyn heb symud a darllen y tecst ar y nghefn.

> **Si:**
> Dal yn fyw? C'mon V, there's hard to get a wedyn ma na…be bynnag di hyn

I ddechra fo, dwi'n chuffed fod o'n disgrifio fi fel hard to get. Mae o obviously'n meddwl mod i'n casual i gyd. Fod hyn yn no big deal. Which di o ddim. Obviously. Ond wedyn dwi'n sylwi fod na ddim xx ar y diwedd a gweld mod i'n dal heb ateb y tecst nath o yrru wsos dwetha am adal drws yn gorad ac wedyn dwi'n dechra teimlo'n mîn.

"Rob, can you stay this afternoon or d'you need to rush off?" dwi'n gweiddi lawr grisia.

"No, I can stay," ma'n ateb, a dwi'n ei glwad o'n agor a chau'r cypyrdda. "Take as long as you like."

> **V:**
> Sori Beca di bod yn sal. Dentist am 11 heddiw, be ti'n neud pnawn ma? xx

> **Si:**
> Gwaith ond tyd am ginio efo fi. Swyddfa fi dros ffor i Boots yn y red brick building. Just buzzia'r thing IT

> **V:**
> Ok 👍

Pan dwi'n cerddad mewn i'r gegin, dwi'n gweld fod gan Beca crumpet efo cress fel gwallt a tomatos fel llgada. Ma Rob di gneud tost i fo'i hun hefyd ac ma wrthi'n gneud mwstásh efo sôs coch ar y ddau. Ma'n ciwt, ond ma'r sleisys mor dew ma di iwsio hanner y dorth sourdough, torth sy'n costio tair punt, ac i fod i fi. Dwi'n goro brathu nhafod.

"Might go for a swim after if that's ok?" dwi'n deud wedyn.

Dwi'n cuddio mhen yn y cwpwr sgidia tra dwi'n ddeud o.

"Yeah, take your time," ma'n ateb, llond ei geg.

"You look nice," ma'n deud wedyn wrth wenu arna i. "I like your hairband thingy," ac ma'n pwyntio at fy mhen i.

"Mam, can I have a kiss?"

Dwi'n teimlo'n hun yn sythu.

"Cymraeg plis, Beca."

"Ga i kiss?"

"Be di 'kiss' yn Gymraeg?"

"Ga i … sws?" ma hi'n deud yn ddistaw i gyd.

"Jesus, V. You don't need to be such a dictator about it."

"Yes, I do," dwi'n taro'n ôl.

Achos ti'n Saesneg, dwi isio ychwanegu. Ond dydw i ddim. Dwi'n weld o'n agor ei geg i ddeud wbath arall, so dwi jest yn torri ar ei draws o a'i rybuddio fo i beidio, "get involved in things you don't understand, Rob."

Dwi'n ei glwad o'n chwibanu trw'i ddannadd wrth i fi blygu i roi sws fawr a hŷg i Beca.

"Edrych ar ôl Dad, iawn Becs," a dwi'n cerddad allan trw drws wrth alw, "don't watch TV all day."

"Hey, V," ma Rob yn galw. "V, come back …"

O blydi hel, dwi'm yn y mŵd i gal ffrae rŵan. Pob dim

digon tense fel ma hi. Dwi'n rhoi fy mhen yn ôl rownd gornel y drws ac edrych arno fo.

"Ga i sws?" ma'n deud, efo llgada mawr a gwên.

Fedra i'm peidio gwenu ac ma Beca'n chwerthin efo llond ei cheg o dost twll.

Dwi'n codi dau fys arno fo fel dwi'n pasio ffenest ac ma'n chwthu sws i fi. God, ma mor charming pan ma isio bod. Mor infuriatingly charming.

* * *

So nice to be in the house alone. Beca fell asleep during *Moana* and I've been wandering around looking into all the rooms: their bedrooms, the utility room, the cupboard under the stairs. Nothing's changed. Apart from it's a lot messier and there's a sad gap next to the burner where Mos' basket used to be. I notice her swimming costume hanging in the bathroom bach, even though she said she was going swimming after. She probably has two. Yeah, she must have two.

I switch the radio on and make myself a cup of tea. The smell of the tea drawer, all V's hippy herbal teas, makes me smile. I love this house. I hate not living here. But I'm happy my kids live here. I've just got to hang on for a bit.

I chuck a couple more logs on the fire, then I go back into the living room with my tea just as Beca's waking up.

"Lle ma Mam?" she says, all sleepy, her voice still a little hoarse.

I think the girls dream in Welsh, because they always speak Welsh first thing when they wake up. V does it too.

She sits up, taking a drink of water from her dinosaur bottle.

"She's at the dentist, remember?" I say, as I sit down next to her.

She climbs onto my lap and puts her arms around my neck. She's such a good hugger, and she smells like sleep.

"PJ Masks?" she asks, hopefully.

This kid doesn't miss a trick. She knows I'm a soft touch when V's not here.

My phone vibrates in my pocket as I pass the remote to Beca so I lift my bum up off the sofa to get my phone out from my back pocket.

> **Jess:**
> Thanks for the coffee 😊

> **Rob:**
> 😊 xx

"Just one episode ok Becs, then we'll have some cinio," I say, distracted.

> **Jess:**
> Let's keep it chill tho yeah

I feel my face getting hot and I rub my hand down my face and feel like I want to groan out loud. That's me put in my place. Great. Fucking great. Why did I take her that coffee? Fucking hell.

* * *

Ar ôl y check-up, dwi'n croesi'r ffor ac yn pwyso'r botwm IT. Ma 'na ddynes yn ateb, efo acen posh, ac yn gofyn os oes gen i apwyntiad.

"Dwi di dod i weld Si?"

"Simon Pritchard?" ma'r llais yn dod yn ôl.

Rhai eiliada wedyn dwi'n clwad y buzz sy'n golygu fod y drws di agor. Unwaith dwi mewn, dwi'n gweld fod yr Adran TG / IT Department ar y trydydd llawr.

Pan dwi'n dod allan o'r lifft, ma 'na ddynes glamorous

efo gwallt hir melyn yn sefyll a deud, "Mae swyddfa Simon ar y chwith," tra'n pwyntio, rhag ofn mod i'm yn gwbo pa ochor di chwith.

Dwi'n teimlo mod i mewn parallel universe pan dwi'n cerddad draw ac yn cnocio. Pan dwi'n clwad Si yn deud, "Ia," dwi'n agor y drws yn ara. Ma'n sefyll tu ôl i ddesg sy efo tair sgrin ac ma 'na beiriant coffi anferth yn y gornel a soffa fawr gron, fatha rhai sy mewn lounges hotels shit.

Dwi'n edrych arno fo fel ma'n dod rownd o gefn y ddesg tuag ata i. Ma'n gwisgo siwt. Ma Si mewn siwt. Ma Si Pritchard, he of trackies and Air Maxes, mewn blydi siwt. Gan fod o mor slim a thal, ma'r siwt lwyd yn disgyn yn daclus ar ei ffrâm eiddil o. Dim fel Rob, sy rhy chunky a wastad yn edrych fel fod pob dim chydig rhy fach. Hefyd dim stubble. Ma'n edrych mor wahanol. Sort of llai wolf-ish neu wbath. Fatha person siriys. Ma mor annisgwyl, dwi'm yn siŵr iawn be i neud efo fy nwylo. Dwi'n rhoi nw yn fy mhocedi a dechra pigo ngwinedd.

"Be?" medda fo, ngweld i'n syllu.

"Dwi rioed di dy weld di mewn siwt o blaen," dwi'n deud, cyn cymyd cam yn nes, "wid-a-wiw!"

Ma'n gwenu'n llydan, cyn mynd i nôl ei gôt oddi ar y peg yn y gornel. Côt wlân ddu lawr at ei benglina, fel y rhai ma pobol mewn trefi mawr yn wisgo. Dwi'n edrych lawr ar fy nillad i, y trwsus dringo faded, y trainers Nike, a'r hen fleece Jack Wolfskin sy di toddi wrth un benelin ar ôl y noson tân gwyllt flêr 'na flynyddoedd yn ôl.

"Tyd, ma pawb yn syllu," ma'n deud efo gwên, a dwi'n troi rownd a gweld swyddfa open plan enfawr a phawb yn edrych arna i trw'r wal wydr sy'n gwahanu nw a ni.

"Ti di bos?" dwi'n gofyn.

"Yep, a ma nw i gyd yn meddwl bo fi'n rili boring a strêt, felly ma nw methu ffigro allan be ma rhywun cŵl fel ti'n neud yma."

"Holy shit, ti di bos yr holl bobol ma?" dwi'n gofyn eto, ond dio'm yn ateb, jest rhoi'i law ar waelod y nghefn i a ngwthio fi allan trw drws y swyddfa tuag at y lifft.

"Dwi'n mynd am ginio hir, Anna," ma'n deud, fel ma drws y lifft yn cau, a'r peth dwetha dwi'n weld ydi'r ddynes glamorous yn syllu arna i efo'i cheg yn gored.

"Dwi wastad di bod isio gneud hynna," ma'n chwerthin. "Ti'n impresd?' ma'n gofyn, unwaith dan ni allan yn yr awyr agored.

"Dyna pam nes di ngwahodd i? I ddangos dy hun?" dwi'n gofyn yn chwareus.

"Yep," medda fo, ac ma'n trio gafal yn fy llaw i.

Dwi'n cipio'n llaw o 'na reit handi a'i rhoi'n ôl yn y mhoced heb feddwl.

Pam nes i hynna?

"Reit," ma'n deud, "got it."

"Sori," dwi'n sibrwd, ond dio'm yn edrych arna i.

"Lle ti ffansi cinio?"

"Gawn ni jest chips a cerddad neu wbath? Dwi'm isio ista mewn caffi fel bo ni ar ddêt neu wbath. Ocwyrd."

"Ffycing hel, such a charmer, V. McDonalds?"

Ar ôl stwffio Big Macs yn ista ar y wal wrth y môr, awr o fod efo'n gilydd mewn lle cyhoeddus am y tro cynta, ma 'na dal bach o wiyrd vibe. Dwi'n trio gneud yn hun i afal yn ei law o pan dan ni'n cerddad yn ôl i gyfeiriad y swyddfa, ond dwi physcially methu gneud y move. Dwi'n deud wrtho fo bod y fan di parcio tu ôl i'w swyddfa fo felly ma'n nilyn i i fanno. Jest cyn agor y drws, dwi'n troi i'w wynebu o ac ma'n cymyd cam yn nes ata i'n syth.

"Diolch am y cinio," dwi'n deud. "Jest be o'n i angen ar ôl bod yn effro efo Beca trw nos."

Dio'm yn gofyn os di'n well na dim.

"Gen i bresant i ti," a ma'n tynnu wbath allan o boced tu mewn i'w gôt.

Ma'n ei ddal o fyny o mlaen i. Leaflet uni. Di o'm yn deud dim byd, mond agor o ar dudalen di phlygu, a darllen, "Fine art degree … www a hang on … be ma'n ddeud yn fama … part-time study options …" Ac ma'n edrych arna i wedyn a nodio'n ddramatig, "Do'n i ddim yn gwbo hynna, o ti'n gwbo hynna, Veda?" Ac ma'n edrych lawr eto, "Www … a be di hyn?" Ma'n mynd yn mwy animated rŵan ac yn neud llais Saesneg posh, "Loans, bursaries and grants available," ac fel ma'n deud hynna ma'n dod yn nes ata i a rhoi'i freichia rownd y nghanol i a dwi'n deimlo fo'n rhoi'r leaflet yn boced ôl yn nhrwsus i.

"Paid â deud dim byd, jest gaddo nei di feddwl am y peth, iawn?"

Dwi'n teimlo'n wiyrdli emotional.

"Dwi'n cal twtsiad ti rŵan fod neb yn gallu gweld, yndw?" ma'n gofyn wedyn, edrych o'i gwmpas fel rhywun sy ofn cal ei ddal, cyn cymyd cam arall tuag ata i, nes ma nghefn i'n erbyn y fan.

Dwi isio esbonio neu ymddiheuro neu wbath am gynna, ond dwi'n gwbo bysa unrhyw beth dwi'n ddeud yn can of worms. Dwi'm isio goro trafod dim byd, achos dwi'm isio goro meddwl am ddim byd.

"Closed book," ma'n deud a rowlio'i lygid eto, cyn rhoi'i ddwylo ar y fan, un bob ochor i mhen i, a phwyso mlaen am snog.

Dwi'n ymwybodol o bob point o'n cyrff ni sy'n cyffwr a dwi'n ymateb yn syth. Ma dros awr o siarad a dim cyffwr di rhoi pob dim ar fast forward, er bod y ffaith fod o di gneud rwbath rili caredig wedi nhaflu fi braidd.

Ma'n pwyso'n nes eto, efo'i gorff i gyd tro yma, a phan ma'n rhoi'i goes rhwng rhai fi dwi'n neud sŵn involuntary yn fy ngwddw ac yn pwyso tuag ato fo, sy bach yn embarrassing. Dwi'n deimlo fo'n gwenu yn erbyn fy ngwefusa i.

"Dim cweit mor hard to get rŵan, nagwyt?" ma'n tynnu arna i a phwyso'n fy erbyn i mwy fyth.

Dwi jest yn ystyried agor drws ochor y fan a'i dynnu fo mewn pan ma rywun yn cau drws car efo clec reit wrth ein hymyl ni, sy'n gneud i ni'n dau neidio ar wahân fel plant bach drwg. Ma Si yn ajystio'i drwsus yn sydyn a chau'i gôt. Ma'n cymyd cam oddi wrtha i a dwi'n gweld ... o shit.

"Veda, o'n i'n ama mai dy fan di oedd hon."

Sarah. Mam Mari o dosbarth Becs. Ers faint ma hi di bod yna? Ma Si yn troi rownd chydig.

"Oh, a Simon, helô ... do'n i ddim yn dallt bo chi'ch dau ... yn nabod eich gilydd," ma hi'n ychwanegu.

OCWYRD.

"Sarah, helô ... yndan ... nabod yn gilydd ers ... way way back..." ma Si yn deud gan bwyntio dros ei ysgwydd efo'i fawd, a dwi'n sibrwd, "Haia," a chodi llaw chydig.

"Wel, dwi jest yma ar gyfer y cyfarfod efo ... ti. Wela i di tu mewn, Simon," a dwi'n gallu deud bo hi bron marw isio chwerthin. "A Veda, wela i di yn parti Anya penwsos 'ma."

Dwi'n meddwl ella nath hi wincio arna i.

"Ia, wela i di yna, Sarah. Edrych ymlaen," dwi'n deud yn sbio ar yn sgidia.

Fel ma hi'n troi oddi wrthan ni, ma Si yn mouthio "O MAI GOD" arna i efo llgada hiwj.

Dwi'n rhoi'n fy nwylo dros fy ngwyneb a sibrwd, "Dwi isio marw," ond dwi isio chwerthin hefyd.

Ma Si yn tynnu fy nwylo i lawr a deud, "Dwi'n goro gofyn wrthi am funding i broject mawr mewn ..." ma'n edrych ar ei watch, "mewn deg munud."

"A ma Rob am ei gweld hi mewn parti pen-blwydd llawn plant pump oed dydd Sadwrn," ac ma'r ddau ohonan ni'n chwerthin yn nyrfys.

Dwi methu peidio sylwi pa mor siriys ma'i fywyd o'n swnio a pha mor fabïadd mae un fi'n swnio. Funding i broject pwysig versus parti pen-blwydd pump oed. Dwi'n teimlo fod 'na fyd grown yp a dwi ddim yn rhan ohono fo.

Ma Si yn pwyso'i ben ar yn ysgwydd i ac anadlu'n ddyfn, cyn codi'i ben a deud, "Reit, rhaid i fi fynd mewn. O shit, dwi'n cal crinj masif."

Ma di mynd yn goch i gyd. Dwi rioed di weld o mor wrong footed.

"O ffyc. Dwi'n goro mynd i gyfarfod a bod yn siriys efo dynes sy newydd ngweld i mewn car park efo semi."

Dwi'n fy nybla'n chwerthin rŵan.

"A dwi'n gneud burps McDonalds afiach. Ti yn blydi bad influence, Veda Griffiths."

Hunter. Veda Hunter.

Ma'n rhoi sws sych i fi ar fy moch. "Na i ffonio ti later on."

pennod 16

> **V:**
> Nes di ddim ffonio nithiwr! Be ti'n neud heno? Dim gwaith a dim fan, tisio dod yma? Xx

> **Si:**
> Txtio mewn llai na 24hrs. The power of the suit. Welai di tua 6. Gyrra postcode xx

Falch o weld fod yr xx's yn ôl. Neud i fi deimlo'n well am yrru tecst mor needy. Dwi isio cwmni heno 'ma. Dwi'm yn licio bod yn tŷ heb y plant. Ma'n mynd yn waeth yn lle'n well.

Dwi jest wrthi'n gorffen bwydo'r gath yn y sied goed fel ma Si'n cyrraedd. Ma'n dreifio fewn i buarth ac yn parcio drws nesa i Land Rover Rob. Nath o adal hi yma bora 'ma a swopio am y fan. Dwi'n dal yn insured ar y Land Rover, ond dwi'm yn licio'i dreifio hi. Sa fiw i fi tholcio'i. Ma'r Golf sporty slic efo alloys du drws nesa i'r Land Rover fawr goch yn teimlo fel ryw fath o metaffor am wbath dwi'm cweit wedi'i brosesu eto.

"Ti'n byw mewn mansion," ma Si yn deud fel ma'n dod allan o'i gar.

Dwi'n edrych ar y tŷ. Ydi, ma siŵr bod o'n fawr.

Ma Si yn gwisgo trwsus gwyrdd, chinos ti'n galw nw dwi'n meddwl, a trainers New Balance, a chôt flyffi North

Face retro. Ma gynno fo stubble eto, sy'n edrych yn rili blydi secsi. Dwi'n edrych lawr a dwi'n gwisgo hen Levis a fest Stone Monkey Rob, oedd yn arfer bod yn ddu, ond rŵan ma'n llwyd, a chardigan weu di boblo. Crocs coch i goroni'r cwbl. Ella fod Mam yn iawn, ella mod i angen gneud mwy o ymdrech. Ond ma'n bwysig peidio edrych yn cîn, dydi.

Ma Si yn dod tuag ata i ac yn rhoi'i freichia dan y gardigan a mhigo fi fyny. Dwi'n rhoi'n nghoesa rownd o ac ma'n gafal yn y nhîn i.

"Diolch am y gwahoddiad," ma'n deud, a dwi'n teimlo'n hun yn gwasgu tu mewn, a dan ni'n cal snog intense yn ganol buarth. Gobeithio fod Dai Drws Nesa ddim o gwmpas. Ma ngharío fi tuag at y tŷ, a dwi'n deud wrtho fo fynd rownd at drws gegin, yn lle drws ffrynt.

"Barod?" dwi'n gofyn fel ma ngollwng i, "ma 'na lot o lanast iawn," a dan ni'n camu mewn i'r gegin.

Dwi'n weld o'n stydio'r stafell, a dwi'n stydio fo.

"Family home go iawn," ma'n deud i ddechra, wrth i fi brysuro'n hun yn estyn dwy botel o gwrw o ffrij, cyn awgrymu mynd allan am smôc.

"Blydi hel, ma dy fywyd di mor grown yp," ma'n mwmblan wrth i fi basio'r botel iddo fo.

Dim be o'n i'n ddisgwl o gwbl.

"Hang on ... sgen ti Jamie Hewlett masif ar wal dy gegin di?!" ma'n gofyn wedyn ac ma'n symud rownd y bwr i syllu arno fo. "Plis deud ma print di hwn?"

Dwi'n gwenu. "Nope, dim print. Ffycin biwtiffyl, dydi?"

Ma Si yn wistlo dan ei wynt a jest dal i syllu. Dwi'n sefyll drws nesa iddo fo. Dwi'm di edrych ar hwn yn iawn ers talwm.

Dan ni'n edmygu'r llun mewn distawrwydd.

"Presant gan Rob, i paper anniversary ni," dwi'n esbonio.

"O ffycin hel, paid â sboilio fo i fi," ma mhwnio fi efo'i

benelin, cyn ychwanegu, "ma hwnna'n thing of bloody beauty, V. Cofio o ti'n obsesd efo Gorillaz yn coleg."

Dwi'n touched fod o'n cofio. A fod o di sylwi ar y llun yn lle cynta. Ma mor wahanol i Rob.

"Tyd," a dwi'n arwain o allan i rar ac at y fainc wrth y gwlau llysia.

"Ti sy'n gneud hyn?" ma'n gofyn, yn nodio efo'i ben tuag atyn nw, er dydyn nw ddim yn edrych yn impresif iawn ym mis Chwefror.

Ma wrthi'n gneud roli, ac ma gynno fo ffilter rhwng ei wefusa.

"Blydi hel na, Rob a'r genod," dwi'n deud fel dwi'n cymyd y paced baci ma'n gynnig i fi.

Ma Si'n agor y ddwy botel efo tin y lighter. Dwi'n disgwl iddo fo bigo'r bottle tops oddi ar y llawr ond dio'm yn symud. Dwi'n plygu lawr a rhoi nw'n fy mhoced.

"Fo nath y fainc 'ma hefyd ma siŵr, ia?" ma'n deud.

Yep. Rob nath y fainc. Ma di gneud i hen foncyff edrych fel crocodeil ar ôl gwrando ar audio book *The Enormous Crocodile* efo Siw. Ma'n work of art.

Dwi'n nodio.

"He looms large," ma Si yn deud cyn cymyd swig o'i ddiod.

Be ma'n ddisgwl? Ei dŷ fo dio, de. Ac ma'i blant o'n byw yma.

"Dwi'n disgwl iddo fo droi fyny a deud, *Who's been eating my porridge? Who's been sleeping in my bed? Who's been shagging my wife?*" ma'n ychwanegu wedyn.

Fel ma'n gorffen deud hynna, ma'n ffôn i'n bîpio. Ma rhyngthan ni ar y fainc a gan mod i wrthi'n rowlio, ma'r ddau ohonan ni'n gweld tecst gan Rob.

"Jesus Christ, ma'r boi yn gallu nghlwad i," ma Si yn deud efo gwyneb mock ofnus wrth edrych o'i gwmpas.

Dwi'n chwerthin, ond ma'n swnio'n ffals. Dwi'm yn cîn ar y sgwrs yma.

> **Rob:**
> Van ok. Swap back tomorrow morning

Ar ôl byta, dan ni'n ista'n gwynebu'n gilydd ar y ddwy gader freichia o flaen tân yn gegin. Ma nghoesa i fyny ar ei linia fo, ac ma di rhoi'i law fyny coes fy jîns i ac yn rwbio'n ffêr i efo'i fawd.

"Dwi'n cal aros heno 'ma?" ma'n gofyn, "os di man of the house yn dod draw yn bora?"

Ma'n syllu ar wbath uwch y mhen i tra ma'n deud hynna.

"Fydd hi wedi naw arno fo'n cyrradd, achos ma rhaid iddo fo fynd â'r genod i'r ysgol gynta," dwi'n ateb. "So, os ti'n gallu gadal cyn naw?"

"Be fysa fo'n neud os fysa fo'n gwbo bo fi yma?"

"Dim syniad."

"Ti am ddeud wrtha fo?"

"Na, does na'm angen, nagoes?"

Dwi'n disgwl iddo fo gytuno ond dydi o ddim.

Dwi'n mynd ac ista ar ei lin o wedyn, yn wynebu fo efo un goes bob ochor. Ma petha'n dechra mynd reit heated pan dwi'n tynnu'n ôl, dechra codi a deud, "Rhaid i fi gau'r ieir, nôl munud."

"Ffycin ieir! Ga i fynd i fusnesu yn llofft ti?"

"Cei, cynta ar y dde ar ben landing," dwi'n galw fel dwi'n mynd allan trw drws.

Pan dwi'n cyrradd llofft, ma Si yn gorfedd ar y gwely yn ei ddillad, coesa di croesi a dwylo tu ôl i'w ben. Ma'r security light o'r buarth yn goleuo trw ffenest so dwi'n cau'r cyrtans.

"Licio'r llunia ar y grisia. Siw run sbit â ti," ma'n deud. "Dach chi'n edrych fel teulu bach hapus."

Dwi'm yn siŵr os ydi hynna'n dig.

"Obviously not the case, nadi," dwi'n ateb efo nghefn ato. "Ond fedra i'm tynnu nw lawr, achos ma'r genod wrth eu bodda'n edrych arnyn nw, yn enwedig y rhai o Rob a fi'n ifanc."

Ma na lunia ohonan ni yn syrffio, beicio, nofio, canwio, partis, festivals, adeiladu'r tŷ, y static, y briodas, bob dim dan ni di neud dros yr ugain mlynedd dwetha. Ma Siw jest yn ista ar grisia am hydoedd withia'n edrych ar y llunia. Nghalon bach i.

Tra ma'n tynnu'i sana, ma'n deud, "Ma'r boi mor byff. Bastard."

Dwi'n chwerthin.

"Os 'na wbath ma'n methu neud?" ma'n gofyn wedyn.

Dwi bron â deud, 'sgwennu a darllen' ond dwi'n sdopio'n hun jest mewn pryd.

"Computers?" dwi'n deud ar ôl meddwl am chydig.

"Diolch am drio," medda Si gan chwerthin.

Dwi'n neidio mewn i gwely, ac mae'n rowlio i un ochor a tynnu'i drwsus cyn dod dan y cwilt efo fi. Ma'n nhynnu fi ato fo a dan ni'm yn siarad dim mwy am Rob.

Yn bora, dwi'n gwrando ar radio a darllen newyddion ar yr iPad pan ma Si'n dod mewn i gegin yn ei boxers. Dwi'n trio neud o edrych fel mod i newydd godi a dim fel mod i di bod lawr yn gegin yn yfed te a gneud muffins am bump o gloch bora. Nes i ddeffro a chodi reit handi cyn i fi ddechra colli plot. Cyn i fi ddechra chwysu a catastrophisio.

Dwi'n edrych arno fo a dwi'n dal methu credu mod i'n mocha efo Si Pritchard o coleg. Mae o yma yn fy nhŷ i, cŵl braf yn ei boxers ar fora dydd Iau. Mental. Teimlo fel mod i one step removed o mywyd fi fy hun, fatha gwylio fy hun ar teledu neu wbath.

"Pam bo rhaid i ti godi mor gynnar?" ma'n gofyn, fel

dwi'n pasio coffi iddo fo. "Ti dal arna fi morning after shag cofia."

Ma'n sefyll o flaen sinc ac yn edrych allan trw ffenest. I un cyfeiriad does 'na'm byd i'w weld ond caea, defaid a mynyddoedd ac i'r cyfeiriad arall, y môr.

"Ti mor lwcus byw'n fama," ma'n deud, a throi rownd.

"Comes with strings ddo ia," dwi'n ateb heb feddwl.

"Yndi?"

"Bach, yndi, wel dim fi bia fo, na. Tŷ Rob dio."

"Dim tŷ'r ddau ohonach chi?"

"Dim rili, dim yn swyddogol, na."

Dio'm yn deud dim byd wedyn. Ma'n mynd i llofft i newid. Pan ma'n dod lawr dwi wrthi'n golchi llestri, ac ma'n sefyll reit tu ôl i fi ac yn dechra cusanu ochor fy ngwddw i. Dwi'n pwyso nôl, ac ma'n rhoi'i freichia rownd fy nghanol i.

"Ti'n gwbo be sy ar goll yn y tŷ 'ma?" ma'n sibrwd yn y nghlust i, a dwi ofn iddo fo ddeud wbath ridicilys fel 'dyn', ond ma'n deud, "dy waith di. Oedd dy sdwff di'n amazing, V. Rhaid i ti ddechra eto."

"Bechod na fysa fo mor hawdd â hynna, de?" dwi'n ateb.

"Mae o, siriysli, mae o. Mae o mor hawdd â hynna."

Ma raid fod o'n nheimlo i'n tensio achos ma'n newid y pwnc.

"Be ti'n neud wicend ma? A man can't survive on nos Ferchers alone."

Ma'i geg o reit wrth ymyl fy nghlust i'n dal.

"Hen dŵ Liz."

Ma'n brathu fymryn.

"Wicend wedyn?"

"Priodas Liz."

Dwi'n teimlo'i ben o'n disgyn.

Erbyn ma'n deud, "ffyc. Wicend wedyn?" ma'n pwyso'i dalcen ar yn ysgwydd i.

"Plant."

"So dwi'm am dy weld ti am fis?"

Dwi'm yn ateb.

"Wel, in that case ..." a ma'n nhroi fi rownd a thynnu'n nhop i dros y mhen i mewn un move.

Ma hi'n chwarter i naw arna fo'n gadal, efo gwallt gwely a dwy muffin. Cal a chal, achos ma Rob yma naw ar y dot.

* * *

There are two cups on the draining board. He's been here. In my house. Sleeping in my bed. With my wife.

U love it u dirty bitch.

Really wish I hadn't looked at her phone. I feel like I want to hit the side of my head with my palm and knock the memory out, Homer Simpson style. Especially now I can't think about Jess without cringing. Keep it chill. What a fucking idiot. I chuck the van keys onto the kitchen table. If anyone else did that I'd tell them off for marking the wood. V doesn't even notice. That's because she never looks after anything.

"Panad?" she asks.

"Van's good to go now. Cleaned it for you as well, it was a tip. Proper llanast."

She doesn't react.

"Still want to go together to the wedding?" I ask.

"I never said I wanted to, you insisted."

Such a bitch.

"Do you not want to then?" I ask.

"Well, no not really. But we've told them now, so we better had. They will have done the seating arrangements and stuff."

How convenient.

"Have you sorted somewhere to stay yet? Don't leave it to the last minute, like you usually do."

She looks at me properly for the first time, kettle in hand.

Bet she hasn't and it'll all be a big stress the day before we leave and we'll end up with a really complicated plan to make up for the fact that she's so haphazard. So fucking predictable.

She still doesn't say anything. Can't read her face.

"Want me to book anything?" I ask.

"No, it's all in hand, Rob."

"Can you afford it?"

She turns away from me then to get the cups.

"What's up with you, you moody git?" she says, as she's pouring water onto the teabags.

"Just checking you've got enough money."

"I have enough money, Rob, thank you."

"You don't sound very thankful," I say.

She bangs the kettle back onto its cradle before handing me a panad, in my 'Dad Gorau' cup, which she keeps telling me to take to the bungalow, but I never do.

"As you probably know, we have to be there a day before for the practice run with the kids and the day after for a family lunch, so it'll be three days. Is that ok with your work and stuff?" she asks.

She doesn't give me a chance to reply.

"I thought we could leave early Friday and come back late Sunday. It's half term after anyway so doesn't matter if they're knackered. I've given in and they've booked us into the hotel for the two nights. Your Mum just said there's a *room*, singular, for us so she's obviously going to put you in the same room so maybe ask her about that," she takes a breath. "Organised enough for you?"

I drink my panad. V makes a very good panad.

"Can Dai do the chickens?" I ask.

"Probably," she answers, as she offers me one of those amazing savoury muffins she makes, with cheese and pumpkin seeds.

I want to refuse on the principle that she's shagging another bloke, but I'm too hungry.

"Take two if you like," she adds. "Might help your mood."

I smile reluctantly, take another, and sit down.

"Seriously, are you ok for money? I can always transfer more?" I ask, because she never asks and I like offering.

"I'm fine."

"Anything the girls need? Lessons or anything?"

"They're all from the joint account anyway, Rob, so you pay for them all already. Why are you bringing this up? To embarrass me?"

Always pisses her off when I bring it up. Steve keeps telling me to cancel that account. Keeps saying it should be V at the bungalow. And he doesn't even know she's shagging another bloke under my roof. I shake my head and get up to leave.

"So we're leaving a week Friday?" I ask.

"Yep," she says, still standing in the same spot. "Are you ok, Rob?" she asks, furrowing her brow. "You're like a bear with a sore head," she mumbles.

"Like a what?" I bark.

"A BEAR WITH A SORE FUCKING HEAD. Go to work. This is like going back in time."

pennod 17

"So, be ma Iestyn yn neud ar ei stag do 'ta?" ma Karen yn holi, tra dwi wrthi'n gneud pizzas a hitha'n gneud Mojitos.

Ma Liz di cal ordors i ymlacio.

Ma'r tŷ 'ma'n anferth. Cysgu deuddeg medda Karen. Duw a'n helpo ni pan ma'r gweddill yn cyrradd later on. Genod gwaith Liz. Not my people. A dwi'm yn cîn iawn ar Liz pan ma hi efo nw chwaith.

"He's gone mountain biking with the boys, and then they're going out for pizza."

Ma meibion Iestyn yn bymtheg a dwy ar bymtheg. Oedolion bron. Ma'r hyna'n lyfli, ienga'n bach o loose cannon, ond pwy sy ddim yn fifteen de? Dwi'n cachu brics am fod yn fam i teenagers. Gobeithio nawn nw ddim gneud pob dim nes i neud. Ma Liz i weld yn gymyd o i gyd yn ei stride. Oeddan nw'n dipyn o lond llaw ar y dechra, dwi'n ama oedd y fam yn stŷrio. Dipyn o jolpan, o be dwi'n ddallt. Dwi'm yn gwbo'r stori i gyd chwaith. Liz wastad di bod bach yn gyfrinachol am yr holl beth. Dwi'n ama oedd 'na overlap.

"Www, sedate," medda Karen, obviously ddim yn impresd.

"He had a big stag do first time round," medda Liz, "and he's not a drinker anyway. Not exactly one of the lads, is he?"

Na, ma Iestyn peth pella o fod yn one of the lads. Ond ma dros ei hanner cant wan, so dim rhyfedd rili.

"Tisio plant, Liz?" dwi'n gofyn.

"Wow, very direct, V! Yeah, probably," a dwi'n disgwl iddi ddeud mwy, ond dydi ddim.

"Di'r silver fox on board?" ma Karen yn holi. "Dio'm yn gallu deud na wrthat ti nadi? Ma wastad di gneud beth bynnag ti'n ofyn, do? Hyd yn oed gadal ei wraig!"

Jesus. Dwi'n chwislo trw nannadd ac edrych nôl a mlaen rhwng y ddwy, cyn rhoi cic bach i Karen. Oedd hynna below the belt.

"Don't be bringing any of that shit up when the rest arrive later, Karen," a dwi'n clwad yr edge yn ei llais hi. "A lot of them work with him remember."

"Reit, amser chwara Never Have I Ever," medda Mandy.

Go for it, dwi'n meddwl. Dwi rioed di gneud dim o'r sdwff ma pobol yn sôn am, a wastad yn cal get away. Ma Karen bob tro'n smashed achos, beth bynnag fedri di feddwl am, ma Karen di neud o, gan gwaith drosodd.

"Never have I ever … torri priodas fyny," meddai Mandy wedyn, llawn gwinedd a gwefusa pinc.

Pwy di hon? Definitely not an ally.

"Cymyd fod hynna'n gallu golygu priodas ti dy hun hefyd?" medda Karen, "hei V, iechyd da!"

Pawb yn sbio arna i a Liz. Diolch, Karen. Dwi'n cymyd shot o ganol y bwr. Ma Liz yn rhoi'i llaw ar fy nghoes i dan y bwr a gwasgu, cyn cymyd shot yn ddistaw.

"Fedra i acshli ddim credu bo ti a Rob wedi splitio fyny," ma Beth yn gweiddi ar draws y bwr. "Love's young dream, a bob dim."

Dwi'm rili'n nabod Beth so dim syniad sut ma hi'n gwbo dim byd am Rob a fi. Rŵan na cynt.

"Never have I ever … cal threesome," ma Karen yn gweiddi, chwara teg iddi, trio achub fi.

Karen yn yfed shot. Ha. Ma 'na o leia tair o'r lleill yn cymyd shot hefyd. Jesus, dwi di byw bywyd bach.

"Ia, o be dwi di glwad, odd pawb isio bod fel ti a Rob – cŵl, loaded a madly in love," medda Mandy wedyn. "A ma just mor … manly, dydi?"

O lle ma hon di dod? A sut ma hi'n nabod Rob? Dwi'n teimlo'n hun yn dechra gwgu.

"Move on, Mandy, move on," ma Karen yn gweiddi eto, efo'i breichia'n chwifio i bob man.

"Shall we go out for a smoke?" ma Liz yn deud dan ei gwynt. "I don't want to see Mandy and Karen locking horns," ac ma'r ddwy ohonan ni'n codi a mynd allan trw'r patio doors.

Hogla môr a gwymon. Gwynt oer. Mor refreshing.

"I'm not sure why I thought this would be a fun hen night, we should have gone up a mountain," ma Liz yn ochneidio wrth ista ar y fainc. "What's Rob doing with the girls this weekend?"

"Dwimbo, odd gan Becs barti pen-blwydd rhywun so ma probably di mynd i fanno ac wedyn i sgio. Ma'n benderfynol o gal nw'n barod i'r Alps erbyn flwyddyn nesa," a dwi'n edrych o nghwmpas a meddwl faint gwell fysa gen i fod efo Rob a'r plant yn sgio, syrthio a byta chips o'r papur ar ffor adra.

"Pwy ffwc di'r Mandy 'na by the way?" dwi'n gofyn wedyn wrth nadlu mwg allan, "fel Karen pigog?"

"I KNOW! I'm not even sure I actually invited her, she just assumed," ac ma Liz yn tanio'i roli. "She's also friends with Iestyn's ex, so I feel like she's spying."

"Ma dy hen dŵ di di cal i invadio, Liz. Ti lot rhy neis. A sut ma Mandy'n nabod Rob?" dwi'n gofyn wedyn. "Blydi manly," dwi'n wfftian wrth fy hun wedyn a gneud i Liz chwerthin.

"Pam fod pawb yn meddwl fod Rob mor berffaith, hyd yn

oed ar ôl be nath o?" dwi'n gofyn. "Mor ffycin unfair. Pobol dal yn meddwl fod o'n foi iawn, catch of the century."

"He is a boi iawn," ma Liz yn ateb.

"Di bois iawn ddim yn cysgu efo twenty-year-olds."

Ma jest deud hynna yn troi'n stumog i.

"You keep saying that, but I don't think he did sleep with her," ma Liz yn deud wrtha i. "Have you actually given him a chance to explain?"

"Explain? Be ffwc sy 'na i esbonio?" dwi'n gofyn wrth daflu diwedd y smôc ar lawr a'i wasgu efo blaen fy nhroed.

Dwi'n trio sefyll ond ma Liz yn rhoi'i llaw ar fy mraich i a nhynnu fi nôl lawr ar y fainc.

"C'mon V, if you keep shutting him out he'll move on and then you'll be sorry."

"Eto, pam bo pawb yn meddwl fod Rob yn berffaith?!"

"This is about more than that one night, V, and you know it. You and Rob need to sit down and talk about it all. After Siw, you were …" ond dydi'm yn deud dim mwy.

"Dewis doeth peidio gorffen y frawddeg 'na, Liz. Dwi'n mynd i chwilio am ddiod," a dwi mor flin fedra i'm edrych arni.

Dwi'n pisd ac yn pisd off. Pam fod neb ar ochor fi?

Rhai oria a mwy o ddiod wedyn dwi'n gorfedd yn ôl ar y gwely ac yn cau un llygad i allu darllen yn ffôn. Dwi am ffonio fo. Ma di cwyno mod i byth yn ffonio fo. Ma'n ateb ar y trydydd ring.

"Hello."

Ma'n swnio'n gysglyd.

"Ti'n cysgu?"

"What?"

"Dwi di dy ddeffro di?"

"What?"

"O ti'n cysgu?" dwi'n gofyn eto.

"Yes, I was sleeping."

Eh?

Dwi'n tynnu'r ffôn oddi wrth fy nghlust ac edrych ar y sgrin. Dwi'n codi ar fy ista fel shot. Rob. Dwi di blydi ffonio Rob.

"Oh shit, I didn't mean to ring you," dwi'n deud cyn meddwl.

"Oh thanks. Are you drunk?"

"Very," a dwi'n disgyn yn ôl ar fy nghefn eto.

"Who did you mean to ring?"

Dwi'n holi am y parti pnawn 'ma achos hyd yn oed yn y stad yma dwi'n gwbo fod angen newid y pwnc. A dwi angen gwbo am y plant. Wastad angen gwbo am y plant.

"Bit weird, actually," ma'n ateb a dwi'n gallu deud fod o'n codi ar ei ista rŵan.

Dwi'n trio dychmygu'i lofft o yn y bynglo i fi gal ei weld o yn fy meddwl.

"Did you speak to Sarah?" dwi'n gofyn.

"Who's Sarah?"

Ffiw. Diolch Sarah. Dwi di bod yn cal visions ohoni'n deud wrth Rob am y car park hard on incident.

Dwi'n gofyn iddo fo efo pwy nath o siarad. Achos withia ma jest yn sefyll yna ddim yn siarad efo neb. Mor embarrassing. Fel fod o'n meddwl fod o'n well neu wbath. Dwi'n gwbo ma swildod ydi o rili, ond di pobol erill ddim yn gwbo hynny, nadyn?

"Well Tammy kept speaking to *me*," ma'n deud a dwi'n clwad o'n agor ei geg.

"She's always had a thing for you."

"Has she?"

"Yes, I used to catch her staring at your muscles."

"My muscles?"

"Don't pretend you don't spend hours doing pull ups and thinking about protein. I see you, Hunter."

Ma Rob yn chwerthin.

"I remember at Mabolgampau one year, you were wearing that nice Rab t-shirt I got you. It makes your arms look nice. And she was staring."

Dwi'n meddwl am ei freichia fo yn y top yna. Dwi'm di weld o'n wisgo fo ers talwm. Ma biceps Rob yn amazing. Ma hyd yn oed Karen yn cyfadda hynny.

"Was she?" ma'n gofyn, blydi fishing for compliments.

"Karen said to watch out for her. Her and the rest."

"I had no idea Karen had such a high opinion of me," ma'n chwerthin.

"Just of your looks, she has a very low opinion of your personality."

Ac ma hi hefyd yn deud ma'r unig reswm ma pawb yn ffansïo Rob ydi achos fod o'n drewi o bres. Na i byth ddeud hynna wrtha fo. Mi fysa hynna'n ei frifo fo i'r byw.

"Jesus, not pulling any punches tonight are you," ond dwi'n gallu deud fod o'n dal i wenu.

"Don't go out with Tammy, please," dwi'n gofyn, gwbo'n iawn fod gen i ddim hawl.

"V. C'mon."

Fedra i'm deud os di o'n swnio'n flin neu'n incredulous. Fel fod mynd allan efo Tammy yn hollol ridicilys. Gobeithio ma dyna ma'n feddwl.

"Have you been out with her?"

"No, course I haven't. She did give me her number though."

"Be?!"

"Yeah, she sort of chatted me up outside the school couple of days ago."

"You are fucking joking? Outside the school?!"

Blydi Tammy. Gwyneb.

"But I never called her. Which was a bit … what's that word you use? Jaman. It was a bit jaman at the party today."

"You had a jaman, you mean."

"I did, I had a big jaman, V," ma'n chwerthin.

Dwi ddim rili'n meddwl fod o'n ffyni a dwi'n gallu deud fod Rob yn mwynhau.

Dwi'n gofyn sut ma'r genod. Unrhyw beth i newid y pwnc rŵan.

"Asleep, obviously. How's the hen do?"

"Bit girly, but fun. I think Liz is enjoying it now. Are you smoking?"

"Yes, I'm leaning out the window. Are you?"

"Smoking? No. Do you smoke every day now?"

"None of your business. I meant, are you enjoying the hen do?"

"Oh yeah, suppose. But I mostly wish I was at home with the girls. Even when I'm having fun, I just miss them."

"Yeah, me too. I miss them all the time."

Dwi'n rhoi'n llaw dros fy llgada a'u gwasgu nw ar gau'n dynn, nes dwi'n gweld sbots.

"Oh, that's sad," dwi'n deud, gwbo'n iawn fod hynny ddim llawer o help i neb.

"It *is* sad, V."

Dwi'n gofyn iddo fo os ydi o'n drist.

"Yeah."

"All the time?"

"Most of the time," ma'n ateb, a dwi'n rhyw fath o riddfan yn ddistaw.

Bach yn shit clwad hynna'n blwmp ac yn blaen fel 'na.

"Are you sad?" ma'n holi.

Dwi'n meddwl.

"I don't know. Sometimes I think I don't even have feelings anymore. I'm not sad. I'm *not* not sad. I kind of … just *am*. It's like my system has been overloaded and it's blown a gasket ... what's a gasket?" dwi'n gofyn, "is it something in a car?"

"Why do you always go all jokey as soon as you say something serious?"

Ydw i'n gneud hynna? Dwi'm yn meddwl o'n i'n trio bod yn ffyni rŵan. Oedd hynna jest fel train of thought naturiol fi. A dwi'm yn ffiltro dim byd efo Rob. Neu do'n i ddim eniwê. Dwi yn rŵan, yn amlwg. Achos ma 'na betha mawr dwi'm yn gallu ddeud wrtho fo.

"Urgh, I'm too drunk for this Rob."

"Are you going to remember any of this in the morning?"

Dwi'm yn ateb. Mewn am bedwar, dal am bedwar, allan am bedwar. Repeat.

"Are you asleep?" ac wedyn cyn i fi ateb, ma'n ychwanegu, "who were you trying to ring?"

Dwi'm yn ateb eto.

"Well, I'm glad you rang me anyway."

A fi, dwi'n meddwl.

"Nos da," a jest cyn rhoi ffôn lawr, ma'n deud, "and drink some water. You're going to be depressed for a week after this, you know how you get. Try not to call me when you're in the mood for a barney tomorrow."

"I'll call Tammy, definitely in the mood for a barney with her."

Sguthan.

"I can give you her number, I have it, remember?" ma'n deud, a fedra i weld y gwyneb ma'n neud wrth ddeud hynna, y gwyneb ma'n neud pan ma'n tynnu coes ond gwbo hefyd fod o braidd yn agos i adra.

"Nos da," ma'n ychwanegu, "dŵr."

Ar ôl iddo fo roi ffôn lawr, dwi'n gorfedd ar fy nghefn eto a mynd trw hen lunia ar yn ffôn. Dwi'n clwad sŵn Karen yn caclo a phawb yn chwerthin lawr grisia. Dwi'n edrych ar lun o Rob a'r genod ar y traeth. Sixteen months ago ma'n ddeud. Mwy fel lifetime ago.

Yn bora, pan dwi'n dod lawr grisia, ma Liz di codi'n barod. Ma mhen i'n dynn a dwi isio cau'n llgada bob tro dwi'n cerddad mewn i stafell sy efo gola. Dwi'n blasu'r smôcs ges i nithiwr, difaru rŵan. Difaru siarad gymaint efo Rob hefyd. Ma gen i'r hen deimlad 'na, fatha pan ti angen gadal i fynd i rwle, ond ti di codi rhy gynnar, so ti'n goro hangio o gwmpas, ond ti'n gwbo bo ti methu bod yn hwyr. Edgy.

"Ti'n meddwl fod Rob yn drist?" dwi'n gofyn, fel dwi'n disgyn drws nesa iddi wrth y bwr enfawr a tholldi panad o'r tebot.

Ma 'na lwyth o wydra di golchi ar y draining board ac ma'r holl paraphernalia pinc afiach di diflannu. Dwi'n ama bo nw yn y bag bin sy wrth y drws.

"Ti di tacluso hen dw ti dy hun, Liz?" dwi'n holi wrth edrych o nghwmpas yn iawn, "ti a Rob fel twins."

"Course he's bloody sad. Not as bad as he was last year though, you know when he got really skinny?'

"Skinny? Pryd?" dwi'n gofyn, gan droi i edrych arni.

"Just after, you know, when he didn't know what was happening. He got really skinny?"

"Do?"

"Yeah. Why d'you think Mum cooks for him all the time?"

Ma hi'n deud hyn i gyd heb rili edrych arna i.

"Everyone was worried, he was just like … not himself … you know?"

Nes i rioed sylwi fod o'n dena. Ac ma'i fam wastad wedi blydi molicodlo fo eniwê, tena neu ddim.

"He's only human V, he's not like some invincible superhero who can just take whatever you throw at him."

153

Dwi'n dechra gwasgu'n nannadd a tiltio mhen.

"Pam ti dal yn pigo arna fi? Dwi'n hyngofyr. Can't cope, Liz," dwi'n cwyno.

"You sound like a bloody five-year-old. Eat that," ac ma hi'n rhoi dwy sleisan o dost o mlaen i. "Rob's not the only one who got skinny."

"Diolch," dwi'n deud er mod i'n gwbo fedra i'm byta bora 'ma.

Dwi angen mynd i nofio. Am hir. Length ar ôl length ar ôl length. Mindless rhythm. Ac wedyn corff di blino. God, dwi'n casáu hangofyrs.

"He's a good bloke, V, a *very* good bloke," ac ma hi'n edrych arna i am y tro cynta. "Don't bloody give me that look. He knows you're testing him. I think he's passed with flying colours a hundred times over."

Wel blydi hel, gwaed definitely'n dewach na dŵr dydi?

"Heblaw am pan nath o ffwcio ..." ych a fi, fedra i'm credu mod i di deud y gair 'na, codi pwys arna i. "Pan nath o gysgu efo'r hogan na, ia? Cofio? Y rheswm nath hyn i gyd gicio off?" dwi'n poeri.

"He fucked up. We all fuck up. And anyway, like I said, Rob didn't actually sleep with her."

"O whatever. Dwi'm yn licio'r sgwrs 'ma," dwi'n deud, fel cath di chornelu. "Gawn ni siarad am wbath arall?" dwi'n gofyn fel dwi'n codi i drio denig.

"Typical. Bloody typical," ac ma hi'n codi a cherddad heibio fi.

Dwi'n ista lawr eto achos ma mhen i'n troi a mol i'n cnoi. Dwi'n rhoi'n nhalcen ar y bwr yn ara a trio nadlu mewn am bedwar, dal am bedwar, allan am bedwar.

"I don't want to fall out with you, V."

"Wel paid â pigo arna fi 'ta," dwi'n gweiddi mewn i'r bwr.

"Oh, grow up and eat your toast," ac ma hi'n bangio'r drws ar ei ffor allan, ond dim ond ar ôl gweiddi, "and get your head out of the fucking sand. He's always said that you're the Queen of half conversations. Now I know what he means."

Ma meddwl amdanyn nw'n nhrafod i fel 'na'n gneud i fi frathu ngwefus i drio sdopio'r dagra.

pennod 18

Naw mis yn ôl ...

"We need to talk about this, V," ma'n arthio fel ma'n nilyn i rownd y gegin.

Ma reit yn yn personal sbês i a dwi'n goro rili canolbwyntio ar beidio'i wthio fo oddi wrtha i.

"I don't want to Rob. I *really* don't want to," dwi'n erfyn.

"It's been three months, V. Might not seem that long to you at home here but it's felt like a bloody lifetime for me. I miss you. I miss the kids."

"Well, you should've thought of that," dwi'n troi arno fo, ond cyn i fi ddeud dim mwy ma Siwan yn rhedeg mewn i'r gegin yn gweiddi, "Maaaaaaaam!" ac ma'r ddau ohonan ni'n troi tuag ati'n gwenu.

"Ma Beca di dwyn ffelt tip du fi," a chyn iddi ddeud dim mwy ma Beca'n cerddad mewn efo blob mawr o inc du ar ochor ei gwefusa, ac wrth iddi drio gwadu dwi'n gweld bo'i thafod hi'n ddu hefyd.

"Dwi angen du, Mam," medda Siw.

Ma Rob yn piffian chwerthin wrth fy ymyl i.

"What's happening?" ma'n gofyn, trio bod yn siriys.

Ma Siw yn deud run fath eto'n Saesneg, ond efo llais mwy cwynfanllyd, achos ma hynna wastad yn gweithio efo Rob. "Tell her, Daaaaaaad."

Ma Beca jest yn ysgwyd ei phen, edrych ar Rob efo'i llgada mawr glas.

"Ga i fwy i ti Siw, ga i baced arall pan dwi'n Tesco nesa," dwi'n deud ond fedra i weld yn syth fod hyn ddim digon da.

"Ond dwi angen o rŵaaaaaaan," ma Siw yn cwyno a dechra stampio'i thraed.

"Fedra i'm cynnig dim gwell na hynna Siw, sori," a dwi'n ymestyn tuag ati i'w chysuro ond ma hi'n camu oddi wrtha i.

"We'll get you some more, Siw," ma Rob yn torri ar draws.

"Mam just said that, Dad," ma hi'n ateb yn swta, "but I need it now."

Ma Beca di mynd yn ei blaen i'r peth nesa'n barod ac wrthi'n rhoi'i welis wrth drws ffrynt erbyn rŵan.

Ma Rob yn cynnig permanent marker i Siw o'r dror bob dim.

"Don't be stupid Rob, she can't have that one," a dwi'n cipio'r marker o'i law o a'i roi o ar y worktop.

"Maaaaaaaaam," ma Siw yn cwyno wedyn yn trio cyrradd y marker fel ma'r drws ffrynt yn cau yn y gwynt ar ôl i Beca fynd allan.

"Where's Beca gone?" ma Rob yn gofyn.

"Chwcs usually," dwi'n ateb ac fel dwi'n troi at Siw ma hi'n cerddad nôl at y grisia a bangio drws, wedyn ma Mwsog yn dechra cyfarth wrth drws ffrynt, rŵan fod o di sylwi fod Beca tu allan.

"We have to talk about this, V," ma Rob yn cychwyn eto. "And not some crappy half conversation where you spend half the time avoiding my questions."

"Shut up," dwi'n gweiddi, "shut up, shut up, shut up."

"This is bloody typical you, head in the sand, avoid the subject. That's what's got us here in the first place."

Be nath ddod â ni i fama ydi Rob yn cysgu efo hogan hanner ei oed o, dwi isio gweiddi. Ond fedra i ddim. Dwi prin

157

yn gallu meddwl am y peth, heb sôn am siarad am y peth. Dwi'n teimlo dagra blin yn dod.

Ma'n syllu arna i efo llgada union run lliw â rhai Becs, a blincio lot. Ma'n gwbo'n iawn am be dwi'n feddwl. Ac ma hefyd yn gwbo mai fo sy di achosi hyn i gyd. Fo sy di newid bob dim. Ia ocê, oeddan ni'n ffraeo, ond dim byd irreversible. Ma be nath o'n hollol irreversible.

"But I didn't ..." ma'n cychwyn, ond ma Beca yn dod nôl trw drws felly ma'n llyncu'i eiria cyn gweiddi, "take your wellies off, Beca."

Ma'r volume yn codi ofn ar Beca druan.

"Don't bloody take it out on her," dwi'n sibrwd wrth fynd heibio fo i helpu Beca i dynnu'r welis.

Ma Mwsog yn dod mewn jest cyn i'r drws gau yn y gwynt eto.

"BASGED MOS," ma Rob yn gweiddi, uwch tro yma, ac ma Mwsog druan yn sdelcian i'w fasged efo'i gwnffon rhwng ei goesa.

"Cer i bathrwm bach i olchi dy ddwylo plis, Beca," dwi'n galw ar ei hôl hi fel ma hi'n cerddad allan o'r gegin.

"Wash your hands, Beca," ma Rob yn deud wedyn, dal yn flin.

"I just bloody said that," dwi'n sibrwd eto, "surely you understand that much by now?"

* * *

I can't deal with this chaos. Why does everything to do with her descend into chaos? And that bloody aggressive whispering. I can't stand it.

"We have to talk about it, V," I try one last time. "I don't know if I'm coming or going. Do you want to separate proper?"

No answer. She just carries on chopping veg. So fucking childish.

"You can't just put your head in the sand with this." I'm about to say more, but my words catch in my throat.

I try to blink away the tears that I know are brewing. She still doesn't answer me. She doesn't even have the common courtesy to look at me. Just keeps chopping the fucking veg. Chop, chop, fucking chop.

"Ok fine. FINE." And on the last word I bang my hands palm down on the worktop.

It makes her jump and then she drops her chin to her chest.

"Have it your way. We'll carry on ignoring it. Seeing as it's worked out so well for us thus far." I storm out the door, stomp to the Landy, and bang the door so hard I worry I might have bent it.

I hear Mos howling inside. I look at the house and see all the lights on downstairs and it feels shit not to be a part of it.

I start the ignition.

"And you should learn to CLOSE THE FUCKING CURTAINS," I shout out the window into the wind as I'm driving away.

pennod 19

"Helôôô!" dwi'n gweiddi fel ma'r genod yn rhedeg trw drws.

Dwi di bod yn cyfri'r munuda pnawn 'ma. Dwi'n dal i deimlo braidd yn fregus ar ôl outburst Liz bora 'ma cyn i ni adal. Bob tro dwi'n meddwl am y peth dwi'n teimlo'n hun yn rafu a gwgu. Dwi'n dal heb neud sens o'r holl sgwrs. Sut nes i'm sylwi fod Rob di mynd yn dena? A pham fod pawb yn beio fi am bob dim?

Dwi'n sylwi bo nw'n gwisgo cotia gwahanol. Dim fi brynodd rheina. Ma Beca'n rhedeg ata i a gafal yn dynn rownd fy nghanol i, ond cwbl dwi'n gal gan Siw ydi, "Be di swpar?"

Syth dwi'n gweld gwyneb Rob wrth iddo ddod drw drws, dwi'n gwbo fod o isio cwyno am wbath.

"I've put the skis in the shed," ma'n deud, wrthi'n agor ei gria.

Wait for it.

"You have to put the lid on the chicken feed, V. Or we'll get rats."

Brathu nhafod. Cyfri i ddeg.

"Cawl," dwi'n gwenu ar Siw, wrth drio'i chyrradd hi efo mraich.

Dwi wastad angen cyffwr nw pan dwi'm di gweld nw am benwsos.

"Pa un?" ma hi'n gofyn, efo gwyneb tin.

"Yr un cyw iâr a fala."

Di'n amlwg ddim yn hapus efo'r ateb achos ma hi'n dal i gerddad allan o gegin tuag at y grisia.

"Dwi'm isio carrots yn un fi," ma Beca'n deud wrth ollwng a dilyn Siw, "ti di gneud bara?" ma hi'n ychwanegu fel after thought.

"Moron, dim carrots. Do. Want to stay for some cawl?" dwi'n gofyn i Rob fel dwi'n cymysgu'r cawl ar yr hob.

Ma wrthi'n rhoi coed ar tân.

"Which one is it?"

Jesus Christ.

"The chicken and apple one," dwi'n ateb.

"Ooooh yeah, go on then," ac ma'n ista'n y gader freichia efo'i draed ar y grât, mond modfeddi o'r tân. "We got a bit cold right at the end."

"Is that why they've got new coats?"

"Have you got nice bread?"

O mai god.

Dwi'n codi'r llian llestri i ddangos y dorth ffres.

"Siw ripped her coat on the fence as we were leaving. I couldn't be bothered with the arguing, so I bought one for Beca as well."

"I could've patched her coat, Rob. Those coats must have cost a fortune."

"Yeah right!" ma'n chwerthin, "I have never seen you with a needle and thread in all the time I've known you."

Nob. A patch efo glud o'n i'n feddwl eniwê.

"Yeah, but you're just spoiling them," dwi'n deud yn flin. "Beca definitely didn't need one. You can't just take the easy option every time."

"My time, V. Don't question what I do in *my* time."

Os fyswn i heb hangofyr dwi'n meddwl byswn i'n ei gicio fo allan rŵan. Offer of cawl withdrawn. Dickhead. Ond as it stands, dwi'm isio bod ar ben yn hun. Dwi bron marw isio deud wrtho fo be ddudodd Liz, ond fedra i ddim achos

161

fo oedd y pwnc. Fedra i'm deud wrth Tara achos ga i bregeth am alaru, a madda, a bod neb yn berffaith. As if fysa hi'n madda i'w gŵr hi am ffasiwn beth. Mi fysa Mam isio trafod y peth am wsos, isio gwbo pob manylyn. Karen. Dwi am ffonio Karen fory.

* * *

She looked a bit strange then, has that face she does when she's trying to figure something out.

"Hungover?"

"Very," she answers as she bends down to get the bowls out of the cupboard. "Shall we eat in front of the TV with the girls?"

Very unusual. We always eat at the table.

"Is that what you do nowadays?" I jest, trying to raise a smile.

"My time, Rob. Don't question what I do in *my* time."

She's smiling as she's saying it. The storm has passed.

I notice a leaflet thing for the uni open on the table.

"Are you applying to uni again?" I smile, waving it.

She just snatches it off me and puts it in the tea drawer.

"Don't go through my things," she snaps.

I wonder if she's painting again.

"Do you remember ringing me last night?" I ask as I get four spoons out the drawer.

"Course I do," she answers, spooning the cawl into those cool bowls we got from India.

Really pisses me off that she's chipped both of them.

I go over with the salt dish and stand behind her to stretch my arm over her head to sprinkle some in the bowls.

"What are you doing??" she asks, as she pushes my arm out the way, spreading salt everywhere. "Do you always give the kids salt?"

Jesus Christ.

"Don't treat me like a child, V. Bit of salt won't kill them."

I see her shoulders rising as she grabs the worktop and takes a deep breath.

"Relax," I say, as I put my hands on her shoulders.

She startles.

"Relax," I say again, pressing down on her shoulders.

She surprises me by leaning back into my hands. Without thinking I pull her back and rest my chin on the top of her head and she relaxes into me.

"I hate hangovers," she sighs.

"It'll pass. You'll be fine tomorrow."

"If only," she says as she moves away from me, grabs the bowls and heads to the living room.

pennod 20

> **V:**
> Tisio visitor? xxx

> **Si:**
> Ti dal yn fyw felly! Adra o 5.30 xxx

> **V:**
> Ddoi tua 6.30. Tisio chips? Xxx

> **Si:**
> Deffo. Tisio sosej? 😊

"Ti'm di dod dros y wicend, na? Hangofyrs yn brutal pan ti wrong side of thirty, dydyn?" ma'n deud efo llong ceg o chips.

"100%," dwi'n ateb, yn rhoi'n nhraed dros ei goesa fo fel ma'n ista drws nesa i fi ar y soffa.

Dwi'n dal yn nacyrd. Ac ma pob dim braidd yn fflat. Yn union fel ddudodd Rob. Adra nos Sul ac wedyn syth back to it dydd Llun efo cofnod darllen, gymnastics ar ôl ysgol a gwaith cartra plant. I topio fo i gyd, ma gan Beca blydi lyngyr eto so dwi di gneud tri llwyth o olchi heddiw. Ma mhen-ôl i'n cosi jest meddwl am y peth.

"Pam ti'n fidgety gyd?" ma Si yn gofyn tra'n chwara fo'r remôt.

True to form, dwi'n trio peidio meddwl am y ffrae efo Liz. Nathon ni ddim siarad holl ffor adra a does 'na mond dau ddiwrnod tan y briodas. Cachu brics yn understatement. Dwi'm di sôn wrth Karen chwaith. Dwi ofn iddi ochri efo Liz hefyd.

"Barod?" ma'n gofyn, ac ma'n pwyso play eto, y surround sound yn neud i fi neidio.

Chydig eiliada wedyn ma'i ffôn o'n dechra canu ar y bwr coffi, ac ma 'na lun ridicilys o Jon mewn wig pinc yn fflachio ar y sgrin. Ma'n codi i ateb a cherddad i'r gegin, a dwi'n pwyso pause. Dan ni byth yn mynd i orffen y ffilm 'ma. Ma drws gegin dal yn gorad a dwi'n clwad hanner Si o'r sgwrs. Dwi'n byta chips a gwrando.

"Ia, na, ma hi yma … gwbo gwbo, last minute change of plan … o c'mon, mond ffwtbol ydi o … c'mon mêt, paid â bod yn jelys."

Hynna'n neud i fi wenu.

"Ia, deffo wsos nesa, for sure … yep, deffo …" wedyn ma'r dôn yn newid, "o whatever mêt, dwi mond di colli cwpl o gêms … wel, di mond yn gallu dod ar nos Fercher Jon … you'll get over it."

Dwi'n teimlo mod i ddim i fod yn gwrando rŵan. Bron â phwyso play eto.

"Yep, wela i di ar y wicend … yep, gwbo, GWBO, kick off am dri. I'll be there … na, priodas Liz."

Ma'n chwerthin yn uchel wedyn. Yn union fel dwi'n cofio nw'n chwerthin efo'i gilydd yn coleg.

"Dyn bach budr ti! Have a good one," ma'n deud fel ma'n dod nôl at y soffa ac ista drws nesa i fi eto.

"Ti fod efo Jon heno 'ma?" dwi'n gofyn.

"Five a side ar nos Fercher," ma'n deud a phwyso play. "Ond ges i gynnig gwell heno'n do?" ac ma'n gwenu arna i, cyn edrych ar y teledu anferth eto a rhoi'i draed fyny ar y bwr coffi.

"So bob tro dwi'n dod ar nos Fercher ti'n methu five a side?"

"Dim bob tro, jest withia," dio'm yn edrych arna i, "no biggie."

"Does dim rhaid i ti ddo, ma'n fine os ti'n deud na pan dwi'n tecstio."

"Be di'r alternative? Un wicend y mis os dwi'n lwcus? Chill V, dio'm yn big deal. Fydd ffwtbol dal yna wedyn."

"Dal yna wedyn?"

"Pan ti di mynd yn ôl at Rob a dwi'n fama yn hiraethu amdana ti."

Fysa fo'n hiraethu?

"Dyna ti'n meddwl sy'n mynd i ddigwydd?" dwi'n gofyn.

"Dwi in denial ond dyna ma pawb yn warnio fi sy'n mynd i ddigwydd," ac ma'n rhoi'i law ar fy nghloes i. "Ond ma'n fine, ma gynnoch chi blant, I don't like it ond I get it."

Ond dio'n dal ddim yn edrych arna i. Ydw i fod i wadu? Hed ffyc. Fedra i ddim copio efo mwy o hed ffycs wsos yma. Dwi'm yn copio'n dda iawn efo nw pan dwi ar y ngora.

"Fysa ti'n hiraethu?" dwi'n gofyn wedyn.

"Dwi'n hiraethu ers twenty years, V," ma'n deud, efo gwên ddireidus. "Tisio gweld y ffilm 'ma 'ta be?"

"Dim rili," a dwi'n ei dynnu fo tuag ata i, ond cyn i ni gal llawer o gyfle i neud dim byd, ma'n ffôn i'n canu tro 'ma.

"Let me guess ..." ma Si deud, "Rob." Ac ma'n symud oddi wrtha i, codi a deud, "Mynd allan am smôc."

Does gen i'm dewis ond aros lle ydw i ac ateb.

* * *

She answers on the third ring.

"Everything ok?" she asks, straight in.

It's like I give her a mini panic attack whenever I call her when I've got the girls.

"Yeah fine, Siw just wanted to speak to you. You're on speaker."

She hates being on speaker, but I'm reversing out of the parking space and we need to get a move on.

"Dwi di symud fyny yn nofio Mam. Dwi'n wave *chwech* rŵan."

"Waw, da iawn Siw. Gwych," she replies.

"Isn't that good?" I shout.

"A nes i neud broga," Beca calls from the back. "Coesa a breichia."

"Da iawn Becs. Rhaid i ni fynd i nofio i fi gal gweld."

"You'll have to take them swimming so you can see," I suggest.

"That's *exactly* what she just said, Dad." And I see Siw rolling her eyes in my rear view mirror.

"We're having chippy chips to celebrate. Want us to bring you some? We'll be passing in a bit."

V always craves chips when she's hungover.

"No, no thanks, it'll turn into a late one if you do that," she answers.

She's speaking really quietly, like she's shy or something.

"No it won't, we're nearly at the chippy, we could be there in quarter of an hour," I say.

"Ia, plis Mam, pliiiiiis," Becs pipes up again.

"Can you take me off speaker?" she asks.

"Not really, I'm driving. Do you want chips or not?"

"No, I've already eaten," she replies.

She sounds really weird.

"Are you at home?" I ask, when I hear a door banging in the background. "Where are you?"

"Na i weld chi ar ôl ysgol fory iawn genod. I'll speak to you again about the weekend Rob ... ok? A da iawn ti, Siw."

"I can't find my suit either," I remember.

"What?"

167

"I can't find my suit for the wedding. Is it still at home?"

"I don't know Rob, can we talk about this another time?"

"Fine."

"Siw has piano lessons tomorrow, make sure she remembers her book. Cofia dy lyfr iawn Siw?"

"Iaaaaawn," Siw answers.

She sounds like a teenager already.

"Right, we're at the chippy," I say, as I indicate. "Can't talk now, bye."

"Ta-ta Mam," Becs calls, "caru ti."

"Caru chi hefyd, nos da. No fizzy drinks, Rob," and she hangs up.

As I've parked right outside the chippy, I lock the girls in the Landy and go inside to order the usuals. I get a can of Fanta each. I always do, girls know not to mention it. Their faces when they drink it, bloody hilarious, like little Fanta-holics. V's just making them want it more by being so strict.

I sit on the windowsill so I can see the girls while the lady fries the chips, playing with my phone. I toy with the idea of texting Jess. I'm just about to when someone taps me heavily on the shoulder.

"Rob Hunter, what the hell?"

I turn round and see Bobby from school.

"Bobby, mate, how's it going?" I say, getting up to hug him briefly.

It's a bit shocking how much older he looks. And he's fat. He used to be a shit hot rugby player, so he was always big, but like muscly big. Now he's just middle-aged spread big.

There's a slightly awkward pause.

"How's things? How's V?" he says to fill the gap.

I hate it when I bump into people and they don't know about me and V.

"Yeah good, kids are in the car outside, just been swimming."

I can't remember anything about his life to ask in return.

"Kids? Wow. Congratulations mate," he says, touching me on the shoulder again.

"Well, they're seven and five, so not really, like, a new development or anything."

"Jesus, that makes me feel ancient," he says, and just at the same time the lady calls out my order, holding a bag up.

"We should meet up some time, you and V could come over for dinner. Miri and I have just bought a house near the border," he says as I start moving away. "We're just back to visit her parents."

"Wow, you still with Miri? I remember when you pulled her … wasn't it at our housewarming party?"

"It was! That was one hell of a party. Lost a few brain cells that weekend."

I'm transported back to being twenty-three, recently in possession of a ruin of a house, a static caravan and a shit load of energy. Those were mine and V's best years. Peak partying.

"Feels like yesterday, doesn't it?" I say to Bobby.

pennod 21

Deuddeg mlynedd yn ôl ...

"I quite fancy that Miri you know," Bobby says as he passes me another pallet to smash up for the fire.

He's got a massive black eye from the game this afternoon and a fat lip. Not looking his best.

"Go for it, Miri's well nice," I tell him, taking another sip of my beer.

I jump up to try and hit the lamp on the shed wall to change the direction of the light so I can see what I'm doing better. I get these mad colourful spots in my eyes because I looked directly at it. It looks well trippy. I look at it again, for a bit longer, to see what happens. Then I get these crazy swirly patterns as I close my eyes and move my head around. Then I remember I have an axe in my hand and I look at it for ages because it looks proper shiny.

"Mate, I think you can stop working now, just chill," Bobby says as he takes the axe. "The fire's not going to go out anytime soon."

I sit next to him on the wall and lean into him.

"Shrooms kicking in nicely," he grins.

"Hah, yeah me too," I smile, putting my arm over his shoulders.

This is the best bit, the anticipation.

"You work too hard," Bobby says.

He's right. I haven't stopped today. I'm still in my work clothes. People started turning up earlier than I expected. More people than I expected too. Word of a party travels fast on a sunny Saturday. I wanted a shower before it kicked off too. The shower in that static is shit. I could spit a better shower. What's shower in Welsh again? Cawod. I'm going to start saying cawod.

"Might have to upgrade the cawod," I say out loud.

We don't talk for a bit after that, don't need to with Bobby. He's one of the very few good things to come out of private school. I can hear some Leftfield drifting up from the speakers in the orchard. He passes me a spliff.

We both watch Miri and V and a few others messing around by the fire. Miri's more dressed up than V but you can tell they're both from round here, just by how comfortable they seem stood out in a field by a fire. I'm just about to say something about how it doesn't matter that he might not seem like Miri's usual type, he should go talk to her anyway when he interrupts my thoughts and says, "she's got massive tits hasn't she?" And he turns to face me smiling. "Nice face too obviously," and we're both giggling.

"And a very nice personality," I add, out of loyalty to Miri, and the female population in general.

"Can't believe you and V have bought this place, mate. It's bloody huge."

I smile. Everyone seems to think that it's a big deal but it's really not.

"Aren't you worried about putting all your eggs in one basket though?" Bobby asks, nodding his head towards V.

"Not when the basket looks like that, no," I reply and head over to the fire.

* * *

"C'mon V, let's go sit in the bay window," ma Rob yn deud ar ôl troi fyny wrth yn ochor i allan o nunlla.

Dwi'n edrych arno fo yn ei drwsus gwaith llawn pocedi a'i hen d-shirt Che Guevara efo'r gwyneb bron di golchi ffwr a thwll yn y cesail. Fedra i'n dal ddim credu bo ni am fyw yn fama. Ma'n teimlo'n siriys, siriys. Dwi mond yn ddau ddeg tri a dwi'n dal heb fod i uni. Ond fel ma Rob yn deud, fysa fo di prynu'r tŷ eniwê, so no pressure.

Ma'n gafal yn fy llaw i a symud tuag at y tŷ mor handi dwi'n hanner colli'n sandal. Ma'n cymyd hydoedd i fi gal y nhroed nôl mewn yn iawn achos dydi Rob ddim di sylwi be sy'n digwydd ac ma'n dal i drio'n nhynnu fi ar ei ôl o. Am ryw reswm ma'n gneud i fi giglo. LOT.

"You and your bloody socks and Jesus sandals, you weirdo," ma'n deud wedyn fel dwi finally'n cal y nhroed nôl mewn a gallu cerddad yn normal eto.

"I haven't seen you all night, V. I want to hang out with you in our new house. The view from the huge window is epic. I think we should knock it out and have patio doors," ma'n deud fel dan ni'n gwthio'r hen ddrws i fynd mewn i be fydd y gegin.

Trafod patio doors yn ystod parti'n teimlo mor grown yp.

Ma'r lle'n llwch i gyd ac ma 'na ddarn mawr o'r floorboards ar goll a peips yn dangos. Wiyrdli, ma 'na dal hen gyrtans ar y ffenest fach, er bod y gwydr di torri a'r ffrâm di pydru bron yn ddim. Ma Rob yn fflachio'i headtorch tu ôl iddo fo i fi gal gweld lle i gamu fel dan ni'n mynd drwadd i be fydd y parlwr. Ma'n tynnu darn o plywood mawr o'i le a dan ni'n gallu gweld y parti'n y berllan ar ben y buarth. Ma'r goelcerth yn goleuo pawb yn siarad a symud ac ma'r miwsig yn cal ei gario tuag atan ni ar y gwynt. Miwsig reit chilled rŵan, ma'r darn gwyllt di gorffen, mwy o fwydro a smocio erbyn amser yma'n bora.

Ma Rob yn ista ar y silff ffenest, sy basically'n wal breeze blocks, a nhynnu fi i fyny ato fo a rhoi'i fraich dros yn sgwydda i a phasio'r spliff i fi. Ma 'na hogla chwys gwaith calad arno fo.

"That back room looking over towards the sea would be a really cool studio for you," ma Rob yn deud, "you wouldn't have to pack your stuff up all the time like in the static."

"Imagine if we have kids yeah …" dwi'n cychwyn.

"When."

Dwi'n caru bo Rob mor bendant am bob dim. Mor hyderus a sicr.

"When we have kids, V … after you've been to uni," ma'n ychwanegu'n sydyn ar y diwedd.

"Ok, when we have kids yeah, and I've been to uni, and then they have kids, and they have kids, and they all have a night like this sitting here, after partying with their friends, where they realise …"

Dwi'n inhalio unwaith eto a rhoi'r spliff yn ôl i Rob.

"… and they realise that we were here, and that we sat here saying this, and maybe they'll be saying something similar, you know about the passage of time, and their kids having kids, and it'll be like a full circle, won't it? We will have started the circle."

Dim byd.

"Won't it? Like a full family circle? That we started?"

"Right," medda fo wedyn ar ôl oedi.

"Do you see where I'm going with this, Rob? And like … what it all means?"

"No."

Dan ni'n ddistaw am chydig wedyn, a dwi'n datgan mwya sydyn, "You know Rob, I don't think those mushrooms did anything for me today," ac ma Rob yn exhalio mor sydyn ma'n tagu.

"So why are you chatting absolute shite about family circles then?"

Dwi'n dechra chwerthin, ac unwaith dwi di cychwyn fedra i'm sdopio. Ma Rob di camu lawr o'r silff ffenest, allan i be fydd yr ar, ac yn ei ddybla'n chwerthin yn sbio arna i'n dal i falansio ar y silff ffenest, mreichia fi i gyd yn fflopi a'n sandals i'n dechra disgyn off. Ma'n camu'n ôl ata i ac yn rhoi'i ben ar fy nglinia i'n giglo.

Fel ma'r gigls yn pasio, ma'n gafal yn fy nwylo i a'n nhynnu fi lawr i'r ar ato fo ac yn pwyso'i hips mewn i rhai fi. Ma'n symud fy dreads i allan o ngwyneb i ac yn pwyso mewn a brathu ngwefus isa i'n ysgafn, cyn mynd am y full on snog. Ma'r teimlad 'na'n dod yn syth, run mor intense ag oedd o am y tro cynta chwe mlynedd yn ôl, fel fod pob dim arall ar fade out. Dwi'm yn meddwl na i byth sdopio bod isio Rob. Ei gorff o, ei hogla fo, ei wres o, ddoith 'na neb arall byth yn agos. Ma gen i'r teimlad 'na mod i'n union lle dwi fod. Yn fama reit rŵan. Efo fo.

Dwi'n rhoi fy nwylo yn bocedi tin ei jins o a'i dynnu fo ata i ac ma'n rhoi'i law tu ôl i nghoes i a'i chodi hi fyny iddo fo allu dod yn nes.

"You two! GET A ROOM!"

Dwi'n nabod llais Karen yn syth a dwi'n gwenu'n erbyn gwefusa Rob. Ma o'n gneud sŵn frustrated yn gefn ei wddw cyn troi rownd a gweiddi, "We did Karen, we got a whole fucking house!" ac ma'n rhoi ei freichia ar led ac yn pwyntio'i fodia at y tŷ tu ôl i ni.

Ma Karen yn caclo a gweddi, "C'mon you horny little love birds. You can't cop out early at your own housewarming. Or fieldwarming, whatever."

Dwi'n edrych ar fy watch. 2.38am. Dim ond Karen fysa'n galw dau o gloch bora yn copping out early.

Dwi'n neidio ar gefn Rob ac ma'n rhedeg yn ôl tuag at y parti.

pennod 22

Dwi di gneud y pacio i gyd, gan gynnwys ffindio'r siwt, a dan ni'n barod i fynd pan ma Rob yn mynnu dreifio. Dwi'm yn boddro anghytuno. Os dwi'n dreifio neith o jest trio deud wrtha i pryd i newid gêr a phryd i indicatio. Cofio unwaith, cyn y plant, dreifio i Lerpwl a'i cholli hi'n llwyr o gwmpas services Gaer achos oedd o'n mynnu deud wrtha i be i neud, a finna di hen arfer. Dwi'n dreifio tractor ers dwi'n ddeg oed, dwi'm angen dyn i ddeud wrtha i pryd i newid blydi gêr.

Fel dan ni'n gadal dwi'n gofyn iddo fo fynd heibio Dai Drws Nesa. Wastad werth atgoffa Dai os di o di gaddo ffafr.

"Can't you ring him?"

Dwi'n edrych yn hurt arno fo.

"Right, course, no phone."

Ar draws cae, di Dai mond ryw bum munud o tŷ ni, ond ma'n cymyd tua chwarter awr i ddreifio rownd. Di Rob ddim yn licio dreifio yno gan fod o'n baeddu'r fan. Dwi wrth y modd yn mynd, a dwi'n mwynhau edrych ar yr holl sdwff sy di cal ei adal yn bob man fel dan ni'n bownshio lawr y trac i'r hen dŷ fferm.

"It's such a shame he's let the place get to this state," medda Rob, "could be done up real nice."

"I like it," dwi'n ateb. "Not many Dais left round here."

Ma Nel yn sefyll yn y buarth blêr i'n croesawu ni.

"Oh, I miss Mos you know," medda Rob fel ma'n neud three point turn, yn trio osgoi'r gwaetha o'r mwd.

Ma Dai yn dod i golwg o du ôl ryw hen Land Rover rhydlyd yn pen pella'r buarth. Ma'i gefn o'n edrych yn ddrwg. Ma'n cerddad yn ei gwman.

"Good morning, Robert."

Ma'i acen gre o'n neud i fi feddwl am Taid. Ma'n dod heibio ffenest gored Rob a syth rownd i'n ochor i. Ma'r hogla baco a seilej yn cyrradd chydig eiliada cyn y dyn ei hun.

"Veda, ngeneth i, pob dim yn iawn?"

"Yndi diolch Dai, jest dod i tsecio dy fod di dal yn gallu bwydo a cau'r ieir i ni heno a nos fory?"

"Ydw, ydw, cofio'n iawn," ac ma'n rhoi'i ben mewn trw ffenest. "Genod efo chi?"

Ma wrth ei fodd efo Siw a Beca.

"Sut dach chi genod?" ma'n gweiddi i'r cefn.

"Iawn diolch, Dai Drws Nesa," medda Siw.

"Gawn ni weld dy glust di, Dai?" medda Beca wedyn, mestyn mlaen yn ei chader.

Dwi'n cal crinj. Ma Dai di colli darn o dop ei glust mewn damwain efo ryw beiriant pan oedd o'n hogyn ifanc. Ma Beca'n hollol fascinated. Ma Dai'n chwerthin a chodi'i het.

"Waaaaaaw," medda Beca wedyn.

"Dach chi isio da-da, genod?" ac ma'n estyn dwy Werther's Original allan o'i boced a rhoi nw i fi basio'n ôl.

Dwi jest yn dal gafal arnyn nw achos dwi'n paranoid am blant yn tagu.

"Right, we better be off," medda Rob mwya sydyn, yn tanio'r fan.

Dwi'n pasio tun llawn sgons i Dai.

"O Veda bach, da ti," ma'n deud yn edrych mewn, "da di Mam, de genod?" ma'n deud fel ma'n bacio'n ôl oddi wrth y fan.

"Your back looks bad today, Dai. You should see someone about that," medda Rob o pen arall.

"Not too bad. Not too bad," ma'n deud tra ma'n codi llaw ar y genod eto.

"Diolch Dai, mwynha dy sgons," dwi'n galw fel dan ni'n gadal.

Dwi'n gwbo fod Rob isio deud wbath, ac fel o'n i'n ama, unwaith dan ni ar y lôn fawr, ma'n gofyn, "How can he live like that?"

"Oh he's just a hen lanc, Rob."

"A what?"

"Just a bachelor. He seems quite happy."

"It's like he doesn't even understand what I'm saying most of the time," ma'n ychwanegu wedyn.

"Just like you don't understand what he's saying most of the time, Dad," medda Siw o cefn.

"Deud di, Siw," dwi'n ateb efo gwên.

pennod 23

Nothing, I repeat, nothing beats a hotel breakfast buffet. Becs blatantly agrees because she's just gone back to that conveyor belt toaster thing for the third time. Siw's stashing little sachets of Nutella in her pockets. V's just staring out of the window looking miserable.

"What's up? Surely the dress is not that bad?" I say, between mouthfuls of muesli.

Sugary muesli. Not V's homemade healthy stuff. Bloody delicious.

She gives me a patronizing little smile and drinks more coffee, which is weird in itself, because she hasn't drunk coffee for years. Makes her jittery. She looks tired too. I could hear her tossing and turning in the double bed with Siw last night. Didn't sleep too great myself. That sofa bed was so small. And Becs sleeps like a starfish.

"If you're anxious, coffee's not going to help," I say. "Have you eaten?"

She gives me the middle finger quietly behind the menu so the girls can't see.

Why does she have to be like that? That's just rude. I shake my head at her.

"What time do me and the girls have to be at the church today?" I ask.

All I know is that V has to be in Liz's room for ten. I check my watch. It's already 9.52am.

"Church at two," she says. "But there's not much parking so don't leave it til the last minute."

As if I'm the last minute person!

She's still staring out the window.

"Thought I'd take them for a paddle in the sea this morning," I reply, getting excited.

She snaps her head round and says, "don't be so bloody ridiculous. They can't go to the wedding covered in sand and smelling of sea. And I shampooed their hair last night."

"Smelling of sea?!? Who are you and what have you done with my ... with V?" I laugh.

"Why do you always wind me up when I'm stressed? Like, what part of your brain thinks it's a good idea to take the piss when you can see I'm tense?"

I hate it when she does this in front of the girls.

"I'm going up." She scrapes her seat back.

Siw is just staring at her.

"Don't worry, Mum's just nervous about the wedding," I say, touching her hand.

"I'm MAM not MUM."

Oh my god. That shouty whispering again. I don't know how she does it. And her face looks all screwed up with anger when she does. I hate it. Hope this is not a sign of things to come today. I've been looking forward to this for ages.

Before she goes, she bends down to the girls and speaks to them in Welsh. They both giggle and she high fives them before giving them a quick kiss. Why can't she be that much fun with me?

* * *

Dwi mor nyrfys rownd Liz heddiw. Dwi wedi bod yn meddwl am be ddudodd hi trw'r wsos. A rŵan dwi'n canolbwyntio gymaint ar beidio bod yn wiyrd, dwi di mynd yn hyd yn oed mwy wiyrd nag arfer. Ma Karen yn amlwg wedi sylwi achos ma hi'n gneud llgada 'wtf' arna i bob tro ma Liz yn sbio ffor arall. Bob tro ma ngwydr i'n wag ma hi'n topio fo fyny heb ofyn.

"Chill, Karen. Ti'n gwbo'n iawn bo fi'n lightweight," dwi'n deud pan ma hi'n trio'i lenwi fo eto tra ma rhywun yn gneud fy ngwallt i.

"Ti mor twitchy, ti angen wbath i ymlacio ti. Fedri di ddim mynd allan am spliff bach sydyn neu wbath?" ma hi'n gofyn.

"As if fysa hynna'n helpu, Karen, dwi'n hollol paranoid yn barod," dwi'n cyfadda wrth wasgu nannadd a chlicio mysidd.

"Diwrnod Liz di heddiw cofia," ma Karen yn sibrwd efo llgada blin.

Rŵan dwi'n teimlo fatha shit. God, dwi'n ffrind shit.

Ma Liz yn troi rownd a deud, "Just try and enjoy today, V. I know you don't like the dress but just have a drink, chill out and …" ac ma hi'n dod tuag ata i, a gafal yn dynn yna i a dan ni'n gwenu ar ein gilydd yn y gwydr, fel ma'r ddynes yn rhoi finishing touches i ngwallt i.

"Argh, sori, sori Liz. Fi sy fod i neud ffys ohona ti," dwi'n sibrwd, a dwi'n gwenu led y pen a dangos fy nannadd i gyd. "Sori, dwi'm yn gwbo pam dwi'n gwenu mor wiyrd!" dwi'n chwerthin.

Ma Karen yn caclo dros bob man. "Lwcus bo ni di arfer efo ti'n de, blydi wiyrdo."

Dwi'n codi, a chwifio ngwydr at Karen, sy mwy neu lai'n rhedeg o ben arall y stafell i'w lenwi fo, ac wedyn un Liz.

"A toast," dwi'n deud, "i Liz, fy soul sister. I may not like my dress, but I do like you … a lot. Ti'n edrych yn biwtiffyl a dwi'n honoured i fod yn forwyn i ti, ac yn chwaer yng … yn ffrind. Sori mod i ddim wastad yn ei ddangos o. I Liz! Gobeithio fod Iestyn yn barod am yr in-laws!"

Cyn dan ni'n clincio'n gwydra, ma Karen yn esgus llewygu, a deud, "O MAI GOD, ma Veda Hunter newydd gal actual teimlada a wedi expressio nw!"

Dwi'n chwerthin a deud, "Aaaaaahhhhh ffyc off ia, Karen," a dan ni i gyd yn rhoi clec i'r champagne.

> **Si:**
> Gyrra lun i fi 😀 xxxx

> **V:**
> Na!

> **Si:**
> C'mon rioed di gweld ti mewn ffrog xxxxx

> **V:**
> Na!

> **V:**
> Be ti'n neud?

> **Si:**
> Pub. Gem boring.

> **Si:**
> Nowhere to hide ar fb. Fi a Jon on a mission i ffindio llun wan

Dwi'm yn licio meddwl amdano fo'n trafod y peth efo Jon yn pyb so dwi'n rhoi'n ffôn nôl yn y bag. Hefyd dwi'm yn licio tecstio Si pan dwi'n sefyll drws nesa i Rob. Er, deud hynna, ma Rob di bod yn chwara fo'i ffôn trw dydd. Bet fod neb yn cal go arno fo am bwy mae o'n shagio. Blydi Jess. Rob yn cal free pass eto. Dwi'n teimlo mod i isio sdampio'n nhraed a sgrechian fel ma Beca'n neud pan ma Siw yn cal mynd i gwely'n hwyrach na hi.

Pan dwi'n teimlo'n ffôn yn crynu'n y mag i eto dwi'n penderfynu peidio edrych. Geith o aros.

"That was quite a nice ceremony, wasn't it?" dwi'n deud.

"Girls did well, didn't they?" ma'n ateb.

"Yeah. Becs had ants in her pants though, did you see her fidgeting and turning round the whole time?"

"Hah, yeah, that's because I was pulling faces at her."

"Oh Roooob, were you? Your Mum told her off."

Na, fedra i'm aros. Rhaid i fi ddarllen y tecst rŵan.

> **Si:**
> Ti'n edrych yn ffycin 🔥 🔥 🔥

Dwi'n teimlo'n hun yn cochi, cyn tsecio fod Rob ddim yn edrych arna i. Mae o rhy brysur yn gwylio Becs ar ben y ffrâm ddringo.

"Turn around to come down, Becs," ma'n gweiddi, neud i fi neidio.

> **Si:**
> Can't ffycin wait tan nos fercher xxx

> **Si:**
> Ti'n dod aiii?

> **Si:**
> No more hard to get iawn. We both know you love it

> **Si:**
> *llun o fo a Jon*

> **Si:**
> *llun o Si yn gneud gwyneb trist*

Not in the mood. Seriously not in the mood. Ma'n gwbo mod i efo pawb.

> **V:**
> Faint ti di yfed???

"TURN AROUND, BECS!"

> **Si:**
> Gai ffonio ti? xx

> **V:**
> Na! Ma Rob sefyll drws nesa i fi

> **Si:**
> Deud tha fo ffyc off

"Who you texting? Why you looking so pissed off?"

"Nobody," dwi'n rhoi'r ffôn nôl yn bag eto.

"Nobody?"

"Just Liz," a fel dwi'n deud hynna dwi'n codi mhen a gweld Liz a Iest efo'r boi tynnu llunia, jest ochor arall i'r parc, dim ffôn yn golwg.

"Liz?" ma'n gofyn, yn edrych syth arna i efo gwyneb blin.

Ma'n cymyd sip o'i beint.

"Tell him to stop sending photos of his dick to my wife," ma'n deud, cŵl as you like.

Sut ddiawl mae o'n gwbo am hynna? Ydi Liz di blydi deud wrtho fo? Ydw i even di deud wrth Liz? SUT DDIAWL ma Rob yn gwbo am hynna?!?

"I'm not your wife."

Childish ond gwir.

"Well, we're not divorced," ac ma'n cymyd cegiad fawr o'i beint a'i orffen o cyn ychwanegu, "and even if we were, you'd still be my wife, you'll always be my wife, V."

"Well, that's a bit League of Gentlemen, Rob," a fedra

i'm help ond giglo achos ma'r fizz ar stumog wag di mynd i mhen i.

Ma'n pasio'i wydr gwag i fi heb edrych arna i a brasgamu oddi wrtha i yn gweiddi, "YOU HAVE TO TURN AROUND TO COME DOWN SAFELY, BECS."

* * *

She must think I'm bloody stupid or something.

"Shall we go powder our noses?"

I turn around to see Steve grinning at me, his eyes all shiny. Just what I need.

"C'mon you're usually first in line. Mind the pun," and he laughs to himself.

Actually, maybe … no.

"I'm stood next to a kids' playground watching my daughters at our little sister's wedding. No, Steve, I don't. Fucking inappropriate."

But he noticed the hesitation and, as I start to walk away, he follows me.

"You didn't think it was inappropriate at your wedding."

"That was ten years ago. Some of us have grown up."

And also, he knows I try not to touch the stuff since … well, that night. I'm still freaked out about how much my body did without my brain. Never again. Although, I did with Jess that night. Similar results some might say. Idiot.

"Your loss, mate," he replies, taking a huge gulp of his pint.

"When you gonna get your wife back in line?"

"What did you say?" I ask, and I must have shouted a bit louder than I meant to because the couple next to Steve turn around to look at us.

"Mum says you're paying all the bills still."

Bloody Mum. Why is she discussing my shit with Steve?

"That has absolutely fuck all to do with you, Steve."

"And from what Liz is saying, V's just doing whatever the hell she wants … with whoever she wants," he adds.

Sounds like they've had a fucking family meeting about it. Bet Steve was the fucking chairman. I have to put my hands in my pockets then because I don't trust myself not to fucking land him one.

"When did you turn into such a dickhead, Steve?" I spit, taking a step closer to him.

He's always been a wind-up merchant, but this is just cruel.

"Calm down, golden boy. I'm just enjoying not being the family fuck up," he smiles.

"Daaaaad … toilet," and I look down to see Beca pulling my hand and leading me towards the hotel.

"Keep an eye on Siw, Steve."

Probably make more sense for Siw to keep an eye on Steve. She has more sense than him already.

* * *

"I'll take the children to bed, Veda."

"No, honestly Pam, there's no need. You're the mother of the bride!" dwi'n ateb dros ben Beca, sy di cyrlio fyny'n belen ar fy nglin i'n gefn y stafell.

Dwi di gaddo hanner awr arall i Siw cyn mynd â nw fyny grisia.

"I'll be glad of the excuse, Veda. Really. I am absolutely exhausted," ac ma hi'n disgyn yn drwsgl ar y gader drws nesa i fi.

"You look very lovely in your dress, Veda. I felt very proud of the four of you today. The girls have been exceptionally well behaved. They really are a credit to you both."

Dwi'n gwenu arni'n ddiolchgar. Ma Rob mor lwcus yn

cal mam fel hyn. Dwi'm yn meddwl fod Mam rioed di rhoi compliment fel 'na i fi.

"I'll take the girls up and me and Frank will sleep in the family room with them tonight. You and Rob enjoy yourselves. You can have our room."

Sut ti'n ateb hynna? She giveth efo un llaw a taketh away efo'r llall. Dwi'm isio bod mewn stafell ar ben fy hun efo Rob. Blydi interferio.

Wedyn dwi'n teimlo'n gas am fod mor flin efo hi yn fy mhen o hyd, yn enwedig pan dwi'n ei chlwad hi'n siarad efo Beca mewn llais mor garedig a meddal, yn deud wrthi bo hi'n amser mynd i gwely. Ma Becs fel bo hi di cal ei hypnotisio a jest yn gafal llaw a dilyn Granny Pam heb ddadla.

Dan ni'n swopio goriada cyn ma'r ddwy yn cerddad tuag at Siw.

Dwi'n tsecio'n watch.

10.13pm.

Jesus. Pob lwc efo amser gwely, Granny Pam!

"Rather her than me," ma Rob yn deud tu ôl i fi cyn pasio potel o seidar a gwydr peint llawn rhew i fi.

Dwi'm yn meddwl mod i angen mwy o seidar, ond … o wel.

"Did you bloody plan that together?" dwi'n gofyn, wrthi'n llenwi'r gwydr.

"You know as well as I do that my mother does not listen to a word I say. That had nothing to do with me. But I'm not complaining … about her taking them to bed, I mean. Not the sleeping arrangements. Fancy heading down to the beach for a bit?"

* * *

Liz chose a wicked place to get married. Ten minutes' walk and we're down on the beach, looking over at the mountains.

Bloody cold though. Glad V got our coats out the van on the way. She looks well cool in a really posh dress with my old down jacket over it and a beanie hat.

She passes the spliff back to me as we walk down the steps to the sand. I can't believe she's smoking again. And drinking. I've missed party V. She was fun.

I shine my phone torch behind me so she can see where she's stepping.

She stops and I watch her sitting down and checking her phone. He must not have text her again because she puts it away almost immediately. I lie down on the sand a little further down and turn back on my elbow to look at her. She looks so tired.

"Sometimes, I think it would have been easier if you'd died you know," and she takes another sip of her drink. "Because then we wouldn't have to deal with all these options."

I know she's proper drunk because she's talking with her hands too. I feel the corners of my mouth curling up.

"Say what you really think why don't you."

I've made her smile.

"But I suppose I'd have to pay the bills then, wouldn't I?" she adds, looking at me to check my reaction.

It makes me think of Steve earlier. Dickhead.

"I have good life insurance," I smile.

"Really?"

"Yep, so do you."

I dig a little hole and hide the butt of the spliff in the sand.

"You are such a grown up," she says as she takes her Converse and socks off.

She may have worn a tight dress, but she refused heels. I study the tattoo of a wave on her foot. She got that when we were in America. I've got the same one on my calf. I hardly notice it anymore. I dig my fingertips down into the sand next to me so that I don't touch her foot without thinking.

Urgh, my suit trousers are so tight after that meal.

"I'm going to have to open my trousers ok, don't get the wrong idea," and I lie back and breathe an exhale of relief.

"You been eating all the pies?" she says.

"Nope, muscle. Pure muscle, V."

I've made her smile again.

"Nobody makes me pies anymore."

"Bet that's what you miss the most isn't it?" she teases.

Where is this flirty banter coming from? We have not done this before. I get back up on my elbow and turn around to look at her again.

"It's not what I miss the most, no."

★ ★ ★

Dwi'm cweit yn siŵr be sy'n mynd ymlaen yn fama. Dwi definitely di yfed gormod. A spliff wedyn. Fatal. Ac ma pob dim ddudodd Liz di bod yn mynd rownd a rownd fy mhen i trw dydd. Ydi'n mynd i fod yn rhy hwyr un diwrnod? A fydd Rob di mynd am byth?

Dwi'n gallu gweld waistband boxers Rob lle ma di agor ei drwsus a'i grys o di dod allan. A hefyd mymryn o groen. Dwi'n sythu nghoesa chydig fel bo nhraed i'n nes ato fo.

"I wish you would just get old and fat and lose all your looks in middle age or something."

"Right, get fat or die. Noted," ac ma'n chwerthin yn uchel.

Dwi'm di glwad o'n chwerthin fel 'na ers talwm.

"Was that him texting you earlier?" ma'n gofyn, allan o nunlla.

Dwi'n cal yr hen deimlad 'na eto. Fel bod pob dim yn codi sbid. Neu fel bod rhywun yn sgriblo tu mewn i mhen i.

Sgriblo dros y mrên i gyd. Dwi'n agor fy nghôt, teimlo'n hun yn mynd yn boeth. Chwysu yn y ffrog synthetic afiach 'ma.

"How long have you been sleeping with Jess?" dwi'n taro'n ôl, achos dim fi di'r unig un ar fai yn fama, despite be ma pawb arall i weld yn feddwl.

"I'm not anymore," ma'n deud, efo'i gefn ata i. "It only happened … twice … and it wasn't … like … it was a bit … she was …"

Dwi'n teimlo fel bod rhywun di'n llorio i. Dwi'n literally yn plygu drosodd a dal fy mol cyn cyfarth, "Fucking hell Rob, stop! I don't need the bloody details. Jesus!"

Dwi'n teimlo'n llais i'n mynd yn grynedig ar y gair ola so dwi'n trio cyfri i ddeg yn slô yn fy mhen ond ma pob dim dal yn teimlo'n ffast. A ceotic. Ffast a ceotic. Ffast. Rhy ffast.

"I've ruined it now, haven't I?" ma'n ychwanegu.

"You ruined it a long time ago, Rob," a dwi'n codi flin, hanner baglu'n y tywod, cyn sdampio tuag at y grisia.

* * *

Fucking hell. How the fuck am I supposed to know what's going on when she keeps walking off? I'm just trying to be honest with her.

I sit back on the sand for a bit. I feel tired. I'm always tired these days. Like weary in my bones. Then I think, fuck it, this is the closest we've been to talking about anything, so I get up, do up my trousers, and take the steps two at a time and catch up with her at the top. She's sat down on the step to put her shoes back on. She's rubbing her socks between her toes. I know she'll be ages because she hates sand in her socks and she's pissed.

"C'mon V, this is ridiculous. Forget I asked that," but she won't look at me.

189

She's breathing really fast. I can see her shoulders going up and down.

"So, you really *were* sleeping with Jess then?" she asks, still concentrating on her feet. "I didn't *actually* believe it, not until just then."

She's had to pull her dress up above her knees to be able to reach her feet. I notice the scar on her knee, the one from when she fell on that old window in the shed.

"Briefly."

She stands up, smoothing her dress down. Her hands are shaky. She keeps taking deep breaths. Then she sits back down and puts her head in her hands.

We don't say anything for ages.

"Am I like Steve?" My voice comes out sounding like a little kid.

She looks up. "I don't think so, I mean yours was a one off," she says, her voice trailing off. "Wasn't it?"

"Course it was, V. It was just one little mistake."

She stands up quickly.

"Just one *little* mistake?" she says, her voice a little louder and quite a bit sharper as she puts her hands up and proper pushes me in the chest.

I fall back a little.

"Not little. Not little. Argh. No. I'm too stoned for this. Don't fly off the handle because I chose the wrong word," I inhale and try again, holding my hands around her wrists. "It was one huge fucking mistake."

"Indeed. A mistake that totally fucking broke what we had," she says, but the sharpness has gone, and she seems all floppy again. "A mistake you decided to repeat with a different woman."

She surprises me by just leaning into me.

"I just don't feel equipped to deal with this, Rob. I don't know what I'm supposed to do. I keep thinking that it'll all become clear, you know?" and I put my arms around her as she seems to deflate. "But it just keeps getting more and more … confusing."

I hold her tighter.

"I'm just so confused," she repeats.

"I'm not," I reply, "I know exactly what I want."

"Jess, by the sounds of it."

* * *

"Let's just pretend that the last half an hour never happened, ok?" dwi'n deud, achos ma hyn i gyd yn ormod. "We're drunk. It's going to end in tears."

"Doubt it, I reckon I've used up all my tears," ma Rob yn deud.

Ma'n swnio fatha robot.

"I haven't cried about it at all you know. Sometimes I feel like they're coming, but they never do."

"I'm sure a therapist would have a field day with that," ma'n ateb wrth ddechra cerddad yn ôl tuag at y gwesty.

Dwi'n wfftio eto.

"I'll let you know what mine says when I tell her all this next week. She'll definitely find hidden meaning in the get fat or die comment."

Reit. Ma gan Rob therapist. Noted.

"Yes, V. I have a therapist. I'll just leave you with that for a while," ma'n gwenu'n timid.

Dan ni'n dal i gerddad reit agos at yn gilydd. Dwi'n teimlo fel bo ni di torri ryw barrier. Dwi'm yn siŵr os di hynny'n beth da neu beidio. Dwi cweit licio barriers. Ac er bo run ohonan ni di deud llawer o'm byd sy'n gneud lot o sens, o leia dan ni di cydnabod fod pob dim yn llanast, am wn i.

"I'm not going to ask you anything about it," dwi'n deud, achos fedra i ddeud fod o bron marw isio brolio.

"Good, then we'll move on. Shall we go dancing?"

Dwi'n gweld y goleuada disgo yn ffenest y gwesty. Ma nghalon i'n suddo. Disgo priodas. Dim byd gwaeth.

Ma'n ffôn i'n bîpio. Ma Rob yn hanner taflu'i freichia i'r awyr mewn frustration.

> **Karen:**
> Lle wyt ti? Nes i weld ti'n gadal gyna 👀 efo dy leftovers! It's disco time! x

Dwi'n troi'r sgrin at Rob iddo fo gal gweld enw Karen ond symud o 'na cyn iddo fo allu darllen y neges. Ma'n nodio arna i.

Dwi'n neidio pan ma'n gafal yn fy llaw i. Ma'n sdopio cerddad a deud, "We can come back from this you know? If we both want to, we can fix it."

Dwi'n edrych ar y llawr.

"But you have to want it too," ma'n ychwanegu wedyn. "This is me putting my cards on the table. I won't ask again. Ball's in your court now."

Be?! Diolch yn blydi fawr. Rhoi pob dim ar yn sgwydda i. Dwi'n ochneidio'n uchel.

"It's all very easy saying that, Rob. How about you try and show me instead of giving me ultimatums?"

"Fair enough. Challenge accepted."

Neud i'r holl beth swnio fatha blydi gêm.

★ ★ ★

"So, we sharing a bed or what?" I ask as we stumble up the stairs.

"You danced to YMCA Rob. YMC-fucking-A. What has happened to your life?" she replies, totally off subject.

She's giggling. She danced to it too. We've been dancing

all out for the past hour. When we were all dancing in a circle and I was holding V's hand and I had to stop myself from pulling her closer. Just like the old days. All of us dancing like maniacs. Apart from Iestyn obviously. Boring bastard.

"Iestyn's a bit boring, isn't he?" I ask V.

"Nooooo, he's not boring Rob, he's just old."

We're both laughing now.

"He *is* old, isn't he? His hair is proper white."

I feel a bit funny as I'm saying that because he was great last year, when things went a bit dark, sorted the therapist and everything.

"At least he has hair," V says, and she pushes me a little and I bounce off the corridor wall and back into her.

"Room 18, Rob. Keep an eye. 18."

We keep going until we find it and I have to take the key off her because she can't even get it in the hole. Once we're inside she immediately opens all the windows as wide as they'll go, which is not very wide.

I see Mum's brought our bags in here, which makes me think that V was right; she did plan this.

"I hate hotel windows. They are SHIT," she says as she sits on the bed taking her earrings out.

I take my shirt off over my head, get a little stuck halfway, and then I open my trousers as soon as my arms are free again. What a fucking relief.

"Remind me not to wear this suit again, V. It's too fucking tight," I say as I'm taking my trousers and socks off.

I lie back on the bed in my boxers.

"Must be all that food your Mum makes you," she slurs.

"Can you open the balcony door, V? It's still really hot in here."

I look up at her then and catch her staring at me.

"What?" I ask.

She ignores me and sort of shakes her head before she

goes over to open the door. As she comes back towards me, she opens the zip on the side of her dress but before she takes it off, she tells me to turn around, which makes me feel proper shit.

"Why are you hiding? I know every single detail of your body, V. I can close my eyes and picture you naked anytime I want."

When she eventually flops down heavily on the bed next to me, she's wearing my old Nirvana t-shirt, the one she always wears to bed. I like that she's still wearing it. The hair on my arms stands on end knowing she's right there, but I'm too scared to say anything because I know she can turn in an instant. This is a good moment. I don't want to ruin it. The pressure makes me feel twitchy.

"Don't be all twitchy or I won't be able to sleep," she mumbles as she turns over on her side and curls up, her knees to her chest. She looks so small. She's still too thin. All that nervous energy all the time. All that swimming. She wasn't always like that. It's only been since the kids. I don't think I'm the only one who needs a therapist. I don't know what the fuck happened in those awful couple of years but it wasn't just arguing. It was more than that.

I'm about to say something when I hear a little snore.

I sit up on my elbows and look at her. She's bloody sleeping. Actually sleeping. I look closer. Yep, definitely sleeping.

Fucking anti-climax or what?

I get a glass of water from the bathroom and pull the blanket down gently and cover her best I can without waking her.

Her phone vibrates in her bag. I look at the clock.

2.14 am.

Who's texting her at this hour?

I will not check.

I. will. not. check.

Probably Karen. She was still going strong.

I get up to close the door and windows before I lie back on the bed. I move as far away from her as I can. I consider the floor. I know she doesn't want to be sharing a bed with me, but my shoulder has been playing up again recently, and I can't face lying on a hard floor all night.

I think back over our earlier conversation. I'm going to show her. I'll show her I mean it. But first I'll have to get this fucking Si out of the picture.

* * *

Ma braich Rob dros fy nghanol i. Dwi'n teimlo mod i'n cal fy ngwasgu mewn i'r fatres. Fedra i'm nadlu. Dwi'n trio symud ond ma'n troi ata i a nal i'n nes.

"Rob, get off," ond dio'm yn symud, "get off Rob," a dwi'n teimlo'n nadlu fi'n mynd yn gynt ac yn gynt, "GET OFF ROB," a dwi'n taflu'i fraich o ffwr a chodi ar yn ista, pwyso dros ochor y gwely.

"What's happening? What's the matter? What are you doing?"

"Your arm. You were squashing me."

Dwi'n rhoi mhen rhwng fy nghoesa.

"Are you having a panic attack?" ma'n gofyn, wrthi'n codi rŵan. "I didn't know you were still having panic attacks," ac ma'n pasio gwydred o ddŵr i fi, "I didn't mean to put my arm over you."

Dwi'n teimlo gwres ei gorff o fel ma'n dod yn nes. Pam bo hotels mor boeth? Pam bo ffenestri di cau? Dwi'n gofyn iddo fo agor y ffenestri i gyd. Ma'n codi a phwyso ar yn ysgwydd i fel ma'n pasio. Ma'i law o'n boiling.

"DON'T touch me," dwi'n deud, bron fel reflex.

Dwi'n glwad o'n agor y ffenestri a drws y balconi. Dwi'n codi mhen a gweld fod o'n dal yn ei boxers.

Ma'n nghalon i'n curo mor gyflym dwi'n deimlo fo'n y nghlustia hyd yn oed. Dyma pam dylwn i ddim yfed. Ma wastad yn gneud pob dim yn waeth. Pam nes i yfed? A smocio. A dabio. A pham mod i'n rhannu gwely efo Rob? Pam mod i yma o gwbl? A pham nes i adal i Granny Pam fynd â'r plant? Dyla mod i di mynd i gwely efo'r plant am ddeg o gloch, yn lle cymyd mantais. O ffycin hel.

"Deep breaths, V. In for four and out for four, remember?"

Dwi'n trio gneud be ma'n ddeud. Dio'm yn gweithio.

"Do it ten times," ma'n deud wedyn, "I'll do it with you."

1-2-3-4. 1-2-3-4. 1-2-3-4. 1-2-3-4. 1-2-3-4. 1-2-3-4.

"Chat to me," dwi'n deud, "distract me."

"Gladly, I have at least a year's worth of shit to tell you," ma'n ateb heb fethu beat.

Ma di goro gneud hyn sawl gwaith o'r blaen. Dwi mor falch fod o yma. Cyn cychwyn siarad, ma'n rhoi Bon Iver i chwara ar ei ffôn. Comfort music fi. Dyna faint ma Rob yn nabod fi.

"For example, did you know that I can now make a mean omelette?"

Gwyrth. Hen bryd iddo fo ddechra cwcio.

"Siw and Becs tell me they are better than Granny's. Equal to yours apparently. They are very diplomatic."

Mond fo fysa'n troi wya mewn i blydi gystadleuaeth.

"And also, have I told you that Daf offered me a dog the other day? A three-year-old collie, she's not interested in sheep. Would make a good dog for a townie like me, were his exact words. She's called Princess."

Dwi'n teimlo chydig gwell.

Dwi'n edrych ar yn ffôn i weld faint o gloch di.

4.12am.

Ma na lôds o WhatsApp's gan Si.

> **Si:**
> Pam?? bo ti wrth ymyl Rob yn bob un ffycin llun arFB?c

> **Si:**
> Da chi even di split fyny na be?

> **Si:**
> Ma actually gyfael yn llaw ti FFS

> **Si:**
> Not cool NOT ffycin cool

Typos a'r ffaith fod y cynta di dod am 2.14am yn neud i fi feddwl fod o'n hammered. Pwy sy di bod yn rhoi llunia ar Facebook? Dwi ddim even ar Facebook. I don't need this shit. Dwi'n taflu'n ffôn ar ben fy nillad i'n y bag ar lawr.

Ma Rob dal wrthi'n mwydro am y ci.

"Who calls their dog Princess?"

Dwi'n codi a mwmblan, "I think I'm going to be sick," a hanner baglu dros y bag ar ffor i bathrwm.

pennod 24

Erbyn i fi gyrradd y bwr brecwast bora wedyn, ma gen i hymdingar o ben mawr a llgada coch achos nes i fethu mynd yn ôl i gysgu'n iawn a nes i'm tynnu'r tunnall o mêc yp nath Karen roi ar fy ngwyneb i. Dyma pam dwi'n casáu mêc yp. Ac yfed. A hotels.

"Did you two sleep well?"

Ma llais Granny Pam yn brifo nghlustia i.

"Leave it out, Mum," ma Rob yn deud, tra'n rhoi platiad o frecwast o mlaen i.

Rhaid i fi ddeud wrth Rob i fod yn gleniach efo'i fam.

"I can't eat that, Rob," dwi'n sibrwd, ngheg i'n sych grimp, "just sort out the girls so we can get out of here for a few hours before the lunch."

Dwi'n trio darn o dost ond ma'r bara gwyn sliced rhad afiach yn teimlo fatha byta tywod. A pham bod hi mor boeth yma? Dwi'n teimlo mod i'n chwysu seidar. Ac ma'r holl sŵn cytlyri'n clincio fel nodwydda'n stabio mrên i.

"We're all going for a walk on the beach this morning, I've already promised the girls an ice cream if they make it to the village," medda Granny Pam.

"Dwi'n cal dau flake yn un fi," ma Siw yn datgan, tra'n byta coco pops.

Gras a mynadd.

Dwi'n tsecio'n ffôn unwaith eto ond ma'r negeseuon di diflannu.

> **This message has been deleted**

> **This message has been deleted**

> **This message has been deleted**

> **This message has been deleted**

> **Si:**
> Anwybydda rheina. Stella should be illegal xxx

> **V:**
> A priodasa hefyd xx

"Rob, I really need to leave. I feel like a ..."

Cadach. Be di cadach?

"I feel like a ... cloth?"

"A cloth?" ma Rob yn ateb, "you feel like a cloth?"

Dwi'n trio meddwl am ffor arall o'i ddeud o, ond cwbl fedra i feddwl am di bechdan. Dwi'm yn teimlo fatha sandwich, nadw?

Ma Rob yn rhoi llaw ar yn ysgwydd i a datgan, "Girls, we're not going to the beach this morning. We're going back to the room and we're having a movie morning, all of us under the duvet. C'mon ..."

Ma Becs allan o'i sêt cyn iddo fo orffen, croissant yn un llaw a llgada mawr llawn egseitment. Ma Siw bach yn dubious.

"But you know Granny said about flakes ..." ma hi'n cychwyn.

"I'll get you five bloody flakes, Siw. Just not this morning," ma'n ateb ac ma Siw'n giglo a deud, "Daaaaad, you said swears."

Dwi'n gallu gweld fod Granny Pam ar fin deud wbath,

ond ma Rob yn deud dros bob man, "See you later, Mum. We'll meet you at the lunch," a phigo Beca fyny a gafal yn llaw Siw, ac i ffwr â nw tuag at y drws.

Dwi'n codi, gwenu'n swil ar bawb, a'u dilyn nw.

Unwaith dan ni'n y lifft, ma Rob yn dechrau canu 'you're welcome, you're welcome' yn llais Maui.

"Yeeeeeeeeees, dan ni'n watsio *Moana*?" ma Beca'n gofyn, wrthi'n rwbio'i llaw fach dros ben moel Rob.

"Naaaaaa, dwi'm isio *Moana* eto, Mam. Dad, I don't want to watch *Moana* again," ma Siw yn deud mewn llais high pitched.

Ma'r lifft mor boeth. Ma mhen i'n pwmpio. Dwi'n teimlo mod i angen ista lawr. Ma Rob yn rhoi Beca lawr a rhoi'i fraich dros yn sgwydda i a gwasgu.

"Keep it together, two more minutes."

O'n i di anghofio fod Rob wastad yn gwbo'n union be dwi angen heb i fi hyd yn oed ddeud dim byd. Braidd yn sgeri withia. Ond heddiw ma'n blydi lyfli.

"Thanks," dwi'n deud, wrth roi mhen i ar ei ysgwydd o, a dwi ar fin deud mod i di colli hyn ond dwi'n sdopio fy hun jest mewn pryd.

"It could be like this all the time you know?" ma Rob yn deud yn ddistaw.

"What sweaty and panicky? No thanks."

Oedd o fod yn jôc ond di Rob ddim yn chwerthin.

pennod 25

Si:
Be ti'n neud wicend nesa? Dim plant na? xx

V:
Mbo eto

Si:
Tyd am dirty wicend efo fi

Si:
Thing gwaith yn Manchester a ma nw di talu am hotel

Si:
Pliiiiiiiiiiiiiiiiiiiiiiiiiiiis xx

V:
Ok ta

Si:
Disgwl ateb bach mwy effusive ond i'll take it xxxxxxxxxxx

pennod 26

> **Si:**
> Pigo ti fyny 1pm. Get ready!

Ma amser yn cyflymu eto. Nadlu'n fyr. Nadlu'n sydyn. Dwi'n rhoi llaw ar fy mrest a nadlu mewn am bedwar, dal am bedwar, allan am bedwar. Pam nes i even ffycin cytuno i fynd? Does gen i ddim y mental capacity i hyn. Dwi'm isio bod dros ddwy awr oddi wrth y plant. Dwi'm isio cysgu mewn hotel. Ma hangofyr y briodas dal rhy vivid yn y ngho fi. Dwi definitely ddim angen noson fawr arall. Dwi'n hanging on by a thread fel ma hi.

Ffôn yn canu. Karen. Ffiw.

"Be ti'n neud?"

"Panicio. Ti?" dwi'n ateb wrth droi volume y radio lawr.

"Dwi'n dal yn gwely. Cal mental health day, fel ma nw'n deud."

Dwi'n edrych ar y cloc. 9.28am. Di hynna ddim yn swnio fel Karen o gwbl. Gwaith di bob dim.

"Pob dim yn iawn?" dwi'n gofyn.

"Ych ... pam ti'n panicio?"

"Paid â meddwl mod i heb sylwi bo ti newydd newid y pwnc. Dwi'n panicio achos dwi'n mynd i'r thing 'na'n Manchester efo Si heno 'ma. Nath o casually ddeud fod o'n black tie diwrnod blaen."

Ma Karen yn caclo a deud, "Ha! Ddo i draw. Cer i gal

cawod. A golcha dy wallt, ac iwsia conditioner. Conditioner go iawn, dim y sebon hipi gwirion 'na sy'n lladd dy wallt di."

"Lladd y ngwallt i, arbed y blaned so ..." Ond dwi'm yn cal cyfla i orffen achos ma Karen yn torri ar draws.

"Priorities, Veda! Dwi'n gwisgo un esgid yn barod. Dwi am gerddad full speed. Fydda i yna mewn ugain munud."

Dwi'n codi oddi wrth bwr gegin, rhoi nghwpan yn sinc a rhedeg dŵr oer dros y sosban uwd, cyn iddo fo fynd yn galed ac afiach. Ma clwad The Cure yn dod ar y radio yn codi gwên. Siw a Becs wastad yn dawnsio i'r gân yma. Dwi'n troi'r volume reit fyny.

> **Karen:**
> Shafia dy goesa

> **Karen:**
> Shafia bob man

> **Karen:**
> Dwi'n dod a dillad

Ma Karen yn dod mewn trw drws fatha corwynt fel dwi'n dod lawr grisia mewn dressing gown ar ôl cawod. Ma hi'n gwisgo cap pig, hwdi fawr a legins sy'n gneud i'w choesa edrych fatha matchsticks. Dwi'n edrych ar ei thraed hi.

"Crocs?" dwi'n gofyn.

Highly unusual.

"Nes di gerddad full speed mewn crocs?"

Ma hi'n edrych ar ei thraed fel bod hi'n sylwi am y tro cynta. Ma'i llgada hi'n goch.

"Be sy'n mynd ymlaen, Karen?"

"Mbyd."

Ia, reit.

"Hit me," dwi'n deud, a dwi'n troi i nôl tegell.

Ma hi fel tasa hi'n deflatio yn y fan a'r lle, cyn ista'n gader

Rob wrth y bwr a dechra ffidlo efo'r pop-its ma plant di adal yna ers bora 'ma, cyn cuddio'i gwyneb yn ei dwylo.

"Ma Mike yn prodi eto," ma hi'n deud rhwng ei bysidd. "Ma di dyweddïo."

Holy shit.

"Blydi hel. Pwy?"

Ma Karen yn hanner chwerthin. "Siân, ei gariad o, obviously. Dwi'm yn gwbo pam bo fi mor ypsét. Dwi di bod yn crio am fatha dau ddiwrnod strêt."

Ma deud hynna i gyd yn gneud iddi dynnu'i chap lawr dros ei gwyneb.

"Dyna ni rŵan, de. Be os ga nw blant? Fydd gynno fo deulu newydd. Be os ydi o'n anghofio am blant ni? A fi? Heblaw am ti, Mike ydi fatha ffrind gora, gora, gora fi."

Dwi'n clwad y crynu yn ei gwddw hi. Dwi'n dal i sefyll wrth y tap yn gafal yn y tegell. Ngheg i'n gorad.

God. Be os fysa Rob yn cal plant efo rhywun arall? Jesus.

"Mae o …" ac ma hi'n trio eto, "dwi jest … dwi'n hapus iawn drosto fo a Siân," ma hi'n deud rhwng ei dannadd, gneud i'r ddwy ohonan ni chwerthin.

"Ti'n hapus dwyt, ar y cyfan?" dwi'n gofyn, achos ma hyn yn annisgwyl.

"Yndw, yndw, fine … dyna pam dwi'm yn dallt be sy'n digwydd!"

Mwya sydyn, ma hi'n ysgwyd ei phen yn ddramatig, sychu'i llgada a nadlu mewn yn ddyfn trw'i thrwyn.

"Eniwê, eniwê. Boring. Gad i fi sortio dy wallt di. Wyt ti even bia brwsh?"

Dwi'n chwifio brwsh bach panda Becs arni.

"Ti'n siriys? Hefyd, sgen ti brandy?"

"Wyt ti'n siriys?! Di'm hyd yn oed yn ddeg eto."

"Deadly. Byth rhy gynnar i brandy."

Ma ngheg i'n agor yn barod i ateb, ond dim geiria. Ma'r

bora'n teimlo completely out of my control. Dyma yn union be dwi ddim angen.

"Dwi'm yn siŵr os dwi isio mynd heddiw, Karen," dwi'n cyfadda. "Pam bo fi'n neud wbath sy ngneud i mor anxious? Dwi'm rili di dod dros y briodas. A'r hen dw. Dwi di bod yn yfed a smocio nonstop ers dechra'r flwyddyn. Dwi'n teimlo fel mod i'n dechra rofio."

Nes i'm disgwl deud hynna i gyd. Ond dwi'n dal i fynd. "Ella na i ddim mynd. Mae o i gyd yn teimlo fel rili big deal. Pam bo fi di bod yn actio fatha bod o ddim yn big deal? Ma'r holl beth yn hiwj big deal."

"Ti'n gwbo be dwi am ddeud rŵan dwyt? Ma excitement ac anxiety'n union run fath yn dy gorff di," medda hi wrthi'n tyrchu'n cwpwr spirits Rob. "Iesu, sbia'r holl boteli 'ma. Ma Rob mor blydi posh," ac ma hi'n troi yn ei hunfan cyn agor y dishwasher a thynnu dau fyg allan.

Am ryw reswm dwi'n meddwl am degan di windio sy'n mynd rownd a rownd mewn cylchoedd. Ma hi'n edrych ar goll.

Dwi'n teimlo fel mod i newydd fod yn hollol self centered.

"Karen," dwi'n deud wrth gymyd y mygs oddi arni, "tisio siarad mwy am Mike?"

"God nagoes, dwi di wastio digon o mywyd yn siarad am Mike. Problem Siân di o rŵan."

"Pob lwc Siân," dwi'n ateb efo gwyneb ofnus.

"Yli, dwi di dod â'r jumpsuit anhygoel 'ma," ac ma hi'n dechra tynnu dillad allan o'i bag. "Ella fydd hi braidd yn hir ond fedra i sortio hynna, sgen ti nodwydd?"

Dwi'n mynd at y pinboard achos ma Rob yn cadw nodwydd yn fanno i dynnu splinters. Ma jest meddwl am hynna'n neud i fi wenu, ac wedyn nadlu allan yn sydyn, a chrychu nhalcen. Dwi'm yn gwbo os dwi isio chwerthin neu crio so dwi jest yn yfed y brandy ma Karen yn basio i fi.

205

"Dwi'm yn siŵr os fedra i handlo bod yn casual, sdi. Dwi jest ddim yn berson casual nadw?" dwi'n cychwyn eto, desperate am wbath, reassurance neu gyngor neu wbath.

"Ti'n mynd â casual i'r next level, V. I wouldn't be seen dead yn rhai o'r petha ti'n wisgo!"

"Oi-y!"

Pan dwi'n ista lawr, ma Karen yn dod tuag ata i efo'r brwsh.

"Ydi'r thing 'ma efo Si yn casual ddo, V?"

"Yndi siŵr!"

"Dach chi'n technically'n mynd am mini break ..."

"Trust me, ma'n casual."

"Dim yn ôl Jon ..."

"Pryd nes di siarad efo Jon?"

"Dwi di gweld Jon cwpl o withia ers New Year ... dim i siarad ddo!"

"Whaaaa???" dwi'n deud wrth droi rownd efo llgada fel soseri.

* * *

Once I've put the skis in the back of the Landy, I head into the house to look for their helmets. I'm sure I left them in the shed but typical V, they're not there anymore. She's probably left them at the climbing wall or on the side of the road or at the supermarket or somewhere equally ridiculous. She's so careless with everything. Sometimes I think she does it to spite me. Anyway, I've got that nice Friday feeling today, so I'm not going to let it bother me. It didn't bother me for years. I'm not sure why it bothers me quite so much now.

There's no one in the kitchen and no helmets on the hooks. There's sad music coming from somewhere and there are a couple of mugs on the table, with my nice bottle of Christmas brandy. Two mugs. TWO fucking mugs.

"Hello? HELLO?" I call as I start to close cupboard doors hard.

Why does she leave every fucking cupboard door open?

I hear her coming down the stairs. She walks into the kitchen barefoot and with her hair done up really posh, with like plaits going along the side somehow. A bit Viking-ish. She's wearing this black all-in-one thing. Almost identical to the one Jess was wearing, which weirds me out. But she looks amazing. Better than Jess? Jesus, why am I comparing? What is wrong with my brain? This is my wife. Yes, she looks amazing.

"What are you doing here?" she asks, more surprised than rude.

"Why are you drinking my brandy?" I ask, trying to be cool, as I'm going through the post on the table.

My hand is shaking a bit. Nothing for me.

"What are you doing here? You can't just turn up ..." she starts.

"Oh, calm down. I'm just picking up the skis. Who are you drinking brandy with?" I ask again, proper staring at her.

"Karen, she's in the bath."

Oh, thank fuck. I unclench my hands. Look at the clock above the door.

"Why is Karen in our bath drinking brandy and listening to ... is that Joni Mitchell? At 11am on a Friday?" I whisper, closing the door between the kitchen and the rest of the house quietly.

"Yeah, she's having ... she's a bit ... her and Mike," she whispers back at me.

She's close enough for me to smell the booze.

"What about her and Mike? Has he finally stood up to her?"

She starts to say something then checks herself.

"Oh c'mon, V ... tell me."

"No."

"No? Oh, c'mon on, I really want to know."

"He's getting ... *married*," she says the last bit so quietly I can barely hear it.

"And ... is that bad? She cheated on him, didn't she?"

"Ssshhhhhhh Rob, you're not supposed to know *that*." As she's shushing me she touches my arm and her face is really close to mine. "It's a big deal for her. I'll tell you another time," and she starts pushing me towards the front door.

I've sort of half turned around and one of her hands is on my lower back pushing me.

"Who is he marrying? Brave woman taking him on," I mouth at her, making bit shocked eyes.

She giggles and then puts her hand over her mouth.

"Are you tipsy?" and I put my hand on her shoulder as I ask.

She walks away from me to put the kettle on.

That was a moment. That was definitely a moment. We were totally on the same page just then. I stare at her back. That tattoo going down the back of her neck. Her hair makes her look really different.

"Hope she's got a good job cos Mike sure as hell isn't going to bring home the bacon any time soon," I joke, trying to recapture the last few minutes. "He should have just forgiven her," I add, without putting my brain into gear.

She turns around and I know from the way her mouth is all tight that the vibe has changed.

"Just forgive her. Just like that, yeah?" she says.

I start answering, scrabbling for words. "Well ... I just meant ... he had a good life ... with her," but the more I'm talking the more it's becoming obvious that I'm saying the wrong thing.

"So if one half has money," she interrupts, "the other half has to put up with being cheated on, is that what you mean?"

Oh shit.

"No, I just meant ... it's not like she had a full-on affair, is it?"

"Whaaat? So cheating once is fine. Just don't do it again, yeah? Don't have an affair? Because it is all the same, you know, once, twice, twenty times ... it's all the same."

"No, hang on, it is not all the same ... I didn't knowingly go ..."

"Back for more? I don't know that," she whispers aggressively. "And you kind of did. Just not with the same person."

"No, I meant, it wasn't like a conscious decision for me ..."

"Were you unconscious at the time? Because I seem to remember you ..." but she shakes her head and stops herself and turns away from me again.

I can see her shoulder muscles tensing as she puts her hands up to her eyes. I think about how many times we've argued like this in this kitchen. Her at the sink. Me staring at her back.

"Why have you done that to your hair?"

"I'm going out out. To Manchester. Staying over. Having fun. Letting go. Chilling out. All those things you always had a go at me for not doing," she replies.

"With who?"

If she says friends without being specific, I know she's going with him. I bite my lip waiting for the answer.

"Friends," she answers, still facing away from me.

"Please don't go," I say, because the time for games is over.

Things are accelerating.

"What?" she turns around.

"Please, please don't go. I know you're going with that guy. Please don't go."

She seems surprised. She opens her mouth to say something but changes her mind. Her eyes are darting all over the place.

"Please don't go, V."

"It's all booked."

"Doesn't matter. Just don't go," I plead as I start walking round the table towards her. "It really is that simple. Just. don't. go. I'm actually begging here."

She walks in the other direction, away from me, and opens the fridge to get the milk. She just stands there, and I can tell from her stance that she's not going to answer me. Head in the sand. She won't even look at me. I don't know why I bother.

"STAY HERE! I'll do anything V … ANYTHING!" I shout, my voice all high pitched.

Nothing.

"Anyway, I fucking give up … I just wanted the helmets," I sigh, "and I'm bringing the girls back at four tomorrow, remember? I'm taking mum to that WI thing."

"Helmets are in the van," she says quietly, and puts the milk back in the fridge without putting any in her tea.

Then she picks the van keys off the worktop and throws them at me, like proper hard, before she walks out of the kitchen. I hear her going up the stairs and closing the bedroom door.

She shouts, "THIS IS ALL YOUR FAULT, ROB."

Fuck it. Fuck it all.

I pick up the keys and bang the kitchen door on my way out. Then I kick the watering can, which is in the fucking way again. It makes a satisfyingly loud noise because it's a nice, galvanised steel one. I've been stepping over it for weeks. I swear I've put it back in the greenhouse about ten times over the last year.

"Why can't you bloody put things back where you

FUCKING FOUND THEM?" I shout up towards the bedroom window as I'm walking to the van.

I'm really pissed off that I've dented the good watering can.

* * *

Dwi'n llofft yn cerddad nôl a mlaen, fy nwylo i mewn dyrna, nadlu'n gyflym, pan ma Karen yn dod i mewn mewn llian.

"Am unwaith yn y mywyd, dwi'n meddwl mod i'n cytuno efo Rob. Paid â mynd."

"Be?!"

"Dwimbo, mwya sydyn, dwi'n meddwl fod o'n syniad drwg. Pan nes i glwad o'n gweiddi jest rŵan, dwimbo, nath o neud fi'n rili trist."

"Rili?" dwi'n ateb, teimlo'n llais i'n codi, "rŵan ti'n deud hyn?" a dwi'n pwyntio at fy ngwallt i a'r jumpsuit, sy lot rhy low cut for my liking.

Dwi'n teimlo chydig bach fel mod i'n colli'r plot. Attacked from all sides. Ma Karen wrthi'n dechra gwisgo. Ma hi'n troi rownd i ngwynebu fi.

"Dwi'n meddwl fod rhaid i ti gofio … fel … pa ochor ma'r … menyn ar y bara?"

"BE? Menyn ar y bara?!"

"Which side your bread is buttered," ac ma hi'n piffian chwerthin, "di hwnna ddim yn cyfieithu rili nadi?"

Dwi'n gwenu, er bo mrên i ar fin ffrwydro.

"Dwi'n meddwl, ella dyla ti neud be ma Rob yn ddeud? Achos …" ac ma hi'n mestyn ei breichia ac edrych rownd y stafell fawr efo bay window sy'n edrych allan dros yr ar, wel dim rar, mwy fel cae.

"Be ffyc? Am faint o ti'n bath? Dan ni i weld di mynd yn ôl i'r fifties!"

"Jest bod yn realistig," ac ma hi'n gwenu a chodi'i sgwydda. "He has the power yn anffodus."

"Ti'n siriys? Pam ti'n deud hyn mwya sydyn?"

"C'mon, ti'n goro bod di meddwl hyn?"

Do. Dwi di meddwl hyn sawl gwaith. Ond ma hynna fel deud mod i efo Rob am y pres.

"Ond ..." ma Karen yn ychwanegu wrth ddod tuag ata fi efo breichia ar led, "dwi, yn bersonol, hefyd yn meddwl fod o ddim yn ddrwg i gyd i neud i Rob chwysu," ac ma hi'n gafal yn dynn yna i. "Ma'r boi yna di cal pob dim ar blât trw'i fywyd."

Dydi hynna ddim yn wir. Dwi'n cuddio ngwyneb yn ei sgwydda hi.

"Ond ... eto ... saying that ... yn ôl Jon, ma Si bach mwy emotionally invested nag o'n i'n ddisgwl. Ffyc boi no longer a ffyc boi."

"Mae o mor neis efo fi. A mor simple. A straight forward."

"Cofio ti'n deud hynna am Rob, blynyddoedd yn ôl."

"O mai god Karen, ti ddim yn helpu o gwbl. Ma pob dim ti'n ddeud yn contradictio'r frawddeg cynt."

"Watsia frifo Si wrth drio cosbi Rob."

"Dwi'm yn gwbo be dwi'n neud."

"Na fi, welcome to adulthood ia?"

pennod 27

Ma Si'n cyrradd am un ar y dot. Dwi'n bell o fod yn barod. I mean, dwi di pacio a bob dim, ond emotionally dwi mor bell o fod yn barod ag sy'n bosib. Ma Karen di chwalu mhen i'n llwyr. A Rob. Ond dwi di arfer efo fo. Karen ddo, what the hell? Dewis ei moment, do! Dwi'n pigo mag cefn wrth drws gegin, cloi drws a neidio mewn i'r car efo Si. Dwi bron yn gallu blasu'r air freshner coeden afiach sy'n hongian ar y drych.

"O mai god, ma dy gar di'n spotless," dwi'n deud yn edrych o nghwmpas. "Ti'm yn un o'r dynion na sy'n llnau dy gar bob pnawn Sadwrn, na?"

Ma'n chwerthin ond ddim yn gwadu chwaith.

Dwi'n teimlo mod i'n bod rhy cheery a fatha mod i mewn sefyllfa dwi'm cweit yn ddallt. Fatha plentyn yn trio joinio mewn efo sgwrs oedolyn. Dwi'n teimlo fo reit tu mewn i fi. Fel fod pob dim yn drwm a mod i'n llusgo'n nhraed. Ac ma gen i'r hen deimlad 'na'n y mol. Yr un dwi pretty much di gal bob dydd dros y flwyddyn dwetha. Ffyc you, Rob. Ti a dy blydi watering can stiwpid.

Fel mae o wrthi'n troi rownd yn buarth, ma'i ffôn o'n canu dros sound system y car a dwi'n gweld yr enw 'Saff' efo emoji calonnau bob lliw ar ôl yr enw. Ma'n gwasgu'r olwyn, ei fysidd o'n mynd yn wyn, cyn ateb. Cyn iddo fo hyd yn oed ddeud dim byd ma 'na lais ifanc frantic yn deud.

"Hey, ga i ddod i tŷ ti eto?"

"Pam?"

"Cariad Mam yma as per. Fedra i'm handlo fo. Ma'r boi yn pric."

"Fel pric creepy neu ... be?"

Ma'n ista fyny'n syth pan ma'n gofyn hynna.

"Na, dim creepy, jest pric."

"Lle ma Alys?"

"Efo Nain."

"Fedri di ddim jest mynd i fanno?"

"Dwi'm isio mynd i tŷ Nain. Ma'n drewi o ffags. Fedra i'm gal o allan o ngwallt am ages. Ma na ashtre yn y bathrwm for fuck's sake."

Ma'r llais yn swnio'n *rili* ifanc.

"Paid â rhegi, Saff."

"A nes di ddeud diwrnod blaen fod Naini angen brêc. Pliiiiiiiis ga i ddod i tŷ ti? Ma tŷ ti mor lân a neis."

Di Si ddim yn ateb.

"Na i neud te i ti ar ôl i ti ddod adra o gwaith?"

"Dwi'm adra tan fory."

"Ga i dal fynd i tŷ ti, ddo? Na i ddim gneud mes. Gaddo. Promise. Ma 'na fys mewn fatha deg munud. Plis, plis, pliiiiiiis."

"Argh, ocê. Ma gan Jean drws nesa ond un, oriad."

"Diolch, diolch, diolch, Yncl Si."

"Paid â chwara efo speaker settings fi."

"Nes i neud hynna *unwaith*! Lle ti'n mynd?"

"Thing gwaith 'na'n Manchester."

"O iaaaaaa. Nes di ofyn i'r ddynas 'na fynd efo ti?"

Ma Si'n edrych arna i sideways.

"Yep."

"A ti'n mynd i wisgo'r sgidia nes i ddeud?"

"Yep."

"Ga i shower? Dwi'n gweithio fory."

"Cei siŵr. Ma 'na pizzas yn y freezer dwi'n meddwl."

"Diolch, diolch, diolch. You're the best."

"Enjoy. Paid â curo sgor fi ar Donkey Kong. Nath o gymyd blydi ages i fi gal hwnna."

Ma'r hogan yn chwerthin a deud, "Ti'n gymaint o loser, Yncl Si." A jest cyn rhoi'r ffôn lawr ma hi'n ychwanegu, "Ti'n gwbo bo gen i oriad fy hun, dwyt?"

Ma Si'n chwerthin iddo fo'i hun wrth roi'r ffôn lawr efo'r controls ar y steering wheel.

"Yncl Si?" dwi'n gofyn efo llgada mawr.

Dwi rioed di gweld y Si yma.

"Hogan Claire. Cofio Claire?"

Dwi'n ysgwyd fy mhen.

"Wel, merch hi. Ma hi'n licio deud wrtha i be i wisgo, sut i dorri gwallt fi, pa trainers sy'n basic a pa rhai sy'n sick … keeping me down with the kids."

Dwi'n gwenu.

"Dyna pam dwi mor cŵl," ma'n ychwanegu.

"Not according to Saff, ti ddim," a dwi'n dechra ymlacio chydig.

Rhyw awran wedyn pan dan ni bron â phasio Gaer a'r sgwrs yn dechra rafu ma'n pasio'i ffôn i fi.

"Dwi di gneud playlist … o'r enw … wait for it … V yw y byd … as in ti, V, dim fi as in me …"

"Be?"

"V yw y byd? As in ti, Veda … get it? See what I did there?"

Dwi'n esgus cyfogi.

"Wel dyna'r tro ola dwi'n trio neud rwbath neis i ti!" ond ma'n chwerthin hefyd.

Dwi wrthi'n sgrolio'n chwilio am y playlist pan ma 'na neges WhatsApp yn fflachio ar y sgrin.

> **Steph:**
> Long time no see, Pritchard. Staying at mine after the do? Xxx

Ma'r neges yn diflannu so dwi jest yn trio edrych fel mod i'm di gweld dim byd, hynny a dewis miwsig. Dwi'n goro agor ffenest ddo. Ma hi'n rili poeth yma mwya sydyn. Ma'r ffôn yn crynu eto.

> **Steph:**
> Or you still being led down the garden path by that little Welsh hippie? xxx

Dwi'n jest hitio play reit handi er mwyn i fi gal rhoi'r ffôn lawr. Ma nwylo i'n teimlo'n boeth. Sdici.

Dwi ddim yn bothered.

Dwi DDIM yn bothered.

Obviously mae o efo lôds o genod ar y go. Obviously. Ma wastad wedi. Fel ddudodd Karen ers talwm, part of the attraction is it not? Dwi'n chilled. Ma hyn i gyd yn normal. Dwi'n berson normal. I can do casual.

Dwi'n edrych arno fo drw gornel fy llygad. Ar ei side profile o. Ma'n dreifio efo un llaw ar y steering a'r llall ar y gear stick. Ma'i ddwylo fo mor lân. Mor smŵdd. Dwylo swyddfa.

"Be?" ma'n gofyn, newydd sylwi arna i'n syllu.

"Mbyd," dwi'n deud wrth droi tuag at y ffenest, hanner troi nghefn tuag ato fo.

Ma 'Ni yw y Byd' yn llenwi'r car. Dwi'n caru'r gân yma. Os fyswn i di cal first dance ar ôl priodi, hon fyswn i di ddewis.

"Iawn?" ma'n gofyn eto, "ti'n nadlu'n wiyrd."

"Yep, fine," ond dwi'm yn convincing iawn achos dwi'n inhalio'n rhyfedd run pryd ac ma'n llais i'n dod allan braidd yn wichlyd.

"Dwi angen disyl," ma'n deud wedyn fel ma'n troi ffwr

tuag at y services, ac unwaith ma di parcio ma'n gofyn i fi os dwi isio wbath o garej.

Dwi'n manijio i ddeud 'toilet' cyn neidio allan o'r car cyn iddo fo holi mwy.

O'n i di gobeithio gallu rhoi dŵr dros y ngwyneb neu wbath ond ma'r toilet mor afiach dwi'm isio cyffwr dim byd. Hogla sebon cemegol a pi di cymysgu. Pam nes i gytuno dod? Urgh. Dwi isio mynd adra. Dwi'n cyfri i hanner cant a mynd nôl allan. Ma Si wrth y cownter so dwi'n mynd rownd cefn y siop, heibio'r sandwiches, a syth allan at y car.

Dwi'n gwylio fo'n dod allan o'r garej efo can o Coke a Wotsits. Pa fath o oedolyn sy'n yfed Coke a byta Wotsits? Afiach.

Unwaith ma'n y car ma'n anadlu mewn a deud, "Nes di weld y messages na, do?"

"Yep," dwi'n ateb, edrych syth o mlaen.

"Di o ddim fel ti'n ..." Ond dwi'n torri ar ei draws o a deud, "Ma'n fine. Wir yr. Dim angen esbonio."

Dwi'n chwifio fy nwylo i'r ochor, drosodd a throsodd, i illustratio'r ffaith mod i wir ddim angen gwbo. Er mod i bron marw isio gwbo.

"Ond dwi isio explanio, dwi'm isio ti feddwl ..." ma'n trio gafal yn fy llaw i.

"Na, wir, dim angen. Paid. Dan ni ddim mewn relationship na dim, nadan?"

"Nadan? O, ocê 'ta," ac ma'n troi oddi wrtha i, yn tanio'r car.

Ma'r dôn surprised yn neud i fi deimlo'n smyg.

"Be exactly yda ..." ma'n trio eto. Ond dwi'n torri ar draws a gofyn, "Ga i bach o Wotsits ti?"

Dan ni'n ddistaw am ages wedyn.

"Lle dan ni'n mynd?" dwi'n gofyn am y degfed tro.

"Jesus, V. Ti fatha plentyn bach. Jest aros. Honestly, nei di lyfio fo. Tyd, dan ni'n mynd off yn fama," ac ma Si yn gafal yn fy llaw i a nhynnu fi trw'r bobol i ni gal dod off y tram.

A bod yn onest, fyswn i'n probably lyfio unrhyw beth pnawn 'ma. Dwi mor egseited i fod mewn dinas, nes i ymlacio'n syth ar ôl i ni gyrradd. Dwi even di gneud y move i afal yn llaw Si pan dan ni'n cerddad. Nath o wasgu'n llaw i'n syth cyn codi'n dwylo ni a rhoi sws i dop fy llaw i. A dan ni'n chilled ers hynny. Dwi'n teimlo fel mod i di landio ar blaned arall a bod yr holl betha sy'n pwyso arna i adra di diflannu. Jest woooosh. Diflannu i thin air. Dyma pam dwi'n treulio amser efo Si. Dyma pam dwi di dod. Doedd o ddim yn benderfyniad hollol illogical. O'n i angen o. Mae Si yn be dwi angen ar hyn o bryd. Ella fydd o ddim be dwi angen mewn wsos, neu mewn mis, neu mewn blwyddyn even, ond mae o gant y cant be dwi angen rŵan. No doubt about it. God, ydw i newydd gal full on epiphany? Dylwn i yfed Long Island Ice Teas yn amlach.

Ma'r siopa vintage, y graffiti, be ma pobol yn wisgo, i gyd fel sensory overload, ond mewn ffor dda. God, dwi angen gadal adra'n amlach. Ma pob dim mor swnllyd a phrysur a distracting. Nunion be dwi angen.

Ond pan dan ni'n sdopio o flaen yr amgueddfa ma nghalon i'n suddo. Totally not my thing. Dwi'n casáu amgueddfas.

"Bear with iawn ... ma 'na exhibition amazing lawr grisia apparently," ma'n deud pan ma wrth y ddesg yn talu.

Ma di dreifio. Ma di talu am ginio. Ma di prynu coctels. A rŵan ma'n talu am hwn. Dwi'n gwthio be ddudodd Karen reit i gefn fy meddwl. Am bwy sy efo'r pŵer.

"Ma gyd i neud efo fel what is music, fel be ma miwsig yn neud i ni, what it means to us a sdwff."

Swnio reit cŵl acshli.

Dw i'n edrych ar yn ffôn yr eiliad ma'n crynu, achos dw i'n goro bob tro pan dwi'm efo'r plant. Ma Rob di gyrru fideo o Siw yn sgio lawr llethr rili serth, cyn gneud parallel turn. Ma llais Rob tu ôl y camera yn gweiddi, "Yes Siw, YES! You little star," ac wedyn Beca yn gweiddi, "DA IAWN SIW," cyn ma'r camera'n troi rownd at wyneb Rob a Becs, yr haul tu ôl iddyn nw, a Rob efo gwên llawn dannadd yn deud, "Yeeeeeeeees! Chamonix here we come!"

Dwi'n gwenu a dechra gwylio eto pan ma Si yn deud, "C'mon V, paid â gadal iddo fo byrstio bybl ti."

Byrstio bybl fi? As if bod fidio o'r plant yn byrstio bybl fi. Dwi wrth y modd gweld be ma nw'n neud pan dwi ddim efo nw. Dwi angen y cysylltiad 'na. Dyna pam fod Rob yn eu gyrru nw. Dwi angen nw. Dwi di deud fod rhaid iddo fo neud. Bob tro mae o efo nw, dwi angen gwbo.

"Sori," dwi'n deud, a clwad llais Rob yn deud wrtha i sdopio ymddiheuro o hyd, "ma Siw di bod yn trio neud parallel turns ers ages ... yli," a dwi'n troi'r ffôn tuag ato fo.

Ma'n gwylio'r fidio'n ddistaw a deud, "Chamonix here you come," yn swta ar y diwedd.

Dwi'n teipio ateb sydyn a rhoi'n ffôn yn ôl yn boced a dechra cerddad chydig gamau o'i flaen o. Jesus.

"Argh, sori," ma'n deud wedyn, hanner jogio i ddal fyny efo fi. "Dwi fatha kid bach rŵan. Tyd, tyd, fydd yr exhibition ma'n amazing. Not quite Chamonix, ond dal ..."

* * *

> **V:**
> Siw ti'n amesing. Da iawn ti! Becs – dwisho fideo o ti hefyd

"Siw, what does this say?" And I pass her my phone as she comes off the slope.

She stares at it for a while and I can see her lips moving.

"Mam says well done and that she wants a video of Becs too," she says, "I'm really hungry Dad, can we get something from there?" She points at the vending machine inside.

I rummage in my pocket and find her a pound.

Her eyes light up. "Really?" she asks. "Mam would never let us, thanks Dad."

"A fi, and meeeee, Dad," Becs calls, not missing a trick, holding her hand out right in front of my face.

Luckily, I find another pound and they both go inside to stare at all the options. I know they'll be ages, Siw's shit at making quick decisions, so I sit on the bench by the door.

I look at the video again. She does it perfectly. I scroll back and find a good one of Becs coming down doing a snowplough, giving the camera a thumbs up with a big gappy smile. She looks so funny without her front teeth. I select and send to V. I want to write something like 'Becs rocking the snowplough' but fuck knows how to spell snowplough.

I want to ring her. I look at her name on my phone for ages. I still have that pic of her jumping into the lake on her contact. I scroll back through older photos. Skip to four years ago. But her head is shaved then and I hate looking at them. She looks all grey and washed out. God, that was a shit time. Whenever I think of it, I just remember her being in the house. Not leaving the house. I thought it was normal for a bit. I should have done something. I should have stepped up.

I think of her this morning with her hair all done up in plaits. Bit more colour in her cheeks. Try not to think what she's up to now. Fucking Manchester. With that chav. What the hell is going on? I should have done more. Four years ago, and this morning.

"Daaaaad," Becs cries. "I got the wrong one. I pressed pump instead of wyth," and she shows me a Bounty. "I don't want this one," and there are real tears by now.

Thank God for the kids.

As I walk over, I see Siw grab her Twirl closer to her chest, "I am NOT sharing mine, Dad."

I hope I have another pound somewhere. I go through all my pockets. Becs' face falls further and further as I run out of options. I go back to the bench and check my coat pockets. Nothing. Shit. She's going to lose it. But when I look up, Siw has given Becs a finger of her Twirl. God, I love them. V's an idiot if she thinks Manchester with some twat is better than this.

"C'mon girls, shall we go visit Aunty Liz while we're in town? She might want to come for pizza with us." I pick Becs up and hold Siw's hand as we walk to the Landy. "Urgh, Becs, don't get chocolate on my new t-shirt."

She just grabs my t-shirt tighter with her little chocolate hands.

"You are soooo messy Beca Hunter, just like your Mam," I say, making them giggle. "Luckily you're also pretty awesome."

"Just like Mam too, ia Dad?" Siw says.

"Yeah, just like Mam."

* * *

Dwi'n buzzio pan dan ni'n dod allan ryw awran wedyn.

"Honestly, nath hwnna fel feed my soul neu wbath," dwi'n deud wrth Si pan dan ni'n cerddad allan i'r awyr agored. "Dwi angen mwy o betha fel 'na yn fy mywyd."

"Gweld? Udush i do. Ti angen mwy o culture, mwy o art, mwy o betha sy'n inspirio ti os tisio cychwyn peintio eto."

"Be dan ni'n neud rŵan? Coctel? Rownd fi!" dwi'n gwenu, getting into the swing of it.

Dwi'n teimlo bo fi ar y ngwylia. Fel bo fi di gadal gogledd Cymru tua tri diwrnod yn ôl. Job credu bo fi i adra yn llofft efo Karen mond pump awr yn ôl.

"Dan ni angen mynd i newid. As much as I like your dressed down look de, especially dy usual socs and sandals combo di, very sexy," ac ma'n tynnu gwyneb gwirion a phwyntio at fy nhraed i, "dan ni angen bod yn black tie ready ac yn y venue erbyn handi saith. Dwi di deud wrth mêts gwaith bo fi am ddod bach cyn y ceremony i ni gal catch up iawn."

O god. Stafell llawn pobol diarth.

"Edrych ymlaen i weld be ti am wisgo … Veda Griffiths, queen of baggy jeans and hwdis, mewn black tie event. Methu blydi aros, acshli."

O God. Dwi'n meddwl am jumpsuit Karen. Does gen i'm dewis ond ei gwisgo hi rŵan. Dwi'n rhoi fy nwylo dros fy ngwyneb.

"O, paid â bod fel na, fydd o'n fine, fydd o'n laff. A hefyd, fydd 'na lôds o trîts," ac ma'n gafal yn fy llaw i eto a dechra martsio tuag at y tram.

"Trîts? Be fel pwdins?"

Ma'n sbio'n gam arna i.

"Oooo, trîts as in *trîts*, gotcha."

Dwi'n tsecio'n ffôn a gweld fod 'na fidio arall gan Rob. Na i wylio fo wedyn dwi'n meddwl. Can't be arsed efo'r tensiwn eto.

★ ★ ★

"Fancy coming for pizza with us?" I ask as Liz is setting up the TV for the girls, "Jesus, your TV is HUGE. Don't sit that close girls."

They're right up to the screen. They move back about an inch, making Liz laugh.

"I share a house with two teenage boys," she answers. "Go sit on the sofa girls. Dach chi isio diod?"

Nothing. They just slowly reverse towards the sofa, never taking their eyes off the screen.

"Genod, dach chi isio diod?"

Still can't believe Mum and Dad didn't send me to the local school. Liz here casually switching to Welsh. Like it's no big deal.

"Girls, Aunty Liz asked you a question," I say.

Still nothing.

"GIRLS?"

Siw jerks her head like she's coming out of a trance and looks at me quickly. "Be?" But before I answer her she's back in the zone.

Liz laughs and walks into the kitchen. "Coffee?" she asks as she's messing with a machine the size of a spaceship.

"Can you make frothy milk?" I ask, she nods, "go on then."

I sit on one of the posh bar stools and swivel back and forth, tapping my fingers on the white worktop. They have such weird taste in stuff I think as I'm taking in all the shiny white stuff. So many gadgets. I start playing with the posh radio, trying to get some music. Radio 4 comes on. Hah, that's Iestyn all over. I mess with the buttons trying to get Radio 6 but I just keep getting white noise. I switch it off. Get my pocket knife out and start cleaning under my nails.

"Twitchy much?" Liz asks me as she gives me a frothy coffee in a tall cup, with chocolate on top.

"Why did she go?" I ask. "I asked her not to go. I went home this morning, she had posh hair and everything, and I straight out asked her not to go." I sigh. "I don't know how to get back from here," I say, and Liz looks at me with such pity that I pull my baseball cap over my face and groan. "Yes, I know, I know, my fault."

"I tried to talk to her," Liz says, "but she just shut me out. I didn't want things to be weird before the wedding so I just gave up. She's impossible. She's behaving like a selfish cow."

I look up at Liz, surprised, but she carries on, "she's so bloody childish, she always has been, she never thinks about the consequences of her actions. How it affects everyone around her. Sometimes I wonder if there's something wrong with her, she's like a robot and she …"

"Woah, woah, hang on …" I interrupt. "Don't speak about her like that, Liz!"

I look towards to the door, making sure the girls are nowhere near.

"Honestly, Rob. It's like she's brainwashed you. She is in the wrong here, she is basically having an affair and flaunting it in front of you."

"Well, it's not quite like that …" I start.

Is it?

"Steve says …"

"Don't fucking listen to Steve, he hasn't got a leg to stand on," I snap. "He's a fucking Tinder predator."

That stops her in her tracks.

"What d'you mean?"

"Well, *conferences are lonely places* apparently. His words not mine."

She laughs. I stare at her. Her smile falls.

"What d'you mean?" she repeats.

"Well, I don't really know, Steve said something before. About Tinder being a fucking revolution. Literally. Again, his words not mine."

Maybe he was just boasting? Then I feel weird that he thinks I'm the kind of guy who would be impressed by that.

I can see Liz's brain working, trying to think. "Yeah …"

she says, wary. "I think Steve just wants to wind you up. He's always been jealous of you."

Liz looks at me like she's doing some really difficult maths in her head.

"Do you think Dad is like that? You know, with all the working away. Because it's been going round and round in my head, the things Mum said after to me ... last year. Like she didn't think what ... I did was that much of a big deal. That V needs to be more realistic. That lots of good people have done worse things, or something to that effect."

"Jesus, did she? But she goes to church every Sunday!" Liz exclaims.

That makes me laugh. Mum goes to church because she hasn't got anywhere else to go to show off her new designer clothes.

"What, so you think ..." Liz carries on. "Dad, is like ... a bit ... nah. You got it wrong. Definitely not."

Siw walks in and asks for a drink. Liz just stands there with her coffee in mid air, and eventually says, "definitely not. *Definitely* not. "

"What? Definitely no drink?" Siw asks.

* * *

"Hey everyone," ma Si yn galw dros bob man.

Dwi isio cuddio pan ma 'na griw o tua deg o bobol yn troi rownd a gweiddi combination o "Pritchard", "Si" a "mate". Ma nw i gyd yn edrych mor hapus i'w weld o, fel fod o'n ryw minor celebrity. Pawb yn gafal yno fo, patio fo ar ei gefn a ballu.

Ar ôl gorffen yr holl helôs enthusiastic, ma Si yn deud yn rili uchel, "And this is V," a rhoi'i fraich rownd fy nghanol i a nhynnu fi'n nes.

Dwi'n gwenu a chodi llaw a rhoi rhyw hanner wave. Crinj. Dwi'n teimlo mor self-conscious yn y dillad 'ma. A dan ni'n hwyr. Achos, ia wel, hotel room. A dwi ofn fod pawb yn gwbo pam dan ni'n hwyr.

"Hi, Vee," ma'r boi tal gwallt melyn efo ceg sgwâr a golwg ysgol breifat yn deud, ac ma'n pwyso tuag ata i a rhoi sws ar y moch i.

Ma'n atgoffa fi o Bobby, hen ffrind Rob. Bet fod hwn yn chwara rygbi hefyd.

"I'm Adrian. Heard lots about you," ac ma'n gneud llgada arna i, "heavy traffic, was it? Si's never late."

"Fuck off. He hasn't heard anything. Ignore him, V," ma Si yn deud wrtha i.

Wiyrd glwad o'n siarad Saesneg efo fi.

"How's things at work?" ma Si yn gofyn i neb in particular.

Ma rhyw foi efo be dwi'n feddwl ydi fake tan a diamond earring, I kid you not, ffycin diamond earring, yn ateb yn animated i gyd, "Absolute scenes, mate. Absolute bloody scenes. As soon as they promoted Keith, we all knew performance would plummet but what we didn't realise was ..."

Dwi'n zonio allan ar ôl hynna a dechra sbio o nghwmpas. Ma'r faner uwch ben y drws i'r stafell drws nesa yn deud wbath am Web Excellence Awards a dwi'n sylwi mod i ddim hyd yn oed di gofyn i Si be di'r event 'ma. Dwi'n dechra cerddad i ffwr achos ma 'na flyers yn fancw ond ma Si yn mestyn ei fraich a gafal rownd fy ngwddw i a nhynnu fi'n ôl ato fo.

"Lle ti'n feddwl ti'n mynd? Tria ddangos diddordeb yn ffyc yps Keith, ia? Paid â denig cweit eto," ma'n ordro efo'i geg yn cyffwr top fy mhen i.

Ma'n gesture reit propeterial. Reit neis. Dwi'n siŵr in real life fysa fo ddim yn neis. Dim day to day. Ond yn fama, yn ganol yr aliens ma, yn yfed coctels twenty quid, ma reit neis.

"Hang on, did you just ... was that, like ... what *was* that?"

ma'r boi diamond earring yn gofyn yn pwyntio rhwng y ddau ohonan ni.

"Welsh?" ma Si yn gofyn, ysgwyd ei ben.

"What? You speak a whole different language, Si?"

Boi 'ma'n siriys?

"Are you being serious? You are such a cliché," ma Si yn deud, ac ma Adrian o gynna'n ymuno efo ni a deud, "Did you not know he spoke Welsh? Did you not hear him on the phone to his Mum every day?"

"Dwi ddim yn ffonio Mam bob dydd, ocê?" ma Si yn deud wrtha i.

"What, so you like speak Welsh to each other?"

Dan ni'n nodio.

"Like all the time?"

"Yes, all the time. Well, except when we're sexting. There are no acceptable Welsh sex words apparently," ac ma Si yn fy mhwnio i fel ma'n deud hynna.

Dwi'n chwerthin ac ma niod i'n mynd lawr ffor rong, a pan dwi'n tagu a poeri ma Si'n chwerthin o ddifri. Dwi'n teimlo ngwyneb i'n mynd yn boeth.

"Wastad mor elegant, dwyt? Aaa, ti'n blyshio!" ac ma'n nhynnu fi'n nes fyth.

"Stop it, man. Stop it. It's unnerving."

"Saeson, ia? Nob-eds."

"I bloody understood that," a dan ni i gyd yn chwerthin.

Dwi'm yn siŵr os dwi'n chwerthin go iawn neu ddim. Ella chwerthin desperate? Ond ma hyn mor bell o realiti dwi ddim even yn bothered.

"C'mon, it's time to take our seats," ma diamond earring yn deud a hel ni i gyd i'r stafell drws nesa.

Dwy awr a hanner wedyn dwi'n teimlo mod i angen bath ar ôl yr holl crap 'na. Dwy awr a hanner o corporate speak bullshit a phawb yn mynd off i toilets mewn para a dod yn ôl yn bownsio. Dillad pawb yn mynd mwy a mwy dishevelled a phawb yn rhoi clec i'r gwin am ddim like there's no tomorrow. Ma'r volume di dwblu. Ma'r bobol yma'n blydi hardcore. Rho goelcerth a socs a sandals mewn cae yn ganol nunlle i fi unrhyw ddydd. Ma hyd yn oed Si yn edrych mewn sioc. Dwi methu credu fod o di ennill gwobr a gneud speech ar y llwyfan. Corporate Si. Dwi'm yn siŵr be i neud o'r holl beth. Pan ddoth o'n ôl at y bwr oedd pawb yn ei longyfarch o, ond nath o sibrwd i fi, "Erase that from your mind, iawn? Paid â deud wrth NEB am hynna BYTH," nath neud i fi deimlo ella ma dim fi oedd yr unig un oedd yn teimlo fel fish out of water.

Pan dan ni'n dod allan o'r stafell ma Si yn deud, "Ffycin hel, dwi'n teimlo fel dylwn i apologisio? Oedd hynna'n epic, dwi'm yn siŵr os ..." ond cyn iddo fo orffen ma 'na rhywun yn gweiddi, "Pritchard. Hey, Pritchard," a dwi'n deimlo fo'n mynd yn tense i gyd wrth fy ymyl i.

Ma'n troi rownd a dwi'n glwad o'n deud "shit" dan ei wynt, cyn gafal yn dynnach yn fy llaw i a nhynnu fi'n nes ato.

"Pritchard, you haven't said hello to me all night."

Dwi'n gweld rŵan fod y llais yn berchen i ddynes hollol, hollol sdyning. Ma hi'n gwisgo ffrog leopard print piws llachar sy'n cyrradd y llawr a trainers wedges silver. What I would give i gal y gyts i wisgo'r outfit yna. Ma'i gwallt hi'n oren, dim coch, ond oren llachar fel yr hogan 'na'n *Four Weddings*. Na, *Notting Hill*. Acshli, ella bo hi'n y ddau. A *Vicar of Dibley*. Ydi hi di marw dwa? Ma hi'n edrych yn immaculate ond the eyes tell a different story.

"Steph, hi," ma Si'n deud ac ma'n rhoi sws iddi ar ei boch.

Steph.

Led down the garden path.

Dwi'n cal hen deimlad ych a fi yn y mol.

"Is this the one that got away then?" ma hi'n gofyn, straight to the point a nodio tuag ata i. "The famous Vee. We've heard lots about you," ac ma hi'n gwenu arna i mewn ffor bach yn sgeri.

"Steph ..." ma Si'n deud efo nodyn o warning yn ei lais.

"So, you're the reason we can't tempt him back to Manchester? The reason he turned down the *Head of* position. Or are you just trying to get them to offer you more money, Si? Plenty of bargaining power after tonight."

Wel, this is news.

Ma hi'n rhoi'i llaw ar ei hip a gneud llgada mawr ar Si. Dwi'n dechra teimlo mod i ddim i fod i glwad y sgwrs ma.

"Yymmm ... I'm just going to get another drink," dwi'n deud wrth ollwng llaw Si a chwifio ngwydr gwag i ddangos mod i wirioneddol angen un.

Dwi'n clwad llais fi'n hun a theimlo fod gen i acen josgin. Trio peidio bod yn bothered. Dwi ddim isio bod fel nw. Dwi ddim yn intimidated. Dwi *ddim* yn intimidated.

"No wê, aros yn union lle wyt ti," ac ma'n rhoi'i law dros yn ysgwydd i eto.

"Would you like a drink?" dwi'n gofyn iddi.

"Wouldn't say no to a Mojito," ma hi'n ateb ac ma Si'n ochneidio.

"Tisio un?" dwi'n gofyn fel dwi'n symud oddi wrtho fo.

Ma'n ysgwyd ei ben a chodi'i beint i ddangos i fi fod o bron yn llawn.

"Si doesn't like cocktails," ma Steph yn ateb.

Braidd yn pathetic rili, so dwi jest yn cerddad ffwr.

Dwi'n ordro Mojito a tra ma'r barman yn gneud ffys mawr o ysgwyd a chymysgu, dwi'n pwyso ar y bar a gwylio Si a Steph yn sgwrsio. Ma nw'n edrych fel bo nw fod efo'i gilydd. Pâr o young professionals about town. Er dydi hi ddim mor generic â hynny chwaith, ma ganddi edge. Edge cŵl. Ma 'na wbath yn edrych reit wyllt amdani. Bet fysa hi a Karen yn hit it off. Neu casáu'i gilydd, rhy debyg ella.

Ma Si i weld di ymlacio rŵan. Ma hi'n dangos wbath iddo fo ar ei ffôn ac ma'r ddau'n chwerthin. Wedyn ma Si'n edrych arna i a gneud motions i ddeud wrtha i i ddod yn ôl atyn nw. Dwi'n cymyd swig fawr o niod. Jesus, ma'n gry. Dwi'n blincio sawl gwaith. Syth dwi'n ddigon agos i glwad y sgwrs, ma Steph yn sdopio siarad. Dwi'n rhoi'r diod iddi.

"Thanks, hun."

Lembo.

Ma hi'n cymyd cegiad o'i diod cyn ychwanegu, "And Harry misses you. He wants to show you the skateboard he got for Christmas."

"He sent me a video about it the other day, he looks so funny without his front teeth," a dwi'n clwad llais Si'n meddalu.

Cyn i fi gal amser i drio neud sens o hyn ma'n troi ata i a deud, "Godson."

Dwi'n gwenu'n blanc. Dwi rioed di rili bod yn siŵr be di godchild. Wyt ti acshli fod i neud wbath pan ti'n godparent? Wedyn dwi'n dallt fod Si di bod efo bywyd go iawn yma. Am ryw reswm, dwi'n cal job dychmygu sut ma bywyd go iawn mewn dinas yn edrych. Dwi wastad yn meddwl fod pawb yn hollol disconnected mewn lle mawr, dim yn un lwmp blêr o hanes a gosip fel dan ni adra. Ond os oes gan Si godson, wel, ma gynno fo sort of teulu yma, does?

"And my nephew," ma Steph yn deud efo gwên, "he's five, and he adores Si."

Right, so ma di bod yn mocha efo anti ei godson. Ddim mor wahanol i adra felly. Pob dim a phawb yn overlapio.

"Same age as my youngest," dwi'n deud heb feddwl, ac ma gwynab Steph yn edrych fel mod i di slapio hi.

Ma na ddistawrwydd ocwyrd ac ma mrên i'n gweithio

overtime yn trio meddwl be i ddeud, ond ma'r boi tal gwallt melyn yn ymuno efo ni eto, diolch byth.

"Steph trying to tempt you back to Manchester, is she?" ma'n gofyn.

"Shut up, Adrian. I was just telling him how much H misses him."

"Ah he does mate, are you around tomorrow? He'd love to hang out. You can both take him off my hands if you like?" ma'n deud.

Dwi'm yn siŵr os ydi'n golygu Steph a Si neu fi a Si. A dwi'n gesio ma hwn di brawd Steph felly?

"Ah, I think V's here for a kid free break, actually," ma Si'n ateb. "She has two at home."

"Ah really! How old are yours?" ma Adrian yn gofyn.

Dwi'n teimlo'n rhyfedd fod Siw a Beca'n rhan o'r sgwrs rili wiyrd 'ma.

"Seven and five."

"And are they also obsessed with Si? I've yet to meet a kid who doesn't think he's the human equivalent of a bag of Haribos."

Get me out of here. Reit ffycin rŵan.

Dwi'n gweld Steph yn aros am yr ateb a dwi'n teimlo'n hun yn dechra symud o un droed i'r llall, methu aros yn llonydd.

"So are you joining us after this, Ade?" ma Si'n gofyn. "We're heading over to ... what's Pete's place called now?"

"The Den. Nah, I can't. Taking Nancy swimming first thing."

"He was telling me about some DJ doing a set tonight, he's really stoked about it."

"Oh no, I'm way too old for that shit," ac on that note ma Adrian yn cerddad ffwr tuag at y bar.

Dwi'n meddwl amdano fo'n ista wrth ochor pwll nofio swnllyd yn chwysu chwartia bora fory. Pob lwc, Ade!

"So, are you really not going to take this job then? Everyone's talking about it."

Hon fatha dog with a bone, dydi. Dwi'n dechra mynd yn bored rŵan so dwi'n rhoi'n llaw yn boced Si i gal y baci, a rhoi niod ar y bwr i fi gal dechra rowlio. I don't need this crap. Gen i ddigon o crap fy hun i bara oes.

"Probably not, I mean I quite like being at home."

"Isn't Manchester your home? You've been here nearly twenty years."

"I just never realised how much I miss home *home*. I like hanging out with Saff. I like having Sunday lunch with my Mum. I didn't realise how nice it would feel to be in a ... to be around ... to hang out with someone who speaks my first language."

Dwi'm isio bod yma.

"Are you being serious right now, Pritchard? You saying from now on you're only going to shag Welsh people? Do you only shag Welsh people too, V?"

"Hardly. My husband's English."

Dyna'r Mojito yn siarad.

Ma Si'n chwerthin a deud, "And how's that working out for you?"

Dwi mond yn sylwi fod Ade yn ôl pan ma hi'n deud, "Aahhhh the plot thickens," tu ôl i fi.

"Can't compete with that can I?" ma Steph yn ychwanegu'n flin.

Blydi hel, ma 'na gymaint o cross currents yn y sgwrs 'ma, ma'n neud i mhen i droi.

"It's not a competition, Steph," ac ma Si'n rhoi'i law ar ei braich hi.

At this point does gen i'm syniad be ffwc sy'n mynd ymlaen. Dwi'n teimlo fel mod i mewn episode shit o *Emmerdale*. Na, *Coronation Street*. Pa un sy'n Manchester?

Ma Steph yn twt twtio cyn troi ata i a deud, "Can you roll me one as well please, hun?"

Unwaith dan ni tu allan ar y balconi ma Steph yn deud, "I'm not usually like this."

Dwi'm yn siŵr os di'n deud wrtha fi neu jest wrthi hi'i hun.

"I know. You don't need to, though … we're not … like … me and Si, we're not … anything really."

"Yes, you are. We were on and off for nearly ten years and he never even held my hand at work things," ac ma hi'n swnio mor drist.

Ten years??

"Sorry," dwi'n deud, a dwi'n clwad llais Rob yn fy mhen i eto yn deud wrtha i sdopio ymddiheuro.

Ma hynna'n gneud i fi tsecio'n ffôn. Dim byd.

"He's hardly let you out of his sight tonight," a'r union eiliad yna ma Si yn dod allan trw'r drws ac yn cerddad tuag atan ni.

Ma'r ddwy ohonan ni'n chwerthin yn uchel a dwi jest yn gallu deud fod o'n gneud Si'n hollol paranoid.

"Look, he's all paranoid now," medda Steph, ac ma hi'n fflicio'i smôc ar lawr a cherddad nôl mewn.

Dwi'n ymlacio am y tro cynta ers tua ugain munud. Wel, dim cweit ymlacio. Dwi'm di ymlacio ers i fi godi bora 'ma. Ond dwi fymryn llai tense ar ôl iddi adal.

"Holy shit, oedd hynna'n head melt," dwi'n deud wrth Si pan ma'n ddigon agos.

"Tyd, let's bounce. Ma'n amser mynd i lle Pete," ac ma'n rhoi'i ddwylo o gwmpas y nghanol i ac yn sefyll yn rili agos ata i, sy'n gneud i fi wenu a tensio bob dim. Dwi'm yn gwbo sut ma'n gallu cal gymaint o effaith arna i. Un contact bach rhyngddan ni, a dwi'n basically cytuno efo unrhyw beth ma'n ddeud.

"Tisio trît bach?" ac ma'n agor ei geg fymryn i ddangos pilsen bach wen ar ei dafod.

Dwi'n oedi.

"Ma'r clwb tua twenty minute walk o fama, mi fyddan ni'n dod fyny'n neis jest fel dan ni'n cyrradd os dan ni'n gadal rŵan."

Dwi'm yn siŵr os dwi mewn lle digon mentally stable i neud hyn. Di'r yfed a'r smocio ers New Year's Eve ddim yn helpu dim byd. Dwi withia'n meddwl fod yr holl beth 'ma efo Si yn result o'r ffaith mod i ddim mewn lle mentally stable. Dwi definitely ddim yn teimlo fully in control. Dim ers talwm. Ond ma Rob wastad yn y ngyhuddo i o fod yn boring.

Dwi'n nodio ac ma'n dod ata i am snog.

Jest fel dan ni'n mynd allan trw drws ma Si yn deud, "A paid â cymyd dim sylw o Steph, iawn? Ma hi'n mental."

Dwi'n dychmygu ymateb Karen a Liz i'r comment shitty yna ac yn teimlo'n rili siomedig mod i ddim yn deud dim byd, jest gafal yn ei law o a'i ddilyn o allan.

Fel dan ni'n camu allan i'r awyr iach, ma Si yn deud, "Acshli, oedd hwnna'n wbath shitty i ddeud, di ddim yn mental. Ma hi'n neis. Di jest ddim rili'n ... hoffi fi ar y funud."

★ ★ ★

"I can't sleep, Dad," Beca says, having blatantly been asleep til now.

I look at the clock above the door. 11.49pm. She comes over and curls up on my knee. I move the cushion next to me to cover my baccy tin and grinder. She holds my neck tight, and I try to breathe away from her. I hate that she's so close to me after I've had a smoke.

"C'mon, I'm going to bed now anyway. Go to my bed. I'll just brush my teeth. Two minutes."

I pick her up and carry her to my room but when I'm brushing my teeth next door she comes in and sits on the little stool watching me, holding on tight to her skanky dinosaur. I smile at her through the toothpaste, spit, and wash my hands and face with loads of soap. I smell my hands. I can still smell smoke. Wash them again. Use some mouthwash. Becs holds my hand as we walk back to my room.

As soon as we're in bed, she curls up into me and she's asleep in five seconds flat. Her skin feels so smooth and she's so warm. She's holding on tight to one of my arms but I manage to flop onto my back without disturbing her. She actually smells like home. I never noticed our house had a smell until I moved out.

Midnight.

What's V doing now? The thought actually physically hurts. I cover my eyes with my free hand. Rub my eyes. This is shit. I know I'm not going to sleep for ages if I let my mind go into overdrive, so I grab my phone and headphones from the bedside table and put some Mogwai on. V loves Mogwai. It sends me off on some weird intense train of thought and my last coherent thought before I fall asleep is that I promised, at Liz's wedding, to show her that I want it to work.

* * *

Ma lle'r Pete 'ma yn MIND BLOWING. Oedd 'na giw mawr tu allan, pawb mewn dillad lliwgar a revealing, lot o glitter a lot o neon, dim byd tebyg i'r Beudy. A feast for the eyes. Lwcus, gan fod Si a Pete di byw efo'i gilydd am flynyddoedd gathon ni fynd syth i mewn. Handi, achos o'n i rhy agitated i fod mewn ciw.

Ma'r tu mewn yn amazing a jest yn hollol, hollol cŵl.

Ma'r staff i gyd mewn du efo lôds o piercings, undercuts a thatŵs ac ma'r décor rili yn OTT a kitsch. Fatha'r bobol, ma 'na lôds o neon a glitter. Lyf it. Gan mod i hefyd jest yn dechra hedfan, Si di cal y timings yn spot on, mae o hyd yn oed mwy mesmerising. Ma 'na vibe rili hedonistic a ceotic. Argh. Dwi angen hyn. Yn enwedig ar ôl yr holl shit wsos yma. Dyma'n union dwi angen.

"Diod?" ma Si yn gweiddi yn fy nghlust i.

"Nope, dawnsio. Dan ni angen dawnsio. Tyd," a dwi'n gafal yn ei law o a mynd tuag at y dancefloor.

Dwi'n edrych o nghwmpas. Dwi'm yn nabod neb. Dwi'm yn nabod ffycin NEB. Ma mor neis bod yn anonymous. Dim y V oedd efo Rob. Dim y V sy efo gŵr di cheatio arni. Does 'na neb yn gwbo dim byd amdana i'n fama.

Dwi'n tynnu'r plethi tynn o ngwallt, ysgwyd o i gyd nes fod o'n disgyn lawr at yn sgwydda i, wedyn cau'n llgada, dal y beat a DAWNSIO. Bob tro dwi'n agor yn llgada ma Si reit wrth yn ymyl i'n sbio arna i'n gwenu. Gwên hedfan.

"Dwi'n caru ti, V. Fel proper caru ti," ma'n gweiddi yn fy nghlust i. "Dim mewn ffor intense. Jest mewn ffor rili ... joyful. Dwi'n caru ti."

Ma'n tynnu ni at ein gilydd a thynnu selfie. Ma llgada'r ddau ohonan ni'n dod allan yn goch a dan ni'n chwerthin.

"Pan dan ni'n ôl adra, dwi isio gweld ti mwy, V," ac ma'n gafal yn dynn yna i a dan ni'n dawnsio'n agos am dipyn.

Wedyn dwi'n dechra teimlo'n sownd, so dwi'n dod allan o'i freichia fo i fi gal mwy o le i symud.

"Dwi isio gweld ti mwy, V," ma'n ailadrodd.

"Dawnsio Si, dim siarad, jest dawnsio," a dwi'n cau'n llgada eto.

Dan ni'n goro dod tu allan am awyr iach ar ôl chydig achos ma'r dance floor yn llenwi a'r tymheredd yn codi. Dan ni'n pwyso ar y wal i gal smôc bach sydyn. Dwi'n dal yn buzzio. Ma'r miwsig yn wych. Ma pob dim yn ffantastig. Dwi'n gweld dyn mewn siwt sgerbwd neon yn cerddad heibio ac ma'n gneud i fi wenu.

"Cofio'r dyn 'na yn ganol nos efo'r sgerbwd glow in the dark ar ei feic yn mynd rownd a rownd mewn cylchoedd?"

"Be?"

"Cofio'r sgerbwd 'na ar y beic yn Burning Man?"

"Yyyyyy ... dyn rong, V."

Shit. O wel. Dwi'n cymyd sip arall o ddŵr a llyfu ngwefusa yn ara i drio cal gwared o'r teimlad sych.

"O ia sori, pan ath Rob a fi i Burning Man de, nathon ni weld y dyn 'ma, ganol nos ar ei feic, oedd Rob yn tripping balls a nath o ..."

"C'mon V," ma Si yn ateb wrth roi'i ddwylo ar yn sgwydda i, "rili not interested yn clwad am Rob. Especially pan ti'n llyfu dy wefusa fel 'na o mlaen i."

Ma Rob yn rhan o'n storis i gyd. Os di sôn am Rob out of bounds, wel, does gen i'm llawer o material i weithio efo fo.

"Siriys ddo, dim mwy am Rob iawn," ac ma'n gafal yn fy llaw i a nhynnu fi tuag at y drws eto. "Achos, I'm only human a dwi'm isio rhannu ti heno 'ma," ma'n gweiddi yn fy nghlust i cyn dechra dawnsio eto.

Ma'r miwsig di rafu a dan ni'n barod i fynd adra felly dan ni'n mynd tu allan a chal smôc bach arall cyn gneud tracs am yr hotel. Dwi wrthi'n dangos fidios o'r genod i Si. Dwi bach mwy mellow rŵan.

"Yli, yli. Si, YLI. Sbia uchel di'r bar. A sbia cry di Becs."

Ma'n sefyll tu ôl i fi, ei wynt o'n boeth ar fy ngwddw i a'i freichia fo'n dynn rownd y nghanol i.

"A sbia Siw yn fama ..." dwi'n ychwanegu, wrth symud ymlaen i fidio o Siw yn sgio, ond di Si ddim yn sbio, mond gafal yn fy ngên i a throi mhen i rownd i'w wynebu fo. "Ti'm yn bothered am y fidios na?" dwi'n gofyn.

"Dim rili, nope," ac ma'n nhroi fi rownd i gyd fel bo ni'n gwynebu'n gilydd.

Wedyn ma'n gwenu a nhynnu fi'n nes. Ma'i llgada fo'n sgleinio ac ma'n gwasgu'i ddannadd. Acshli, dwi hefyd. Dwi'n consyntretio ar beidio gwasgu'n nannadd. Ers faint dwi'n gwasgu nw? Ma nw'n brifo braidd.

Dwi'n clwad llais rhyw hogan yn dod o rwla yn deud, "Reckon they're married?" ac ma 'na ail lais ifanc yn ateb, "Yeah, she has a wedding ring, look?"

"And did you see them looking at videos of their kids? So sweet."

"I hope me and Scott will be like that when we're married. Still that into each other," ma'r ail lais yn deud wistfully.

Pob lwc efo hynna!

Ma Si'n gwenu arna i, cyn nhynnu fi mewn am snog rili intense.

"Their marriage is like proper hot."

Ma Si'n tynnu'n ôl, troi tuag atyn nw a deud, "Don't be fooled. It's only this hot when one of you is married to someone else," ac ma'n chwerthin fel tasa fo newydd ddeud rhyw jôc fawr.

Dwi'n gwasgu'n nannadd eto. Dwi'n cal fflashbac o Jon yn deud fysa fo'n messio fi o gwmpas. Be di hwnna? Ail neu trydydd comment problematic heno 'ma? When people show you who they are, believe them. Cofio darllen hwnna mewn *Guardian* agony aunt thing ers talwm. Ydi Rob di dangos i fi pwy ydi o y noson 'na yn y static? Neu ydi o di dangos i fi yn y deunaw mlynedd a three hundred and ... three hundred and fifty ... two? Faint o ddiwrnoda sy 'na mewn blwyddyn? Three hundred and sixty ... wbath? Eniwê.

Ydi o di dangos pwy ydi o yn yr ugain mlynedd minus un diwrnod arall o'r berthynas?

Ma Si yn rhoi chewing gum i fi. O waw. Ma'n minty. O waw.

"Faint o ddiwrnoda sy 'na mewn blwyddyn?" dwi'n gofyn.

"Three hundred and sixty-five," ma Si yn ateb yn syth. "Pam ti'n gofyn?"

Pam o'n i isio gwbo hynna eto?

"Dwi'm yn cofio rŵan," dwi'n chwerthin, a dechra cerddad.

"Lle ti'n mynd?" ma'n gofyn, "tacsis yn fama," ac ma'n pwyntio bys lawr lôn.

"O, dwi isio cerddad. Gawn ni gerddad?"

"Ma'n miiiiiiiiiiiles, V. Miles," ma Si'n cwyno.

"O c'mon, fydd o'n laff," a dwi'n gafal yn ei law o a'i dynnu fo oddi wrth y tacsis.

"Fydd o'n boring, V. Dio'm fel cerddad adra i tŷ ti trw chwaral a dros y moors, fydd o jest tarmac, rybish a tai dipresing yn bob man," ma'n deud wrth dynnu gwyneb, "a dwi mewn sgidia posh, cofia?" wrthi'n codi'i droed a phwyntio bys at ei sgidia brown, sgleiniog.

Fysa Rob di cerddad. Doedd Rob byth yn gwrthod cerddad efo fi. Cofio unwaith …

Dwi'n cicio'n sgidia off syth dan ni'n cyrradd y stafell. Ma 'na un yn hitio'r wal a gadal marc. Ma hi mor boeth yma, pam fod hotels mor boeth? Dwi'n agor y ffenestri i gyd ond di mond yn bosib agor nw rhyw fodfedd, so does 'na ddim awyr iach o gwbl. Dwi'n agor belt y jumpsuit a thynnu'r straps lawr o'n sgwydda. Ma'r holl beth yn disgyn i'r llawr.

"Waw, ma hynna'n teimlo'n amazing. Dwi'm yn gwbo sut ma pobol yn gwisgo petha tyn drw'r adag," dwi'n deud, mostly to myself, fel dwi'n cerddad i'r bathrwm efo gwydr plastig i gal diod o ddŵr.

Ma Si yn ista ar ochor y gwely'n trio tynnu'i sgidia. Ma'n swayio wrth neud, ac ar ôl llwyddo ma'n taflu'i jaced ar y llawr. Ma'i grys gwyn o'n see through efo chwys.

"Dwi rioed di full on ravio mewn siwt o blaen," ma'n deud wrth agor y botyma a thynnu'i grys. "Minging, dwi'n sidici gyd. Ti isio shower efo fi?"

"Dwi rhy nacyrd," dwi'n deud wrth ochneidio a disgyn yn ôl ar fy nghefn ar y gwely.

"Fydda i two secs. Paid, I repeat, PAID â disgyn i gysgu, iawn?" ma'n ordro fel ma'n mynd mewn i'r bathrwm.

Dwi'n tynnu'n mra chos ma hwnnw'n dynn hefyd. Karen di mynnu mod i ddim yn cal gwisgo sports bra. Ma'n atgoffa fi o bora 'ma. Dwi'n codi a ffindio'n ffôn. Rhaid i fi tecstio Karen.

> **V:**
> CARU TI xxx

> **V:**
> Gob ti'n ok xxx

A Liz. Rhaid i fi tecstio Liz.

> **V:**
> I love you too xxx

A Tara? Dwi isio tecstio Tara. Ond neith hi glwad y ffôn a meddwl fod 'na emergency neu wbath a ffonio fi. Dwi'n tsecio'r cloc. 2.57am. God, fydd ei gŵr hi'n codi i odro mewn awr a hanner. Na, dim tecstio Tara. Dwi'n colapsio'n ôl ar y gwely eto. Cau'n llgada. Jest am eiliad. Dwi'n meddwl am adra. Pigo'n ffôn fyny eto i chwilio am lunia o'r genod. Gwylio'r fidios ohonyn nw'n sgio. Llais Rob yn gweiddi, "Chamonix, here we come!" yn gneud i fi wenu a gwasgu'n nannadd. Dwi'n taflu'r ffôn ar lawr a chau'n llgada eto. Jest am eiliad.

Dwi'n teimlo dŵr oer yn disgyn ar y mol i. Agor fy llgada a gweld Si yn sefyll drosta i'n noeth, dŵr oer o'i wallt o'n diferu arna i.

Diferu. Gair wiyrd. Debyg i difaru. Diferu. Difaru. Wiyrd.

"I said, paid â cysgu," ma'n gwenu a rhoi llian gwyn mawr fflyffi dros ei sgwydda a phlygu lawr i roi sws sydyn i fi. "Ti'n edrych yn amazing."

Ma'n cerddad oddi wrtha i cyn dod yn ôl efo'i ffôn.

"Ga i dynnu llun ti?"

"BE? Na!" dwi'n snapio a dechra codi.

Ma'n rhoi'i law ar yn ysgwydd i cyn i fi godi'n iawn, "plis? Plis, plis? Ti'n edrych yn sdyning."

"Ydw i?"

"Ti methu weld o, na? Dyna pam ti mor intoxicating."

"Intoxicating? Ffyc off. O mai god, dwi'n marw," ond dwi'n colapsio'n ôl ar y gwely run pryd, which I guess, sy sort of fel fi yn deud ocê.

Ma'n codi'i ffôn eto ac edrych lawr drosta i.

"Trust me," ma'n deud a dwi'n cal visions o'r neidar o *Jungle Book* efo'r llgada nyts 'na, cyn iddo fo ychwanegu, "nawn ni dilîtio nw wedyn."

A dwi'n rhoi fy nwylo dros fy llgada, "Os ti isio."

Dyna ma nw i gyd yn ddeud ma siŵr, ia. Dyma'r union teip o beth fydda i'n rhybuddio Siw a Beca pan ma nw'n hŷn. Diolch byth mod i di prodi a ddim yn goro delio efo petha fel hyn.

Heblaw, dwi yma, a ma hyn yn digwydd. A dwi ddim wedi priodi Si.

Dwi'n ei glwad o'n tynnu dau neu dri.

Di hyn ddim yn syniad da.

"Un heb guddio?" ma'n gofyn.

Dwi'n ysgwyd fy mhen. Nope, can't do it.

Ma Si yn colapsio drws nesa i fi ar y gwely a throi tuag ata i. Ma'i groen o'n smŵdd neis ac ma'n hogla fel shower gel. Dan ni'n edrych ar y llunia. Dwi ddim yn horrified. Ma hynna yn syrpréis. Dwi acshli ddim yn horrified. Ma'n tatŵs i'n edrych yn cŵl. Yn enwedig yr un ar yn rib cage i. Dwi'n gafal yn ei fraich o i fi gal gweld y sgrin yn nes. Ac ma ngwallt i di sort of spreadio allan ar y gwely, sy'n edrych yn … ia, reit neis. Ma'n ychwanegu cwpl o ffilters tra ma'r ddau ohonan ni'n edrych arnyn nw. Gneud un yn ddu a gwyn. Dwi'n gwenu ac ma Si fel sa'n sensio hynny ac yn troi rownd ata i a rhoi sws i fi ar yn ysgwydd. Ma'n dal y ffôn i fyny eto a newid o i selfie mode a dwi'n gweld gwyneba'r ddau ohonan ni'n syllu'n ôl arna i.

Dan ni'n edrych … dwimbo … fatha cwpl?

"Sgen i run llun o ti a fi. Dim even from the old days," ac ma'n rhoi'i fraich dan fy ngwddw i a nhynnu fi'n nes, cyn tynnu llun ohonan ni'n gwenu.

Wedyn ma'n nhynnu fi'n nes eto, fel bo ni ar yn hochra'n gwenu ar yn gilydd a dwi'n clwad y ffôn yn clicio fel ma'n tynnu llun. Wedyn ma'n mynd mewn am y snog a dwi'n glwad o'n tynnu mwy.

"O Jesus Si, dwi'n cal jaman, sdopia," ac ma'r ddau ohonan ni'n chwerthin a dwi'n cuddio ngwyneb yn ei ysgwydd o.

Dwi'n dal yn clwad y ffôn yn tynnu llunia.

"Dwi'n mynd i yrru nw i ti, a wedyn gei di watsio fi'n dilîtio nw."

Ma'n dal y ffôn fyny, a deud, "Edrych V. Rhaid i ti watsio fi'n gneud," a dwi'n gorfedd yna am hydoedd yn gwylio fo'n gyrru nw i gyd i fi, y rhai efo ffilters a bob dim, ac wedyn ma'n dilîtio nw i gyd. Ma'n dilîtio nw o'i WhatsApp ac wedyn ma'n mynd i'r ffolder recyclo a dilîtio nw o fanno. Which o'n i ddim yn gwbo oedd yn egsistio, ond there we go. Dwi'n clwad ffôn fi'n bîpio lôds ar lawr.

"So, ti fully in control o rheina rŵan," ma'n deud, "ond os ti isio gyrru un neu ddau i fi, that'd be nice. Cos you know, man has needs."

Dwi'n cuddio ngwyneb yn ei ysgwydd o eto. Ma'r holl beth, Si yn ennill gwobr, bod mewn dillad tynn, bod mewn hotel, bod yma efo Si a dim Rob, ma'r holl beth mor nyts ac allan o'r cyffredin, ma'r llunia noeth jest yn teimlo fel un lefel arall o ffantasi. Ma fel ma dim fi sy hyd yn oed yma. Fel fod y V go iawn adra'n cysgu'n llofft ni efo Siw a Becs drws nesa, a fod y V sy'n fama yn fersiwn arall o fi'n hun sy'n byw mewn byd gwahanol. Byd lle ma Rob a fi'n cysgu efo pobol erill. Byd lle dwi'n gadal i Si dynnu llunia ohona i ac wedyn duw a ŵyr … nyts. Hollol nyts.

"Dwi ddim pwy ti'n feddwl ydw i, sdi," ma'n ychwanegu, "dwi'n proper siriys. Dwi ddim yn gweld neb arall. Dim ers New Year. A dwi'n gwbo ti efo lôds i sortio a sdwff, a bod bywyd ti lôds mwy grown yp a complicated na un fi, ond dwi fel … dwi yn capable o like … I can deal with that. Dwi ddim yn lightweight. Dim when it comes to you, anyway. Ond I'll stop there, achos dwi'n gallu physically teimlo ti'n crinjio drws nesa i fi," a dwi'n sylwi mod i di tensio i gyd a di dechra troi ffwr.

Dwi'n ysgwyd fy mhen yn edrych arno fo. Sut ma'n gallu gneud hynna? Jest deud yn union be ma'n feddwl. Jest deud hynna i gyd yn blwmp ac yn blaen fel 'na.

Ma'n edrych arna i fel fod o'n disgwl ateb.

"Dwi'n nacyrd," dwi'n deud, a symud i fynd i gwely'n iawn o dan y cwilt.

Ma'n codi'n ddistaw, diffodd y goleuada i gyd a gorfedd ar ei gefn drws nesa i fi ddim cweit yn cyffwr, so dwi'n troi ato fo a rhoi nghoes dros ei goesa fo a mraich dros ei fol o.

"Does gen i jest ... fel ... dim byd i roi," dwi'n deud yn y twllwch, "does 'na literally dim byd ar ôl."

"Gwbo," ma'n ochneidio.

pennod 28

I get woken up by a smelly dinosaur in my face and giggling. Siw is here too and they're both looking down at me smiling.

"Did you get Coco Pops?" Siw asks.

I look at the clock. 5.57am. Jesus. Tell you what, I don't miss the 6am wake ups.

No, I don't mean that. Can't believe I even thought that. I'd take a million 6am wake ups.

Ooph. Becs sits on my belly and puts the dinosaur in my face again.

"Yes. Coco Pops and bara gwyn," I smile.

Siw starts jumping up and down on the bed.

"A PJ Masks?" Becs asks, hopefully, her face about an inch from my face.

Her hair looks crazy. I think I forgot to take her ponytail out last night. Shit. She's going to scream the house down when I try to get that, especially as it's just a normal elastic band because bobbles just disappear into thin air in this house.

I can hear Becs slurping the chocolate milk from her Coco Pops as I'm making my second cup of tea. I put two teaspoons of sugar in, hoping that'll cure the fuzziness from the early morning wake up.

"One more episode after that girls, and then we're going

home to do some jobs," I tell them as I sit down opposite them.

"What kind of jobs?" Siw asks.

"We're going to do something nice for Mam," I say. "We just need to stop on the way to get some paint and stuff."

"Painting?" Becs says finally tearing herself away from the iPad on the coffee table. "I'm good at painting," she adds, making my heart melt.

"So finish this, then we're going to get dressed, pack up and go," I say, remembering that V always tells me that you have to let them know what's happening before it happens.

"And dannadd," Siw answers, looking at me as if I'm a halfwit. "Don't forget dannadd, Dad. *Especially* after the Coco Pops."

⋆ ⋆ ⋆

O'r eiliad dwi'n dechra agor fy llgada, dwi'n gwbo that this ain't no ordinary hangover. Ma mhen i'n pwmpio, ac ma pob man yn brifo. Dwi isio pi ond dwi'n trio aros mor llonydd a fedra i, gweld os neith o basio. Dwi'n teimlo Si yn symud wrth yn ymyl i.

Plis, paid â cyffwr fi. Jest paid â cyffwr fi.

Ma'n symud yn nes ata i a rhoi'i fraich rownd y nghanol i a nhynnu fi'n nes. Dwi'n goro paffio'r urge i wthio fo oddi wrtha i. Ma nghroen i'n teimlo'n clammy i gyd.

"Yyyyyy, dwi'm di teimlo fel hyn ers blynyddoedd," dwi'n deud efo llais cryg.

"Be? Loved-up? Horny? Hapus?" ma'n gofyn wrth symud ei fraich fyny, cyn dechra codi ar ei benelin i edrych drosta i.

"God na. Jest afiach," a dwi'n wthio fo'n ôl oddi wrtha i cyn trio codi'n ara deg i fynd i toilet.

"The elusive morning after shag ... not gonna happen eto bora 'ma," ma'n deud wrth colapsio'n ôl ar y gwely.

Dwi'n edrych ar y cloc. 8.57am. Dwi byth yn cysgu mor hwyr â hyn.

"Tyd yn ôl i gwely wedyn," ma'n galw pan dwi'n ista ar toilet efo mhen yn fy nwylo, ond dwi'n anwybyddu fo a throi'r gawod mlaen.

It's only this hot when one of you is married to someone else.

Dwi'n sefyll o dan y gawod a neud o'n extra poeth. Ma mhen i'n dal i guro, ac mewn chydig dwi'n teimlo'n benysgafn so dwi'n ista'n y bath efo mhen ar y mhenglinia a gadal i'r dŵr poeth lifo drosta i. Dwi'm yn siŵr am faint dwi'n ista yna ond ar ôl chydig, ma Si yn popio'i ben rownd y drws a gofyn, "Iawn?"

Dwi'n nodio.

"Jest tsecio," ma'n gwenu a chau'r drws.

Pan dwi'n dod allan o bathrwm efo llian mawr gwyn fflyffi dros yn sgwydda, ma Si di gneud panad i fi. Dwi'n gallu deud yn syth fod o di rhoi gormod o lefrith.

"Dwi'n gwbo ti ddim yn mynd i gredu fi de," dwi'n deud fel dwi'n ista ar ochor y gwely, "ond dwi'n meddwl mod i acshli yn sâl."

Ma Si yn gwenu.

"O ia? Bug ella?" ma'n gofyn yn chwareus.

"Na honestly rŵan, ma pob dim yn brifo ac ma ngwddw fi'n teimlo'n sôr."

"I believe you," ma'n chwerthin, "thousands wouldn't."

Ar ôl i Si gal cawod, ma'n deud fod o di trefnu mynd am brunch efo pawb am ddeg. Pawb. Ydi pawb yn cynnwys Steph? Deffo can't cope efo hynna heddiw. Dwi'n tsecio cloc. 9.34am. Dwi'n dal i deimlo fatha bo mhen i di bod mewn periant golchi. Na, ma hynna rhy wlyb. Dryer. Dwi'n sych grimp fel mod i di bod mewn dryer. Does na no wê fedra i handlo bod mewn caffi swnllyd llawn pobol dwi'm yn nabod, Steph or no Steph.

Down the garden path.

"No wê. Nope. Dwi'm yn dod am brunch," dwi'n deud, tra'n trio symud yn ofalus i bacio pob dim nôl mewn i mag.

Ma'n sdwff i'n bob man a phob symudiad yn boenus. Ddim yn helpu bo nghoesa i'n lladd. Yr holl neidio. Dwi'n cofio ella fod 'na Ibuprofen yn y boced zip tu mewn y bag 'ma. Ma nw di cuddio'n bob man ers i Rob frifo'i ysgwydd. Dwi mewn lwc, ma 'na hen baced dal yna, so dwi'n cymyd dau efo gwydrad o ddŵr hotel cynnes afiach oedd wrth ymyl y gwely ers nithiwr.

"Paid â bod yn wirion. Neith fry up helpu, sdi."

Paid â galw fi'n wirion.

"Ych, ma jest meddwl am fry up yn codi pwys arna i. Honestly, ma jest codi a symud i car yn mynd i fod yn challenge. Cer di. Na i aros yn car."

"Ti ddim am aros yn car ... hang on," ac ma'n cerddad allan trw drws.

Tydi o ddim i weld yn ryff o gwbl.

Ma'n ôl mewn rhyw chwarter awr, ac ma'n pasio bag plastig i fi efo Lucozade a phaced o Doritos coch, cyn deud, "Dwi di cal late check out, gei di aros yn fama. Rho'r teli on, stuff your face, siwgr a halen ... neith hynna sortio ti allan," ac ma'n rhoi sws ar y nhalcen i, cyn ychwanegu, "reit ... in a bit."

"Nei di roi'r gola off," dwi'n gofyn, a dwi'n goro rhoi mhen lawr ar y pilw eto.

Gobeithio neith yr Ibuprofen gicio mewn yn munud.

Ma'n ffôn i'n bîpio ac ma Si yn hofran wrth y drws tra dwi'n darllen.

> **Rob:**
> Wen r u home?

"Dwi angen bod adra cyn pedwar, cofia? Achos ma Rob yn ..." ond cyn i fi orffen dwi'n clwad y drws yn cau efo clec.

Dwi'n edrych ar yn ffôn eto, ac O MAI GOD Y LLUNIA. O'n i di anghofio am y llunia.

Dwi'n meddwl mod i am chwdu.

* * *

When we get to the builders' merchant it's gone nine, so we need to get a move on if I want to get this done before V gets home.

They scramble over each other to come out of the driver's side after me. God knows why they can't use their side. I have to look away when I see Becs' muddy shoes all over my nice seat covers.

"Right girls, paint, brushes and masking tape," I say, as we walk in through the double doors.

The blokes chatting behind the counter all nod at me. I smile and lift my hand in their general direction. We walk right to the back of the shop and I grab some brushes, get the masking tape and as we stand staring at the paint, I ask the girls what colour they think Mam might like.

"For what?" Siw asks.

"The back room, you know the one with all her painting stuff in? I thought we could paint it and get it ready for Mam by the time she gets back this afternoon?"

We did the undercoat a few months before Siw. V had loads of ideas for it. All the curtains and everything are there already, piled up on the floor. And now we just never mention it. It's weird. It's like this haunted room we never talk about. Like if we open the door, the past will come out to smack us in the face. To remind us how fucking wrong everything went. Maybe this is not such a good idea. But she has that uni leaflet lying around and I noticed that sketch book in the van the other day.

"Hello stranger."

The voice and the hand on my lower back makes me jump.

Jess.

"Hey, Jess, I'm here with ..." and I point at the girls standing a little to the left of me.

She takes her hand away like she's had an electric shock, immediately takes two steps back and hits the shelves behind her. The noise makes the girls turn round to stare at us. I rub the back of my neck and rearrange my woolly hat. The girls turn back to the paint like nothing happened.

"Shit, sorry," Jess whispers.

She looks nice. Just a work shirt. Hair back. No make-up.

"We're looking for paint," I say, like an idiot. "But we can't decide on colour. Any suggestions?"

"What are you painting?" she asks.

"A room for Mam to paint in," Siw answers confidently. "It's a surprise."

"Right ... is it a big room?" Jess asks. "And how many windows does it have?"

Siw looks to me for guidance.

"It's quite big, but it's long and thin. And it has two big windows. Wooden floors and slate windowsills."

"Lucky Mum," Jess says, which makes me wary.

"She's Mam not Mum," Becs says, in almost exactly the same pissed off tone as V.

"Becaaaa," Siw says in a teacher voice. "Paid."

"Be? Ma hi *yn* Mam dim Mum."

"Reit, be di hoff liw Mam, ta?" Jess replies.

"Do you speak Welsh?!?" I ask.

"Yyyy yeah, course," she replies like I'm thick. "I'm from here."

I want to say 'so am I' but don't. I get that feeling I always had in school again. Like everyone knows something I don't.

"Gwyrdd fel dail," Siw replies. "Green like leaves, isn't it Dad? Mam's favourite colour?"

Even my seven-year-old knows I'm left out.

"Yep," I sigh.

* * *

Erbyn ma Si'n cyrradd nôl, dwi'n teimlo chydig gwell. Dim llawer ddo. Ma'n anodd llyncu. A dwi'n teimlo'n rili poeth. Ond dwi o leia'n gallu symud heb deimlo fel chwdu eto. Methu sdopio meddwl am y llunia. A sut o'n i'n dawnsio. A'r petha nes i ddeud. A meddwl pa mor low cut oedd y jumpsuit. A tyn ar y pen ôl. Ac mae o i gyd yn neud i fi deimlo fel pwy dwi'n feddwl ydw i? Fel mod i isio bod adra yn y nhŷ bach i, yn gwely, a byth isio gadal fano eto. Jest bod adra'n saff. Dim byd newydd. Dim byd sgeri. Pob dim run fath.

Ond dydi petha ddim run fath yn tŷ ni dim mwy. Dim fel oedd o ers talwm.

"Be nan ni?" ma Si yn gofyn, fel dwi'n plygu i roi'n sgidia. "Am adra?"

"Dwi rili angen fresh air," ac ma'n llais i'n swnio fel mod i am grio.

Dwi'n teimlo mod i angen neidio mewn i ddŵr. Dŵr rili, rili oer. A nofio. Nofio, nofio, nofio. Am ages. Nes mod i methu meddwl.

"Gwbo jest y lle," ma Si'n gwenu wrth bigo mag i fyny. "Fedri di handlo twenty minutes yn car?"

Dwi'n nodio a gwisgo down jacket Rob, codi'r hwd a chau'r zip, a dilyn Si. Dwi'n rhoi fy nwylo yn y pocedi. Ma 'na lôds o bits yn un. Sgriws a ffilter tips budur. Pryd oedd y tro dwetha i Rob wisgo hon? Dwi'n hogleuo'r goler. Na, dim hogla Rob.

Yn y car, dwi'n dwyn sunglasses Si a jest pwyso mhen ar y ffenest. Teimlo'n oer neis ar y nhalcen i. Ma Si yn rhoi Underworld i chwara'n ddistaw. Ma reit soothing. Dwi'n trio byta bach o'r Doritos ond ma'n rhy boenus. Ma ngwddw i'n lladd. Ella neith y Lucozade helpu so dwi'n gorffen hwnnw a gwylio'r ddinas yn gwibio heibio. Gymaint o bobol. Gymaint o geir. Ma bob dim jest yn edrych yn rili prysur a stressful. Siopa'n bob man. Consume, consume, consume. Neud i fi werthfawrogi adra. Tŷ Mam a Dad a'r holl sbês 'na. Tŷ ni a'r olygfa hollol agorad 'na allan o ffenest gegin. Y gwyrddni, y defaid, y mynyddoedd, y môr. Mor agorad.

"God, dwi'n caru adra," dwi'n deud yn ddistaw, tra ma Si yn parcio ar ochor y ffor wrth wal frics goch uchel.

Ma'n dod rownd i ochor passenger ac agor y drws i fi. Ma'n estyn het fawr fflyffi o sêt gefn a thynnu honno am ei ben. Ma'n edrych mwy fel yr hen Si heddiw. Ma mewn down jacket Rab, trackie bottoms a'i Air Maxes. Lot gwell gen i'r Si yma na'r Si siwt. Lot llai intimidating. Mwy cyfarwydd.

Dwi'n symud ato fo a phwyso arno fo, cuddio ngwyneb yn ei frest o. Ma'n gafal rownda fi a rwbio nghefn i.

"Sori," dwi'n sibrwd.

"Am be?"

Dwi isio deud sori am fod yn misleading. Am esgus bod yn rhywun arall. Am guddio. Am fod yn fi.

"Am fod mor pathetic," dwi'n deud mewn i'w gôt o.

Ma'n tynnu'n hwd i lawr a rhoi sws ar dop fy mhen i.

"Tyd, ma'r parc ma'n masif. Gei di gerddad off bach o'r anxiety 'na sy'n eminatio allan ohona ti!" ma'n gwenu wrth afal yn fy llaw i ac anelu at giât fach yn ganol y wal fawr goch.

Ma'r gwynt yn oer a ffres ac ma'r haul yn tywynnu.

Haul gaea. Dwi'n caru tywydd fel hyn. Oer ond refreshing. Mond mis arall a fydd y gwanwyn yma. Pob dim yn well yn y gwanwyn. God, ma'r gaea 'ma'n teimlo fel fod o di para blynyddoedd.

Ma Si yn tynnu one skinner di baratoi allan o'i boced, ei thanio hi a'i chynnig i fi. Dwi bron â chwdu jest meddwl am y peth. Ma'r mwg yn gneud i fi gymyd cam oddi wrtho fo.

"How can you?" dwi'n gofyn wrth dynnu gwyneb disgysted.

"Unig ffor to get through it V, and you know it," ac ma'n gynnig o i fi eto.

Dwi'n ysgwyd fy mhen a sbio ffwr. Ma'n chwerthin dros bob man.

"Honestly, dwi'n marw. Dwi jest angen dro bach sydyn rŵan ac adra i gwely."

"Gwely fi?" ma'n gofyn yn obeithiol, gneud llgada gwirion arna i.

"Na, plant heno 'ma."

"Back to reality," ma'n deud, a dod yn nes ata i a thrio nhynnu fi ato fo am hỳg mawr.

"Argh, get away from me," a dwi'n wthio fo ffwr, "honestly, fedra i'm handlo'r hogla."

"Jesus, ti'n brutal, V. Ffycin brutal."

Fedra i'm deud os ydi o'n siriys neu ddim.

"Iawn i ti dydi, mynd adra a gneud be bynnag ti isio tan dydd Llun."

"Jest cos does gen i ddim plant, dio'm yn golygu bod gen i ddim responsibilities, gen i shit i neud fory hefyd," ond ma'r ffaith fod o'n brysur yn gorffen ei spliff bach fel ma'n deud hynny yn golygu mod i'n methu'i gymyd o o ddifri.

Ar ôl hanner awr o gerddad, dwi'n teimlo'n waeth, dim gwell. Ma ngwddw i ar dân ac ma pob dim di dechra brifo eto. Ma mrên i mewn overdrive a dwi'n teimlo'n rili edgy. Fedra i'm ymlacio efo'r holl bobol 'ma o nghwmpas i ac ma

253

Si yn rili distaw. Erbyn dan ni'n cyrradd yn ôl i'w gar o, dwi'n teimlo mod i di bod fyny Wyddfa.

"Dwi genuinely'n meddwl bo fi'n rili sâl," dwi'n deud eto fel dwi'n chwilio yn y mag am painkiller arall.

Ma Si yn pasio potel o ddŵr i fi pan dwi'n ista yn y sêt passenger.

"Home James," medda fo, fel ma'n indicatio.

Ma jest gwbo mod i am fod adra mewn chydig dros ddwy awr yn gneud i fi ymlacio. Ma hi bron yn un o gloch, felly jest mewn pryd i Rob fynd â'i fam i lle bynnag.

Literally, tua dau funud ar ôl i fi feddwl hynna, ma Si yn sdopio ar ochor ffor eto.

"Ma'r steering yn teimlo'n rili wiyrd," ma'n deud fel ma'n camu allan o'r car.

Dwi'n ei wylio fo'n cerddad rownd y car, cyn iddo fo ddod nôl i ista ac estyn ei ffôn.

"Ffycin puncture," ma'n deud.

Ma nghalon i'n suddo.

"Dwi angen bod adra erbyn pedwar."

Ma'n llais i'n dod allan yn high pitched i gyd.

"Chill. Na i ffonio'r AA."

"Pam?" dwi'n gofyn.

"I sortio fo, de?"

"Ti'm angen blydi AA i sortio puncture, Si. Jest newid yr olwyn!"

"Ar ochor ffor?" ma'n gofyn.

"Dan ni dal mewn thirty. Jest rho'r triongl 'na allan a fydd o'n fine," a dwi'n camu allan fel dwi'n deud hynna.

"Be driongl?" ma'n gofyn fel ma'n dod rownd i'r palmant ata i.

"Yyyyy … y triongl warning 'na?" ac fel dwi'n edrych ar ei wyneb conffiwsd o, dwi'n gofyn, "ti'm yn gwbo sut i newid olwyn, nagwyt?"

FFYCIN HEL.

"Sgen ti jac?" dwi'n gofyn.

Ma jest yn codi'i sgwydda.

Dwi'n trio bod yn ocê efo'r ffaith fod o methu newid olwyn. Dyn sy bron yn bedwar deg methu newid olwyn? Be ma di bod yn neud?? Ma raid bo ngwyneb i'n dangos be dwi'n feddwl achos ma'n deud, "Let me guess, fedrith Rob newid olwyn yn ei gwsg?"

"Probably," dwi'n ateb yn onest wrth godi'n sgwydda.

Ydw i'n cal barnu dyn am fethu newid olwyn? God, dwi'n hollol sexist.

Ma hi'n cychwyn bwrw fel dwi'n cerddad rownd at y bwt.

"Fyswn i byth yn cheatio arnat ti ddo," ma'n deud wrth droi oddi wrtha i.

Gras a mynadd.

* * *

> **V:**
> Going to be late

Just like that. No sorry or anything. She doesn't even answer the phone when I ring her. I need to know how late. I try to ring her again.

She answers and her voice sounds really hoarse. She's obviously outside because I can hear the wind.

"Just tell me how late?" I practically shout at her.

"I don't know, I'm just trying to change a wheel. Fucking puncture."

Wtf?

"Are you on the side of a busy road?" Because I don't want her changing the wheel on the side of a motorway or anything.

"No, it's fine. We're in a thirty."

The 'we' makes me want to throw the phone.

"It's one of those tiny spare wheels," she says, and I can tell by her voice that she's struggling with something.

"What are you doing?"

"I'm just looking for the jack points. This car is so fucking low."

I hear a voice in the background saying something about Googling. He's swearing too.

"Remember to tighten the nuts diagonally at the end. So tighten one, then tighten the one diagonal to it. And you can't go far on those tiny wheels. You'll have to find a garage."

"I knoooooooooooooooow."

She sounds like Siw. I know she knows, so guess I deserve it.

"How late are you going to be?" I try again.

"Very," and she hangs up.

I look around the room. The room I've been painting all fucking day. For her. I wonder why I'm even bothering. Do I even want to be with her? She's just a moody bitch. Not to mention where she's been this weekend. Maybe Liz is right.

Then I look at the girls just outside the bedroom door. Becs has green paint in her hair where she leaned on the wall. They're setting up a really elaborate Duplo tower right next to the banister.

They both catch me looking.

"It's a diving board, Dad," Siw says. "Come. Look." And I can see a washing up bowl of water directly below us on the bottom step.

"And goooooooo," Becs shouts and pushes her Barbie off.

She lands in the water and bounces out, splashing water all over the step and wall.

"Yeeeeeeeeeeeeeees," she shouts.

Siw holds up a piece of paper with a big '7' written on it and says 'good effort' in a really camp voice.

I laugh.

Yeah. I do want to be with her. I want to be with them all every day.

★ ★ ★

"Jest gollwng fi'n fama."

"Be?!?"

"Gollwng fi'n fama," dwi'n ailadrodd fel ma'n troi ar y trac bach ryw hanner milltir o adra, "ma Rob yn tŷ."

"Surely ma'n gwbo lle ti di bod?"

"Sort of, ond dim angen rwbio fo'n ei wyneb o ddo, nagoes?"

"Ond ma hi'n piso bwrw? A ti'n wyn fel y galchen," ac ma'n trio gafal yn fy llaw i.

Dwi'n tynnu'n llaw o 'na a chuddio'n ngwyneb. Ma nghroen i'n teimlo mor sych a sensitif. Ma mhen i'n brifo. Dwi angen dŵr. Dwi jest isio heddiw orffen, ond dwi'n gwbo fod y darn anodda i ddod. Gwynebu Rob. Ma hi wedi chwech. Ma'n mynd i fod mor flin. A cwbl dwi isio di hỳg. Ond dim gan Si.

"Jest gollwng fi'n fama," a dwi'n agor drws car yr eiliad ma'n sdopio.

"V, V, hang on. HANG ON," ma Si yn codi'i lais fel dwi'n codi allan o'r car.

Ma'n gafal yn fy mraich i a gneud i fi wasgu'n nannadd. DWI JEST ISIO FFYCIN MYND ADRA.

"Paid â jest mynd fel 'na," ac ma'n diffodd y miwsig cyn ychwanegu, "c'mon, dim bai fi oedd y puncture."

"Gwbooo," a dwi'n crinjio tu mewn achos dwi'n swnio fel teenager.

"A gathon ni noson dda, do?" a dwi'n gweld ei wyneb bach o, mor siomedig, mor ffwndrus.

Dio'm di arfer efo fi fel hyn. Dio'm di gweld y V yma o

blaen. Y V sy'n methu handlo petha. Y V sy jest angen mynd i gwely a chuddio rhag y byd.

"Do," dwi'n ochneidio, "diolch, ond dwi rili jest angen mynd adra a dwi angen deg munud i feddwl cyn gweld Rob, so jest gad i fi fynd allan yn fama. Plis?"

"Fine, fine," ac ma'n codi allan o'r car ac estyn fy mag i allan o'r sêt gefn, fel ryw gentleman hen ffasiwn, a dod rownd y car i basio fo i fi.

Ma'n trio rhoi hỳg i fi ond dwi'n cymyd cam yn ôl. Dwi mor desperate i fod allan o'r sefyllfa 'ma, mor frustrated, teimlo mor uffernol pan dwi'n gweld ei wyneb gutted o. Wedyn dwi'n teimlo dagra'n disgyn.

"V, plis," ma'n deud, "gad i fi ..." ond dwi'n rhoi'r rucksack ar fy nghefn a chychwyn fyny'r trac.

Dwi'n gwbod fod o'n dal i sefyll yna fel dwi'n cerddad ffwr achos dwi'n clwad y car dal i redeg.

Ffyc mai life, de.

* * *

As soon as she walks in, I can tell she's been crying. She drops her soaking wet rucksack and coat on the floor right next to the door and goes to stand in front of the fire, her hands out above it, with her back to me.

"You'll need to ring my mother and apologise tomorrow," I say to her.

Upset or not, she has really fucking pissed me off today.

"Where are the girls?" she asks, turning to face me.

"Upstairs, watching a film," I reply. "Don't go and see them looking like that." And I point at her and sort of twirl my finger to indicate her face.

Her chin drops to her chest.

"Did something happen?" I ask.

She exhales and sort of laughs. Her eyes go all shiny.

"Can I have a hug?" she half whispers.

"Can you fuck!" I spit. "Have a cawod or something. Sort yourself out. I'm going to put the girls in the bath upstairs."

I think I hear her crying as I leave the room. Stupid cow. Can I have a fucking hug? No, you can not.

While the girls are in the bath, I tidy up the back room. It looks good, bottom half a dark green and the top half a lighter olive green. Makes the slate windowsills really stand out. Just need to put the curtains up. Not that she deserves it. I go right up to the window and press my forehead onto the glass. It's nice and cold. I can see the light in Dai's house. Just one window. Same window always. As I'm stood there, I can hear V coming up the stairs and going into our bedroom. I stay where I am until I hear her close the door.

"Gorffeeeeeeen Dad," Siw calls. "Can we come out?"

I ignore her but then I hear a massive bang and loads of laughing.

I run across the landing to the bathroom mawr. They're both laughing and there's water all over the floor. My face must look pissed off because they instantly go quiet.

"I slipped Dad," Becs says before Siw joins in to support the story. "Yes, she just slipped Dad. Sorry Dad."

I throw a towel on the floor and move my head to indicate that they have to come out. They both scramble out. I hold Becs' hand as she insists on standing on the side of the bath and jumping on to the floor instead of stepping over it like a normal person. Bloody lethal.

"Mam's home," I say. "Shall we show her the surprise?"

They both nod.

"Dannadd first though," Siw declares. "We always do dannadd after bath."

God she is so like me.

When they've finished their dannadd and got into their

fluffy onesies, I send them into our bedroom to find V. I hear lots of chatting, mainly the girls, and V follows them out.

She's wearing my old Nirvana t-shirt and now I don't know if that is upsetting or reassuring. Hope she didn't wear it last night. Her hair is swept back into a bun, which means that she can't hide how red her eyes are by now. She looks so washed out and tired. Girls don't seem to register though as they're dragging her by the hand to the door.

"Barod, Mam? Cau dy llgada," Siw says, and V puts her hand over her eyes.

I open the door and Siw pushes her in, shouting "ta-da!"

V lowers her hand and takes her time looking around. She smiles. But it's a really sad smile.

"Did you do this?" she asks me. "This weekend, when I was …"

I nod.

"Yeah, well it needed doing …" I start. "But I thought if you wanted to start painting again …"

She looks away from me when I say that. She takes a few steps to her left and leans her back on the windowsill.

"Ni nath ddewis y lliw," Siw says. "We chose the colour, didn't we Dad? With that lady, in the shop …"

"Yes, Siw knew that green is your favourite colour," I interrupt quickly.

"I love it," V says, and her smile seems more real now. "Diolch." And she pulls them both into her and bends over so their heads are touching.

"Right, I'm off then," I say making my way towards the door.

The girls run after me and give me a big hug and I kiss the top of their heads too. V stays where she was on the other side of the room looking at the floor.

* * *

"Reit, ewch i llofft i ddewis llyfr a fydda i mewn yn munud, iawn?" dwi'n deud efo gwên.

Syth ma nw allan o golwg dwi'n sincio lawr i'r llawr ar fy nhin, cyn tynnu mhenglinia fyny ata i. Mewn am bedwar, dal am bedwar, allan am bedwar. Dwi'n cal trafferth nadlu mewn yn iawn achos ma'r dolur gwddw mor ddrwg erbyn rŵan. Dwi'm di cal dim byd i fyta ond y Doritos a'r Lucozade so dwi'n teimlo'n wan. Gwbo'n iawn mod i angen bach o protein a llysia cyn fydda i hyd yn oed teimlo fymryn yn well, ond ma meddwl am orfod cwcio wbath fel dringo Everest.

"Maaaaaam, dan ni di dewis stori," ma Siw yn galw, "yr un ti'n licio. Am y deinasor vegetarian."

Dwi'n codi'n ara, pob dim dal i frifo, brên dal mewn overdrive, gwddw'n lladd a phen yn chwalu, a cherddad draw at lofft y genod.

Ma'r ddwy yn eu gwlau, edrych yn swper ciwt, Beca efo lôds o dedis rhyngthi hi a'r wal. Siw efo pob dim yn daclus a syth. Dwi'n ista ar y gader freichia wrth y ffenest a rhoi pause ar y diwrnod er mwyn canolbwyntio ar y deinasor vegetarian. Chwarter awr o feddwl am ddim byd ond y deinasor bach sy'n stryglo i ffitio mewn.

Pan dwi'n dod lawr grisia i gloi drws, dwi'n gweld fod Rob di clirio bwr cyn mynd. Ma'r leaflet uni dal yna ddo. A phaced o paracetamols. Ma bocs coed yn llawn hefyd. Digon i neud i fi grio eto. God, dwi byth yn crio. Be sy'n digwydd? Ma fel bo'n nheimlada fi i gyd ar du allan fy nghorff i. Ar fy nghroen i neu wbath.

Dwi'n nôl ffôn o bag wrth drws, meddwl fod well i fi drio deud sori neu wbath wrth Si, ond pan dwi'n ista o flaen tân, cwbl dwi isio neud ydi ffonio Rob. Dwi'n agor WhatsApp ac edrych ar y llunia nath Si yrru i fi nithiwr. Nithiwr? Methu credu fod 'na llai na dauddeg pedwar awr ers hynna. Teimlo fel blwyddyn. Dwi'n mynd trw bob un. Ffycin hel. O'n i acshli'n meddwl mod i'n edrych yn neis yn rhein? What was I ffycin thinking? Ma nw'n afiach. Dwi'n cal hen ias oer lawr fy nghefn. Be os fysa rhywun yn gweld rhein? Be os fysa Rob yn gweld nw? Dwi'n dilîtio pob un wan jac. Meddwl dylwn i dilîtio nw yn y ffolder recyclo neu beth bynnag nath Si ar ei ffôn o, ond ar ôl pwyso bach o betha dwi'n derbyn fod o beyond fi. Dwi'n teimlo'n chwslyd i gyd. What was I thinking? Jesus. Ych a fi.

V:
Nes di deffo deletio'r llunia gyd off ffôn ti?

Si:
Yep. Nes di weld fi'n gneud. Sut ti'n teimlo? xx

V:
A ti'm di gyrru nw i neb arall?

Si:
Be ffwc? Naddo. Diolch am neud i fi deimlo fel ffycin sleaze ddo ia, nice one

Dwi'n taflu'n ffôn ar y llawr. Wedyn pigo fo fyny eto, tsecio mod i ddim di cracio'r sgrin. Amser gwely. Mi fydd fory'n well. Dwi'n llyncu paracetamol ac ma'n teimlo fel llyncu brics. Dwi'm di cal dolur gwddw fel hyn ers talwm. Nes i ddim even smocio gymaint â hynna. Dwi'n llenwi peint o ddŵr o tap, rhoi'r gola off a mynd fyny grisia i gwely. Shut down a restart. Mi fydd fory'n well. Gobeithio eniwê.

Dwi'n deffro'n ganol nos di clymu'n y cwilt. Ma'r stafell mor boeth. Ond dwi'n oer hefyd. Ma nghoesa i'n brifo. Ma pob dim yn brifo. Ma gen i stiff nec mwya diawledig. O mai god. Dim hangofyr di hyn. Be os dwi am farw? Be os oedd 'na wbath yn y pil 'na? Ac yn y bombs wedyn? Ma nghefn i'n brifo. Kidneys di hynny? Neu iau? Lle ma dy iau di? Ffyc. Be os oes 'na wbath yn digwydd i fi yn ganol nos ac ma'r plant yn deffro a dod mewn i llofft?

Na, ma hyn yn ridicilys. Paranoia. Dwi'n paranoid. Does 'na ddim byd yn mynd i ddigwydd.

Ond wedyn dwi'n teimlo'r gwres yn cychwyn yn fy nhraed i, a gweithio'i ffor fyny reit at fy ngwyneb i. Fatha bod 'na forgrug yn cerddad drosta i'n bob man. Dwi'n teimlo'n grynedig. Ffyc. Dwi'n nadlu'n gynt ac yn gynt. Be os oes 'na wbath yn digwydd i nghalon i? Drygs yn effeithio dy galon di, dydi? Be oedd ar fy mhen i? Ma gen i blant. Dyla mod i ddim yn cymyd dim byd. Trio bod yn ffycin cŵl neu wbath. Dylwn i di deud na. Dwi byth am gymyd dim byd arall chwaith. Na yfed. Dwi am sdopio yfed eto. Dwi obviously ddim yn gallu handlo fo. A does na run noson allan werth hyn. Ffyc.

Dwi'n codi'n ffôn a ffonio Rob. Dio'm yn ateb. Dwi'n trio eto. Dim ateb. Dwi'n gorfedd lawr, trio nadlu'n ddyfn, ond ma'n anodd achos ma ngwddw i'n brifo gymaint. Wedyn ma'n ffôn i'n crynu. Rob. O diolch byth.

"What? What's happened?" ma'n gofyn, di cynhyrfu'n llwyr.

"Nothing, it's just … I don't feel very well. I'm spinning out and I think … I really don't feel well and my …" ond cyn i fi orffen ma'n torri ar draws.

"What the fuck? You've called me at 3am because you're on a comedown? You've got to be fucking kidding me. He gets the high, I get the low. No fucking thank you," ac ma'n rhoi ffôn lawr.

Dwi'n syllu ar y ffôn, teimlo corneli ngwefusa fi'n mynd lawr, nadlu trw nhrwyn, trio cwlio lawr. Ma pob dim yn iawn. Ma pob dim yn iawn. Ma pob dim yn iawn.

Ma'n ffôn i'n crynu eto. Rob. Dwi'n ateb. Dydi o'm yn deud dim byd i ddechra.

"When you say you don't feel well, is it just like hot sweats and paranoia and stuff?"

"Yes," dwi'n cyfadda.

"Nothing serious?"

"No."

"Ok good," ac ma'n rhoi ffôn lawr eto.

pennod 29

I think of V first thing when I wake up. Check my phone. Nothing. Should I call her?

I get up and make a panad. Switch the radio on. Cerys Matthews. Switch it off again.

I call her. She answers straight away.

"Still alive then?" I ask.

"Yes."

Her voice sounds really hoarse.

"I am proper ill though. Still in bed."

I check the clock. 8.57am.

"Where are the girls then?"

She tells me they've been watching tv since six. Then I know she's really ill. That's more tv than they're allowed in a week!

"Shall I come and pick them up?"

"Yes please."

I almost say "you owe me" just to wind her up but think better of it.

"I'll be there in a couple of hours."

Don't want to make it too easy for her.

When I get there, the cat twirls round my feet so I go straight to the log shed and chuck some food into her bowls. Then I notice the chickens are still in. I walk over, sticking to the stepping stones I made last year, avoiding the worst of the mud. They run out straight to the water. I lift the side and get five eggs. Make a mental note they need fresh bedding.

When I get into the kitchen, it looks like a bomb's gone off. There's two cereal bowls, cereal everywhere and the milk is still out. I put the eggs in the tray, new ones at the back, and get a cloth to wipe the spilt milk before it stains my lovely table. There's a half eaten yoghurt on its side and loads of strawberry green bits all over the place. Hulls, is that what they're called? The uni flyer I left on the table yesterday is all damp and stuck together.

"Siw! Becs!" I call up the stairs. "Get dressed."

"WHAT?" one of them replies.

"Gwisgo."

"WHAT?"

"*GWISGO NOW*," I call at the top of my voice.

Siw appears at the top of the stairs in just her pyjama bottoms.

"Now? Gwisgo now?"

"YES!"

"We need to finish the film first." And she disappears again.

I head up the stairs. Our bedroom door is open but the lights are off and the curtains are closed. I put my head into the girls' bedroom. They're both on Siw's bed, iPad perched on their laps, eating bread without any butter or plates or anything. Crumbs all over the place. Siw actually spits some crumbs in my direction when she says, "Hiccup's Dad just found out about Toothless."

I leave them to it. Those crumbs are not my problem. I knock quietly on our bedroom door and pop my head round the door. V's lying on her side facing the door, awake.

"Thanks. I feel awful," she croaks, as she sits up and perches on the side of the bed.

The room smells of sweat. She rubs her face and drinks

slowly from the pint glass on the side, wincing every time she swallows. She gets up and puts on the onesie she wears after swimming over the Nirvana t-shirt, but then has to sit back down on the bed, her head in her hands.

"Fucking hell," she sighs. "Can you open the windows? I'm sweating."

I open the curtains and push both windows wide open.

"I'll get up now," she says, not looking any closer to moving.

"Have you had any food?"

She starts to shake her head but it makes her grimace and she holds her head like it's an unexploded bomb.

By the time I come back up with the omelette, she's under the covers again. I push all the books and rubbish off the bedside cupboard onto the floor so that I can put the plate down, along with a cup of tea and the paracetamols.

She looks up at me without moving her head.

"I'm sorry."

"Eat that. I'll take the girls out."

"I'm so sorry, Rob."

* * *

Pan dwi'n clwad Rob yn cyrradd y buarth, dwi'n codi, dal yn y onesie, a cherddad lawr grisia. Dwi'n goro gafal yn dynn yn y banister achos mod i mor benysgafn. Erbyn i fi gyrradd y gegin, dwi'n goro ista lawr eto ar y gader freichia o flaen tân. Edrych ar y cloc. 4.47pm. Mai god, dwi di bod yn gwely trw dydd. Dim rhyfedd mod i'n teimlo'n shit. Dyma pam fod angen ci. Beth bynnag sy'n digwydd, ti'n goro codi allan. Er, hynna'n wir am blant hefyd, dydi?

Ma'r genod yn rhedeg mewn, llawn sŵn ac egni, cyn ma

Rob yn galw, "What did I *just* say?!? Distaw bach, please," ac ma nw'n rafu a gwenu arna i'n wyllt.

"Ti'n sâl, Mam?"

Dwi'n nodio a gwylio Rob yn rhoi bag o lemons, sinsir ffres a photel fach o Echinacea ar y bwr cyn iddo fo roi'r tegell i ferwi. Nghalon i'n toddi.

"Got a big lasagne from my Mum in the Landy if you want?"

Dwi'n nodio.

Ma'n cerddad allan i nôl trê mawr yn covered mewn ffoil.

"Ok to do bedtime?"

Dim rili, ond dwi'n nodio.

Ma'n estyn y chopping board, haneru'r lemon, chopio'r sinsir, ychwanegu dŵr poeth a rhoi'r gwpan a'r Echinacea wrth fy ymyl i cyn ychwanegu, "Ok, I'll be back in the morning to take them to school," ac wedyn ma jest yn gadal, heb ddeud ta-ta wrth y genod na dim.

Fel dwi'n glwad o'n dreifio lawr y trac dwi'n cofio eto sut oedd Mwsog yn udo wrth giât rar pan oedd o'n gadal.

★ ★ ★

When I make it back in the morning, the chickens are still out. I go up to the wall and count them. Five chickens. Mr Fox hasn't been to visit, thank God. Becs would not be able to handle a dead chicken. She is weirdly attached to the chickens. I don't see the attraction myself.

I can see V through the kitchen window, sitting by the table with her hood on. No sign of the girls. They better be ready. They need to be at the school gate in fifteen minutes.

"Chickens are still alive," I whisper to V as I stand in the door.

"Fuck, I forgot about the chickens!" And she slaps her hand over her mouth.

"Mam, paid â rhegi," Siw calls from the armchair by the fire. "Mam said swears, Dad," she says to me, eyes wide, as she's struggling to do up her laces.

"Get your bag and hop in the Landy," I tell her. "And no muddy feet on my seats," I order, pointing my finger at her. "Where's your sister?"

She shrugs.

"Brushing her teeth," V explains just as Becs walks in, toothpaste splashes all down her front.

V swings back on her seat and grabs a wet cloth, wipes the front of her jumper, kisses her forehead, and tells her to get in the Landy. Mum would have made her change her jumper. It's obviously going to dry and leave a massive white stain.

Once the girls are out of the way, she slumps forward onto the kitchen table.

"Still ill?" I ask.

I hear a muffled "mmmhhhmmm" from behind the hood.

"Serves you right," I bite.

She lifts her head a little and looks at me sideways. Her eyes are shiny and she's so pale. I tell her I'll pick the girls up from school and take them out for food, and then take them to gymnastics. I make out I'm doing her a massive favour. Probably take them to McDonalds just to spite her.

"Don't take them to McDonalds," she says, which freaks me out a bit.

* * *

Dwi'n gwbo neith o fynd â nw i McDonalds. Ma'n meddwl mod i'n thic. Mae o mor transparent. Ma'n edrych arna i'n ddi-niw i gyd cyn cerddad allan o'r gegin a bangio drws. Ma'r glec yn gneud i fi roi fy nwylo dros y nghlustia a dwi jest yn ista yna'n syllu fewn i sbês am hydoedd. Jest yn blanc. Dwi'n meddwl mod i'n teimlo chydig gwell heddiw, ond ma pob

269

dim dal i frifo. Ma nannadd i'n brifo, sy'n wiyrd. Ac ma pob dim yn teimlo'n llachar. Dwi'n codi i ddiffodd y gola mawr.

Fel dwi'n dod yn ôl at y bwr dwi'n clwad yn ffôn i'n crynu'n rwla. Rwla ar y bwr. Dwi'n trio pinpointio'r sŵn cyn dechra symud bob dim o ffor, meddwl eto mod i rili angen tacluso gegin. Gymaint o sdwff. Dwi'm yn gwbo o lle ma hanner o di dod. O'r diwedd dwi'n gweld sgrin bach y ffôn a 'ADRA' yn fflachio. O blydi hel. Peth dwetha dwi angen di siarad efo Mam, ond dwi'n ateb. Well na goro ffonio'n ôl later on.

"Veda, bore da," ma hi'n gweiddi.

Dwi'n gwbo bo'r ffôn ar speaker achos dwi'n clwad sŵn cyllell ar chopping board.

"Haia Mam," dwi'n ateb yn fflat.

"Dwi di trio ffôn tŷ sawl gwaith."

Do? Ma siŵr fod yr handset yn rwle heb ddim batri.

"Be sy'n bod?" ma hi'n holi.

Wastad yn holi.

Sŵn mwy o chopio.

"Dim byd."

"Paid â deud clwyddau. Be sy'n bod?"

"Sâl."

Swn plastig yn rystlo.

"Sâl sut?"

"Cur pen,"

"Dyna cwbl?"

Sŵn tap yn rhedeg.

"A dwi'n sweaty gyd,"

"Chwslyd. Dim sweaty."

Dwi'n sbio ar y to a chodi bys canol ar y ffôn.

"Ddo i draw?"

God na. Multi day comedown a Mam. Dim diolch.

Ma hi'n amlwg di pigo'r ffôn fyny rŵan achos ma'i llais hi'n uchel ac agos mwya sydyn.

"Mi ddo i draw i edrych ar ôl y genod?" Dwi'm yn cal cyfla i ateb cyn iddi gario'n mlaen, "Neu ddo i â nhw yma ar ôl yr ysgol? I ti gael llonydd?"

Hynna ddim even yn gneud sens, achos mi fysa hi'n goro dreifio awr i ddod â nw i'r ysgol bora fory.

"Na, ma'r genod efo Rob."

"O da iawn. Newyddion da. Ydi o'n aros acw?" ma hi'n cychwyn.

Dwi'n ryw fath o ruo dan fy ngwynt heb feddwl.

"A be sy rŵan?"

"Ti jest mor fusneslyd, Mam."

"O Veda, dwi'n trio helpu. Pam na nei di adael i mi helpu chi i gyd?"

"Dan ni jest angen llonydd Mam."

Dim ateb.

"Sori Mam. Dwi'n sâl. Dwi di blino. Sori. Plis paid â bod yn flin efo fi."

"Dwi byth yn flin efo ti, Veda. Ond dydw i ddim yn deall be dwi wedi'i neud sydd mor ofnadwy."

"Dim byd, Mam. Ti'm di gneud dim byd. Dwi jest ddim isio siarad am fi a Rob drw'r adag."

"Ond dyma pam dy fod di yn y sefyllfa yma, Veda! Dwyt ti ddim yn trafod dim byd efo neb!"

"Does 'na ddim byd i drafod."

"Paid â siarad drwy dy het."

"Busnes fi ydi trafod efo Rob neu ddim."

"Fy musnes i!"

"Go iawn?"

"Sori."

"DWI JEST ISIO LLONYDD MAM. PAM FOD NEB YN GWRANDO ARNA I?" a dwi mor pisd off erbyn rŵan dwi'n sefyll yn syllu ar y ffôn ac yn gweiddi mewn i'r speaker. Dyna be ma Rob yn ei weld pan ma'n cerddad mewn i'r gegin heb gnocio.

"TA-TA!" dwi'n gweiddi i gyfeiriad y ffôn eto, cyn hitio'r bwtwm coch i orffen yr alwad.

Ma Rob yn tynnu gwyneb shocked a gofyn, "Who was that?!"

"Urgh, my Mum," a dwi'n ista eto, dechra symud petha o gwmpas y bwr yn flin.

"Why were you shouting at her?!?" ma'n gofyn.

"Because she kept correcting my Welsh."

"But you do that to the girls."

"Oh fuck off," dwi'n sibrwd dan fy ngwynt. "What are you doing here, anyway?"

"It's Monday, Siw has nofio … but no nofio clothes," ac ma'n cerddad trw gegin i bathrwm bach i nôl y bag nofio.

> **Dad:**
> Dim o busnes fi ond di mond isio helpu sdi

> **Dad:**
> Tyd draw pan fedri di. Gei di weld gwartheg newydd fi

> **Dad:**
> Hoffi treiglo fi?

Dwi'n chwerthin yn uchel. Diolch byth am Dad.

> **V:**
> Dim ond os di Mam yn peidio holi fi

> **V:**
> Deud wrth Mam bo fi'n sori am golli tempar fi

> **V:**
> A colli Cymraeg fi

> **Dad:**
> Mi ga i air. Gad pob dim i fi xx

pennod 30

Erbyn dydd Mercher ma gen i cabin fever go iawn. Dwi'm di bod allan ers dydd Sadwrn. Pump diwrnod o sdwna rownd tŷ'n chwysu a thagu. Ma'r cur pen di mynd, cyn belled a mod i'm yn gneud dim byd rhy sydyn. Plygu lawr a chodi mhen yn sydyn di'r gwaetha. Ond blydi hel, dwi'n nacyrd. Drw'r adag. Dio'm bwys faint dwi'n gysgu, dwi jest dal run mor nacyrd. Ond ma pob dim bach llai cymylog erbyn heddiw so dwi am drio manteisio ar hynny a mynd ar mission i Tesco. Does 'na'm byd yn tŷ. Gathon ni gyd uwd i frecwast ac i swpar ddoe.

Gan fod Rob di gneud y school runs i gyd wsos yma, dwi'm di dreifio ers hydoedd ac ma'n cymyd oes i fi ffindio goriada'r fan. Ma nw o dan pentwr anferth o bapura a phan dwi'n gwthio nw o ffor ma leaflet uni yn disgyn ar lawr. Dwi'n bigo fo fyny, a cherddad at y bin, barod i'w daflu fo'n flin i ganol y teabags a'r pacedi crisps gwag, ond fedra i'm peidio edrych ar y dudalen nath Si blygu gynta. Fine Art BA. Tair blynedd. Part time options. Ma 'na lunia pobol mewn stafell liwgar yn gwrando'n astud ar ddynes mewn sgarff mawr patrymog. Ma nw i gyd yn ifanc ac yn gwisgo statement jewellery. Dwi'n edrych lawr ar fy nhrwsus bagi llwyd a'r slipars sheepskin a chodi'n nhrwyn. Wedyn dwi'n rhoi'n llaw dros y llun a chanolbwyntio ar ddarllen y geiria. Lot o eiria fel 'journey', 'creative vision', 'freedom' a 'space'. Ma 'na QR code efo'r caption 'Visit us on an Open Day'. Heb feddwl gormod am y peth, dwi'n sganio efo'n ffôn ac ma'n agor a deud fod 'na ddiwrnod agored ar yr eighteenth. Dwi'n edrych ar fy watch. Fourteenth heddiw. Ma'r open day dydd Sul. Pedwar diwrnod i ffwr. Dydd Sul yma. Dwi'n dechra chwysu eto, so dwi'n taflu'r prospectus yn ôl ar y bwr, cicio'n slipars i gornel at y tân a gwisgo nhrainers heb agor y cria. Wiglo'n nhroed o un ochor i llall. Ma Rob yn casáu pan dwi'n gneud hynna. Dwi di sylwi fod Becs yn gneud run fath. Ma hi'n sdampio allan i buarth yn trio cal ei thraed mewn i'w sgidia'n iawn cyn cyrradd y fan bob bora. Gneud i fi wenu. Ma Becs wastad yn gneud i fi wenu.

Unwaith dwi di ista lawr a thanio'r fan, dwi'n sylwi mod i di anghofio'r Bags for Life. Damia. Sgen i rili ddim mynadd mynd yn ôl i tŷ. Ma di cymyd hydoedd i fi gyrradd y stêj yma. Na i jest gwario twenty p ar fag pan dwi yna. Ond ych, na, dwi'm isio gneud hynna. Dwi'n casáu bagia plastig. Ffycin hel. Petha fel hyn sy'n gneud fi di blino. Y goro meddwl un cam ymlaen o hyd. Dwi jest isio mynd i Tesco. A rŵan dwi'n cal crisis am faint o blastig dwi'n iwsio. Dwi'n hanner sefyll ar y sêt er mwyn gallu cyrradd y silff uwch ben y cab a diolch blydi byth, ma 'na bedwar bag di plygu'n daclus efo lastig i'w dal yn eu lle. Ma nw mor fflat ma nw'n edrych fel bo nw di cal eu smwddio. Rob. Mai god, ma'r boi 'na'n neat freak. Angen wbath i neud ia. Handi ddo.

* * *

I can tell he's pissed off just from the way he closes the car door and taps his fingers on the roof as he's chatting on his phone. I watch through the window as he starts moving his other arm around aggressively. Tim spots him and rolls his eyes at me. I try not to be bothered and get back to the grouting. Try to look like I'm really concentrating and oblivious to him when he walks in through the front door.

"Tim, Dafs," he nods at the next room, before marching in my direction. "Where were you yesterday afternoon?" he barks.

"Here?" I answer, because I worked all day yesterday.

That's why I'm nearly finished now. I know I'm good at my job. He knows I'm good at my job. Not that it's anything to do with him now. He still treats me like I'm his little labourer though. Treats everyone like that. That's why Tim and Dafs work for me now.

"I came here at four and you were nowhere to be seen," and he points at me as he's saying it.

"Oh yeah, picked the girls up, V's ill."

I don't bother telling him that I was back here at eight and didn't leave until gone eleven. He doesn't need to know.

"She's got you wrapped around her little finger." He shakes his head.

"Nothing wrong with a Dad picking up his kids from school," I snap.

He rolls his eyes at me, but I take Mum's approach, turn my back to him and carry on with the work. I know this mood all too well.

"I wanted to speak to you," he says eventually. "There's an old hotel for sale on the island."

Tim flashes his baccy pouch at me and walks out the room. Dafs follows with his vape.

"It's a big project," he adds. "I'll need lots of workers. Experienced workers."

Right. He wants Tim and Dafs.

"I was wondering if you'd like to manage it?" he asks, making me turn around to look at him.

He runs his hand along the windowsill, inspecting the joins.

"Seriously?" I ask, suspicious. "Why?"

"Because I'm sixty seven," he kind of half shouts, rubbing

his hands together, looking around him "Your mother's been leaving brochures for cruises around the place and keeps shouting about my stress levels. Which is making me feel very stressed, ironically."

"Right," I laugh. "Well she's right. As always."

"Think about it. Here are the details," and he leaves some papers on the worktop on his way out.

I feel strangely touched.

"But there'd be no sneaking off to collect the kids from school," he calls back from the door.

I actually tut out loud at him and flick my hand in the air without thinking. He looks momentarily surprised, but doesn't say anything, and a few seconds later I hear him on the phone again.

* * *

Dwi'n cerddad full speed at y fan, barod i fynd adra. Ma mynd rownd Tesco di rhoi cur pen i fi eto. Strip lighting. Dim byd gwaeth. A three for twos. Dwi wastad yn cal fy swyno gan rheina. Wedyn dwi'n cal fflip out a goro mynd yn ôl lawr pob aisle i roi nw'n ôl. Mi fysa bywyd gymaint haws os fyswn i'n berson decisive. Mi fyswn i'n arbed gymaint o amser. Yn lle hynny, dwi di prynu petha hollol randym fydd yn ista'n ffrij am wythnosa. A dwi di cal yr hen deimlad afiach cyfarwydd 'na ar ôl talu efo'r joint account, meddwl am y petha ddudodd Karen. Meddwl eto am yr open day. Efo gradd mi fyswn i'n gallu bod yn athrawes neu yn ... yn ... be arall ti'n gallu neud efo gradd mewn Fine Art? Dwi'm isio bod yn athrawes. Ond ma rhaid i fi neud wbath. Fedra i'm bod adra yn gneud dim byd am byth. Er, fel dwi'n teimlo rŵan, dwi jest isio aros yn gwely tan ma bob dim di sortio.

"V! Hei V," ma'r llais uchel yn tarfu ar fy train of thought intense i.

Codi mhen a gweld Jon yn ei ddillad gwaith high vis yn dod tuag ata i.

"Hey V, long time no see. O'n i'n meddwl mai dy fan di odd hon."

Dwi'n gollwng y troli a rhoi hỳg sydyn iddo fo. Ma'n hogla fatha tarmac di toddi. Cal hen deimlad anesmwyth fod o di bod yn aros amdana i.

"How's tricks?" ma'n gofyn, ac ma'n gafal mewn bag a'i roi o yn y fan i fi. "Do'n i'm yn meddwl bo ti'n foi real ale?" ma'n deud wrth edrych ar yr IPAs.

Dwi di'u cal nw i Rob i ddeud diolch am yr help. Dwi di prynu presant iddo fo efo'i bres o. Ffycd up, 'ta be? Dwi'n rhoi pob dim mewn yn y fan cyn gynted â fedra i. Ma rhywun yn edrych ar dy siopa di yn teimlo fel rhywun yn edrych yn dy ddrôr nics a sana di.

"What have you done to my boy, V? Ma'n mopey i gyd," ma Jon yn gofyn wrth iddo fo ngwylio i'n rhoi'r bag ola i mewn.

Er bod o'n gwenu, dwi'n gallu deud fod o'n gwestiwn go iawn a bod o'n disgwl ateb.

"Sâl," a dwi'n codi'n sgwydda wrth gau'r drws ochor a gafal yn y troli a'i rhoi rhyngthan ni fel tarian.

"Be ddigwyddodd yn Manchester?"

"Dwi di bod yn rili sâl," dwi'n ailadrodd cyn edrych o nghwmpas i chwilio am le cadw trolis.

"Rhy sâl i tecstio?" ma'n ateb wrth ddechra cerddad efo fi.

"Rhy sâl ... i feddwl am y peth."

Dwi'n teimlo fel hogan fach yn cal ffrae fel dwi'n gwthio'r troli mewn i din un arall.

"Wel, jest cofia ma dim ti di'r unig un sy di cal amser anodd, ia? Di Si ddim mor easy going as he seems," ac ma'r ffaith fod o dal yn y nilyn i'n gneud i fi godi sbid.

Er mod i'n teimlo fel taswn i'n cal fy nghornelu, dwi'n sylwi fod ei lais o mor feddal, a dwi'n meddwl amdanyn nw'n gafal yn dynn yn ei gilydd ar y dance floor, nôl yn y Beudy. Meddwl wedyn am yr holl flynyddoedd 'na'n byw ym mhocedi'i gilydd yn coleg. Pam does gan Rob ddim ffrind fel 'na?

"Be ti'n feddwl?"

"Dim byd. Jest paid â ghostio my boy, iawn?"

"Dwi'm yn *ghostio* fo! Nes i weld o pump diwrnod yn ôl!"

"Be ti'n galw peidio ateb multiple texts, 'ta?"

Dwi'm yn licio'r Jon yma.

Ma rhaid bo ngwyneb i'n adlewyrchu'n meddylia i achos ma'n ychwanegu, "Sori, V, dwi'm isio bod yn dic, ond ma raid i rhywun edrych ar ei ôl o," ac efo hynna, ma'n cyffwr yn fy ysgwydd i a cherddad ffwr. "Cofio gneud run fath i ti. Ma pawb angen rhywun i edrych ar eu hôl nw withia."

"Ti'n swnio fatha cân Take That."

Dwi'n glwad o'n chwerthin, wedyn dwi'n edrych ar yn ffôn. Ma 'na bump neges gan Si ar ôl y comment am neud iddo fo deimlo'n sleazy. Y dwetha bora ma.

> **Si:**
> Survived Blue Monday, just suicide Tuesday ar ol xx

> **Si:**
> Ga i ffonio ti?xx

> **Si:**
> Dal yn fyw? xx

> **Si:**
> C'mon least you can do di ateb fi

> **Si:**
> Wtf?

Wtf indeed.

pennod 31

"Could you have the girls for a couple of hours on Sunday?"

"Why?"

If she's vague, I'm walking out. I turn around to look at her head on so I can try to read her. She's sat at the kitchen table, doodling on an old envelope. She's surrounded by the shopping that she still hasn't put away. I'm itching to do it but I can't be bothered with her getting arsey about it. Also not entirely convinced I want to see the chaos in the pantry.

"There's an open day at the uni."

Right. That's unexpected. That's good. I sit down on the armchair in front of the fire, pulling out a little pink croc that's stuffed down the side. I was looking for this the other day. I chuck it towards the shoe box by the door. Straight in. Yes!

"Are you going on your own?" I ask, just to clarify, putting my feet up on the little coffee table.

"Yeah, well, might ask Karen."

I wonder if she's painting again. Might pop my head in the back room later, see if she's been in there yet. I know I can't mention it; if V feels any pressure, she'll bite my head off. I need to put the curtains up anyway.

"Yeah, I can have the girls, no problem."

"Can you just chill out here with them? They're really tired."

"Yeah course. I'm tired too!"

"Do you think I could go to uni?"

"Yeah, definitely, if you want to?"

She asks what we'd do about childcare. I think about Dad and his offer. And his shitty school run comment. And Mum and her cruises.

"We'll work it out. Don't let that stop you. Your Mum would bite your hand off if you asked her to have them." She pulls a bit of a face at me when I say that, but it's kind of smiley too.

"And like money and stuff ... I was going to ..." but I interrupt her with a smile and say, "Oh, don't worry about that at all, we can *definitely* sort that out."

"I'm going to take the loan and stuff, so that I have ... like ... my own money."

Right. Don't think that makes any sense but whatever.

She looks down at the paper again and carries on doodling. She better not be pressing down hard with that pen. That paper's straight on my nice table.

I must have done something right anyway, because she asks if I want to stay for dinner.

* * *

Ar ôl swpar dwi kind of ddim isio Rob adal. Ma plant di mynd fyny grisia, wbath i neud efo gneud potions, ac ma 'na lot o giglo'n dod o bathrwm mawr. Ma Rob wrthi'n rhoi pob dim yn y dishwasher tra dwi'n plygu dillad ar bwr.

"I got you some IPA, it's in that yellow bag, to say thanks for helping out this week," dwi'n deud wrth bwyntio at y bag efo mhen.

Ma'n cau'r dishwasher a sefyll yn pwyso'i gefn ar y worktop, edrych arna i, cyn deud, "You don't have to thank me for looking after my own kids."

"No, I know, but I would not have been able to manage

this week, I haven't been sick like that since … I can't remember when."

"Since Poland that time. Remember? You got tonsillitis after that festival."

"Oh Jesus Christ, yes. That was awful."

"And we were just on that train for like eighteen hours. That was a bit scary actually, thinking back. You were so ill."

"Worth it though, yeah?" dwi'n gwenu. "Don't think we'll get the chance to ever see Underworld playing at sunset again."

"Was last weekend worth it?" ac ma'i sgwydda fo'n tensio i gyd wrth iddo fo ofyn.

Dwi'n syllu ar y llawr. Mae o'n cau'r dishwasher efo'i droed yn galed, ac ma'r llestri tu mewn yn symud yn swnllyd.

"I might have been ill anyway," dwi'n cynnig, wrth roi'r dillad mewn peils ar y cwpwr wrth ymyl drws.

Ma'n disgyn yn drwsgl i'r gader wrth tân.

"Dad asked me to work with him today," ma'n deud o nunlle.

O na!

"With him or for him?" dwi'n gofyn wrth roi mhen i'r ochor a gwasgu ngwefusa.

"Not sure, he was talking about going on a cruise with Mum."

"YEAH RIGHT! That man is allergic to holidays!" dwi'n chwerthin yn sbeitlyd.

Di Rob ddim yn ateb.

"Just remember how miserable you were and how long it took you to break off on your own. He'll be ringing you at all hours, demanding you work weekends …"

"He wasn't that bad," ma'n ateb efo gwyneb tin.

Mi odd o. Hynna a mwy. Fi oedd adra'n fama ar ben fy hun. Fi oedd yn goro delio efo'r mŵds. Fi oedd yn goro ateb ffôn a deud bod Rob ddim ar gal ar fora Sul.

"Don't do it Rob, it was awful!" dwi'n deud yn siriys. "It played a big part in what happened. You were really unhappy."

"I'm still unhappy and I don't think that's my Dad's fault!"

Dwi'n cau'n llgada a gweddïo i Dduw fod o'n ddigon doeth i wrando ar be dwi di ddeud. Neu mi fyddan ni back yn square one.

pennod 32

"Diolch am ddod efo fi," dwi'n sibrwd, fel dan ni'n ista lawr yn y neuadd fawr, "dwi'n teimlo'n ancient."

"God, sbia'r plant 'ma, dydyn nw ddim yn edrych digon hen i fynd i Llangrannog, heb sôn am ddod i uni. Fyddan ni yma efo plant ni cyn i ni droi rownd, byddan?" ma Karen yn ateb wrth sugno iced coffi'n swnllyd trw stro.

Ma Tom, hogyn hyna Karen, yn bymtheg ond fedra i'm ei weld o'n dod i uni. Fydd o di mynd off i chwara ffwtbol i Man U neu wbath cyn hynny. Sy'n atgoffa fi. "Sut ath trials Tom diwrnod o blaen?"

"Da iawn, apparently. Dwi'm di weld o eto, ma di bod yn aros efo Mike yn dre."

"Pam?"

"Paid â gofyn. Na i grio eto. Honestly, dwi'm yn gwbo be sy'n bod arna i. Ti'n meddwl bo fi'n peri-menopausal?"

"Yn dri deg pump? Doubt it, Karen."

"Ti'n meddwl dylwn i fod wedi aros adra mwy efo'r plant pan oddan nw'n fach?"

Dwi'n synnu'i chlwad hi'n gofyn hynna, ma hi di bod mor vocal am faint mor bwysig di gweithio iddi. Dwi'n gofyn iddi pam ei bod hi'n ama'i hun rŵan. God, cwbl di bod yn fam ydi teimlo'n euog.

"Dwi'm bo, ma nw jest gyd yn gravitatio at Mike o hyd, achos fo oedd yna, de?"

"Oed di hynna, ia? A'r ffaith fod o'n byw yn dre, nes at yr action?"

"Hmmm ... ella."

Dwi'n sipian fy nhe lemon a mêl.

"Dwi'n teimlo mod i di bod rhy hunanol," ma Karen yn ychwanegu wedyn.

"Wfft, naddo Karen! Oedd rhaid i ti weithio doedd, doedd Mike ddim! Ac yli arna fi, dwi'm di gweithio a rŵan does gen i ddim options o gwbl. O leia ti'n gallu bod yn independent."

"Fyswn i totes ddim wedi gweithio os fyswn i di cal plant efo Mr Loaded."

Ma clwad hi'n siarad am Rob fel 'na'n gneud i fi wasgu nwylo a gwgu bach. Ma raid bo hi'n sylwi achos ma hi'n rhoi'i llaw ar fy nghoes i a gwasgu chydig a sibrwd, "Sori."

"Mi fysa ti wedi gweithio Karen, ti wastad wedi bod yn ..."

Be di ambitious?

"Uchelgeisiol! Fysa ti byth di osgoi mynd i uni tan ti bron yn bedwar deg!"

"Ti yma rŵan ddo," ma hi'n gwenu. "Ti di ateb Si eto?" ma hi'n ychwanegu wedyn, tra dwi'n edrych ar yn watch.

Ma'r sgwrs groeso fod di cychwyn erbyn rŵan.

"Naddo ... sbia tecsts ges i'n hwyr nithiwr ddo," a dwi'n pasio'n ffôn iddi.

> **Si:**
> Ma Jon yn deud fod Karen yn deud bo ti'n mynd i open day fory

> **Si:**
> Sori am fod rhy siriys yn Manchester

> **Si:**
> Whether you ignore a pig, or worship that pig from afar, to the pig it's all the same. Spanish Proverb. HAHA

> **Si:**
> A rwan ma Jon yn deud bo fi ddim yn cal txtio ti dim mwy

"Extra points i Si am transparency i fod yn deg," ma Karen yn deud wrth sgrolio fyny ac i lawr. "Rhaid ti ateb o ddo, sdi."

"Gwbo," a dwi'n tynnu stumia i ddangos faint dwi'n poeni am y peth.

"Jest bydda'n onest – ges di meltdown, happens to the best of us," ydi comment ola Karen cyn i ddyn mewn siwt ddod mewn i ddeud wrthan ni be i neud os di'r larwm tân yn canu.

"Pa mor aml ti'n gweld Jon? Nes i mond sôn wrthat ti am hwn diwrnod blaen."

"Be nath Si ddeud yn Manchester?" ma hi'n sibrwd.

Dwi'n gwenu.

"God, betia i di bod y young 'uns 'ma o'n cwmpas ni'n cal llai o action na ni!" ac ma'r ddwy ohonan ni'n giglo.

Ma 'na ddynes efo rhaglen di highlightio'n bob man yn troi rownd a sbio'n flin arnan ni. Dwi'n trio cuddio ac yn edrych ar y llawr ond ma Karen jest yn syllu arni ac yfed yn swnllyd o'i chwpan blastig eto. Dwi angen bod mwy fel Karen!

* * *

I can't help it. I know I'm not supposed to but I really can't help it. I can't cope with this anymore. The clutter. The crumbs. The absolute fucking shit show that is the kitchen. I send the kids to play outside on the trampoline and I blitz the whole room. I put everything away. Clear the table. Hoover up the ash around the fire and empty the hoover. Clean the filter too. This is a really expensive hoover, really pisses me off that she's not looking after it. I throw out the disgusting overflowing compost tub. I wipe down the shelves in the fridge. I fold the dishcloths so the drawer can actually close properly. I have no idea how she can live like this. I know she's been ill and stuff but it was bad before that. How she can even think straight. Although, I would like to argue that she is not thinking straight.

"Daaaaad, I'm hungry," Siw calls as she kicks off her muddy wellies while standing in the door.

One won't come off and she starts swinging her foot backwards and forwards really fast, mud splattering everywhere.

"Siw, Siw, stop, STOP SIW," I say going towards her. "Use the doorstep on your heel." I show her, but she's still swinging and then the welly suddenly comes off and lands slap bang in the middle of the table.

Becs has come in by now and she finds the whole thing so funny she actually has to sit down on the floor because she's laughing so hard.

Siw's looking at me with big eyes, desperate to laugh. She's waiting for me to crack. Not sure which way it's going to go.

"Mam would laugh at that," she says with a smile. "That would really make Mam laugh."

I can't help but imagine all the chicken shit that's probably on that welly.

"Sori Dad," Siw says as she goes to pick it up, and I watch her throw it into the shoe box by the door.

"Don't throw dirty wellies into the shoe box, Siw. Put them outside and I'll wash them. If you'd taken them off with the doorstep like I said, they'd already be outside."

I hear myself and grimace. I am such a boring bastard.

"Go wash your hands too," I call as they both start to sit down by the table.

"Can we have crempogs?" Becs asks.

My cooking skills are not quite crempog level yet.

"Toast? I offer. "With Nutella?"

"Yeeeeeeeeeeeeees," they both call, full of smiles.

God, it's so nice being at home with them. This is the bit I've missed. Just being at home doing nothing together. When I've got them on the weekends, we just go out all the time because we all hate the bungalow. Skiing, cycling, swimming, eating out. It's all great, but you can't beat being at home together. Especially in this house. There's something about this house. I feel like a proper Dad when I'm here.

* * *

"Wel, ti'n egseited?"

"Rili egseited, rili rili rili blydi egseited," dwi'n ateb fel dan ni'n cerddad yn ôl at y fan.

"Dim delay rŵan iawn? Sgwenna dy personal statement HENO 'MA. Paid â colli'r momentum 'ma," ma Karen yn annog.

"Gwbo, gwbo. Dwi am neud. Dwi acshli am neud hyn. O, dwi rili rili egseited Karen!!" a dwi'n hanner dawnsio yn y maes parcio.

"Peint i ddathlu?" ma Karen yn gofyn.

"Na fedra i ddim, ma Rob acw efo'r plant," ac fel dwi'n deud hynna dwi'n estyn yn ffôn o mhoced ôl a gyrru tecst sydyn.

> **V:**
> Back in the land of the living. Ti adra? X

Erbyn dwi di deud tata wrth Karen a thanio'r fan ma di ateb.

> **Si:**
> Gai row gan Jon am fod yn pushover ond yep adra

> **V:**
> Ga i ddod heibio?

> **Si:**
> State your intentions

> **V:**
> Sut ti'n gneud digital portfolio?

> **Si:**
> Wel ma hwnna'n ateb ffycin disappointing

> **V:**
> A deud sori

> **Si:**
> Tyd a Doritos coch a Lucozade i fi a na i adal ti fewn

> **V:**
> Hyngofyr?

> **Si:**
> MARW

Wedyn dwi'n tecstio Rob i ddeud fod Karen yn ypsét am y plant ac angen cwmni. Dwi'n mynd i losgi'n uffern am ddeud y fath glwydda.

Ar ôl sdopio'n Spar i gal y Doritos a'r Lucozade, ma hi bron yn bump arna fi'n cyrradd tŷ Si. Dwi'n camu allan o'r fan a thrio peidio meddwl am y croeso dwi am gal ar ôl wsos o radio silence. Dwi'n crinclo nhrwyn pan dwi'n cofio be ddudodd Jon tu allan i Tesco dydd Mercher. Dydi o ddim mor easy going ag ma'n ymddangos.

Ma'n agor y drws fel dwi'n codi'n llaw i gnocio, a jest sefyll yna'n deud dim byd. Ma'n gwisgo sliders a sana gwyn, shorts a hwdi Patagonia. Ma'i wallt o'n sdicio fyny ar un ochor ac ma ganddo sbecs efo ffrâm ddu dew. Trendy. Ma'n edrych yn trendy.

"Dwi rioed di gweld ti'n gwisgo sbecs o blaen," dwi'n pwyntio.

"Waw, ti rili di meddwl am dy apology'n do?" ac ma'i lais o'n swnio'n sych a braidd yn swta.

"Sori," ac ma'n camu'n ôl i'n ngadal i mewn.

Ma 'na hogla cwcio a gêm saethu di pausio ar y teli mawr. Bowlen wag, bocs cornflakes a photel o lefrith full fat ar y bwr coffi. Coaster dan bob un. Dim mor easy going ag ma'n ymddangos. Dim ond pobol uptight sy'n iwsio coasters.

"Ges i meltdown. Fedra i ddim esbonio fo mwy 'na hynna. Hangofyr, comedown, bod yn sâl, oedd o i gyd yn too much. Sori," a dwi'n cofio cyngor Karen i jest bod yn onest. "Dwi'n cal nw dipyn. Lle dwi jest yn goro fatha retreat a recuperate am bach. Lle ma pob dim yn too much. Digwydd yn aml ar ôl noson fawr. Dyna pam nes i kind of sdopio yfed a bob dim ar ôl y plant. Fel bo nw'n digwydd llai."

Dwi'm yn meddwl mod i rioed wedi deud hynna allan yn uchel o'r blaen.

Ma'n camu ata i a gafal rownda fi, ei freichia fo'n pwyso ar yn sgwydda fi.

"Doedd 'na ddim Doritios coch," dwi'n mwmblan mewn i'w hwdi fo.

"Am wsos ffycin disappointing," ac ma'n gafal yn dynnach yna i.

"Sori," dwi'n deud eto.

Dan ni'n sefyll fel 'na am dipyn, a dwi'n codi mreichia i afal rownd ei ganol o ac yn nadlu allan yn iawn.

"Nes di gal rhai oren neu rhai glas yn lle?" ma'n gofyn.
"Y ddau."
"Like your style," a dwi'n gallu deud fod o'n gwenu.

★ ★ ★

As the narrator gets to the bit about clever trick number four, when the enormous crocodile is pretending to be a picnic bench, they're both asleep. I decide to carry on listening to the end though cos the woman's voice is really soothing. Becs is curled up into my side holding on tight to her dinosaur and I can see Siw's hair moving a tiny bit every time she breathes out. I look at my watch. 7.54pm. I can't believe they fell asleep so quickly. They take ages when they're at the bungalow. I keep thinking I should get up so I'm ready to go when V gets home. She texted me to say she might be late. Something about Karen being upset. But it's so nice in this room, warmest room of the house. Next to the chimney. I insulated this one really well. Should do the same to the other rooms really. Makes such a difference. You lose a bit of space, but it's worth it. Room is still a good size ... and I'm really pleased with my plastering in here ... need to get a nicer door though ... the story ends ... I keep thinking I should get up ... just ten minutes ... Becs does a little sigh and turns away from me so I free my arm ... I'll just ...

* * *

Pan dwi'n cyrradd adra, ma mhen i'n troi efo'r holl betha nath Si ddangos i fi. Sut i iwsio'r scanner, sy rŵan yn gefn y fan, a sut i resizio petha i fi allu gyrru nw dros email. Hynna i gyd a'r lincs i'r holl tutorial fidios dwi angen eu gwylio ar YouTube. Ma di codi ofn arna i. Gneud i fi feddwl mod i ddim yn mynd i allu gneud hyn. O'n i jest di dychmygu rhoi ngwaith mewn ffolder blastig a mynd â fo mewn i ddangos. Dim yr holl extras cymhleth 'ma. A dwi angen sgwennu personal statement. Dwi'm di sgwennu dim byd ers o'n i'n gneud lefel A.

Pan dwi'n cerddad mewn i gegin, ma'n edrych fatha stafell wahanol i honno nes i adal bora 'ma. Ma'r bwr yn glir, ma'r dillad oedd yn sychu rownd tân i gyd di mynd, dwi'm yn baglu dros sgidia fel dwi'n dod i mewn. Ac ma pob man yn hollol ddistaw.

Dwi'n gadal fy sgidia wrth drws a mynd tuag at y grisia, cyn troi'n ôl i roi'n sgidia'n y bocs, ac wedyn nôl at y grisia. Does 'na'm siw na miw yn dod o nunlla, dim ond drws bathrwm yn hitio'r ffrâm yn ddistaw gan bo ffenest yn gorad. Dwi'n cau honno a mynd i lofft y genod.

Ma'r gola little mermaid dal mlaen ar y cwpwr rhwng y ddau wely, ac ma Siw yn cysgu'n gwynebu'r wal efo'i phenaglinia di tynnu fyny at ei bol. Ac ma Rob yn cysgu drws nesa i Beca, ei draed noeth o'n cyrradd y ffrâm ar waelod y gwely. Ma'i wyneb o di ymlacio'n llwyr ac un fraich di codi a'i law o dan ei ben o. Ma'i bicep o'n edrych yn masif. Y tatŵ ridicilys 'na o neidar yn mynd o golwg dan ei d-shirt o.

Dwi'n pwyso ar ffrâm y drws am dipyn yn meddwl y dylwn i ddeffro fo a'i yrru fo adra, ond dwi'm isio. Dwi'm di gweld ei wyneb cysgu fo ers dros flwyddyn a dwi'n teimlo'n kind of emosiynol jest yn sbio arno fo. A possessive. Dwi'm isio neb arall weld ei wyneb cysgu fo. Teimlo mod i isio crio, acshli. Braidd yn randym.

Ma'n agor ei lygid a gwenu chydig arna i. Gwên swil heb ddannadd.

"Are you actually tensing your arms?" dwi'n sibrwd. "Even in sleep, you're posing."

"Made you look though, yeah?" ac ma'n dechra codi'n ara deg.

"It's fine," dwi'n gwenu a chwifio'n llaw, "don't get up," a dwi'n cau'r drws ar y ffor allan.

* * *

I hear her walking away and I'm expecting to hear her footsteps going down the stairs but she just stands still for ages, from what I can make out. Then I hear the door to the back room open. I smile to myself and take my jeans off, before shuffling over to get under the duvet with Becs. She's really warm and I curl up around her.

* * *

Ma bron pob un llun yn dod ag atgof gwahanol yn ôl i fi. Dwi'm even yn cofio gneud hanner ohonyn nw. Ma fel mai rhywun arall sy di gneud nw. Ma 'na ddau focs mawr llawn dop. Dwi'm di edrych ar rhein ers i fi ddod â nw o dŷ Mam a Dad pan nathon ni symud fewn i'r static. Be oedd yn oed i'r adag yna? Dau ddeg tri? So deuddeg mlynedd yn ôl. Jesus.

Ma 'na bob matha o betha. Sketches. Watercolours o'r mynyddoedd. Cartŵns. Dŵdls. Rhai di fframio. Rhai di rhigo. Dwi'n ffindio llond amlen o fersiyna gwahanol o'r tatŵ coeden nes i neud i Rob. Ych. Geith rheina fynd i tân. A sketches o Karen a Liz yn coleg. Liz efo gwallt hir mewn plethen, wbath yn bod efo'r trwyn ddo, ddim cweit yn iawn. Ffolder o ngwaith Lefel A i. Ma fel mynd yn ôl mewn amser. Dwi'n cal braw faint o 'fi' sy'n y llunia. Dwi'n gallu gweld mod i'n hyderus ac yn daring ac yn ffwr â hi. Dwi di experimentio efo pob matha o betha. Collages o *Melody Maker* a *NME*, lle dwi di rhoi cega mawr ar bennau bach ac wedyn di ychwanegu lôds o fanylion efo permanent maker. Ma nw'n rili ... wel ... da. Gan fod 'na gymaint o amser ers i fi neud nw, dwi'n gallu edrych arnyn nw objectively, ac ma nw'n dda. Ac ma fel gweld fi'n hun objectively hefyd. O'n i'n gutsy. Llawn egni. Ffyni. Ma lot ohonyn nw'n ffyni. Dwi'n cal moment o fel ... edmygu fi fy hun. Sy'n wiyrd. Dwi'n llawn edmygedd, gair da, o teenage fi.

Dwi'n pwyso'n ôl ar y wal, croesi nghoesa o mlaen ac edrych ar yr holl waith. Lle ma'r hogan cŵl a chreadigol a phenderfynol yna wedi mynd? Lle ath hi? Dwi'm di gweld hi ers talwm. Dwi di cholli hi'n llwyr. Dwi'm yn cofio'r V yna.

Dwi'n sychu'n llgada efo'n llawes, ddim di sylwi bo nw'n wlyb. Ma corneli ngwefusa i'n mynnu troi ar i lawr a dwi'n sniffian. Lle ma hi di mynd? Dwi'n cweit licio hi.

Fel dwi'n pendroni am hyn, ma'r drws yn agor yn ddistaw ac ma pen Rob yn dod i golwg.

"It's late, you ok?"

Dwi'n edrych ar fy watch. 10.47pm.

"Just looking at all my work," dwi'n deud ac ma'n dod mewn i'r stafell pan ma'n clwad y cryndod yn yn llais i.

Ma'n sefyll wrth y drws yn ei boxers heb sana, jins yn ei law ac yn edrych ar yr holl bapura ar lawr.

"Wow," ma'n deud wrth gerddad yn nes at y gwaith, cyn plygu lawr a chodi'r collage mawr sy efo llunia mesd yp o'r holl bands oeddan ni'n gwrando arnyn nhw adag yna. "I remember you doing all these, you got proper obsessed, collecting flyers and wrappers all the time," a dwi'n ei weld o'n gwenu'n meddwl am y peth.

"I was so passionate about it all, wasn't I? Like, passionate about art and life and music and everything … now I'm … just … tired. Tired in my bones."

Tra dwi'n deud hyn ma di rhoi'i jîns amdano, a di dod i ista drws nesa i fi ar y llawr.

"Where did that person go, Rob? I don't do anything now. I'm just like … hanging on by a thread."

"It'll come back. We renovated a house. We had kids. We travelled. We probably partied a little too hard. You can't do all the stuff all the time," ac wrth ddeud hynna ma di rhoi'i fraich rownd yn sgwydda i.

"Twenty-year-old me was just … so cool," dwi'n deud wrth sychu fy llgada eto. "I miss twenty year old me," a dwi'n rhoi mhen ar ei ysgwydd o.

"I miss twenty-year-old me too! My shoulder is still killing me after I shovelled sand all day at work yesterday. I used to do that five days a week and then go out climbing, and I'd still party all night! I was asleep before eight today, as you saw. And I'm excited about taking one of those strong painkillers later!"

"Those strong codeine ones? Yeah, they're nice," dwi'n chwerthin.

"Mid-thirties us aren't that bad though, are they?" ma'n gofyn.

"I'm *pretty* bad," dwi'n ateb wrth nodio. "I thought I'd be ... better ... or happier, maybe?"

Ma'n tynnu'i fraich o 'na a throi i ngwynebu fi.

"You don't mean that? That you're bad? You didn't do anything wrong. This is my fault. This shitty bit of our lives. It's all my fault."

"Not really though, is it? I was ... before that night ... I look back and it feels like I was a different person. I wasn't very ... kind," a dwi'n goro cuddio ngwyneb pan dwi'n deud hynna. "I was really angry about something."

"Maybe, but I should have seen it for what it was ... like postnatal depression or whatever?"

"D'you think?" dwi'n gofyn.

"I mean ... yes ... don't you?"

"No idea. Genuinely, no idea. I feel like I have no idea what happened. And seeing all my work tonight, seeing the old me here on paper, I just ... miss her or something. Dwimbo."

"She's still there ... I've seen glimpses of her. I can see her in this room. I can see her going to uni. I think creating again will bring her back."

Dan ni dal i wynebu'n gilydd, fi'n ista fatha teiliwr a fynta'n pwyso'n ôl ar ei ddwylo a'i goesa di plygu. Dwi'n pwyso'n mlaen a rhoi nhalcen ar ei ben-glin o.

"God, that's so cheesy, Rob. You sound like someone out of *Heartbreak High*."

"If I was in *Heartbreak High*, I'd definitely be Drazic."
Na. Si fysa Drazic. Deffo.

* * *

"Good sleep?" I ask, as she comes into the kitchen in my Nirvana t-shirt, grabs the kettle and goes to the sink to fill it up.

I look at her back and just think to myself how comforting it is to see morning V. The relief I felt when I woke up in my own house, even if Beca was taking up most of the bed and I was squashed up to the wall.

"Yeah. I have not slept this late since … I can't even remember," she answers as she fills the kettle.

"It's only just gone seven," I reply, bit puzzled.

"Yeah I know, I wake up before five usually …"

"Every day?!?" I ask.

"Yep. Every. Fucking. Day," she replies, but she's smiling as she's pondering over which teabag to pick.

"Paid â deud swears Mam," Siw calls from the sofa by the fire.

Becs giggles and repeats "every fucking day", and then runs out the kitchen and stamps up the stairs.

"Shit, I didn't even see them there," V says with big eyes.

"Ti di neud o ETO Mam!" Siw laughs and she calls "shit shit shit" as she runs after Becs.

I love that neither of them has even mentioned the fact that I was here when they woke up.

V switches the radio on and as soon as she hears the presenter's voice she shouts, "SHIT, it's Monday!" bangs her cup down on the worktop, and goes out of the kitchen after them calling, "GWISGO, RŴAN!"

I get up, close the tea drawer and wipe up the tea she spilt. So much chaos.

pennod 33

Dwi'n gwylio'r fan las yn dreifio lawr y trac a dwi'n neud yn siŵr eto mod i di cloi drws. Dwi'n teimlo di cynhyrfu i gyd. Ac yn ymwybodol iawn mai fi di'r unig oedolyn yn tŷ efo dwy o genod bach.

"Pwy oedd rheina, Mam?" ma Siw yn gofyn. "Pam nes di fod yn rŵd efo nw?"

"Jest dynion yn chwilio am rwle arall. Ma nw di mynd rŵan."

"Be oeddan nw'n chwilio am Mam?" ma Siw yn gofyn wedyn.

"Dwimbo, jest chwilio am dŷ rhywun arall, Siw," a dwi'n gweld fod y fan wedi sdopio ar waelod y trac a ddim yn symud.

Ma'n iawn. Fyddan nw di mynd yn munud. Ma drws di cloi. Nawn nw ddim dod yn ôl. Dwi'n bod yn paranoid.

Ond do'n i rili ddim yn licio sut oedd y llall yn trio sbio mewn i'r sied. Clwad llais fi fy hun yn deud, "My husband will be home in a minute" a "Can you stop looking in the shed, please?"

Ych. Na. Dwi'm yn licio hyn. Ma nw'n dal yna. Dwi isio mynd i gau giât buarth ond dwi'm isio mynd tu allan. Dylwn i sôn wrth Dai fyd. Ma gynno fo sdwff yn bob man.

* * *

I'm just getting a beer out of the fridge when my phone rings. V. Photo of her diving into the lake again. She never calls me these days. Maybe she's ringing to talk about last night. Or maybe just for a chat. Like we used to. I miss her calling me at work just for a chat.

When I answer, she whispers "Rob, can you come home, please", without a hello or anything.

"What?"

"Can you come home now, please?"

"Why are you whispering?"

She explains that she doesn't want to freak the kids out but that some weird blokes stopped by in a tipper van and they were looking in the shed and they're still parked at the end of the track.

I put my shoes on, get my keys and tell her that I'll be there in about ten minutes, and jump in the Land Rover. As I'm driving away I notice that I've left all the lights on in the bungalow, but fuck it. Doubt they'll do anything. Probably just chancers. But still, there's thousands of pounds worth of my tools in there.

I keep talking to her as I'm driving and she tells me that they're leaving now. She can see them driving off.

"Don't make a big deal of it when you get here," she warns. "Don't freak the kids out. Siw feels a bit strange about it already."

* * *

Teimlo bach yn rhyfedd mod i wedi goro ffonio Rob. Dwi'm isio bod yn un o'r merched 'na sy'n goro cal dyn i edrych ar eu hola nw, ond ar yr un pryd, oedd y fan yna am ages, ac oedd o'n hollol amlwg mod i adra ar ben fy hun. Ac ma 'na werth miloedd o dŵls yn y sied 'na. A moto-beic Rob. A'r holl feics.

Dwi'n deud wrth Rob fynd i rybuddio Dai ar ei ffor adra fyd, rhag ofn iddyn nw fynd i fanno. Dwi'n gallu deud fod Rob ddim isio. Mod i'n bod yn ddramatig, ond mae o'n gaddo gneud cyn rhoi ffôn lawr.

Dwi'n dod nôl mewn i gegin at Siw a Becs a deud wrthyn nw fod Dad am ddod draw am swpar efo ni. Ma gwên Siw bron yn ddigon i fi anghofio am y dynion yn y tipper.

★ ★ ★

She offers me some cottage pie when I arrive and, as the kids are there, she doesn't mention anything about the two blokes. I reversed the van up against the shed door when I got here. Keys were in the ignition. It would help if she was a little bit more security conscious. When I lived here, I always used to shut the gate to the yard when I left but she can't be bothered. But I don't mention this. Might do later though, if it comes up.

Cos I had to go via Dai's house, the kids had already finished eating when I got here, so they've gone off to the living room and now it's just me and V at the table. Feels a bit like an awkward date. I can tell that she hates that she had to call me.

"If Mwsog was still here, I wouldn't have felt scared," she says, obviously forgetting that Mos would have completely ignored those blokes and carried on snoring in front of the fire. About as much use as a chocolate tea pot.

"I've missed your cottage pies," I smile, to change the subject.

"I don't know why I was scared. I've grown up in the middle of nowhere, so I should be fine with it. But they were a bit weird. They made me feel really ... weird."

"V, it's fine, don't worry about it," I say. "I'm glad you called. Glad I was able to come. And I got fed out of it. Good deal for me."

So obvious that she still hates it. She gets up and starts

putting stuff in the dishwasher and running the tap to soak the big pie dish.

"Sometimes a woman needs a man around to feel safe."

She swings around to face me so quickly she nearly trips over, and I can tell she's about to hurl some serious abuse at me when I hold my hands up and start laughing.

"It really added to the effect that you were doing the washing up when I said that."

She throws a horrible soggy cloth at me really hard, and it slaps me right in the face. I'm so shocked I let out a little scream.

"You can finish the washing up for that," she laughs.

⋆ ⋆ ⋆

Dwi'n casáu mod i'n teimlo'n well rŵan fod o yma, a dwi'n dredio fo'n gadal yn barod. Ma plant yn eu gwlau a dwi'n gwbo fydda i'n codi i edrych allan trw ffenest bob dau funud, i weld os ydyn nw di dod yn ôl. Er mod i'n gwbo, logically, dydyn nw ddim yn dod yn ôl.

"I might head off then," ma Rob yn deud wrth agor ei geg am tua handi naw, mestyn ei goesa o'i flaen yn y gader freichia fawr.

Dwi'm yn deud dim byd.

"I can stay if you like?" ma'n cynnig.

"I don't want to want you to stay but I do," dwi'n cwyno, yn ista'n ei wynebu fo, coesa di plygu dan fy mhen-ôl ar y gader arall.

⋆ ⋆ ⋆

I offer to stay again. We're both aware of the unsaid, that I will have stayed here two nights in a row. I want to stay. It's warm here. I'm well fed. And maybe those blokes will come back? Who knows.

We both discuss how much my tools are worth, how flimsy the shed lock is, how I better stay.

"Well, in that case," I say as I get up and go to my booze cupboard.

"You won't be much use if you're pissed when they come back," V says.

I hover, think about disagreeing, then think better of it and say, "you're right," and smile at her.

"I know you think I'm overreacting!" she whinges.

"It really doesn't matter, if you feel better having me here … well that's great for my ego, so happy to stay. Not with Becs though. She's a wriggler."

She looks at me with a tilted head.

"Not in our room either! That's not what I was getting at!"

I'm not that fucking deluded. I get up to go and do the chickens.

"Although, if they were to come back, that is the room with the best view of the shed …"

She laughs and mutters "nice try" and heads for the stairs.

★ ★ ★

Dwi newydd fynd dan cwilt ac estyn llyfr pan ma pen Rob yn dod rownd ochor y drws.

"Can I come in for a bit?"

Dwi'n nodio.

"I thought about what you said. I'm not going to work with Dad."

O diolch byth. Diolch blydi byth.

Ma'n ista ar ochor y gwely. Dwi'n disgwl. Dal fy ngwynt chydig. Teimlo fel fod 'na wbath mawr arall ar y ffor.

"Right, that's all," ma'n deud, a chodi a mynd allan.

O.

Dwi'm yn siŵr iawn pam mod i'n teimlo'n siomedig.

pennod 34

"Ti di gorffen dy personal statement eto? Ti isio fi ddarllen drosto fo?"

Fedra i ddeud fod Karen ar ei power walk awr ginio achos dwi'n clwad y gwynt yn chwthu ac ma'i hanadl hi'n fyr. Dwi wrthi'n tynnu dillad o'r peiriant golchi a ddim yn ateb digon sydyn achos ma Karen yn hanner gweiddi, "Ti'm di gychwyn o naddo? Blydi hel Veda!"

"Di mond yn ddydd Mawrth Karen, dwi'm di cal cyfla i sbio arno fo eto ..."

Dwi'm yn deud wrthi fod Rob di bod yma tan wedi deg bora 'ma, jest yn potsian a mwydro. Mod i di chwerthin ac ymlacio mwy bora 'ma na dwi di neud ers talwm.

"Esgusion, esgusion. C'mon, V. Rhaid i ti gadw'r momentum i fynd ar ôl dydd Sul, neu fydd 'na flwyddyn arall di pasio."

"Ocê, ocê!" dwi'n cwyno.

"Be ti angen ydi mynd i rwla am chydig o ddiwrnoda. Dim distractions. Gorffen dy personal statement a dy portfolio. Neud o i gyd mewn un go. Job done, wedyn."

Dwi'n clwad gwylanod yn sgrechian yn y cefndir, Karen yn deud 'helô' wrth rhywun, cyn iddi ychwanegu, "Rhaid i fi fynd. Sort it out, iawn?"

Ma hi di rhoi ffôn lawr cyn i fi ateb.

Dwi'n ffonio Rob yn syth. Dwi'n deud yn union be ddudodd Karen, mod i angen llonydd am chydig ddyddia i fi gal gneud y gwaith. Ma'n cynnig aros yn tŷ ni efo'r genod am chydig ddyddia. Ei benwsos o efo'r genod ydi eniwê.

A chyn i fi ateb, ma'n ychwanegu, "Actually, I could take the rest of the week off and you could stay at the bungalow? There's loads I need to do at home. I need to do something about the potholes. The garden is out of control. The girls' bedroom door doesn't close properly. You could do your application and I could do loads of jobs?"

"Yyyyy ... I'm not sure ... hang on ... let me think..."

Hanner awr yn ôl o'n i jest am fynd i nofio a gneud swpar. Rŵan dwi fod i beidio gweld y genod am ... "How long we doing this swap for?'

"Til it's finished? Monday, at least. You're never going to do it at home V, there's always going to be something to distract you. And because you're nervous about the whole thing you'll just keep putting it off."

Pisio fi off faint ma'n nabod fi withia.

"Fine, yes. I'll do it. I'll stay at the bungalow til Monday. Happy?"

"I think the words you're looking for are *thank you Rob*?"

Dwi'n diolch iddo fo mewn llais robotic.

"You're a life saver Rob ... what would I do without you Rob ... you're amazing Rob..." ma'n cario'n mlaen.

Dwi'n anwybyddu fo a gofyn iddo drwsio giât rar tra ma wrthi.

* * *

Oh man, six nights at home. I cannot fucking wait. Those potholes have been driving me mental. And I get to spend every afternoon with the girls. Get a bit of order in the house. And sort out the garden just before everything starts going crazy in spring. And she can have a taste of what it's like to be on your own knowing everyone else is at home together. And if she's at the bungalow she can't have anyone over, not without my Mum popping in. Oh Jesus, I'll have to tell my Mum not to pop in all the time. She wouldn't have anyone over anyway, would she? She seems a bit more present with me recently. Not like her mind is somewhere else. I think whatever happened in Manchester put a stop to things. I want to ask her though. I need to know that there's nothing else going on now. It probably was nothing anyway. Like whatever happened between me and Jess. Brief and confusing. Very confusing.

"You alright mate?" Tim asks.

I shake my head, look at him, try to get my head back in the room.

"Yeah, fine. I think I'm going to take the rest of the week off," I tell him. "Reckon you'll manage?"

Tim whistles through his teeth. "Depends," he sighs. "Still haven't heard back from the electrician."

Shit.

"I'll handle it mate, don't worry," and he squeezes my shoulder. "I know you've got shit going on."

I must look worried because he hits me hard on the back and says, "You don't work for your Dad anymore. Take a few days off."

pennod 35

Dwi'n casáu'r bynglo ma. Casáu, casáu, casáu'r bynglo 'ma. Ma'r ffenestri'n fach. Ma'r sosbyns yn shit. Does 'na ddim tân coed. Ma'r bath yn tiny. Ma'r ffrij yn blydi swnllyd. Hymian trw nos. Does 'na ddim extractor hood so ma pob dim yn hogla fatha bwyd di ffrio. A dwi'n teimlo fod Granny Pam yn gwylio fi drw'r adag. Ma Frank yn canu corn bob tro ma'n dreifio heibio. Ma fatha goldfish bowl. A dwi'n dal mond di sgwennu un paragraff o'n personal statement. Sut ma Rob di byw'n fama am flwyddyn heb golli'r plot? Dwi mond yma ers tair noson a dwi'n teimlo fel mod i am ffrwydro. Ac ma 'na wbath mor unig am fod yn fama ar ben dy hun yn gwbo fod Rob a'r genod yn glyd ac yn gynnes yn tŷ ni.

> **V:**
> I HATE the bungalow. HATE IT

> **Rob:**
> I LUV home. LUV IT

> **Rob:**
> Get bk 2 work x

Wel, di o'n amlwg ddim isio fi'n ôl adra ar frys.

Dwi'n ista lawr eto ar y soffa ac estyn y laptop. Dwi'n darllen be dwi di sgwennu. Ma'n shit. Dwi'n dilîtio fo i gyd. Dwi'n gwglo 'how to write a personal statement'. Wedyn dwi'n darllen y newyddion. Tsecio tywydd. Darllen y lifestyle section o'r *Guardian*. Wbath am 'how to divorce well'. Wbath am adal y plant mewn un tŷ a'r rhieni yn swopio. Nesting ma nw'n alw fo. Wedyn wbath am wahanu finances. Dim sôn be i neud os oes 'na un hanner heb ddim finances. Dim sôn be i neud os oes 'na un hanner rioed di cal job iawn. Dim sôn be i neud os oes 'na un hanner rioed di byw fel oedolyn heb yr hanner arall.

Shit. Personal statement. Dyna pam dwi yma. I sgwennu personal statement. Ddim i gymyd life advice gan y *Guardian*. Personal statement. Reit. Canolbwyntio. Dwi'n cau'r browser. Edrych ar y cloc. Jesus, ma hi'n bedwar. Dwi'm di gneud dim byd.

Ffyc this. Dwi'n mynd i nofio.

Ar ôl tri chwarter awr o nofio, dwi'n teimlo lot gwell. Mwy relaxed. Tesco am snacs ac adra rŵan. Dim distractions.

> **Si:**
> Sut ma'r portfolio'n mynd? x

> **V:**
> Sdyc ar y personal statement

> **Si:**
> Tisio help?

Dwi'n meddwl am y peth tra dwi'n byta fflapjac yn y fan tu allan i Tesco'n gwylio pawb yn mynd mewn ac allan. Lot o bobol yn prynu cwrw. Lot o famau efo'u plant. Dwi'n sbio ar lunia o Siw a Becs. Pathetic. Dwi mond di bod hebddyn nw am bedwar diwrnod. Be ma Rob di bod yn neud efo'r holl amser sbâr 'ma? Cwestiwn peryg.

> **V:**
> Sgen ti'm byd gwell i neud ar nos Wener?

> **Si:**
> Nope

Dwi'n mynd nôl mewn i Tesco i brynu potel o rym a ginger beer posh. Bag o limes hefyd. Wedyn dwi'n dreifio'n syth i tŷ Si, neidio allan a chnocio'r drws cyn i fi newid fy meddwl.

"Ma'n gorad," ma'n gweiddi a phan dwi'n cerddad mewn ma'n gorfedd ar ei gefn ar y soffa'n chwara gêm saethu.

"Ti'n hyngofyr eto?" dwi'n gofyn.

"Nadw, pam?" ma'n ateb heb dynnu'i lygid o'r sgrin.

"Pam ti'n chwara computer games 'ta?"

"Yyyy ... achos dwi'n oedolyn a ga i neud be bynnag dwi isio?"

Ella nes i rioed werthfawrogi fod gan Rob ddim diddordeb mewn computer games.

"Dwi di bod yn gwaith trw'r wsos," ma'n deud wrth godi ar ei ista a thaflu'r controller ar y bwr coffi.

"So ti ar un sgrîn wedyn ti'n dod adra a mynd ar sgrîn arall?" dwi'n gofyn, dal yn sefyll wrth y drws.

"Sori, Mam!" ma'n deud mewn tôn horibl.

Ma'n gafal yn remot y teli a switsio fo off.

Da ni'n sbio ar yn gilydd yn ocwyrd.

"Argh. Rewind. Cer nôl allan a cnocio eto."

Pan dwi'n cerddad fewn am yr ail waith mewn dau funud ma'n ista'n syth ar y soffa'n darllen papur newydd a dwi'n chwerthin.

"Well?" ma'n gwenu.

"Lot gwell."

"High standards," ma'n deud wrth roi sws sydyn i fi cyn cymyd y bag a mynd i gegin. "Dwi'm di arfer cal cariad efo rheola screen time."

Dwi'n glwad o'n estyn chopping board a dechra torri limes.

"Ti isio rhew?" ma'n galw.

Dwi'n dal i sefyll wrth y drws di rhewi. Dwi'n ista lawr ar y grisia i dynnu'n sgidia. Syllu mewn i sbês. Dwi'n dal i ista yno pan ma'n dod nôl mewn efo dau wydr mawr.

"Ti'n ffrîcio allan gan mod i di galw ti'n cariad fi?" ma'n gofyn.

Dwi'n cymyd swig mawr o'r diod. Ma mor gry ma'n dod â dagra i'n llgada fi.

"Pam?" ma'n gofyn.

Dwi'n sbio i bob man ond i'w wyneb o.

"Be ti isio fi alw ti?"

Dwi'n cau'n llgada'n dynn.

"Pam ti'm yn gallu siarad am y petha 'ma?"

Ma'r miwsig yn newid o'r Doors i Leonard Cohen. Dwi'n gwenu. Cofio fod Si wastad yn obsesd efo Leonard Cohen.

"Wyt ti'n gallu siarad am y petha 'ma efo Rob?" ma'n dal arna i.

Dwi'n gwasgu nannadd ac ysgwyd fy mhen. Dal ddim yn sbio arno fo.

"Go iawn? Da chi di prodi ers dach chi'n teenagers a ti'n methu deud wrtho fo be ti isio?"

"Doedd kind of dim angen am ages," dwi'n deud, "oeddan ni jest isio run peth."

"A rŵan?"

Ma dal i sefyll ac yn sbio lawr arna i.

Dwi'n cyfadda mod i'm yn gwbo be dwi isio. Ma'n gofyn, "Pam?" mewn llais mor feirniadol, dwi'n teimlo'n hun yn mynd yn flin efo fo.

"Be ti'n feddwl *pam*?" ac ma'n llais i'n dod allan yn high pitched.

"Pam ti'm yn gwbo be ti isio?" ac ma'n ista wrth yn ymyl

i ar y grisia, sy'n teimlo bach llai confronting ond dwi'n dal i deimlo mod i'n cal fy nghyfweld am job dwi'm isio.

Dwin deud wrtho fo mod i'm di meddwl am y peth, fod o ddim am be ti isio pan ma gen ti blant, fod gen i ddim amser i feddwl am y peth, cyn cymyd swig mawr arall.

"Wel, gna amser i feddwl am y peth 'ta," ma'n deud, fel fod o'r peth symla yn y byd.

"Dio'm cweit mor hawdd â hynna," a dwi'n clwad yn hun, swnio fel Siw pan dwi'n deud wrthi fod rhaid mynd i'r ysgol bob dydd.

"Mae o. Mae o mor hawdd â hynna, V. Ti jest angen meddwl am y peth. Ti'n gneud pob dim yn gymhleth achos ti'n osgoi pob dim."

"Dwi'm isio bod yn gariad i ti," dwi'n deud yn sydyn.

Ma'n gofyn i fi pam mod i yna 'ta. Wedyn dwi'n teimlo fel shit.

"Achos o'n i'n teimlo'n unig," dwi'n cyfadda wrth i fi sylwi mai dyna di'r gwir.

"Pam nes di ddim mynd at Rob?"

"Achos fysa hynny'n goro golygu rwbath,"

"Wel, ma hyn yn golygu wbath i fi," ma Si'n deud yn blwmp ac yn blaen.

"Sut ti'n gneud hynna? Jest bod yn hollol agored am be ti'n deimlo?" dwi'n gofyn wrth droi i sbio arno fo am y tro cyntra.

Ma'n codi'i sgwydda. "Mbo. Jest licio bod yn efficient. Life's too short, V."

"O ti ddim fel 'na'n coleg," dwi'n cynnig.

"O'n i'n seventeen. Cwbl o'n isio adag yna oedd mwg, pils a hassle free shag."

Dwi'n chwerthin a gofyn, "Pam nes di ddim gofyn i fi am hassle free shag?"

"Ia, missed the boat yn fanna braidd, do? Blydi Rob."

"Dyna o ti isio New Year's Eve? Hassle free shag?"

Ma'n sbio i fyw yn llgada fi a deud fod o di gneud hi'n hollol amlwg fod o ddim ar ôl hassle free shag rŵan.

O God.

"Nes i ddeud yn Manchester fod gen i ddim byd ar ôl i roi, dwi'm di gaddo dim byd."

"Gwbo," ma'n ochneidio, "gwbo."

Ma'r ddau ohonan ni'n yfed run pryd, dal yn ista drws nesa i'n gilydd ar y grisia.

"Mewn parallel universe, ti'n meddwl fysan ni'n gneud cwpl da?" dwi'n gofyn, achos ma hyn yn teimlo fel fod y potential yna i fod yn wbath gwell nag ydi o.

Dwi'n gallu deud fod o'n meddwl am y peth o ddifri.

"Probably ddim."

"Pam?" ac ma'r ffaith mod i'n swnio mor outraged yn gneud iddo fo chwerthin.

"Achos ti'n caru Rob."

Sgen i mo'r egni i wadu. A dwi probably yn eniwê. Ti'm yn gallu rhannu ugain mlynedd efo rhywun a pheidio'u caru nw. Ffycin hel.

"Parallel universe. Di Rob ddim yn bodoli."

"Oh, in that case, totally. Ond dim plant. Dwi'm isio plant. Dyna pam nes i orffen efo Steph. Ma hi isio plant. Ond oedd hi'n deud bod hi ddim. I blesio fi."

Diddorol. Dwi'n cofio'i gwyneb hi pan nes i ddeud fod gen i blant.

"Ond nes i adal o braidd yn hwyr. Teimlo fel shit am y peth dal. A rŵan ma hi'n bedwar deg. Nath Ade roi peltan i fi."

Distawrwydd.

"Jesus, intense even i fi. Diod arall ia? A biffdar?" ac ma'n codi a chynnig ei law i fi a nhynnu fi fyny.

"Fydda i methu dreifio adra wedyn," dwi'n deud.

"That's the plan. Gawn ni shag llawn hassle arall ia?"

Dwi'n gwbo mai dyma'r tro ola.

Dwi'n gwenu ac ma ngwthio fi'n erbyn y wal efo'i gorff, ac ma'r snog yn teimlo'n rili intense.

Fel dan ni'n mynd fyny grisia, dyma'r tro cynta dwi efo fo ac yn teimlo fatha mod i'n acshli'n cheatio ar Rob. Er bod dim byd di newid rhwng fi a Rob. Wiyrd.

pennod 36

Mum said she didn't come home last night. Apparently, she left around four and didn't get back til gone ten this morning. I'm so angry. SO ANGRY. I've been here at home like a mug fixing the fucking garden gate, while she gets to go off and do whatever she wants. I've tried to ring her twice but she hasn't answered. I've just called Liz to ask her to come and look after the kids for an hour so I can go over there. She should be here in a minute. She said she has no idea what's going on. She hasn't spoken to V since the wedding. Which is really weird for them. They usually chat all the time. If I thought Karen would give me the time of day, I'd call her, but she hates me and won't tell me anything. When I kick the door between the kitchen and living room shut, Siw looks up from her colouring and stares at me like she can't figure me out. I go back to the omelettes and add the cheese, before getting the ketchup and cucumber out of the fridge. Becs is sitting on the table playing with her Lego fairy tree.

"Clear the table girls. Amser cinio," I tell them as I cut the omelette in half with the spatula and flip half each onto their plates.

I put them down in front of them and call Liz again to see how long she's going to be. She doesn't answer. I call my Mum then because I have to speak to someone. I leave the girls by the table and go outside.

"Hello darling, everything ok?" Mum answers.

"Is she still there?" I bark. "Is she still at the bungalow?"

"Calm down now darling. I wouldn't have told you if I'd thought you were going to react like this."

"How did you expect me to react? I'm here looking after the kids and she just does whatever she wants?" I spit.

"Well, isn't that what you've done for the past however many years? She's always been there at home looking after the kids. Making you dinner."

"What?!?"

"Calm down darling," she repeats.

"Stop telling me to calm down. Right, I have to go. Liz just got here."

The first thing Liz tells me is that I need to calm down.

"Will everyone STOP TELLING ME TO CALM DOWN," I shout.

She reminds me that my kids are inside and that makes me take a minute. Deep breaths. She puts her hands on my shoulders and looks directly at me.

"You need to go and speak to her, but not like this," she reasons. "You're being a little bit scary."

"Scary? Fuck off," I exclaim, very aware that I'm proving her point.

She just raises her eyebrows at me.

"Right, I'll be back in a bit," I say as I knock on the window and wave at the girls.

They both stare at me, neither of them eating. Do they think I'm being scary? Need to calm down before I get there. But she's not getting away with not talking this time.

* * *

Dwi jest wrthi'n rhoi'r finishing touches i'r personal statement nath Si helpu fi efo nithiwr pan dwi'n clwad Rob yn parcio tu allan. Dwi'n agor drws yn syth rhag ofn fod wbath di digwydd i'r plant. Ond di'r plant ddim efo fo. Dim ond fo'n brasgamu tuag at y drws efo gwyneb fel taran.

Dwi'n sefyll yn gwylio fo a pan ma'n deud, "Let's go inside otherwise we'll have an audience," fedra i ddeud yn syth fod o'n gandryll.

Ma'i wefusa fo'n symud pan ma'n siarad ond ma'n gwasgu'i ddannadd drw'r adag. Dwi isio gofyn iddo fo lle ma'r plant ond dwi kind of ofn. Ma'n rwbio'i law yn ôl a blaen dros ei ben moel hefyd, wastad yn sein drwg. Dwi'n bacio'n ôl i neud lle iddo fo ddod mewn ac ma'n cau drws yn glep.

"How do you make so much mess?" ma'n gofyn wrth sbio o'i gwmpas.

"Is that why you came?? Where are the girls?"

"With Liz. Where were you last night?"

O.

"None of your business," dwi'n taro'n ôl.

"Well, that's where you're wrong you see, it is my business. WHERE WERE YOU?"

"Calm down, Rob!"

"WILL EVERYONE STOP TELLING ME TO FUCKING CALM DOWN," ac ma'n rhyw fath o droi'n ei unfan efo'i freichia'n yr awyr wrth weiddi, "I AM CALM!"

"No, seriously, you need to calm down," a dwi'n mynd at y sinc a llenwi gwydrad o ddŵr a'i basio fo iddo fo.

Ma'n yfed o i gyd mewn un go, ond ma'n dal i gerddad yn ôl a blaen.

"Take a minute, let me make you a panad," a dwi'n hanner wthio fo i ista lawr ar y soffa.

Unwaith ma'n ista, dwi'n wylio fo'n pwyso mlaen ac wedyn yn ôl wrth ochneidio'n uchel tuag at y to. Wedyn ma'n codi a mynd i'r llofft a dod yn ôl efo'i dìn bacci. Ma'n dechra rowlio tra dwi'n gneud dwy banad o mint tea. Boi ma deffo ddim angen caffîn. Ma'n pwyso'n ôl i agor y ffenest a tanio'r smôc, cyn chwthu'r mwg allan trw ffenest. Ma'r move mor smŵdd, dwi'n gwbo fod o'n smocio yma drw'r adag.

Unwaith ma'n ista lawr i ngwynebu fi dwi'n deud, unpromoted, "I was with Si but ..." a dwi'n rhoi'n llaw allan i neud yn siŵr fod o'n aros yn ista, "but I was there to ... finish whatever it was."

Ma'n rwbio'i ddwylo dros ei ben eto. "And it took you all night to do that?"

Dwi'n teimlo mod i angen cawod. Meddwl am nithiwr a rŵan yn edrych ar Rob.

Ma'n pwyso'n ôl yn y soffa eto. Edrych ar y to. Wedyn ma'n rhyw fath o riddfan yn uchel, cyn dechra crio, ei sgwydda fo'n ysgwyd yn iawn. Ma'n rhoi'i ddwylo dros ei wyneb i guddio.

Shit. Dwi'n teimlo'n hun yn panicio. Edrych o nghwmpas. Fel mod i'n chwilio am oedolyn i ddod i sortio bob dim.

"I can't cope with this, V. I just can't cope. It's too much," ac ma'n dechra hyperventilatio.

Dwi'n rhoi mhanad lawr a jest sefyll yna'n teimlo'n iwsles. Wedyn dwi'n mynd draw ac ista ar ei lin o a gafal yn dynn yno fo, ei wasgu fo'n dynn, dynn. Does gen i'm syniad be arall dwi fod i neud? Dyma dwi'n neud i Becs pan ma pob dim yn too much iddi.

Ar ôl chydig o funuda ma'n gafal yn dynn rownd y nghanol i a gwasgu'n ôl. Ma'i anadl o'n rafu a dwi'n gallu deud fod o am ddeud wbath, ond fel ma'n dechra agor ei geg, ma'r drws ffrynt yn agor heb ddim rhybydd, gneud i ni'n dau neidio.

Ma pen Granny Pam yn dod rownd gornel, gwên fawr, "Oh good! I just wanted to check everything was ok. Good to see you've calmed down and it's all sorted out. Glad you made up. Lovely!" ac wedyn ma hi'n bacio'n ôl allan.

"GET OUT, MUM!"

"I've told you Rob – no smoking in the house!" cyn cau'r drws.

"Fuck off," ma'n sibrwd mewn i mreichia fi. "I can't come back here. I can't live here anymore, V."

"I know, I know," a dan ni'n restio dalcen wrth dalcen. "Maybe we should just both go home?"

* * *

Is she being serious? Like come back home? Just like that? It's been a shit year, torture, traumatic, awful, but yeah Rob – d'you want to come home now? I'm no longer shagging the other guy, there's a vacancy.

"It's not quite that simple though, is it?" I tell her, my breath catching in my throat.

"Well, no, obviously, but it feels like it's where we're headed so might as well be now?"

Might as well?

I tell her there's loads we need to discuss.

"Probably. But I'm thinking that's more likely to happen if we live in the same house?"

"And what … separate bedrooms?"

She nods.

"God, that's depressing."

She nods again.

"What's brought on this change of heart?" Because I feel all unsettled by it. Like we've just done a handbrake turn and now we're hurtling off in the same direction we came from.

"I'm tired Rob. *Really* tired. I can't do it all on my own."

"So, what? You just want someone to take out the bins?"

"Well, aren't you tired? It doesn't have to be a big *can't live without each other* thing, does it? Can't it just be that life is easier when we share the load thing? And I really hate doing the bins."

I don't answer her. It kind of makes sense in a really simplistic way. In a really V non-emotional way.

"Aren't you tired?" she asks again, still sat on my knee, her arms around my neck.

"I'm fucking knackered, V. I just want to relax in my own house with a beer and not feel like a guest."

"There you go then, let's start there."

"On one condition. We have to talk about things. If you want to gloss over the last year and carry on like nothing happened, then it's not going to work. We'll be back here."

"Deal," she sighs, "but I won't be very good at it. Give me time."

"How much time?"

"I don't bloody know, do I? Just don't expect to put the kids to bed tonight and for me to magically be able to talk about it all."

"I'm not putting the kids to bed tonight. Your turn. You've just had four nights off."

She just looks at me and smiles. Holds my hand. Interlocks our fingers.

"Are we allowed to kiss?" I ask tentatively, blushing a bit.

"NO! We're nowhere near that!"

She says it so harshly I get up and half push her off my knee. Always knows how to make me feel like an idiot.

"You know, I saw this thing on TV," she says as she puts the mugs on the draining board, "where this couple got back together and she says to him – you are my least worst option."

I laugh. You have to laugh.

"Am I your least worst option?"

"Yeah, kind of ..." and she bursts out laughing proper.

"Isn't that what marriage is after a while? Like this is not perfect but the other options are worse?"

"How fucking romantic. We're screwed."

* * *

Pam mod i'n teimlo mod i newydd fradychu'r sisterhood? Ffycin hel dwi di blino.

pennod 37

"So be? Nes di alw fo'n dy least worst option di a rŵan dach chi'n nôl efo'ch gilydd?" ma Karen yn gofyn tra dan ni'n aros i'r ddynes tu ôl i'r bar orffen gneud coctels. "A ti di gyrru dy application i uni a di dympio Si? What a week!"

"In a nutshell, ia!"

Ma Karen yn talu a deud wrtha i mod i'n ffycin mental. Fysa Dad yn deud mod i'm llawn llathan.

Unwaith dan ni di ista lawr mewn cornel, ma hi'n holi mwy. "So be … mae o nôl adra a ma pob dim yn fine?"

"Kind of, ia! Ma jest fel … teimlo'n kind of normal. A dwi'n cysgu trw nos, Karen. Trw nos. Bob nos. Dwi'm di gneud hynna ers dros flwyddyn. Wel, mwy probably. Ma'n wbath i neud efo cal oedolyn arall yn tŷ. Dwi di bod yn methu ymlacio. Wyt ti'n cysgu trw nos?"

"Dwi fel Maggie Thatcher, dwi mond angen ryw bump awr. Hanner tan bump a dwi'n raring to go."

"Pam mod i'n teimlo'n embarasd ddo, Karen? Mod i di mynd yn ôl at rhywun sy di cheatio arna fi?"

"Fo ddyla fod yn embarasd V, dim ti," ac ma Karen yn gafal yn dynn yn fy llaw i fel ma hi'n deud hynna. "Go iawn, rŵan. Fi odd y Rob yn sefyllfa fi, cofia. Trust me, mi fydd gynno fo gwilydd am byth."

Ma'i ffôn hi'n canu ar y bwrdd. Dwi'n gweld enw Jon.

"Honestly, ma'r boi ma'n too much," ond ma hi'n gwenu fel giât pan ma hi'n ateb ffôn a deud, "be ti isio ŵan?"

Dwi'n gwrando ar ei hochor hi o'r sgwrs ac yn ei glwad o'n chwerthin ar bob dim ma hi'n ddeud pen arall.

Ma hi'n mouthio 'pisd' arna i a rowlio'i llgada.

Dwi'n chlwad hi'n deud, "Yep, ma hi'n fine. Di o ddim?" cyn ychwanegu, "Duw, fydd o'n fine. Siŵr fydd 'na ddigon o bobol ar gal i godi'i galon o."

Dwi'n edrych arni efo gwyneb 'wtf' cyn iddi ddeud, "Efo'r cheek bones yna, trust me, fydd 'na ddigon o options."

Dwi'n cal bod yn jelys?

"Shysh, Karen!" dwi'n swnian.

Ma raid fod Jon di clwad fy llais i achos ma Karen yn deud, "Yndi ma hi'n fama efo fi rŵan," wedyn ma hi'n pasio ffôn i fi a deud, "ma isio siarad efo ti."

Dwi'n gneud llgada mawr ac ysgwyd fy mhen. Ma Karen yn anwybyddu fi a rhoi'r ffôn i nghlust i.

"Haia Jon," dwi'n cychwyn, cachu brics.

"Fi sy 'ma." Dwi'n gallu deud yn syth fod Si yn pisd hefyd achos ma'n swnio fel un gair. "Ti'n gwbo yn y parallel universe 'ma de, lle di Rob ddim yn bodoli?"

O god. Dwi'n gneud gwyneb blin ar Karen ac yn pwyntio ar y ffôn a mouthio, "Si."

Ma Karen yn mouthio, "Sori" yn ôl arna i ac yn tynnu gwyneb poenus.

"Ma Rob di symud yn ôl adra," dwi'n deud, falch fod o efo Jon.

"O beeeeee?" ma'n deud mewn llais teenager. "Ffycin hel!"

"Ti nath ddeud wrtha fi i siarad efo fo!" dwi'n ateb.

"Ia? God, dwi'n idiot withia. Dim mwy o hassle free shags felly?"

"O'n i'n meddwl bo ti ddim yn chwilio am hassle free shags?"

"O ia, nadw, ti'n iawn," ma'n chwerthin, "fysan ni wedi bod yn gwpl da mewn parallel universe sdi ... na Jon, na, gad i fi ORFFEN ..." a dwi'n clwad ryw sdrygl yn digwydd pen arall. "Ffyc off, Jon. Sori. Sori, V. Jon yn trio sensro fi. FREE SPEECH, JON!" ma'n gweiddi ac wedyn ma'r ffôn yn mynd yn dead.

"O mai god, Karen! Paid byth â gneud hynna eto! Dwi'n acshli chwysu," a dwi'n gollwng y ffôn fel taswn i di cal fy llosgi a thynnu'n t-shirt oddi wrth fy nghroen.

"Diolch byth bod Liz ddim di cyrradd," medda Karen, fel ma Liz yn ymddangos tu ôl iddi.

"Why? What did I miss?" ma hi'n gofyn, wrth ista lawr drws nesa i Karen.

"Just V's life imploding!" ma Karen yn chwerthin.

"Heard Rob's moved back home. Mum is on cloud nine," ma Liz yn deud. "Quickest turn around in history. Twelve months of digging your heels in and then what, you couldn't be bothered anymore and just gave in?"

"In a nutshell, YES!" ac ma Karen yn rowlio chwerthin cyn deud, "did he tell you she called him her least worst option?"

"Sdopia Karen, sdopia," ond ma'i chwerthin hi mor contagious dwi hefyd rŵan yn swnio fel mod i'n drin o i gyd fel jôc fawr.

Which, for the record, dydw i ddim.

"Are you angry, Liz? Please don't be angry!" dwi'n deud. "I've missed you."

"Nah, I'm just a bit confused," ma Liz yn deud wrth ysgwyd ei phen. "As is Rob, I think."

"Who isn't these days?" ma Karen yn deud wrth godi i fynd yn ôl at y bar. "Dark and stormys all round?"

"I'm not treating it like a big joke in real life, you do know that, don't you?" dwi'n deud wrth Liz.

"I do know that actually, because Rob's said you've agreed to couple's counselling."

"O paid. I'm shitting myself."

pennod 38

"I can't believe you made me do that," she says, as we walk out into the fresh air again.

"What? It was good! It'll help. Can I hold your hand?"

She holds my hand.

"I've never been more uncomfortable in my life," she carries on. "I need a cawod."

"You'll get used to it. It's good. It'll be good," I keep repeating, mostly to myself, because I agree with her, that was sixty minutes of torture.

Especially the bit when she cried when she was telling the lady about when she found me in the static. I'd never heard her version. I didn't know what she'd seen. No wonder it's taken her a year to talk about it. It was disturbing hearing about it. Let alone seeing it.

I bring both our hands up and kiss her wedding finger.

"Sorry I did that," I say.

"What? Made us go in there?"

"Don't make jokes. Shall we go somewhere for food? Haven't got anywhere I need to be before school pick up."

"Could we go to the lake instead? I feel all twitchy. I don't think I want to sit down and do more talking. Not for like, another ten years at least."

"We have five more sessions booked, V. You can't …"

"I KNOW ROB, I was joking. Jeez!"

* * *

Dwi'n ista'n y fan tra ma Rob yn rhedeg mewn i tŷ i nôl ei wetsuit. Dwi'n teimlo mewn sioc. Nes i drio ngora i beidio ypsetio wrth sôn am y noson 'na yn y static. Ma rhaid i fi ddod drosta fo os dan ni am neud hyn yn iawn. Ma rhaid i fi allu siarad am y peth efo fo. Nath o ddim deud llawer heddiw, mond gwrando ac edrych yn absolutely crestfallen. Be di crestfallen yn Gymraeg? Dim syniad. Gwgl sydyn ar y ffôn yn deud penisel. Dwi'm yn convinced efo'r ateb yna. Eniwê. Ma Rob ar ei ffor nôl rŵan. Ma'n neidio mewn a dwi'n cychwyn refyrsio. Sdopio meddwl am y peth rŵan.

"Can you change the music," dwi'n gofyn, "something upbeat to match the sunshine?"

Ma'n codi'n ffôn i a deud, "Ohhhh, I think you have an email, V... look?"

Ma'n dangos y sgrin i fi ac ma 'na email di dod gan uni.

"You look. You read it to me," dwi'n deud, syllu'n syth o mlaen.

"Think about what you just said ..." ma'n deud, "it'll take me forever. Just pull over."

"I don't want to," dwi'n ysgwyd fy mhen a dal i ddreifio.

Dio'm yn deud dim byd, mond rhoi Chemical Brothers i chwara a rhoi'n ffôn i ar y dash.

Na i ddarllen o pan dan ni'n cyrradd y llyn.

Dwi'n parcio'n gwynebu'r llyn a meddwl eto faint dwi'n caru bod yma. Dwi angen dod yma'n amlach. Yn enwedig rŵan mod i'n gallu denig ar ôl rhoi'r plant i'w gwlau. Ma pob dim gymaint haws efo dau ohonan ni'n tŷ. A dan ni'n troi clocs mewn ryw bythefnos.

"Well?" ma Rob yn gofyn, ac ma'n pasio'n ffôn i fi.

"Let's swim first, I don't want it to spoil my swim," a dwi'n codi a mynd i gefn y fan i newid.

Ma Rob yn gneud run fath a dwi'n teimlo'n rili swil.

Ma petha fel hyn dal yn rili ocwyrd. Ma rhaid fod Rob yn ei deimlo fo hefyd achos ma'n troi'i gefn ata i pan ma'n agor ei drwsus.

"We've seen each other naked for twenty years," ma'n deud efo'i gefn i fi, "why is it so awkward?"

Dwi'm yn ateb. Jest trio newid yn rili ffast.

"Zip me up?" ma Rob yn deud, dal efo'i gefn ata i.

"I fucking hate this tattoo," dwi'n deud wrth drio zipio'r wetsuit heb edrych arno.

"Sorry," ma'n sibrwd.

Dwi'n troi rownd iddo fo allu zipio'n wetsuit i.

"I always fancy you in a wetsuit," ma'n deud wrth symud fy ngwallt i o ffor fel ma'r zip yn cyrradd y top.

"Don't make it weird," dwi'n deud yn flin.

"Are we just mates who live together now?" ma'n gofyn.

"Oh Jesus, not now Rob. Save it for the sessions," a dwi'n agor drws ochor a neidio allan a rhoi'n hwd dros fy mhen.

Dwi'n rhoi'n gogls ymlaen wrth gerddad mewn i'r llyn. Dwi'n clwad Rob yn cloi'r fan tu ôl i fi. Erbyn mae o'n y dŵr, dwi di nofio hanner ffor at y buoy.

Dwi'n estyn y goriad o tu ôl i'r olwyn, agor y fan a sychu ngwyneb efo'r llian. Ma'r ffaith fod Rob di rhoi'r ddau lian wrth y drws cyn cloi'n gneud i fi wenu. Dwi'n tynnu hanner top y wetsuit a rhoi'r llian dros yn sgwydda cyn ista lawr ar stepan ochor y fan. Dwi'n gweld Rob yn dod allan o'r dŵr a cherddad tuag ata i, fel blydi James Bond moel neu wbath. Withia dwi'n weld o fel ma pobol erill yn weld o. Gweld pa mor ffit ydi o. Wedyn dwi'n cofio pa mor annoying a fuddy duddy ydi o. Dwi'n taflu'r llian tuag ato fo fel ma'n dod yn nes, ond di o'm cweit yn cyrradd so ma'n landio ar lawr yn ganol y llechi a'r llwch.

"Oooohhh V, now it's all covered in horrible bits. I hate bits."

Dwi'n chwerthin, achos ma jest yn cadarnhau pob dim dwi newydd feddwl. Annoying a fuddy duddy. Ond ffit ddo.

Unwaith dwi di gorffen newid, dwi'n taflu'n wetsuit mewn i'r bwced blastig a mynd i flaen y fan. Tra ma Rob yn ffaffio a gneud yn siŵr fod y wetsuits ddim tu chwith allan, dwi'n agor drws passenger a sefyll allan o'r gwynt ac edrych ar yr email efo un llygad di cau, paratoi am siom.

Ond dwi di cal fy nerbyn! Dwi'n mynd i uni! Dwi'n mynd i uni mis Medi yma! O mai god. Mewn chwe mis mi fydda i'n student am y tro cynta. Holy shit.

Dwi'n troi rownd a gweiddi, "Rob, I got in! I'm going to uni."

Ma'i wên o mor fawr ac mae o'n amlwg mor genuinely hapus drosta i, dwi'n teimlo mod isio rhoi sws iddo fo.

Ond dwi'n sdopio'n hun.

Ma'n dod ata i a gafal rownda fi, cuddio'i wyneb yn fy ngwddw i, "Knew you would!"

Ma'n hogla fel wetsuit. Hogla gwylia. Hogla anturiaetha.

Ma'n tynnu'i ben yn ôl ac edrych arna i fel fod o'n mynd i neud wbath, fel fod o ella'n meddwl am roi sws i fi hefyd, ond wedyn ma'n cymyd cam yn ôl a gollwng ei freichia lawr i'w ochor, a gwenu chydig eto.

"We should celebrate tonight. Fancy a take away?"

Dwi'n sylwi mod i'n teimlo'n siomedig braidd.

Progress di hyn ella?

★ ★ ★

I nearly kissed her then. Proper nearly kissed her. And she looked at me strange when I didn't. That was defo a moment. Dammit. Should've kissed her. Cos we have to kiss at some point. I don't want to be bloody mates with her. I want to kiss her and I want to have sex with her. But I don't see how we get from here to there. How do we get from me moving back into the spare room, to me moving back into our bedroom? Might bring it up with the counsellor. She might give us some tips. Is that how it works? She could give us sex homework. That would be cool. Except we haven't even spoken about all the other stuff yet. We've spoken about the night in the static, and a little bit about the mess that was before that, but none of the mess that came after it. I kind of want to know everything, don't want to know anything. Bet they had amazing sex. All the time. Maybe they still do. How would I know?

I have to stop thinking like this. One step at a time. Mustn't expect too much. Liz says they're done. Except that he texts her every so often. But she assures me that V is done with him. We definitely need to speak about it.

"ROB?" she shouts. "I've been talking to you for ages!"

"Shit sorry. Too busy falling down a black hole thinking about you having sex with that guy," I reply.

"What?" she asks all shocked, as she turns the music down.

"I can't stop thinking about you having sex with that guy."

"Oh yeah, I was like that. It wears off. At least you don't have it burned into your retinas," and she turns the music back up.

That's me told.

"Sorry," she says, not sounding sorry enough for my liking.

Are we ever going to go back to normal?

pennod 39

"Ma mor ocwyrd, Karen. Fatha os dan ni'n bympio mewn i'n gilydd, neu os di'n bysidd ni'n cyffwr wrth basio wbath i'n gilydd, ma fel bod y ddau ohonan ni'n rhewi. Ma mor ridicilys. Dwi di treulio hanner y mywyd efo'r boi 'ma, di cysgu efo fo bob nos am bron i ugain mlynedd, a rŵan dwi'n teimlo mod i'n sdyc yn y friend zone. Ma'n dal yn cysgu'n llofft sbâr!"

"O diar," di'r ateb dwi'n gal.

"O diar? Dyna cwbl sgen ti?"

Ma Karen yn deud wrtha i bo ni angen noson allan. Dim plant. Dim llofft sbâr. Lot o fizz. Ma hi'n gweiddi "date night" ac yn pwyntio bys arna i trw sgrin y ffôn tra ma hi'n rhestru be dan ni angen. Ma hi'n edrych yn siriys. Gwallt mewn cwnffon tyn a lipstic coch. Llwyth o silffoedd llawn llyfra tu ôl iddi. Dwi dal methu comprihendio sut ma Karen yn gallu mynd o fod yn Karen Karen i fod yn Karen Gwaith. Dwi jest methu dychmygu hi'n siarad yn broffesiynol mewn cyfarfodydd. Ma siŵr fod pawb ei hofn hi.

"Ma hynna'n swnio fel lot o pressure," dwi'n cwyno.

"Neu jest noson adra heb y plant 'ta?" ma hi'n cynnig, "gofyn i Granny Pam gymyd y plant. Wicend yma. Dim dili dalian."

Dwi'n deud fod gan Siw gystadleuaeth gymnastics.

"So what. Geith Granny fynd â hi. Ti isio cal secs efo dy ŵr, 'ta be?"

"Oes. Dwi jest ddim isio initiatio secs efo ngŵr. Be os di o ddim isio?"

"Tryst me, mae o isio. Di o rioed di bod ddim isio. Efo ti lly, dim jest in general. Rhaid i ti jest gadal iddo fo wbo bo ti isio."

Dwi'n teimlo fel spy yn cal secret mission gan ei superior.

"Faint dach chi'n dalu i'r counsellor 'na? Dyla bo ti'n talu fi am yr holl pep talks ma."

Dwi'n chwerthin.

"Reit, ffonia Granny rŵan. Golcha dy wallt a newid dy wely. Dwi isio'r deets dydd Llun," ac ma hi'n chwthu sws i fi a rhoi ffôn lawr.

* * *

"She's fucking friend-zoned me, Liz! My wife has bloody friend zoned me!" I whinge while I'm finishing off my bacon butty.

"Oh, I'm not sure I want to talk about your sex life, Rob," she complains.

"I haven't got a sex life!" I shout, exasperated.

"What's that darling? Are you still in the spare room?"

Liz spits her tea out laughing as I tell Mum off for eaves dropping.

"What you both need is a date night, darling. That's what me and your father used to do."

"What? Noooo, Mum. Stop it," Liz laughs as she puts her cup and plate in the dishwasher.

"Shall I have the kids for you? You know I love having them."

I can see Liz still laughing behind Mum.

"You could go away somewhere, go for the weekend? Give you plenty of time."

"Stop it, Mum, please!" I cringe, hiding my face.

"What? Don't be embarrassed. I'm married, I know how hard it can be with kids around all the time."

"Stop it now, stop it. You're winding me up." I get up and walk towards the door. "I'm going back to work."

I can hear Mum and Liz laughing as I'm leaving.

"Good luck with your sex life, darling," she calls, laughing so hard she can barely get the words out.

Just as I'm putting my jacket on by the front door, Dad comes out of the office and picks up where Mum left off. "What's wrong with your sex life? Are you not getting any?" he asks, smiling.

"STOP IT ALL OF YOU!"

Just as I'm getting ready to start knocking walls down at my latest house, my phone vibrates.

> **Liz:**
> V just called Mum to ask her to have the kids this weekend!!!

O shit. Now I feel nervous. Also excited. And a little scared. What if he was amazing in bed? STOP IT. I put some Metallica on, pick up the sledgehammer and take my frustration out on the wall.

pennod 40

"We need to stop talking about the kids, it's not helping!" ma Rob yn deud wrth iddo roi'r blât ola'n y dishwasher, cyn dod yn ôl ac ista lawr i ngwynebu fi o flaen tân.

"Why is this so awkward?" dwi'n gofyn eto.

Dwi bron â deud wrtho fo mod i di deffro'n nos nithiwr yn poeni am bob dim. Am y lack o bob dim.

"Maybe we should've gone out?" ma'n cynnig.

Dwi'n meddwl fysa pob dim yn waeth os fysan ni di newid a neud big deal o'r peth. Dwi'n edrych ar y cloc. Di mond yn handi saith. Ma gyda'r nos mor hir heb y plant. Ma nw'n cadw ni'n brysur tan o leia naw, erbyn dan ni di tacluso a bob dim.

"I know! We should go for a walk?"

"Now? It's getting dark!" ma'n deud wrth agor can arall o lager.

Ma'n yfed gormod.

"So? C'mon. We always used to go for late night walks."

Ma'n ymestyn ei freichia uwch ei ben ac agor ei geg, "Really? I'm knackered," ma'n cwyno.

Dwi'n codi ar fy nhraed o'i flaen o a rhoi cic fach chwareus i'w draed o, "C'mon, we'll take snacks?"

"Fine," ma'n ochneidio wrth godi, "gimmie a minute to get my shit together."

"C'moooooooon Rob, you're taking ages!" dwi'n gweiddi o'r ar.

Dwi di cau'r ieir, bwydo'r gath, rhoi'r caead ar y corn a chadw'r sgwters a'r beics i gyd – pob dim ma nghyhuddo i o beidio'u gneud drw'r adag. Mae o dal wrthi'n ffaffio'n tŷ. Dwi'n weld o trw ffenest yn gneud wbath ar y stof, llenwi fflasg dwi'n meddwl. Faint o amser ma'n gymyd i neud panad?

O'r diwedd ma'n dod allan a deud, "Right, where we off to?" ac ma gynno fo dipyn o dwincl yn ei lygid.

"Let's go through the quarries up to the Foel?" dwi'n cynnig.

"Oh right, proper, proper walk then," ma'n nodio, cyn plygu lawr i gau'i gria.

Wedyn ma'n rhoi headtorch am ei ben ac ma'r gola mor bwerus ma hanner y buarth di oleuo.

"Nooooo Rob, switch it off, let your eyes get used to it, it's nearly a full moon anyway," dwi'n deud wrth gamu ato fo a mestyn fyny i ddiffodd o.

Fel dwi'n gneud, ma Rob yn gafal rownd y nghanol i, ei ddwylo mawr o'n gwasgu'n dynn. Dwi'n rhoi fy nwylo ar ei sgwydda fo a gwenu. Does 'na mond chydig fodfeddi rhyngthan ni. Ma'n pwyso'n mlaen tuag ata i, ond dwi'n ryw hanner droi mhen, ac ma'n gneud run fath wedyn ac ma'n trwyna ni o ffor ac yn cyfarfod yn y canol. Mae o'n dal i drio mynd mewn am y snog, ond dwi di dechra tynnu'n ôl, ond dwi'm isio brifo'i deimlada fo so dwi'n trio eto. Dwi'n symud rhy ffast ac ma'n dannadd ni'n clashio ac ma'r headtorch yn hitio'n nhalcen i ac ma'r sws yn sych ac yn sydyn a dim even yn sws rili.

"What's happened to us?!" ma'n hanner gweiddi wrth godi'i freichia i'r awyr cyn dod â nw lawr eto'n flin. "We can't even kiss now?" ac ma'n estyn ei gan o lager oddi ar silff ffenest a chymyd swig hir. "We used to be really good at kissing!"

"It'll happen, it'll just be normal one day," dwi'n deud,

actio mod i'n chilled i gyd, ond go iawn, tu mewn, dwi'n dechra ofni fod hyn yn permanent.

* * *

She holds my hand as we start walking up the track, and I bring it up to kiss her wedding ring, in a pathetic attempt to show her that it's not her I'm angry with.

"I heard you getting up in the night last night," I say. "Everything ok?"

"Yeah, fine. I set everything up in the back room. Didn't actually put pencil or brush to paper or anything, but it's all ready now."

"That's good. Ready for September," I offer.

I know she's all nervous about it.

"Urgh, don't talk about it. I'm shitting myself."

We walk along in silence for ages after that. But it's quite nice. The thing is, if I put the lack of … everything … out of my mind, we're getting on really well. It's so nice to just be together, chatting shit. Doing all the normal boring stuff. Washing up. Bath time. Putting the bins out. All the things I really missed. Like, on paper, it's all going extremely well. Better than I could've hoped, considering we were proper apart and disconnected for so long and she just turned round to me one afternoon and told me I could move back home. Just like that. From like *hey here I am shagging this other bloke* to *oh I'm so tired will you move back home and take the bins out*.

"What you thinking about?" she asks, smiling up at me as we walk under the streetlights in the village.

"You shagging that other bloke on the regular," I snip.

"Oh, for fuck sake," and she lets go of my hand, "like that's going to help."

* * *

Nob. Nes i rioed drafod be nath o'n flippant fel 'na. O'n i byth yn codi'r peth. Dwi'n troi fyny llwybr y goedwig allan o'r pentra, cerddad o'i flaen o efo mhen lawr. Dwi'n glwad o'n tanio smôc tu ôl i mi.

"You smoke too much," dwi'n gweiddi dros yn ysgwydd.

"So do you!"

"I only smoke when I'm drinking!"

"Me too!"

"Well, in that case you drink too much too!"

Distawrwydd am oes wedyn, tan dan ni'n dod allan o'r goedwig i'r chwaral, ac mae o'n jogio mymryn i ddal fyny efo fi. Ma'n pasio hipflask i fi. Dwi'n gwrthod. Glwad o'n cymyd swig a nadlu mewn rhwng ei ddannadd.

Ma'n rhoi'i fraich dros yn sgwydda i a cherddad reit wrth yn ymyl i, gneud i ni bympio mewn i'n gilydd efo bob cam. Ma'i fraich o'n drwm a dwi'n cal y teimlad 'na o gal y ngwthio mewn i'r llawr eto.

"You're too heavy, Rob" a dwi'n trio camu oddi wrtho fo.

Ma rhy slô'n dallt mod i'n trio denig ac ma'n dal yn pwyso arna i, "Rob, you're like twice my size, stop leaning on me" a dwi'n hitio'i law o oddi ar yn ysgwydd i ac ma'i fraich o'n disgyn lawr at ei ochor o eto ac ma'n symud oddi wrtha i. Dwi'n gallu deud bod o'n flin achos ma'n cicio cerrig fatha hogyn bach wedyn.

★ ★ ★

By the time we start walking up the last incline to the top of the Foel, I'm feeling nicely fuzzy. Tequila and spliff. Nice combo. Probably not conducive to sex though. I pass the spliff to her. She refuses. I offer her the hip flask again. She refuses that too. I take another swig.

The wind picks up.

"Did you pack hats and buffs?" she asks.

I stop and take my rucksack off and get both out of the top pocket for her. I put my own buff on too.

"Aren't buffs one of the best inventions ever?" she says, pulling hers up over her mouth and her nose.

"No danger of any kissing now!" I quip.

I can't tell if she's smiling or not, what with half her face being covered up like a bandit. I tell her that her eyes look nice. She doesn't answer me.

"Do you still fancy me?" I ask straight after, because I've been wanting to ask for ages and ... tequila.

I pull my buff over my face too, right up to my nose, because it's not fair that she's hiding and I'm here all exposed. And the wind is making my teeth sensitive.

★ ★ ★

"Yes, I fancy you! I've always fancied you. You know that!" dwi'n ateb yn flin, achos dwi'n gwbo fysa fo ddim di gofyn hynna heb fod yn yfed a smocio.

Dwi'm yn licio direct questions fel 'na. Too much.

"I do *not* know that!" ma'n gweiddi'n ôl yn y gwynt, "you haven't touched me for years. Like even before all this, you weren't ..."

"You're drunk," dwi'n torri ar draws, "you're always drunk, or stoned ... or high," dwi'n sibrwd, cyn edrych o nghwmpas, ofn fod rhywun yn gallu clwad ni'n cal domestic ar ben mynydd ar nos Sadwrn.

"There's nobody else here, V. We're up a mountain in the dark on a Saturday night!" ac ma'n rhoi ei freichia ar led yn ddramatig i gyd.

"Let's just get to the top and have a snack," dwi'n deud, achos di hyn dda i'm byd, a dwi'n martsio tuag at y copa.

"That's what you say to the kids when they're pissing you off."

Wel, ia, yn union.

Unwaith dan ni'n ista yng nghysgod y cerrig ar y copa, dwi'n gofyn i Rob am bach o'r diod cynnes o'r thermos.

"It's not anything with caffeine, is it?" dwi'n holi, "cos I won't be able to sleep."

Mai god, dwi'n boring.

"Yyyy ... not quite no," ma'n deud wrth basio paced o grisps i fi.

Dal dim thermos.

Dwi'n estyn y ddwy gwpan blastig o boced ochor y bag sydd rhyngthan ni a dal un allan i'w gyfeiriad o, disgwl iddo fo dollti bach i fi.

Dal dim byd.

"Panad, Rob?" dwi'n gofyn eto, ysgwyd y gwpan chydig.

"I may have misjudged the walk ..." ma'n deud yn ddistaw.

"Be?" dwi'n snapio.

"I made mushroom tea. I thought, maybe you'd be up for ..."

Ma nghalon i'n suddo. Dim dyna dwi isio heno fod. Dim o gwbl.

"C'mon, we can safely say that sex is off the table for tonight so let's just get messy and have a good time instead," ac ma'n estyn y thermos a dechra agor y caead, trio gwenu arna i'n ddrygionus, fel bod hyn i gyd bach yn ffyni.

Which dydi o ddim o gwbl.

Ma'n dechra codi'r gwpan i'w geg.

"Wait ... what ... paid-y, Rob!" a dwi'n gafal yn ei fraich o, sdopio fo yfed. "I don't want to, Rob. I'm not ... the situation is not ... things are too complicated for mushrooms!"

Dwi'n codi a dechra sdwffio pob dim nôl mewn i'r bag. Dydi hyn ddim yn teimlo fel bo ni ar yr un dudalen.

"So what ... you'll go out and have a good time with him? But not with me?" ma'n cychwyn, dal yn gafal yn y gwpan.

Fatha hogyn bach.

"I didn't have a good time!" dwi'n hanner gweiddi.

"Yeah, but he got to spend time with fun party V! I never get to spend time with fun party V!"

Sgen y boi ma'm syniad.

Dwi'n meddwl am Si. Am sut ma jest yn deud pob dim yn direct. Deud yn union be ma isio, jest felna.

"I don't want to be fun party V anymore. I want to be nice level content happy V."

Dwi'n edrych arno fo'n iawn tra dwi'n deud hynna. Dim edrych ar y llawr na chuddio tu ôl i'n byff.

"Yes, I've gone out and partied a bit with ... over the last few months, but all it's done is totally melt my head. It's made me sad. And anxious. And not a very good parent. It's not for me. Not at the moment, anyway."

Ma'n syllu arna i. Dim yn ateb na dim. Jest aros. Rhoi lle i fi ddeud fy neud. Ma di dysgu hynny o'r sesiynau.

Dwi'n nadlu mewn yn ddyfn a chamu dros y dibyn. Dim literally, obviously. Er, ma 'na ddibyn yn fanna a fysa neidio off y dibyn yna'n haws na goro gneud hyn.

"I want you to like this V," a dwi'n pwyntio'n galed arna fi'n hun yn fy mrest. "I think this V is good too, or has the potential to be good. I want you to ..." Dwi isio deud *come on this journey with me* ond ma hynna lot rhy cheesy. "Meet me half way?"

Ma'n nodio, fel fod o'n deud wrtha i gario mlaen.

"No amount of booze or drugs will make it like it used to be. If you want this to work, you have to accept the situation as it is now, stop trying to make it how is used to be. It's like you're waiting for things to go back to how they were. Before kids. Or before everything. But we're never going back to *normal*. This is the new normal."

Dwi'n meddwl fod o mewn sioc mod i di deud gymaint. Dwi fyd.

* * *

It's gone eleven by the time we make it back into the house. I put the rucksack on the hooks by the door before going over to open up the vents to get the fire roaring. V puts her coat on the back of the armchair. She does such a half-arsed job that it just falls on the floor. She leaves it there and collapses into the chair, starts playing with her phone and pointing at the speaker, like it's a remote control.

I've been thinking about the new normal all the way down.

"Put something chilled on. What's that song we used to listen to about Kelly and the stars or something?"

"No! I'm putting something new on, something with no memories." A few minutes later I feel like I'm falling into this magical world as the music fills the room and the heat of the fire warms my feet.

We sit in silence for a while. I'm still processing. I know it took a lot for her to say all that, so I want to take the time to properly consider what she said.

"I do like this version of you. I like all versions of you."

She crinkles her nose at me, not able to take a compliment ever, but I carry on.

"It's just sometimes I think this version of you has outgrown me? Cos I feel like I'm still the same version I was when we met."

"You're not," she says almost immediately. "You're a Dad for one thing. I really like Dad version of you."

I can feel my face getting hot. I like Dad version of me too. Dad version of me comes naturally.

"I've been thinking about the sex thing yeah ..." she starts, putting her hands over her face as she says it, "and I can't believe I'm going to say this. I think we need to like schedule it in or something. Because it's not going to just happen."

"Like a meeting?" I scoff.

"The kids have gymnastics on a Thursday," she offers.

"So, what? We'll have sex every Thursday at 6pm?" I ask, my eyes wide.

"In term time," she answers.

"IN TERM TIME?!?" I shout.

She starts laughing. Like proper proper laughing.

She just nods, not able to get any words out because she's laughing so hard.

"Jesus Christ," I say, shaking my head. "I'll put a reminder in my phone shall I?"

"As if you'll need a reminder Rob! You'll be counting down!"

Is she taking the piss?? She's still smiling at me.

"I'll be counting down too," she adds, half turning away from me as she takes the speaker and her phone and heads upstairs.

We're both lying down on our backs, next to each other, touching but not touching, on our big bed. I take my jeans and socks off and it feels like my skin can breathe again.

"God, I love this room," I say as the music fills the room, right up into the ceiling and the corners. "This feels so nice, doesn't it?"

She holds my hand. I bring both our hands up to my line of sight. Kiss her wedding ring.

We don't say anything for ages after that, both of us lost in the music. She turns on her side at some point and curls up into me. I instinctively put my arm under her neck and pull her closer. We both smile at each other. She kisses my shoulder, but I'm still wearing my t-shirt so I can't feel her lips on my skin. I turn to face her and our legs tangle up.

We still don't say anything.

She giggles. Doesn't explain why.

"This song makes me think of swimming," she declares.

Silence for ages again.

"I think, by next year, everything will be fine," she says.

"Reckon?" I mumble, half dozing off, lost in my spaghetti junction of thoughts.

"Yeah. Everything's going to be fine." And she sort of pats my hand as she's saying that.

"I mean, I am your least worst option after all. How can anyone compete with that?"

"You are my only option, Rob," she sighs. "You've always been my only real option."

I lean up on my elbow and look down at her as she's playing with her phone choosing a new song. "But do you fancy me??" I ask, half serious, half not.

"Yep!" and she leans up and kisses me on the mouth.

Just like that.

We don't clash teeth. We don't bump noses and it doesn't feel awkward. In fact, it feels fucking lovely, and I roll on my back and pull her over on top of me. Then 'Sexy Boy' comes on really loud and she rolls off and dissolves into uncontrollable giggles.

Moment over. But there was a moment.

One step at a time.

I look at the clock and it's gone midnight. Only four days til Thursday.

Here's to our new normal.

epilog

"Urgh, it still gives me the creeps when I drive past it," ma Rob yn deud fel dan ni'n dreifio heibio'r bynglo ar ôl bod am swpar efo'i rieni fo.

Ma'n codi'i law oddi ar y steering a gwasgu mhen-glin i fel ma'n deud hynna.

"Remember this time last year?" ma'n gofyn.

Dwi'n meddwl am Si. Y ddau ohonan ni ar y dancefloor.

"Actually, don't think about it. Don't think about him."

Dal yn codi ofn arna i faint ma'n gallu darllen fy meddylia i.

"You can drink if you want, you know," ma'n deud wrth i fi chwara efo'i ffôn o er mwyn dewis y miwsig. "I don't mind. And your parents said they're keeping the girls for most of tomorrow too so you can be hungover if you want?"

Dwi bron â rhoi play ar sdwff cynnar y Prodigy, pan dwi'n cofio mod i'm isio byw yn y gorffennol dim mwy. Dwi'n mynd i'r playlist newydd dwi di neud yn lle. Amser i ni wrando ar sdwff newydd am change.

Unwaith dan ni mewn yn y Beudy, dwi'n mynd off i chwilio am Karen a Liz. Dwi'n ffindio nw'n smocio a mwydro allan wrth y tân agored. Ma Karen di torri'i gwallt yn bob byr, byr. Ac wedi'i liwio fo'n goch. Fel coch lobster.

"Wow, ma dy wallt di'n amazing," dwi'n deud wrth roi hỳg anferth iddi.

"Where's Rob?" ma Liz yn gofyn, wrth ddod heibio Karen i roi hỳg i fi hefyd.

Dwi'n deud wrthi fod o wrth y bar.

Ma hi'n edrych arna i drw gornel ei llgada. Dwi'n gwbo be ma hi'n ofyn heb iddi ddeud gair.

"He's at the bar, getting a lime and soda!" dwi'n gwenu.

"I'll go help him," ma hi'n gwenu, ac yn gwasgu'n ysgwydd i'n sydyn wrth gerddad nôl mewn i'r adeilad.

"Ma Si yma," ma Karen yn sibrwd, "fo a Jon," ac ma hi'n tynnu stumia gwirion arna i.

"Sut ma petha'n mynd efo Jon?" dwi'n gofyn, ddim yn siŵr iawn be i ddeud am Si.

Dwi'm di weld o ers y noson dwetha 'na yn ei dŷ fo, efo'r rym a'r ginger beer posh. Dwi'n meddwl am y noson yna'n aml.

"On ac off. On ac off. Ma'r boi'n nytar," ond dwi'n gallu deud fod Karen yn trio bod yn chilled. "Ma'n gweithio dros nos ar y ffor, wedyn ma'n troi fyny yn ei ddillad budr efo fel bagels a coffi, neu crunchy nuts a champagne unwaith, am saith o gloch bora, ac yn ista wrth bwr yn siarad efo'r hogia cyn iddyn nw fynd i'r ysgol. Heb wahoddiad na dim byd. Honestly, league of his own!" ma hi'n chwerthin.

Ma hi'n pasio spliff bach i fi ond dwi'n gwrthod. Ma hi'n holi os di Rob dal yn gneud y thing boring sobor a sych. Dwi'n gwenu a nodio.

Dwi'n gallu deud bo hi'n impresd. Ond cyn i fi esbonio mwy am faint o wahaniaeth ma di neud, ma hi'n gneud llgada mawr ac yn pwyntio tu ôl i fi, fel ma hi'n bacio oddi wrtha i, cyn troi rownd a cherddad ffwr. Dwi bron â'i dilyn hi pan ma 'na rywun yn rhoi llaw ar yn ysgwydd i. Dwi'n gwbo ma Si ydi o heb sbio.

Ma'i wallt o di shafio ac ma'n gwisgo'i sbecs ffrâm ddu. Ei llgada fo'n sgleinio.

"Long time no see," ma'n deud wrth dynnu fi mewn i hỳg cynnes neis.

Ma'i hogla fo'n gyfarwydd ac yn ddiarth i gyd run pryd. Ma'n gafal am eiliad yn hirach na hỳg normal, cyn tynnu'n ôl a gofyn, "Sut ma uni?" efo un llaw yn dal ar yn ysgwydd i.

"So far so good," dwi'n gwenu, "deadline cynta mis Ionawr. Lot o waith."

"Sgen ti lunia o dy waith di?" ma'n gofyn, so dwi'n ffindio llun ar yn ffôn a dangos llun o'r sketch dwi'n gweithio arno fo ar hyn o bryd.

"Os ti'n sgrolio, ma 'na dipyn," dwi'n deud wrth bwyso fy mhen tuag ato fo i ni gal edrych arnyn nw efo'n gilydd.

God, ma'n hogla'n neis. Atgoffa fi o … bob dim.

Ma'n mynd trw bob un, zŵmio mewn, zŵmio allan, codi'r ffôn yn nes at ei wyneb, deud wrtha i be ma'n licio, be sy'n sefyll allan fwya, rili talu sylw, deud fod o isio dibs ar ddarn o ngwaith i pan dwi'n artist enwog. Deud pob dim dwi isio glwad. Wedyn ma'n sgrolio trw'r llun ola a mynd ymlaen i lun o Rob a'r genod wrth bwr swpar. Rob heb d-shirt a haul yn dod mewn trw ffenest. Beca ar ei lin o a Siw yn sefyll tu ôl iddo fo'n pwyso ar ei ysgwydd o efo'i gên. Ma'n zŵmio mewn, sdydio, pasio'r ffôn yn ôl i fi.

"Smyg twat," ma'n deud a dwi'n byrstio allan yn chwerthin. "Dodd gen i'm hopes rili, nag oedd?"

"Os di o'n any consolation, dwi'n meddwl bo ti'n haunting his dreams," dwi'n chwerthin.

"Acshli, ma hynna yn helpu," ac ma'n nodio arna fi efo llgada mawr, cyn chwerthin efo fi.

"Fyswn i ddim di mynd i uni blaw amdanat ti, sdi?" dwi'n gwenu.

Ma hynny'n hollol wir. Nath Si neud mwy i'n hyder i mewn chydig fisoedd na ma neb arall wedi erioed. Na i byth ddeud hynna wrth Rob.

"Os ti ffansi affêr rwbryd, dwi isio bod yn first option, iawn?"

"Deal," dwi'n chwerthin eto, gwbo fod hyn yn sgwrs hollol inappropriate, ond ma gen i gymaint o sofft sbot am y boi 'ma.

* * *

I can see them chatting and laughing and it makes my stomach burn. I just know she still has a soft spot for him. Why though? Look at those stupid glasses, where does he think he is? London? Trendy twat.

"Stay here," Liz tells me, holding my arm. "She'll come back now. Don't look."

"I can't not though," I grimace. "He's standing way too close."

"Those glasses are ridiculous," she says. "Who does he this he is? Jarvis fucking Cocker?"

I can always count on Liz.

I still can't look away.

"He's just there, waiting in the wings, waiting for me to fuck up, isn't he?"

"Well don't fuck up then!" Liz kind of half shouts.

It's fine. She'll come back to me. Bet he's fucking offering her an affair or something. I'd love to have a fight with him. Fucking knock him out. Send his stupid glasses flying.

"Stop it, Rob. You actually look like a murderer," Liz says, waving her hands in front of my eyes to break the trance. "Let's go upstairs to see who else is here." She sort of half pushes me towards the stairs.

* * *

Dwi'n ffindio Liz a Rob fyny grisia'n diwedd.

"Why are you hiding up here?" dwi'n gofyn.

Ma Rob yn rhoi'i fraich rownd fy nghanol i a nhynnu fi'n nes ato, a sibrwd, "thanks for coming back to me," yn fy nghlust i.

Dwi'n teimlo'i wres o trw'i d-shirt o, ac yn rhoi'n llaw yn boced ôl ei jîns o. Dwi'n gwasgu chydig ac ma'n nhynnu fi'n nes.

"Thanks for waiting for me," dwi'n gwenu fyny arno fo. "Sorry it took me so long."

Dwi'n gwbo bo ni ddim jest yn siarad am heno 'ma.

Ma'n plygu lawr a rhoi sws sydyn i fi, cyn dod yn ôl a rhoi snog iawn i fi. Ma'n gneud i fi wenu tu mewn a thu allan.

"Ach, sdopiwch, dach chi'n gneud fi isio chwdu," ma Karen yn gweiddi fel ma hi'n cyrradd yn ôl efo trê o shots.

Ma Rob a fi'n gwrthod ond ma Liz yn cymyd dau a deud, "Un, dau, tri," cyn taflu'i phen yn ôl a llyncu'r shots coch afiach.

Ma Karen yn cymyd yr un sbâr sy ar ôl a chwalu hwnnw hefyd, cyn deud, "Amser dawnsio. I fi gal ffindio'n least worst option am heno 'ma!"

"That'll be me," medda Jon yn gwenu fel giât tu ôl iddi.

"Also, once we hit midnight, it's Thursday, so say the word, and we'll leave," ma Rob yn sibrwd yn fy nghlust i, wrth dynnu fi'n nes fyth.

"Not term time though, is it?" dwi'n herian.

"So many rules in this new normal!" ma'n deud wrth ysgwyd ei ben. "I want to negotiate some sort of deal for special occasions."

"You two better not be talking about your sex schedule, you pair of losers. It's New Years fucking Eve!"

"Well, here's hoping Karen," ac ma Rob yn dechra nhynnu fi ar ôl Karen i gyfeiriad y dancefloor.